포스트제국의
심상공간과 문학

글쓴이

오타 나나코 太田奈名子, Ota Nanako 세이센여자대학 문학부 영어영문학과 전임강사.

황익구 黃益九, Hwang Ik-koo 동아대 국제대학 일본학과 조교수.

허이린 何義麟, Ho I-lin 국립타이베이교육대학 대만문화연구소 교수.

이타카 신고 飯高伸五, Iitaka Shingo 고치현립대학 문화학부 교수.

김경옥 金慶玉, Kim Kyung-ok 한림대 일본학연구소 HK연구교수.

야스오카 겐이치 安岡健一, Yasuoka Kenichi 오사카대학 대학원 인문학연구과 준교수.

야라 겐이치로 屋良健一郎, Yara Kenichiro 메이오대학 국제학부 상급준교수.

곽형덕 郭炯德, Kwak Hyoung-duck 명지대 인문대학 일어일문학과 부교수.

쓰치야 시노부 土屋忍, Tsuchiya Shinobu 무사시노대학 문학부 문학연구과 교수.

장웬칭 張文菁, Chang Wen-ching 아이치현립대학 외국어학부 준교수.

우페이전 吳佩珍, Wu Peichen 국립정치대학 대만문학연구소 교수 겸 소장.

조수일 趙秀一, Cho Su-il 한림대 일본학연구소 HK교수.

한림일본학연구총서2 포스트제국의 문화권력 시리즈 07
포스트제국의 심상공간과 문학

1판 1쇄 발행 2023년 10월 30일
1판 2쇄 발행 2024년 10월 20일

엮은이 한림대학교 일본학연구소

펴낸이 박성모
펴낸곳 소명출판
출판등록 제1998-000017호
주소 서울시 서초구 사임당로14길 15 서광빌딩 2층
전화 02-585-7840
팩스 02-585-7848
이메일 somyungbooks@daum.net
홈페이지 www.somyong.co.kr

ISBN 979-11-5905-832-5 93830
정가 34,000원

이 책은 2017년도 정부(교육부)의 재원으로 한국연구재단의 지원을 받아 한림대학교 일본학연구소가 수행하는 인문한국플러스
지원사업의 일환으로 이루어진 연구임(2017S1A6A3A01079517)

07
한림일본학연구총서 II
포스트제국의
문화권력시리즈

포스트제국의
심상공간과 문학

한림대학교 일본학연구소 엮음

IMAGINED SCENERY
AND LITERATURE IN
POST-IMPERIAL EAST ASIA

한림대학교 일본학연구소는 2008년부터 9년 동안 '제국일본의 문화권력-학지學知와 문화매체'한국연구재단 대학중점연구소지원사업 연구를 수행했고, 바로 뒤이어서 2017년부터 '포스트제국의 문화권력과 동아시아'한국연구재단 인문한국플러스HK+사업 연구를 수행하고 있다. 이 아젠다는 '제국일본' 해체 이후 건설된 동아시아의 각 국민국가에 제국일본의 문화권력이 '식민지/제국 이후=후기後期, post제국'의 시공간에 어떻게 수용·거부되고 혹은 어떻게 변용되어 잠재하고 재생산되고 있는지를 밝힘으로써, 제도의 차원을 넘어선 정신의 탈식민지화-탈脫, post제국화의 가능성을 모색하고 있다. 이러한 작업은 궁극적으로 동아시아의 화해와 공존, 협력을 위한 우리의 미래를 고민하는 출발점이 될 것이다.

본 연구소 HK+사업단은 그동안 진행한 학술성과의 일환으로 아래와 같이 '한림일본학 연구 총서 포스트제국의 문화권력 시리즈'를 간행하고 있는데, 이 책이 7번째 총서이다.

01 『문화권력-제국과 포스트 제국의 연속과 비연속』, 소화, 2019.8.

02 『문화권력과 버내큘러』, 소화, 2020.6.

03 『제국과 포스트제국을 넘어서-공유된 기억과 조각난 기억』, 소화, 2020.7.

04 『제국과 국민국가-사람 기억 이동』, 학고방, 2021.4.

05 『제국의 유제-상상의 '동아시아'와 경계와 길항의 '동아시아'』,

소명출판, 2022.4.

06 『동아시아의 포스트제국과 문화권력-민족, 문화, 국경의 갈등』,
소명출판, 2022.12.

본 연구소 HK+사업단은 이들 총서를 통해서 제국의 기억과 욕망이
망각과 은폐를 수반하며 중층적으로 재현되는 가시화／비가시화의 양상
을 규명함과 동시에 이에 대한 비판적 인식을 확인했고, 국민국가의 경
계를 넘어서 생산하는 대항적 공간의 시공간 개편, 동아시아의 정체성과
문화권력의 투쟁, 문화권력의 변이와 환류 등을 다루는 대안적 성찰을
위해 노력해왔다.

이 책은 본 연구소 HK+사업단이 2023년 7월 15일과 16일 양일
에 걸쳐 개최한 국제심포지엄 '포스트제국의 심상공간으로서의 동아시
아／문학-포스트제국의 문화권력을 생각하다'의 성과이다. 이 한림일
본학 연구총서 포스트제국의 문화권력 시리즈 07 『포스트제국의 심상공
간과 문학』은 역사적 사실로서의 실태와 그에 관한 서술·기억 사이에 개
재하는 차이差異 즉 이동異同이 만들어내는 것이 무엇인지에 대해 사유한
다. 역사 기록은 승자의 서술이며, 문학이라는 것은 승자의 영웅담이거
나 패자의 아픔이 문학으로 승화된 경우가 많다. 이러한 문학이라는 공
간＝매체가 역사의 아픔을 확인하고 상처를 위로하는 데 머물지 않고,
이를 뛰어넘어 동아시아의 화해와 공존을 위한 매체문화로 작동되는지
에 관해서도 논의한다.

이 같은 관점에서 다양한 주체들의 길항과 경험의 양상을 '앎·지식',

'매체·문화', '일상·생활'의 영역에서 재고하여 포스트제국시대에 있어 제국의 문화권력이 어떠한 도전과 위험, 관계성 속에서 재편되어 왔는지 혹은 재편되고 있는지 고찰함으로써 탈제국과 탈국가의 가능성을 모색하는 데에 이 책을 간행하는 의의가 있다고 할 수 있다.

각 부의 구성과 간략한 내용은 다음과 같다.

제1부 "'포스트제국'의 시작과 국민국가 재편'은 방송과 교육, 사람의 이동과 길항에 주목하여 패전 직후의 일본과 제국일본의 외지였던 대만에서 어떠한 양상으로 문화권력이 재생산·재편되었는지 고찰하는 논고로 구성된다.

제1부의 첫 번째 글 「라디오 방송이 개척한 '제국' – 점령기 개혁 '마이크 개방'에서 탈'제국'을 전망한다」에서 오타 나나코는 전시하의 지배로부터 청취자를 해방했다고 평가되는 점령기 개혁 '마이크 개방'을 당시 권력자에 의해 배제된 목소리를 재청취하는 과정을 통해 매체 공간 속에서 제국이 아니라 공존하고 연대하는 동아시아의 모습을 새롭게 발견하는 것에 관해 논의한다. 라디오 방송은 제국의 형성과 해체를 담당한 하나의 수단으로 논의되는 경향이 있지만, 한편으로는 목소리와 언어를 매개로 사람들의 정동에 호소하여 그들이 속해야 할 제국의 모습 그 자체를 구현한 문학적 공간으로도 파악할 수 있다. 이에 오타는 전시하에서 방송된 〈대동아 소국민 모두 노래해 대회〉와 점령하에서 방송된 〈이야기 샘〉, 〈질문 상자〉, 〈사람을 찾습니다〉, 〈길거리 녹음〉 등 청취자의 목소리를 반영한 프로그램을 대상으로, 목소리를 가진 자와 가지지

못한 자의 엄격한 구별을 통해서 전전 / 전후라는 단절 없이 지속적으로 권력을 생산해 온 제국의 본모습을 분명히 하려 한다.

이어서 제1부의 두 번째 글인 황익구의 「전후 일본의 귀환자문제와 '민주주의'교육—소거되는 제국의 기억」은 소련관리지구로부터의 귀환자에 대한 '성인교육'의 구체적인 내용과 그에 수반하는 문제에 초점을 맞춰 논의를 진행한다. 소련관리지구로부터의 귀환자에 대한 '성인교육'은 귀환자의 국내외 정세에 대한 조기 적응과 '신일본건설'이라는 새로운 국책수행을 원활하게 하기 위한 목적으로 주로 '민주주의'교육을 중심으로 진행되었다. 그런데 귀환자에 대한 '성인교육'에서 전개된 '민주주의'교육은 실상은 반공산주의와 반소련이라는 냉전이데올로기의 주입이 중심이다. 더욱 주목할 부분은 이러한 '민주주의'교육에서는 일본의 천황제와 군국주의 이데올로기에 의해 자행된 식민지배와 침략전쟁에 대한 기억은 봉인되었으며, 자기반성의 과정도 배제되는 양상으로 전개되었다는 것이다. 이 같은 전후 일본의 귀환자문제와 '민주주의'교육의 전개 양상을 분석함으로써 이 글은 소련관리지구로부터의 귀환자에 대한 '성인교육'은 제국일본의 부負의 역사를 둘러싼 기억의 소거를 조장하고 종용하는 데 일조했다는 점을 드러낸다.

제1부의 세 번째 글 「전후 대만인의 해외이주와 독립운동의 영향」에서 허이린은, 대만은 세계 각지의 식민지 독립 흐름을 타지는 못했지만 독립운동과 반국민당 정부의 활동은 섬 안의 정치반대운동의 원동력이 되어 1990년대 전반에 민주화가 실현되었음을 검토한다. 이를 위해 이 글은 1949년 국공내전으로 중국이 분열국가가 되면서 해외에 정착해 있

던 대만인들의 독재체제 비판과 세계 각지에서의 독립운동 전개에 주목한다. 특히 해외독립운동이 대만 사회에 어떤 영향을 미쳤는지 규명하기 위해 각종 공문서와 신문기사, 관련자들의 회고록 등의 사료를 검증함으로써 해외대만인들이 어떻게 미일 제국^{諸國}에서 반국민당 활동을 전개했는지 규명한다. 1970년대 이후 해외대만인의 정치운동이 정치범 구출 활동과 민주화 요구에 주력하게 되는 양상에 관한 논의 역시 주목할 만하다.

제2부 '대동아공영권에서 '포스트제국의 동아시아'로'에서는 남양군도의 '혼혈'과 제국으로부터 버림받은 경계인들의 삶, 전후 일본의 보육운동, 망각과 상기가 교착하는 1965년이라는 지점에 주목한 논고를 통해, 제국일본의 문화권력이 포스트제국시대의 동아시아에서 어떠한 양상으로 작동했는지 살펴본다.

이타카 신고는 제2부의 첫 번째 글 「제국의 틈새에 살았던 '혼혈'—구 남양군도 사례」에서 전후 일본에 있어 포스트제국의 심상지리는 외지를 잘라버리고 내지에서 닫힌 단일민족으로서의 일본인을 재구축하려고 한 지점에 착목한다. 그 모순을 가장 무겁게 짊어지게 된 것이 외국인화와 더불어 권리를 상실한 내지 잔류의 외지인, 내지인과 외지인 사이에서 태어난 '혼혈', 인양^{引揚} 사업에서 남겨진 잔류 일본인과 같은 경계에 위치한 사람들이었다. 이타카는 남양군도^{미크로네시아}의 혼혈이 제국 붕괴 이후 놓인 상황, 1960년대 팔라우 '혼혈'의 상황에 주목한다. 예를 들어 팔라우에서 설립된 사쿠라회는 미국 통치하에서의 생활전략을 수립하면서 일본 출자를 일시적으로 상기할 기회도 확보했고, 그들은 아시아·

태평양전쟁 이전의 제국일본의 유제와 전후의 세계 제국-미국과의 사이에 서서 자신의 소재를 어떻게든 확보하려고 노력해온 지점들이다.

두 번째 글은 김경옥의 「전후 일본의 '민주보육연맹'의 성립과 활동」이다. 이 글은 민주보육연맹의 성립과 활동을 중심으로 전후 일본 최초의 보육운동의 의미을 살펴보는 것을 목적으로 한다. 이 글에서 주목하는 민주보육연맹은 전전戰前의 무산자탁아소 발기인 중 한 사람인 우라베 히로시浦辺史가 당시 부인민주클럽을 이끌던 하니 세쓰코羽仁説子에게 제언함으로써 1946년 10월에 설립되었고, 보육문제연구자, 부인민주클럽의 회원들이 함께 민주적인 보육을 기치로 내걸고 '새로운 보육소 만들기'를 주 사업으로 삼아 활동했다고 한다. 이 글은 전후 일본의 보육운동 연구에 있어 그다지 주목받지 못한 하니 세쓰코와 민주보육연맹에 주목함으로써 근로가정과 유직有職 기혼여성, 유아교육과의 관계 속에서 민주보육연맹 성립의 의미를 고찰한다. 또, 여성교육자로서 민주보육연맹 성립에서 중추적 역할을 한 하니 세쓰코에 주목함으로써 민주보육연맹의 성립이 전후 최초의 보육운동뿐만 아니라 자녀가 있는 근로가정과 근로여성에 대한 '여성의 권리' 획득이라는 측면에서의 운동이었음을 밝히고 있다.

제2부의 세 번째 글은 야스오카 겐이치의 「1965년 재고再考 — 망각과 상기의 결절점結節点으로서」이다. 이 글은 제국의 문화권력 변용을 둘러싼 물음에 대해, 전후 일본의 구 식민지에 있어 재외재산 문제를 사례로 들며 정치한 논의를 통해 응답하고 있다. 고도성장기의 일본에서는 사회 유동화가 진전되어 다양한 국민통합정책이 추진되고 있었는데, 한일협

정 협상과 병행하여 전후보상문제의 일환으로 재외재산 문제가 논의되고 있었고, 일본 정부는 최종적으로 '외지'에서의 생활권에 대한 보상으로 교부금을 지급한 컨텍스트를 검토한다. 야스오카는 이때 외지 생활의 특수성은 사라지고 식민지배의 역사는 망각되었다고 지적한다. 또, 같은 시기에 정부가 설치한 동화대책심의회의 답신은 모든 차별에 반대하는 사회운동의 발전으로 이어졌고, 그 과정에서 일본 사회에서 차별받는 다양한 존재들이 만나 제국의 역사를 되묻기 시작했는데, 특히 야스오카는 1970년대 결성된 작가 노마 히로시野間宏가 대표로 있는 '차별과 싸우는 문화회의'에 주목한다. 이를 통해 야스오카는 1965년이 일본 사회에서 과거의 인식을 둘러싸고 분절화가 일어나는 전환점이었다는 점을 분명히 한다.

제3부 '구조화와 길항의 자장으로서의 문학'은 제국일본의 패전 후 오키나와와 오사카, 인도네시아 발리라는 시공간을 사는 이들의 의식·무의식에 작용하는 신구 문화권력의 길항과 구조화를 문학텍스트를 통해 포착해내는 논고로 구성된다.

제3부의 첫 번째 글 「근현대 오키나와에서 전개된 단카短歌」에서 야라 겐이치로는 일본의 단시형短詩型 문학으로 5·7·5·7·7의 5구 31음절로 구성된 단카에 주목하여 그 일본의 전통적인 시형이 오키나와에서 어떻게 수용되고 전개되어 갔는지를 고찰한다. 주지하듯, 오키나와는 전근대에 있어 일본과는 다른 국가인 류큐왕국을 형성하고 있었다. 그 류큐의 관인에게 전근대의 단카인 와카和歌는 일본 사람들과의 교류를 위해서 필요한 교양의 하나였고, 반대로 관인 이외의 사람들에게 와카가 읊어지

는 경우는 거의 없었다고 한다. 그런데 류큐왕국이 오키나와현으로서 일본의 일부가 되고 표준어일본어 교육이 진행됨으로써 단카를 읊는 사람이 늘어나게 되고, 근·현대 오키나와 사람들이 지은 단카에는 그때그때 오키나와가 처한 정치사회적 상황이 반영될 수밖에 없었다. 여기서 야라는 전후 오키나와에서 읊어진 현대 단카에서는 미군 기지나 '조국' 일본에 대한 그리움을 노래한 노래에 주목함으로써 새로운 단카 연구의 지평을 열고 있다.

두 번째 글은 곽형덕의 「전후 마이너리티의 일본어문학과 군사기지 —『진달래』와 『류다이분가쿠』를 중심으로」이다. 이 글은 한국전쟁 발발 이후 일본 본토와 오키나와에서 군사기지가 확장돼가는 위기 속에서 『진달래』와 『류다이분가쿠』 동인들의 대응 양식을 '1950년대'라는 맥락에서 살펴본다. 우선, 군사기지와 문학이라는 관점에서 『진달래』와 김시종의 첫 번째 시집 『지평선』 읽기를 통해 『진달래』 동인들은 일본이 다시 군국주의 국가로 나아갈 것이라는 우려와, 그러한 상황 속에서 자신들의 '민주적 민족 권리'가 침해당할 수 있다는 위기를 느끼고, 이를 타파하기 위해 일본의 농민 / 시민들의 고통에 공감하며 이들과 적극적으로 교류하고 연대하려 했음을 확인한다. 이어서, 『류다이분가쿠』를 중심으로 한국전쟁 이후 오키나와에서 미군 기지가 확장되는 상황에서 이에 대한 대응 양상을 분석한다. 특히 오키나와와 일본 본토를 '전쟁국가' ↔ '평화국가'라는 이항대립 구도로 설정하는 것이 지니는 위험성을 지적하고, 그러한 구도가 설정되기 이전인 1950년대 오키나와의 상황을 해석해 제시한다. 나아가, 군사기지와 문학이라는 관점에서 볼 때, 오키나와와 일본 본토가 북위 27도선을 기준으로 나뉘어져 있었다 해도, '반기지 운동'을 놓고 일본인과 재일조선인, 그리고 우치난추가 연대하는 모습을 확인한 후에 『진달래』와 『류다이분가쿠』가 기지 건설로 인한 토지강제 수용에 반대하는 민중투쟁이라는 공통분모로 이어져 있음을 밝히고 있다.

제3부의 세 번째 장 「이케자와 나쓰키池澤夏樹의 『꽃을 옮기는 여동생花を運ぶ妹』론─발리섬의 문학적 표상을 통해 보는 포스트제국의 문화권력」에서 쓰치야 시노부는 2000년에 발표된 이케자와 나쓰키의 소설 읽기를 통해 발리섬의 문학적 표상을 분석함으로써 포스트제국의 문화권력에 접근하고자 한다. 장편소설 『꽃을 옮기는 여동생』은 1985년 인도네시아 발리에서 벌어진 사건을 놓고 남매가 번갈아 이야기하는 서사로 구성돼 있다. 쓰치야는 이 같은 형식이 남매가 각자 개인으로서 독립하면서 유대감을 가지고 살아감을 보여준다고 지적한다. 또 쓰치야는 2인칭으로 서술되는 오빠의 이야기는 옥중에서 시간축을 거슬러 과거를 회상하며 자기 내부의 대화를 전개하는 것인 한편, 1인칭에 의한 여동생의 이야기는 미래를 향하고 있음에 주목한다. 소설텍스트에 그려진 지정학적 지도에는 파리와 발리, 도쿄라는 세 점이 확보되어 있고 동서, 남북이라는 이항대립을 뛰어넘는 세계관이 보임을 도출해 낸다. 이를 통해 이 글은 소설이 서사 전개를 통해 사건 해결의 다양한 방법론을 제시하고 있으며, 제국의 유산과 선악은 원리적으로 호각互角일 수밖에 없다는 발리의 사상을 짚는다.

제4부 '권력 속 문학, 문학 속 권력'은 해방 후 대만의 문화정책, 1930년대와 1970년대 대만의 '향토문학' 논쟁, 재일조선인작가 김석범의 글

쓰기를 다룬 논고로 구성되는데, 이들 논고를 관통하는 문제의식은 정체성과 주체성 회복·보전을 통한 진정한 탈제국·탈식민의 모색에 있다.

제4부의 첫 번째 글 「전후 초기 대만에서의 포스트제국과 재식민 문화정책의 영향—금서정책과 중국어통속출판」에서 장웬칭은 대만에서의 일제강점기 이후, 특히 1949년 이후 중화민국 / 국민당 정부가 실시한 탈제국과 재식민 문화정책이 어떻게 그 후의 출판문화에 영향을 미쳤는지에 대해 검토한다. 1940년대 후반에 실시된 '탈일본화' 정책에 의해 일본어 사용이 금지되고 일본어 도서가 시장에서 배제되어 간다. 또, 1950년대부터는 중국화와 반공주의가 추진되면서 전후 대만 시장에 진입한 중국 대륙에서 출간된 중국어 도서에 대한 검열과 금서 적발이 이뤄졌다. 이러한 기존 도서를 철저히 배제하는 문화정책으로 인해 도서 시장에 공백이 생긴 것에 이 글은 주목한다. 나아가, 이 글은 대만에서 1946년부터 시작되는 중국어 교육으로 중국어 도서에 대한 수요가 증가함에 따라 적발을 피하기 위해 작가나 출판 지역을 속인 이른바 '위서 僞書'가 생겨나고 대만에서 중국어 도서의 출판을 촉구하게 된 지점, 그리고 대만 본토에서 오락성이 높은 통속소설의 출판을 촉발시킨 경위를 추적한다.

이어서 제4장의 두 번째 글인 우페이전의 「누구의 '향토'인가—1930년대와 1970년대 대만 '향토문학' 논쟁」은 1930년대와 1970년대 대만 '향토문학' 논쟁이 각각 어떻게 '향토'의 개념을 표현하고, 그에 따라 '대만문학'의 주체성을 확립해 나가는지 규명하는 것을 목적으로 한 글이다. 우페이전은 대만이 1895년에 일본의 식민지가 됨과 동시에 그 근대화의 과정도 시작되었고, 문학이라는 측면에서 '근대성'을 생각할 때 '근대문학'의 성립도 염두에 둬야 한다고 말한다. 따라서 대만의 신문학운동은 바로 대만의 '근대문학'으로서 성립된 움직임이라고 지적한다. 또한, 대만문학의 성립을 고려할 때 '향토'라는 개념을 간과할 수 없음을 강조한다. 나아가, 일본식민지 시기 대만의 '향토문학' 논쟁은 1920년대 일본의 '향토운동'과 공명하는 지점이 있고, 1930년대에 들어서면서 대만문학에서 '향토'란 무엇인가를 생각하기 시작한 계기가 된 점을 짚는다. 전후에 식민지에서 해방된 대만은 그 문학의 주체성이 '중국문학'의 일부로 회수되면서 1970년대 '향토문학' 논쟁을 둘러싸고 문학에서 '향토' 개념은 다시 부각되며 논쟁의 초점이 되었다는 것, 바로 그것이 이 글이 갖는 문제의식의 핵심이라 할 수 있겠다.

제4부의 마지막 글은 조수일의 「포스트제국시대의 탈식민 주체되기 −재일在日 지식인 김석범의 글쓰기를 중심으로」이다. 이 글은 재일조선인 작가 김석범의 글쓰기를 통해 포스트제국의 연속성, 다층의 문화권력과 관계망을 검토함으로써 포스트제국의 증상을 대하는 그의 자세와 사상을 도출하고자 한다. 우선, 김석범은 다층적 이동과 길항의 상호작용으로 생성된 포스트제국의 민족교육을 둘러싼 탈식민화 운동에 깃든 사상과 그 기억을 문자화함으로써, 제국일본의 문화권력이 변종적으로 소생하는 증상을 가시화하고 이 과정에 있어서의 전유와 연루에 대한 청산이 탈식민화 운동의 요체라는 점을 고찰한다. 이어서, 이 글은 김석범이 제국일본의 문화권력에 의해 피식민자의 심신에 이식된 정서적 감각의 지속을 형상화하며 탈식민 주체화를 위한 길을 제시했다고 분석하며, 피

식민자에 각인된 정서적 감각의 오만함에 대한 김석범의 경종도 지적한다. 마지막으로, 김석범은 탈제국 후 구 식민지의 시공간에 나타난 기억의 억압과 은폐와 같은 포스트제국의 증상을 전형적으로 보여주는 제주 4·3을 반복적으로 재현해온 것을 분석함으로써, 그 과정에서 무의식에 잠재된 문화권력에 대한 반작용으로서의 생리적 에너지를 모색하는 글쓰기의 자세를 보여준다는 점을 밝힌다.

이상 총 열두 편의 글은 필자가 각각의 '지금 여기'에서 연속하는 제국의 유제는 무엇이며 국민국가와 탈제국의 과제는 무엇인지 모색하고, 각각의 자장 속의 문화권력은 사람들에게 어떠한 갈등을 낳고 무엇을 기억하고 망각하게끔 했는지 탐구하고 있다. 각각의 포지셔닝이 다를 수밖에 없는 이 열두 편의 논의가 하나의 정합성을 갖출 수는 없다. 그러나 각각의 논의가 어떻게 같고 다른지, 어떠한 지점에서 경계가 생기고 교차하며 교착하는지 보여준다는 점에서 중요한 시사점을 제공하지 않을까 생각한다.

냉전체제의 붕괴를 거쳐 20세기를 마무리하면서 우리는 21세기에 많은 희망을 품었다. 그러나 본 사업단이 '포스트제국의 문화권력과 동아시아'라는 아젠다를 준비할 때 세계 곳곳에서는 그동안 은폐되어 있던 제국주의적인 욕망이 꿈틀거리고 있었다. 당시 미국은 '아메리카 퍼스트 America First'를 외쳤고, 중국은 '분발유위奮發有爲'를 천명했으며, 일본은 '전쟁을 할 수 있는 나라'를 외치고 있었다. 그 후, 홍콩과 미얀마에서의 민주주의의 좌절을 거쳐, 여전히 진행되고 있는 러시아의 우크라이나 침공과 미국과 중국의 경제전쟁에서 보듯 패권주의로 팽배한 파도가 끊임없이 밀려오고 있다. 이러한 상황에서 우리 인문학은, 특히 한국의 일본학은 무엇을 할 수 있으며, 무엇을 해야 하는지에 대해 고민하는 것이 우리의 아젠다 '포스트제국의 문화권력과 동아시아'라 할 수 있다. '제국주의적 욕망'이 현현하는 신냉전의 도래를 목도하고 있는 '지금 여기' 한국의 자장에서 본 사업단은 공동연구 프로젝트를 통한 인문학적 성찰을 토대로 궁극적으로는 '동아시아의 화해와 협조, 공존'을 위한 길을 모색해 나갈 것이다.

2023년 10월
한림대학교 일본학연구소 HK+사업단장 서정완

제3부 구조화와 길항의 자장으로서의 문학

제4부 권력 속 문학, 문학 속 권력

제1부

'포스트제국'의 시작과
국민국가 재편

라디오 방송이 개척한 '제국'

점령기 개혁 '마이크 개방'에서 탈'제국'을 전망한다

오타 나나코

1. 들어가며

한림대학교 일본학연구소는 2017년 '포스트제국의 문화권력과 동아시아'라는 의제를 정하고 다양한 학술 활동을 펼치고 있다. 동 연구소는 2022년 7월 15일에 '포스트제국의 심상공간으로서의 동아시아', 다음 날인 16일에는 '문학─포스트제국의 문화권력을 생각하다'라는 주제로 동아시아 연구자들을 초빙하여 국제 심포지엄을 개최했다. 필자가 발표한 둘째 날 대회 취지에 대해 소책자에 실린 연구소장의 인사말은 다음과 같이 적혀 있다.

역사의 기록은 승자의 서술이며, 문학이라는 것은 승자의 영웅담이거나 패자의 아픔이 문학으로 승화된 경우가 많습니다. 이러한 문학이라는 공간＝매체가 역사의 아픔을 확인하고 상처를 위로하는 데 머물지 않고, 이를 뛰어넘어 동아시아의 화해와 공존을 위한 매체문화로 작동되는지 논의해보고자 합니다.[1]

    필자의 연구 대상인 라디오 방송은 언어를 매개로 하여 인간의 사고나 정서에 호소하는 표현 양식이라는 점에서 문학과 공통된다. 그리고 라디오 방송을 '문학이라는 공간 = 매체'로 바라보기, 다시 말해 라디오 방송을 청취자의 정동을 환기하고 행동을 유발하는 목소리와 언어가 교차하는 '공간 = 매체'로 바라보면, 바다 건너 나라들을 아우르는 공간 인식 없이는 성립할 수 없었던 대일본제국의 붕괴 전후에 라디오 방송이 어떻게 청취자 앞에 제국의 모습을 드러내고 감추었는지, 또 포스트제국으로 재편하여 오늘까지 이어올 수 있었는지 의문을 갖게 한다.

    이 글에서는 제국이 형성되는 과정에서 일본의 라디오 방송이 수행한 역할이 아니라, 방송이라는 문학적 공간 안에서 존재할 수 있었고 또 존재했던 제국의 모습에 대해 생각해 보고자 한다. 이하, 지리적 또는 사상적 공간이 아니라 방송 공간으로서 존립한다는 의미에서 '대일본제국' 및 '포스트제국'의 실제 모습을 개별 라디오 방송을 거론하면서 밝혀가고자 한다.

    고찰의 순서는 먼저 제2절에서 방송·공간·제국과 관련된 선행연구를 개관하고, 방송에 포섭된 신민들의 목소리가 어떻게 '대일본제국'을 구축했는지 기술한다. 제3절에서는 '마이크 개방'이라고 불리는 점령기의 방송 민주화 개혁이 어떤 민중의 목소리를 전했는지, 나아가 이러한 호소가 어떤 방식으로 '대일본제국'을 종식시키고 동시에 '포스트제국'을 개척했는지 논한다. 제4절에서는 미국과 일본의 지배자로서의 '승자

---

1   「2022 한림대학교 일본학연구소 국제심포지엄 초청」.
    https://www.hallym.ac.kr/attach/FILE_00000032342(최종 열람 2023.2.28).

의 영웅담'과 피지배자로서의 '패자의 아픔과 고뇌'가 혼재하면서 발전한 점령기 라디오 방송이 배제하고 외면한 목소리를 조명한다. 이 독특한 문학적 공간에 각인된 '흉터'를 드러내는 과정을 통해서 '포스트제국'의 타파와 '동아시아의 화해와 공존'을 도모하는 방법을 모색하고, 제5절에서 결론을 서술한다.

2. 방송 공간으로서의 '제국'

1) 방송·공간·제국을 둘러싼 선행연구

일본의 라디오 방송은 지금으로부터 약 100년 전에 민간 영리사업으로 시작되었다. 정부가 도쿄·오사카·나고야의 세 방송국에 면허를 내어주고, 아타고산愛宕山에 신설된 도쿄 방송국에서 본방송이 시작된 것은 1925년 7월의 일이었다. 그러나 불과 1년 뒤인 1926년 8월에 이 세 방송국은 체신성遞信省에 의해 사단법인·일본방송협회이하 NHK로 해산 통합되면서 전국 일원 방송 체제가 마련되었다. 신문은 발행을 하고 나서 내무성內務省에 제출하는 방식이었지만, 라디오 뉴스는 체신성에 의한 사전검열이 적용되는 등 군부의 정보통제 속에서 선전기관으로서의 성격을 점차 강화해갔다.[2]

---

2   일본 라디오 방송의 기원·발전에 대해서는 고시노(越野, 1928), 일본방송협회(2001) 등을 참조. 방송 외의 신문·잡지·사진 등 각종 미디어의 역사적 전개와 제국 통치에 대해서는 야마모토(山本, 2006), 대일본제국에 의한 동아시아의 정보 패권과 그 붕괴에 대해서는 아리야마(有山, 2013)를 참조.

1928년에는 11월의 쇼와 천황 대례^{즉위식}를 방송하기 위해 삿포로・센다이・히로시마・구마모토에 새로운 방송국이 설립되면서 전국적인 중계망이 확립되었다. 대례 실황 방송은 육군 대원수 차림을 한 천황의 모습까지는 전하지 못했지만, 울려 퍼지는 예포와 장중한 나팔 소리 등 고양감을 높이는 음향과 함께 왕궁에서 도쿄역으로 향하는 퍼레이드의 모습을 전달했다. 미디어사 연구자인 다케야마 아키코^{竹山昭子}에 따르면 이 '군국주의적 가장행렬은 (…중략…) 그 자체가 제국을 구현하는 매체'가 되었고, 이 중계를 통해 청취자에게 '현재 진행되는 의식을 동시 체험'하게 한 라디오는 '일본인의 국체 의식을 일깨우고, 천황(제) 의식을 고취하는 (…중략…) "제국의 미디어"^{다케야마(竹山), 2002 : 136} 역할을 했다고 지적한다.

또 대례 기념사업으로 체신성 간이보건국이 육군성^{陸軍省}의 협력을 얻어 시작한 프로그램이 바로 〈라디오 체조〉였다. 일본 전역으로 방송되면서 체력 증진과 거국일치 운동으로 자리 잡은 라디오 체조는 조선・대만・만주를 비롯한 해외식민지^{외지}에도 전파되었다. 조선에서는 1926년 11월 사단법인 경성방송국, 대만에서는 1931년 2월 사단법인 대만방송협회, 만주에서는 1934년 8월 만주전신전화주식회사가 설립되는 등 도쿄중앙방송국을 중심으로 내지에서 외지로, 즉 동심원 형태로 펼쳐진 '동아방송망'은 대동아공영권 건설을 위해 실시된 동화정책과 더불어 청취자의 시공간을 균질화하고 그 신체와 정신을 '황민화'하는 방송망이었다.^{〈그림 1〉 참조} 또한, 중일전쟁 발발 이후 전선이 확대되면서 베이징・상하이・난징에 선전방송기관이 설립되었고, 1940년에는 이러한 외지방송국과 연락을 취하는 기관으로 동아방송협의회가 설립되었다. 미일 개전 이

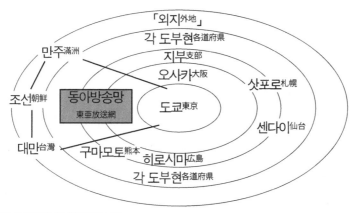

〈그림 1〉 전전(戰前) 일본의 방송망
출처 : 이가와(井川), 「전전 일본의 방송망 개념도(戰前日本の放送網の概念図)」, 2022 : 4에서 인용

후에는 선전방송국이 남방 점령지에도 설치되었으며, 일본의 국책이나 전투 성과를 전하는 해외 단파방송은 1944년에 15방향 24개국까지 확대되었다.사토(佐藤), 2018; 이가와(井川), 2022[3]

　미디어사 연구자인 이가와 미쓰오井川充雄는 '동아방송망'이 정비되는 과정에서 중계방송이 내지에서 외지로의 일방통행이 아니라 외지에서 내지로도 중계되었다는 점을 간과해서는 안 된다고 지적한다. 양은 적었지만 각 지역의 민족음악 등 이문화異文化를 싣고 외지로부터 들어오는 중계방송은 내지의 청취자에게 '일본은 단일 민족이 아니라 다민족 국가로 거듭나고 있음을 인식시키는' 동시에 '"동아의 지배자"라는 의식을 갖게 했다.'이가와(井川), 2022 : 6·63 〈라디오 체조〉로 대표되는 내지에서 발신하는 방송이 대동아공영권의 균질화를 담당했다면, 외지에서 들어오는 방송은 〈그림 1〉에서 동심원의 중심을 쌓아 올리듯이 다양한 민족을 거느린

3　전쟁 전부터 식민지 시기까지의 동아시아 라디오 방송에 대해서는 기시(貴志)·가와시마(河島)·손(孫)(2006) 등을 참조.

대동아공영권의 맹주인 대일본제국을 정점화하는 역할을 했다.

이가와의 지적에서 출발하여 방송 공간으로서의 '대일본제국'을 생각하게 된 계기는 근대 일본 정치사와 법정사상연쇄사法政思想連鎖史가 전문인 야마무로 신이치山室信一가 제기한 제국 형성과 공간 인식을 둘러싼 논의 때문이었다. 제국에 대한 정의나 이론은 다수 존재하지만, 그중에서도 야마무로는 공간이란 '시간과 더불어 인간이 자기와 타자를 인지하고, 세계 인식으로 체계화하는 데 불가결한 기축 개념'야마무로(山室), 2006:5이라고 규정하면서 다음과 같이 주장한다.

다종다양한 문화나 민족이 이종혼성체로 성립하는 (…중략…) 제국일본이 오직 다른 공간과의 관계 속에서만 성립할 수 있었던 이상, 일본과 다른 공간은 서로를 규정하고 그 상호관계의 총체가 자아내는 전체상으로서의 세계 인식 내에서만 일본의 자화상도 그릴 수 있었다. 더욱이 세계 인식은 단순히 자기 세계 내부에서의 위상 인식에 그치지 않고, 그곳에서의 사명감 추구로도 이어진다.

전투행위에 참가하지 않는 후방은 물론이고, 적과 직접 교전하는 전선의 병사조차도 특정 전쟁터로 배치만 될 뿐 광대한 대동아공영권을 물리적 공간으로 인식하는 일은 군부를 포함하여 그 누구에게도 불가능했다. 이런 의미에서 야마무로가 말하는 '일본과 다른 공간'의 '상호관계의 총체'란 내지와 외지라는 별개의 시공간을 '상호' 연결하는, '동아방송망'을 매개한 라디오 방송이라는 음성정보의 '총체'라고 해석할 수 있다. 그리고 '이종 혼성' 방송 공간인 '대동아공영권'이라는 '세계 인식 내부'에서 일본인 청취자는 '대일본제국'이라는 '일본의 자화상'을 그림과 동시에 '동아의 지배자'라는 '위상을 인식'하고, 나아가 '그 안에서 사명감을 추구'하도록 요구받고 있었다.

이가와와 야마무로의 고찰에 따르면, '동아방송망'을 운영한 전시하의 라디오 방송은 국경과 바다를 초월하여 개별적으로 존재하는 청취자와 상호 동시적으로 소통할 수 있는 '대동아공영권'과 함께 그 상위에 군림하는 '대일본제국'을 창출했던 것이다. 이처럼 전파가 오가는 직선적·평면적 이미지를 초월하여 라디오 방송을 상하 사방으로 뻗어나가는 공간적 이미지로 파악하면, 공존공영의 질서 건설을 표방하며 '팔굉일우八紘一宇의 표어 등'을 '범람'일본방송협회, 1951:108시켜 지배-피지배의 권력관계 구축을 위장하고, 동시에 동아시아부터 동남아시아까지 '대동아공영권'으로 차례차례 포섭하여 세력 아래에 두었던 '대일본제국'이 그 모습을 드러낸다.

2) 신민의 목소리가 개척한 '대일본제국'

'동아방송망'을 매개로 내지와 외지를 연결한 전시하의 라디오 방송은 구체적으로 어떤 목소리를 전달했을까. 지금부터는 라디오에서 흘러나온 목소리에 귀를 기울이면서 이러한 목소리들이 쌓아 올린 방송 공간으로서의 '대일본제국'을 파헤쳐보고자 한다. 원래는 외지 주민들의 목소리를 내지로 전달하는 방송도 검증해야 옳지만, 자료의 제한으로 내지에서 발신한 방송만을 대상으로 한 점을 이 글의 한계로 미리 밝혀두는 바이다.[4]

1941년 12월 8일 아침 7시, 라디오에서 땡땡하고 종이 울렸다.[5] '임시뉴스 말씀드리겠습니다, 임시뉴스 말씀드리겠습니다. 대본영 육해군부 발표, 12월 8일 오전 6시. 제국 육해군은 오늘 8일 새벽 서태평양에서 미국과 영국을 상대로 전투상태에 돌입했습니다.'

영미를 상대로 한 개전으로 전시 상황이 격화하면서 일본 국내의 석간신문은 폐간되었고, 잡지의 지면은 삭감되었으며 연극과 영화는 축소되었다. 위축된 다른 매체들과 달리 라디오는 본토 공습이 빈번해지자 종일 방송을 이어갔다. 일본 근현대사 연구자인 정지희鄭知喜는 이러한 미디어 상황 속에서 전시하 라디오 방송이 '상상의 공동체'앤더슨, 1997로서의 제국 형성에 기여했다고 지적한다.Jung, 2016 정지희에 따르면, 대본영의 전쟁 성과 발표나 전선에서 중계된 실황 방송으로 제국이 확대되는 모습

---

4   NHK가 편집한 『라디오 연감 쇼와 10년』에는 '만주로부터 (…중략…) 1931년 11월 15일 봉천춘일소학교(奉天春日小學校)에서 개최된 "전만일본인대회(全滿日本人大會)" 실황을 〈만주에서 모국으로의 밤〉으로 전국에 중계방송', '경성방송국으로부터 (…중략…) 조선 전래 아악(雅樂), 이요(俚謠) 또는 신흥조선의 모습을 그린 유행가 등 이색적인 프로그램', '대만으로부터 (…중략…) 남국 정서가 물씬 풍기는 독특한 대만음악, 대만가요곡 등이 내지인들에게 인기를 얻고 있다'(일본방송협회, 1935 : 108)라는 기술이 있다. 이러한 외지 방송에 대한 내용 분석은 향후의 과제로 삼겠다. 참고로 이가와(2022)는 대만에서 1942년 10월까지 일본어로 송출되는 제1방송과 대만어로 송출되는 제2방송의 '이중방송'이 실시되지 않은 적이 있으며, '"본도인(本島人)"이 순종적으로 일본의 지배를 따른 것은 아니다'(pp.30·231)라고 지적한다. '본도인'을 비롯한 현지 주민들의 반응에 대한 조사도 전시하 일본의 라디오 방송의 전모를 밝히는 데에 중요한 과제이다.

5   〈태평양전쟁 개전 임시 뉴스〉를 비롯하여 오타(太田, 2022a)에서 언급되는 방송은 이하의 디지털·아카이브에서 무료 청취 가능. 『라디오를 들으면서 읽는 책-「점령기의 라디오 방송과 '마이크 개방'」의 디지털 아카이브 공개(占領期ラジオ放送と「マイクの開放」-支配を生む声, 人間を生む肉声)』, 게이오기주쿠대학출판회 note. https://note.com/keioup/n/n9f5c7caca72f#PJKj(최종 열람 2023.2.28).

이 대동아공영권의 청취자에게도 현장감 있게 보도되었고, 방송 제작자들은 지리적·문화적·역사적으로 거리가 있는 청취자에게 '공속(소속)의식'과 '정서적 결합'을 어떻게 심어줄지 고심했다고 한다.[6]

문제를 타파하기 위해 주목한 방법은 청취자의 정동을 흔드는 목소리를 활용하는 것이었다. 예를 들면, NHK는 1942년 11월에 '음악을 통해 전국 소국민의 단결을 강화'할 목적으로 〈전국 소국민 모두 노래해 대회〉를 도쿄 간다의 공립 강당에서 개최했다. 이 중앙회장에 모인 3,500명의 아동이 부른 합창은 전국에 중계되었고, 지방회장에 있던 아동들도 일제히 '같은 시간에 같은 노래를 일제히 불렀다.'[7] 이 대회는 이듬해 도쿄에 거주하는 일본인 및 아시아 어린이를 초청한 〈대동아 소국민 모두 노래해 대회〉로 발전했고, '대동아 노래' 전원 합창과 '일본군이 점령한 아시아 각국의 어린이 노래 녹음 소개' 등으로 이어졌다.[8] 방송 제작자는 대동아공영권의 청취자가 함께 참여하는 합창이 '방송 최초로 실현'Jung, 2016 : 217되었다고 자랑스럽게 말했다고 한다.

여기서 간과해서는 안 되는 것이 〈대동아 소국민 모두 노래해 대회〉에서는 '대동아 노래' 합창과 더불어 국가 제창·전사자 추모·'천황 폐하 만세' 제창 등의 의례도 함께 이루어졌다는 점이다. 전시 체제하에서 정

---

6   전선에 녹음대를 파견하는 등 중일전쟁의 발발을 계기로 발전한 전선의 녹음방송에 대해서는 오모리(大森, 2017; 2018)를 참조.

7   『사단법인 일본소국민문화협회 요람』(일본소국민문화협회, 1943)의 펼침면과 14면에서 인용. 참고로 본 자료는 〈국립국회도서관 디지털 컬렉션〉에서 열람 가능. https://dl.ndl.go.jp/ja/pid/1098458/1/2(최종 열람 2023.2.28).

8   〈콩쿠르의 역사 N콘의 발자취 SINCE 1932〉 NHK. https://www.nhk.or.jp/ncon/archives/history.html(최종 열람 2023.2.28).

보국의 적극적인 지도는 정부 관련 방송뿐만 아니라 이 대회처럼 문화적인 방송에도 그 영향이 미쳤다.

전시 정보 행정에 깊이 관여하고, 영미를 상대로 개전했을 때 정보국 제2부 방송과장을 맡았던 미야모토 요시오宮本吉夫는 문화는 '국민의 창의를 발휘하고 그 총력을 집중'하기 위해 존재하며, 예를 들어 음악은 '음악을 위한 음악'이 아니라 음악방송을 통해 '국민에게 봉사하고, 이를 통해 국가의 목적에 봉사'미야모토(宮本), 1942 : 73~74·77하기 위해 존재한다고 강조했다.[9]

미야모토 주장의 배경에는 미국을 비롯한 개인주의·자유주의에 기초한 '자유국가'를 부정하고, 일본이 그 선구자인 '국방국가'시대의 구축이 있었다. '국방국가'의 임무는 '국가, 국민의 모든 기능을 국가의 목적에 집중'미야모토(宮本), 1942 : 66하는 것이다. 그 사상적 배경은 '개인은 그 자신이 완성된 개인으로서 독자적으로 생존할 수 있는 존재가 아니라 가족을 형성하고 사회를 조직하고 국가를 구성하여 공동생활을 영위할 때 그 생존을 완수할 수 있다'라는 것이다. 이를 통해 알 수 있듯이 '국방국가'의 진수는 바로 천황을 중심으로 한 국체 사상이었다.오타(太田), 2022b

미야모토는 1942년 6월 방송행정에서 손을 뗐지만, 그가 세운 방침은 〈대동아 소국민 모두 노래해 대회〉 방송에도 다분히 반영된 듯하다. 이가와井川, 2022는 민족음악이 외지에서 내지로 중계되었다고 지적했지만, 이 대회장에서는 외지의 노래가 '녹음'을 통해 전달되었다. 노래를 부

---

9 방송연구는 아니지만 '대일본제국'의 권력자들이 얼마나 특정 문화의 이용 가치를 인정하고 국내외에서 '문화권력'을 행사했는지에 대해서는 전시하 일본 및 조차지·식민지에서의 노[能]의 성쇠에 대해 정리한 서정완(2019)을 참조.

르는 '아시아 각국의 어린이들'과 같은 다민족 아동들은 모국의 노래를 모국어로 부르지 않고, 일본 아동과 함께 일본어로 '대동아 노래'를 합창하고 일련의 의례를 진행했다. 대회장에서 천진난만하게 노래를 부르는 한 명 한 명의 목소리는 라디오 방송을 통해서 '이종 혼성', 즉 각기 다르면서도 하나로 융합되어 '국가의 목적에 봉사'하는 '소국민'의 목소리가 되어 청취자에게 전달되었다.

이 대회의 방송은 '신민을 만드는 결정적인 장치'^{Jung 2016 : 218}였다는 정지희의 지적대로, 내지에서만이 아니라 바다 건너에서 라디오를 듣는 외지의 아동들이 도쿄에 있는 '소국민'의 부름에 응하여 '동시에' 같은 '대동아 노래'를 합창하고 의례를 진행하면서 '공동체 의식'을 형성하고 '정서적 결합'을 갖는 신민으로 거듭나기를 기대하고 있었다. 즉, 이 목소리에 응답하는 과정을 통해서 도쿄 중앙회장의 '소국민'과 함께 내지·외지의 다양한 청취자들이 '총력을 집중'하고 '팔굉일우'의 '가족을 형성'할 때 비로소 '그 생존을 완수'할 수 있는 '대동아공영권'이 형성되고, 동시에 황군의 대원수인 천황이 '지배자'로 군림하여 다민족으로 구성된 아시아의 신민을 통솔하는 강력한 '대일본제국'이 성립되는 것이다.

이상의 특별음악기획 이외에도 라디오 방송이 신민의 목소리를 포섭하려는 움직임은 1942년 8월에 시작된 〈전선과 후방을 잇다〉에서도 시도되었다. 종전 직전까지 방송되면서 청취자의 높은 인기를 자랑했던 이 프로그램은 전선에서 소식을 보내고 후방에서 답장하는 방식으로 제작되었다. 부모와 자식 간, 부부간에 주고받는 편지를 방송에 도입하여 목소리를 주고받는 형식으로 만든 것이다. 먼저 만주·화북·화중·남방에 있는 방송국에서 병사들의 목소리를 녹음하여 NHK로 보내면 녹음반이 이를 고향으로 전달했고, 이어서 나서 고향에 있는 가족들의 목소리를 녹음하는 순서로 제작되었다. '전파를 통해 수천 킬로미터의 공간을 극복하고, 전선과 후방을 하나로 묶는 효과가 크다'^{저자 불명, 1942a : 78}라고 하며 기대를 모았다.

실제 방송은 다음과 같이 이루어졌다.[10]

전선에서 고향의 아버지께 화중 파견군 육군 상병

7월에 들어서니 화중 지방도 본격적인 여름이 시작되었습니다. 아버님을 비롯하여 가내 두루 평안하신지요. 할머니는 별고 없으신지요? 일전에 보내주신 사진을 보니 아버지께서도 많이 늙으셨습니다. 너무 무리하지 마십시오. 저도 매일 건강하게 임무를 완수하고 있습니다. 이번에 난생처음 라디오를 통해 아버지와 이야기를 나눈다고 생각하니 너무 감격스럽습니다. (…중략…) 이번에 충칭의 장제스군을 토벌하는 대작전에서 우리 항공부대는 물론이고, 적지를 백발백중 폭격하는 (…중략…) 사랑스러운 전투기가 모든 능력을 발휘할 수 있도록 준비하는 작업이 우리 지상 근무원에게 매우 중요하기에 막중한 책임감과 함께 명예를 느낍니다 (…중략…) 새까맣게 그을린 제 몸은 건강합니다. 아버지의 건강을 기원합니다. 안녕히 계십시오.

---

10   저자 불명(1942b : 84~88)에서 인용. 개인정보 사용을 배려하여 이름은 적절히 생략·수정했다. 또한 〈전선과 후방을 잇다〉의 분석은 Jung(2016 : 213~216), 오타(太田, 2022a : 59~66)도 참조.

후방에서 전선의 아들에게 시즈오카현静岡県 슨토군駿東郡 오오카무라大岡村

이번에 라디오를 통해 네 소식을 들을 수 있다고 하여 할머니를 비롯해 집안사람들과 이웃 친척들까지 모여서 듣고 있다. (…중략…) 집안 걱정은 하지 말거라. 후방의 국민은 일치단결하여 각자의 직역봉공職域奉公에 성실히 임하고 있다. 안심하고 근무에 정진하도록 하여라. 너의 사소한 부주의로 비행기 사고가 나지 말라는 법이 없다. 나사 하나를 조이고 철사 하나를 두르는 일에도 전투기의 운명이 이 하나에 달려있다는 생각으로 세심한 주의를 기울여 힘쓰길 바란다. 네 몸은 드높은 분께 바친 것이니 더욱 몸조심하고 군무에 정진하도록 해라. 잘 지내거라.

'새까맣게 그을린 제 몸은 건강합니다'라고 말하면서 충칭 작전을 준비하는 아들에게 아버지가 '네 몸은 드높은 분께 바친 것이니'라며 응답하는 서신 교환에는 미야모토 요시오가 이상으로 여겼던, 국민이 '모든 기능을 국가 목적에 집중'하는 모습이 강하게 표출되어 있다. 〈전선과 후방을 잇다〉에서 방송된 내용은 '국민의 마음가짐이 훌륭하게 구현'된 '판에 박힌 모범적인 황국 신민의 서신 교환'이었다. 그러나 사전검열을 거친 편지를 녹음반 앞에서 읽어가는 방송이었다고는 해도 〈대동아 소국민 모두 노래해 대회〉에서 합창한 노래 가사처럼 정해진 문구가 아니었기에 편지 글귀에는 가족에 대한 정이 묻어났고, 오랜만의 '소식 교환은 큰 기쁨'다케야마(竹山), 2018 : 103임에는 분명했다.

이 프로그램이 전의를 고양한다는 방송 목적에서 일탈하여 전쟁 혐오감을 고조시켰을 가능성을 부인할 수는 없지만, 청취자의 상당수는 아마도 혈연·가족 간의 '공속 의식'과 '정서적 결합'을 들으면서 전선에 대한 동정과 후방에 대한 공감대를 형성했고, 그 결과 안면은 없지만 같은 상황에 놓인 청취자와 '정서적 결합'을 이루었을 것이다.[11] 내지와 외지, 전선과 후방이 하나가 되어 '봉공의 충정'을 다하는 신민은 이러한 '공속 의식'으로 연결된 '대일본제국'이 전시하 방송에서 흘러나오는 '훌륭하고' '모범적인' 목소리를 통해 그 모습을 드러냈다.

3) 〈종전을 고하는 방송〉이 온존한 '대일본제국'

일본군은 진주만 공격, 말레이 해전 등에서 승리를 거둔 뒤에 미드웨이 해전 참패, 과달카날섬 철수, 아투섬·사이판섬 수비대 옥쇄, 도쿄 대공습, 원폭 투하 등 여러 결정적인 사건으로 점점 궁지에 몰리게 된다. 악화하는 전황을 거짓된 보고로 감추려는 '대본영 발표'를 계속 전달하던 라디오는 마침내 일본의 패전을 알리는 〈옥음방송玉音放送〉을 내보내기에 이른다.일본방송협회 편, 2001 : 160~169[12]

〈옥음방송〉은 '참기 어려움을 참고 견디기 어려움을 견뎌'라는 구절로 유명한데, 쇼와 천황의 '대동아전쟁 종결에 관한 조서' 낭독은 37분 정도였던 〈종전을 고하는 방송〉의 일부로, 전체 방송에서 5분이 조금 못 되는 시간을 차지한다. 1945년 8월 15일 정오를 알리는 소리와 함께 시작된 〈종전을 고하는 방송〉은 기립을 촉구하는 안내, '기미가요', 천황의

---

11 전시하 방송에 대한 청취자의 찬반 반응에 대해서는 다케야마(竹山, 2005; 2018)를 참조.

12 〈옥음방송〉에 관한 대표적 선행연구로 방송 경위를 정리한 다케야마(竹山, 1989; 2002), 현대 일본에 미친 영향에 대해 논한 사토(佐藤, 2014)를 참조.

조서 낭독 녹음판 재생, '기미가요', 아나운서의 조서 봉독, 내각 고유·포 츠담 선언·카이로 선언 낭독을 포함한 총 9개 항목으로 이루어진 종전 관련 보도로 구성되어 있다.[13]

〈종전을 고하는 방송〉은 일본 전역뿐만 아니라 중국 점령지·만주· 조선·남방의 여러 지역으로도 방송되었다.[14] 일본 문학 연구자인 고모 리 요이치小森陽一는 쇼와 천황이 '대일본제국 신민'을 상대로 발신한 〈옥 음방송〉에 대해, '일찍이 미영 두 나라에 선전포고한 이유도 사실 제국의 생존과 동아시아의 안정을 간절히 바라는 마음에서 나온 것이며, 타국의 주권 배제와 영토 침략은 본디 짐의 뜻이 아니었다'라는 문구에서 분명 히 알 수 있듯이 전쟁 문제를 미국과 영국을 상대로 한 전쟁으로 한정한 데다가 '카이로 선언에 명기된 식민지 해방에 대해서 (…중략…) 입을 다 물어 (…중략…) 식민지 지배에 대한 야욕과 사실이 마치 존재하지 않았 다'고모리(小森), 2001 : 83~84는 듯한 잘못된 인식을 초래했다고 일갈한다. 당시 의 청취자들은 한자어가 나열된 난해한 〈옥음방송〉의 내용을 뒤이어 방 송된 '종전 관련 보도'를 통해서 (서서히) 이해했을 것이다. 내지와 외지의 신민들에게 이 보도는 대체 무엇을 전달했을까.

지면 제한과, 청취자의 목소리를 반영한 방송을 고찰하는 이 글의 취 지에서 벗어나므로 상세한 분석은 하지 않겠지만, 신민에게 메시지를 발 신한다는 관점에서 볼 때 '종전 관련 보도'에서 주목해야 할 점은 '동포' 의 '혼란'이 '황국 멸망'을 초래할 수 있다는 충고로 시작하는 '공동선언

---

13 〈종전을 고하는 방송〉의 전체 내용은 다케야마(竹山, 1989 : 117~147)를 참조.
14 대만에서의 〈옥음방송〉 청취에 관해서는 이가와(井川, 2022 : 196~226)를 참조.

수락＝평화 재건의 대조환발大詔渙発'이라는 항목의 끝부분이다.

> 시국을 통분한 나머지 동포들이 서로에게 상처를 입히고, 그 결과 경제적, 사회적, 도덕적 혼란을 초래하는 일은 황국 멸망의 원인임을 굳게 명심해야 합니다.
> 국민 한 사람 한 사람은 강한 자책감으로 이 현실을 직시하고, 넓은 마음으로 상처 입은 전우를 보살피고, 깊은 우애심으로 서로 돕고 이끌어 이 국가 민족 최대의 고난을 타개해야 합니다.
> 위대한 국민으로 다시 태어나기 위한 피와 눈물의 싸움이 오늘부터 시작되었습니다. 우리 일억 국민은 이 현실을 직시하고, 국체 보전과 민족의 명예 유지를 위해 마지막 일선의 도약대가 되어 한층 더 치열한 부흥전에 돌입해야 합니다. 지금이야말로 삼천 년 전통에 입각하여 오직 천황의 큰마음에 귀일하고, 영원한 황운皇運과 신국神州의 불멸을 확신하면서 군민君民이 친화하고 전 국민이 일치 결속하여 이 미증유의 국난을 극복하기 위해 매진해야 할 때입니다.다케야마(竹山), 1989 : 138~139

이 보도를 통해 아나운서가 호소한 것은 '현인신現人神인 천황과 이를 맑고 밝은 마음으로 섬기는 국민천황의 적자으로 이루어진'나가오(長尾), 1982 : 44 전통적인 국체론에 근거한 군신일체君臣一體의 관계가 아니라, 성스러운 결단으로 평화를 이룩한 천황에 대해 '국민 한 사람 한 사람'의 '강한 자책감'이 뒷받침하는 '군민친화君民親和'의 관계 속에서 '국체 보전'을 완수하고, 나아가 '전 국민이 일치 결속'하여 '미증유의 국난을 극복'하자는 목표였다. 청취자들은 오랜 전쟁으로 피폐한 상황 속에서도 '위대한 국민으로 다시 태어나기 위한 피와 눈물의 싸움', 즉 연합국에 의한 점령이라는 '한층 더 치열한 부흥전'에 한마음이 되어 진격하도록 요구받고 있었다. 인용문에도 잘 드러나 있듯이 '종전 관련 보도'의 목적은 천황의 '큰 마음'에 대한 청취자의 '자책감'이라는 정서적 반응을 환기하여, 일본의 패전으로 뿔뿔이 흩어질지도 모르는 그들·그녀들을 다가올 점령에 대비하여 다시 한번 천황을 중심으로 단결시키는 데에 있었다.^{오타(太田),}

2022a : 66~73

쇼와 천황이 아시아에 대한 침략전쟁과 식민지배를 언급하지 않은 점, 그리고 아나운서가 '국체 보전'을 '도약대'로 '전 국민의 일치 결속'을 호소한 점을 감안하면, 통상 '포츠담 선언'을 수락한 방송이었다고 해석하는 〈옥음방송〉을 포함한 〈종전을 고하는 방송〉은 〈대일본제국〉을 붕괴시켰다기보다 오히려 존속시키는 역할을 했다고 할 수 있다. 하지만 이처럼 '대일본제국'을 보전한 라디오 방송에서 이후 흘러나온 목소리는 '모범적인 황국민'의 목소리와는 크게 다른 목소리였다. 전시하에서 점령하로 바뀌면서 라디오 방송이 새로 도입한 목소리의 내용을 확인하고, 외지로 방송된 〈종전을 고하는 방송〉의 의미를 다시 한번 생각해 보고자 한다.

3. '마이크 개방'을 통한 '제국'의 종언, 혹은 재편

1) 청취자의 목소리가 끝낸 '대일본제국'

1945년 9월 2일 도쿄만에 정박한 미 함선 미주리호 선상에서 항복 문서가 조인되면서 제2차 세계대전의 정식 종결이 확인되었고, 약 6년 8개월에 걸친 연합국의 일본 점령이 시작되었다. 연합국 최고사령관 총 사령부General Headquarters, Supreme Commander for the Allied Powers, 이하 GHQ의 명령 에 따라 일본의 동아방송은 중지되었고, 같은 달 4일에는 외국어에 의 한 해외방송, 같은 달 10일에는 일본어에 의한 해외방송의 모든 송신이 정지되었다.일본방송협회, 2001 : 201; 이가와, 2022 : 220 일본의 세력권 축소는 전전〈그 림 2· 3〉참조에서 전후〈그림 4〉참조로 패전 전후의 방송국 분포 변화를 통해서 도 확인된다.[15]

국내 방송의 관리도 점령 직후부터 시작되었다. 일본이 연합국에 두 번 다시 위협이 되지 않도록 GHQ는 군국주의 배제와 민주주의 육성을 점령 목적으로 내걸고 각종 매체를 활용했다. 그중에서도 전시부터 계 속된 종이 부족의 영향을 받지 않고 전국에 일제히 정보를 발신할 수 있 는 라디오가 중시되었다. GHQ의 한 부서로 라디오 방송의 지도와 관리 를 담당했던 CIECivil Informatino and Education Section, 이하 CIE는 NHK와 연계하 여 방송 개혁을 수행했다. CIE의 목적은 '언론의 자유'를 비롯해 민주주 의가 무엇인지 라디오를 통해서 교육하고, 전시하에서 국책 전달과 전의

---

15 〈그림 2〉는 『라디오 연감』 쇼와 16년 판 앞 면지, 〈그림 3〉은 같은 책 뒤 면지, 〈그림 4〉 는 『라디오 연감』 쇼와 23년 판 앞 면지에서 인용.

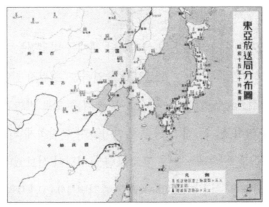

〈그림 2〉 동아방송국 분포도(1940년 10월 말 시점)

〈그림 3〉 남방 아시아 방송국 분포도(1940년 10월 말 시점)

〈그림 4〉 전국 방송국 분포도(1948년 시점, 제1방송)

고양의 수단으로 이용된 방송의 상의하달 체계를 바로잡는 것이었다. 이 목적을 달성하기 위해 CIE는 청취자가 출연하는 '청취자 참여 프로그램' 형식을 적극적으로 도입했고, '방송을 민중의 것으로 만들기 위해 민중의 목소리와 의사를 자유롭게 방송에 받아들여 활발하게 의견을 개진할 기회를 제공하는'일본방송협회, 1947 : 7 프로그램을 잇달아 선보였다.

이러한 배경을 청취자가 알지는 못했지만 1945년 9월 19일 일본의 방송에 새바람을 불어넣은 〈건설의 목소리〉가 시작되었다. 청취자가 NHK로 보낸 사연을 있는 그대로 내보내는, 이른바 라디오 사서함을 운영한 이 프로그램에는 하루에 300통가량의 편지가 쇄도했고 그 상당수는 식량 문제의 심각성을 호소했다. 다음 달인 10월에는 서신으로 신청곡을 받는 음악 프로그램 〈희망 음악회〉가 시작되었고, 시작 첫날부터 1일 5,000통에 달하는 신청이 쏟아졌다.일본방송협회, 2001 : 221·238~240

청취자의 목소리를 간접적으로 전달하는 투서 프로그램과 더불어 청취자가 직접 출연자가 되는 프로그램도 등장했다. 1946년 1월에는 하루에 300명을 심사하여 합격하면 전국에 노랫소리가 방송되는 〈노래자랑 아마추어 음악회〉가 시작되었다.[16] 방송계에 큰 파문을 일으킨 방송은 '일본의 민주화 수준을 보여주는 척도가 되었다'일본방송협회, 1947 : 7고 평가받는 〈방송토론회〉였다. 이는 지식인과 청중이 매회 특정한 주제로 의견을 나누는 프로그램이었다. 1945년 11월 21일의 제1회 방송에서는 불과

---

16 다음 웹사이트에서 실제 프로그램의 일부 청취 가능. 〈노래자랑 아마추어 음악 대회〉, NHK 아카이브·NHK 방송사.
https://www2.nhk.or.jp/archives/movies/ ?id=D0009060070_00000(최종 열람 2023.2.28).

한 달 전에 석방된 공산당의 도쿠다 규이치德田球一와 중의원 의원인 기요세 이치로清瀬一郎와 마키세 료조牧瀬良三가 출연하여 급진·보수·자유의 입장에서 '천황제에 대하여'라는 주제로 토론을 벌였다. 오랜 기간 금기시되어 온 천황제에 대한 논의를 해금한 이 방송은 큰 반향을 불러일으켰다.다케야마, 2002 : 274~285

〈방송토론회〉처럼 지식인이 논의의 중심에 서지 않고 청취자 한 명 한 명을 주인공으로 한 방송이 〈길거리 녹음〉이었다. 1945년 9월 NHK 아나운서가 하나의 주제를 들고 행인에게 의견을 묻는 프로그램인 〈거리에서〉가 시작되었고, 이듬해 6월 〈길거리 녹음〉이라고 명칭을 바꾼 후에 '가이로쿠'라고 불리며 인기를 끌었다. 그 인기의 정도를 보여주는 방송 회차로 1947년 6월 24일에 방송된 '경제 긴급 대책에 관하여'를 들 수 있다. 신헌법이 시행된 후에 처음으로 내각총리대신에 취임한 가타야마 데쓰片山鉄 총리와 와다 히로오和田博雄 경제안정본부 총무 장관이 긴자의 시세이도 앞에 등장하여 청중과 의견을 나누는 모의국회와 흡사한 이 녹화에 약 4,000명의 관람객이 모여들었고, 자동차와 전차까지 통제될 정도였다.

〈길거리 녹음〉은 거리로 나가지 못하는 청취자의 목소리도 담았다. 일례로 1947년 4월 22일에 방송된 〈청소년의 불량화를 어떻게 막을까, 제2편 굴다리 아래의 딸들〉은 NHK 아나운서가 GHQ 본부가 있는 도쿄 유라쿠초에 직접 나가서 미군을 상대로 매춘하는 이른바 '팡팡'이라고 불리는 여성들에게 마이크를 숨기고 인터뷰를 진행했다. 오늘날 일본 라디오 다큐멘터리의 선구이자 가장 유명한 작품으로 평가받는 이 방송은 당시 '밤거리 여자들의 생활상을 마이크를 숨긴 채 담아낸 비장한 박력감으로 큰 반향'을 불러일으켰다.일본방송협회, 1948 : 56; 일본방송협회, 2001 : 221~223; 미야타(宮田), 2014 : 31[17]

새로운 프로그램 중에는 전쟁을 소재로 한 것도 있었다. 1946년 2월에 시작한 〈진실 상자〉는 〈건설의 목소리〉와 달리 전쟁에 관련된 사연만을 접수했다.[18] 〈진실 상자〉의 전신 프로그램은 1945년 12월에 시작된 다큐멘터리 드라마 〈진실은 이렇다〉였다. 이 프로그램에서는 지난 전쟁을 '"대동아공영권"을 건설하기 위한 "성전"으로 미화하는' 대동아전쟁사관이 부정되었고, '만주사변-중일전쟁-아시아·태평양전쟁을 연속된 일련의 전쟁'요시다(吉田), 1995 : 31~32으로 바라보는 태평양전쟁사관이 제시되었다. 아울러 이 프로그램은 난징대학살과 바탄반도 죽음의 행진을 효과음과 함께 생생히 전달하면서 일본 군부와 정부의 실태를 폭로했다.일본방송협회편, 1977 : 218~219 후속 프로그램인 〈진실 상자〉에서는 군국주의 타파에 대한 강도가 약해지고 일본군의 선행을 소개하는 등 청취자들의 의문을 폭넓게 해소했다.다케야마, 2011 : 37

지금까지 살펴본 GHQ에 의한 전후의 방송 민주화 개혁은 '마이크

---

17 다음 웹사이트에서 실제 프로그램의 일부 청취 가능. 〈길거리 녹음〉, NHK 아카이브·NHK 방송사.
   https://www2.nhk.or.jp/archives/movies/ ?id=D0009060073_00000(최종 열람 2023.2.28).

18 다음 웹사이트에서 실제 프로그램 제41회 청취 가능. 〈진실 상자〉, NHK 아카이브·NHK 전쟁 증언 아카이브.
   https://www2.nhk.or.jp/archives/movies/ ?id=D0001200036_00000&ref=search(최종 열람 2023.2.28).

개방'이라는 용어로 상징되었다. 역사학자 아와야 겐타로粟屋憲太郎는 '패전이라는 분명한 사실'을 통해 '전시 선전의 허위성이 점차 드러났고', '전후 국민 의식 형성의 첫걸음은 전시 선전의 긴박감으로부터의 해방이라는 형태로 시작되었다'^{아와야(粟屋), 1995 : 248}라고 지적한다. 아와야의 지적에서 알 수 있듯이 '마이크 개방'의 '개방'에는 직·간접적인 '청취자 참여 프로그램'을 통해 청취자의 생생한 목소리를 담아냄으로써 군국주의적인 전시하 방송이 박탈했던 '사상·언론의 자유'를 민주적인 점령하 방송이 당당하게 일본의 청취자들에게 되돌려주었다는 '해방'의 울림이 내재한다.

전시 체제하의 합창이나 의례, 가족 간의 목소리 편지로 '판에 박힌 황국민의 모범적인 관계'를 구축하고, 〈종전을 고하는 방송〉을 거치면서도 여전히 '대일본제국'을 존속시켰던 일본의 라디오 방송은 점령기에 들어서면서 '마이크 개방'을 통해 해방된 청취자의 목소리를 내보내기 시작했다. 더 이상 신민이 아닌 청취자들의 생생한 목소리가 흘러넘치면서 '대일본제국'은 그 자취를 감추게 되었다.

2) 국민의 목소리가 개척한 '포스트제국'

지금까지 살펴본 바와 같이 선행연구는 대체로 '마이크 개방'을 긍정적으로 평가하고 있으며, 일본의 방송사에서 새로운 시대를 연 사건으로 파악한다. 그러나 CIE는 모든 청취자의 목소리를 덮어놓고 환영하지만은 않았다. 검열을 동반한 '정보 프로그램information program'을 실시하여 CIE의 방송 의도를 준수하는 목소리만을 발신했다.[19]

CIE는 방송관리뿐만 아니라 각종 매체신문, 잡지, 라디오, 교육 전반초·중·고등교육, 사회교육, 교육 관계자의 적격심사, 예술영화, 연극, 종교신도, 불교, 기독교, 신흥종교, 여론조사, 문화재 보호 등 교육 및 문화에 관한 광범위한 개혁을 감독했다.다케마에(竹前), 1983 : 115~128 CIE 인력은 CIE의 전신인 미 태평양 육군United States Army Forces, Pacific의 심리작전과Psychological Warfare Branch, 이하 PWB와 1942년 루스벨트 미국 대통령이 국내외 홍보·선전 활동을 위해 설치한 전시정보국Office of War Information, 이하 OWI을 통해 주로 소집되었다. PWB의 과장은 맥아더의 군사고문이자 첩보 및 심리전 전문가인 보너 펠러스가 맡았으며, OWI에는 『국화와 칼』의 저자인 루스 베네딕트를 비롯한 일본 전문가 다수가 소속되어 있었다.쓰치야(土屋), 2009 : 128

전시적인 성격이 강한 CIE의 다양한 임무는 GHQ의 출범을 규정한 1945년 10월 2일 자 'SCAP 일반명령 제4호'에 규정되어 있다. 방송에 관련된 중요한 내용은 '일본의 정치, 경제, 사회 재건에 관한 정책을 일본 국민이 충분히 이해할 수 있도록 정보 프로그램을 기획하고, 일본의 모든 미디어를 활용하여 실시한다'고고(向後), 2005 : 29라는 임무였다. 점령기에 방송된 수많은 라디오 프로그램의 10% 이상은 CIE가 '정보 프로그램'에 기반하여 독자적으로 기획·제작한 미국 정부의 공인 프로그램이었으며, 나머지 90% 미만은 NHK가 기획·제작하고 CIE가 지도한 프로그램이었다. CIE 내부에서 전자의 프로그램군은 '정보 프로그램'이라고 불리면서 청취율이 높은 시간대에 중점적으로 편성되었다. 그리고 그 대부

---

19   이 절의 CIE와 PPB에 관한 기술은 오타(太田, 2022a : 77~79)에 의거한다.

분이 청취자의 목소리를 담은 것이었다. '정보 프로그램' 방송의 목적은 전쟁범죄 의식을 철저히 하여 군국주의 사상을 배제하고, 민주주의와 그 가치를 이해시키는 일본인의 재교육에 있었다. '정보 프로그램'의 '정보' 란 머지않아 다가올 동서 냉전에 대비하여 반공 선전을 전개하고, 일본 을 미국의 동맹국으로 끌어들이기 위한 필수 '정보'라는 의미로 사용되었다.연합국 최고사령관 총사령부 1997 : 〈3〉-〈11〉, 15~19; 고고(向後), 2012 : 56~57

방송 지도와 제작에 실질적으로 관여한 CIE 이외에도 GHQ에는 미국의 국익이나 연합국의 명예를 훼손하는 정보가 유포되는 것을 막기 위해 검열을 진행하는 민간 검열 지대Civil Censorship Detachment가 있었고, 그 내부에 방송검열을 담당하는 영상·출판·방송검열부Press, Pictorial and Broadcast Division, 이하 PPB가 설치되어 있었다. 프로그램에서 소개할 만한 가치가 없다고 판단한 사연이나 방송에 적합하지 않다는 이유로 녹음판 사전검열에서 잘려나간 길거리 발언은 일종의 여론조사처럼 민의를 반영한 중요 자료로 GHQ 내부에서 참조되었고, 새로운 프로그램을 기획하거나 점령정책을 수정하는 데에 도움을 주었다.Mayo, 1988 : 60; 다케야마, 2002 : 339~340; 다케야마, 2011 : 38~39 이처럼 CIE가 PPB와 연계하여 주도한 '마이크 개방'에는 점령지의 청취자에게는 드러나지 않는 폐쇄적인 측면이 다수 존재했다.

그렇다면 미국 홍보전략의 일환이었던 '정보'의 발신은 구체적으로 어떤 목소리의 포섭을 통해서 이루어졌을까. 먼저 앞에서 서술한 〈진실 상자〉를 예로 들어보면, 이 프로그램은 특히 중요한 '정보 프로그램'으로 제작되었다. 이 프로그램에서는 1946년 5월에 개정한 도쿄재판극동국제군사재판의 진행과 연동되도록 그해 5월에서 7월 사이에 천황의 전쟁책임을 둘러싼 사연을 집중적으로 소개했다. 일련의 질문은 '천황 폐하는 진주만 공격 계획을 알고 계셨습니까'로 시작하여 '천황 폐하는 평화를 중시하셨는데 우리는 왜 전쟁으로 치달았습니까'로 끝나는데, 이들 투서의 목소리는 전쟁책임은 천황에게 있는 것이 아니라 오히려 미국과 영국을 상대로 개전하기를 원했거나 아니면 개전을 막지 못한 '우리'에게 있지는 않은지 청취자가 주체적으로 묻는 과정을 전달했다. 투서에 대한 대답도 그랬지만, 투서의 목소리 그 자체가 점령하의 일본 사회에서 천황의 면책을 지지하고 수용하는 심리적 토양을 형성하는 역할을 담당했다.오타, 2022a : 131~172 · 429~430

또한 〈진실 상자〉의 후속 프로그램으로 1946년 11월 3일 신헌법 공포 직후에 시작된 〈질문 상자〉에서는 전쟁 이외의 생활 일반에 관한 질문도 폭넓게 반영되었고, 〈진실은 이렇다〉와 〈진실 상자〉에는 없었던 오락성이 강조되었다. 그러나 실제로는 전쟁에 관한 사연도 계속 소개되었다. 또한 동시에 부인국婦人局이나 노동법 같은 한정적인 '정보'에 관련된 투서에는 미국의 역사나 현상을 인용한 답변이 이루어졌다. 〈질문 상자〉에서 소개된 투서의 목소리는 대일본제국의 주권자였던 천황을 대신하여 새롭게 일본국의 주권자가 될 청취자들에게 신헌법을 이해하고, 여성운동이나 노동운동을 통해 냉전의 보루가 될 국가건설에 이바지하기를 요구했다. 다시 말해 이 프로그램은 청취자에게 친미적이고 민주적인 주권자로서의 국민이 되도록 호소했다고 할 수 있다.오타, 2022a : 173~247 · 430~435

동일한 호소는 일본 최초의 퀴즈 프로그램으로 알려진 〈이야기 샘〉에서도 행해졌다.[20] 1945년 12월에 시작된 〈이야기 샘〉은 서신으로 접수한 수수께끼를 박학다식한 일반 답변자들이 10초 이내에 풀이하는 참신한 형식으로 화제를 불러 모았다. 여기에 청취자를 초청하는 공개 녹음이 인기에 박차를 가하면서 제1회부터 제4회 방송까지 3주 만에 총 6,360통의 신청서가 접수되었다. 놀랍게도 채택된 문제에 대해서는 30엔, 답변자가 풀지 못한 문제에 대해서는 50엔을 문제를 낸 청취자에게 지급했으며, 1948년에는 인플레이션의 영향으로 상금이 각각 50엔, 300엔으로 인상되었다고 한다.NHK방송문화조사연구소 1989 : 130; 일본방송협회, 2001 : 241~242

　제한 시간 설정이나 상금 지급이라는 형식에서 알 수 있듯이 〈이야기 샘〉은 단순한 오락 프로그램이 아니었다. 이 프로그램은 미국형 자본주의적 민주주의를 뒷받침하는, 이른바 개인에게 기회의 평등은 약속되지만 능력에는 차이가 존재한다는 실력주의의 근본원리를 퀴즈라는 형식을 통해서 구현한 방송이었다. 냉전이 격화하는 가운데 녹화장이나 거실에서 청취자는 그 원리를 목도하고 나아가 스스로 실천했다.Jung, 2014 미디어 연구자인 니와 요시유키丹羽美之는 퀴즈란 '특수'하고 '이상'한 커뮤니케이션 형식이며, 퀴즈라는 문화는 '자신도 모르는 사이에 특정한 지식을 "상식"으로 중심화하고 정당화하는 힘을 갖는다'라고 지적한다. 니와에 따르면 퀴즈 출제자는 '○○인이라면 최소한 알아야 할 상식'을 결정하는 지배적 위치에 있다. 반대로 청취자와 시청자는 '그 퀴즈에 자발적으로 "참여"하여 "상식"을 학습하고, 출제자가 속한 지배적문화의 반

20　다음 웹사이트에서 실제 프로그램의 일부 청취 가능. 〈이야기 샘〉, NHK 아카이브·NHK 방송사.
　　https://www2.nhk.or.jp/archives/movies/?id=D0009060075_00000(최종 열람 2023.2.28).

열에 오른다.' '퀴즈는 (…중략…) "상식"을 공유하는 공동체를 생산·유지·확인하는 장치'니와(丹羽), 2004 : 198인 것이다.

니와[2004]의 말에 따르면, 투서로 퀴즈를 모집하는 〈이야기 샘〉은 청취자에게 전후의 '일본인이 꼭 알고 있어야 할 상식'으로 미국형 민주주의를 보여주는 동시에, '그 상식을 공유하는' 친미 민주적인 일본국민이라고 하는 '공동체를 생산·유지·확인하는 장치'로 기능했다. 퀴즈 프로그램은 아니었지만 〈질문 상자〉도 투서에 어떤 답변이 돌아오는지 청취자가 정답을 예측하면서 라디오에 귀를 기울였다는 측면에서 생각하면, 그들·그녀들이 '자신도 모르게' 미국의 국익이 되는 '정보'라는 '특정 지식'을 "상식"으로 중심화·정당화'하는 프로그램이었다고 해석할 수 있다.

CIE가 투서를 자작했을 가능성은 부인할 수 없다. 하지만 중요한 것은 그러한 투서가 실제 청취자가 보낸 사연으로 소개됨으로써 방송 제작자가 원했던 목소리가 실제 거리의 목소리로 둔갑하여 청취자에게 전달되었다는 점이다. 다시 말해서 〈이야기 샘〉과 〈질문 상자〉가 내보내는 투서의 목소리는 어디까지나 '정보'를 선전하는 목소리이며, GHQ·CIE가 이상으로 여기는 '일본국', 즉 아시아에 구축해야 할 '친미 민주주의의 보루'를 방송 공간에서 창출한 것이다. 두 프로그램에서 연출된 오락성은 청취자에게 재미를 선사하면서 '보루' 구축에 대한 '자발적' '참여'를 촉진하는 라디오 방송 특유의 수단이었다.

여기서 간과해서는 안 되는 점은 프로그램에서 거론된 목소리의 일부가 허구일 가능성이 크다는 점이다. 그리고 이는 동시에 아무리 다수파이거나 절실해 보여도 실제 청취자의 목소리가 포함되지 않았을 가능성이 크다는 뜻이다. '마이크 개방'을 통한 목소리 포섭에는 동시에 목소리 배제도 수반되었다. PPB에 의한 검열 문제와는 별도로 점령기의 라디오 방송에는 '친미 민주주의의 보루'에 관한 '정보'만을 송출하고, 또 그 '정보'를 '상식'으로 익히고 구현하면서 '보루' 구축에 기여하는 청취자만을 '일본국' 내부로 받아들였다는 문제가 있었다. CIE는 프로그램에서 다루는 목소리와 다루지 않는 목소리를 엄격히 구별하여 '보루' 구축에 공헌하지 않는 청취자는 '상식을 결정하는' 위치에 세우지 않았으며, 그들·그녀들만의 '공동체' 구축을 결코 허용하지 않았다. 내막을 모르는 청취자는 의식적·무의식적으로 친미 민주국가 일본국 국민의 '공동체'인 '일본국'의 '일원'이 되었다.

CIE에 의한 목소리의 전략적 취사선택을 동아시아 맥락에서 생각할 때 가장 적절한 프로그램은 수많은 투서 프로그램 중에서도 큰 반향을 불러일으킨 〈사람을 찾습니다〉라고 할 수 있다.[21] 〈사람을 찾습니다〉는 청취자가 특정 개인의 소식을 공개적으로 묻는 이례적인 프로그램으로, 귀환자·미 귀환자가족·이산가족·전쟁이재민의 라디오 연락망이었다. 1946년 7월 방송이 시작된 이래 3년 동안 19,515건의 의뢰가 다루어졌고, 그중 6,797건의 소재가 파악되었다고 한다. NHK에는 절박한 편지와 함께 '어둠 속에서 빛을 찾은 기쁨입니다. 무어라 감사의 말씀을 드려야 할지 모르겠습니다', '라디오 덕분에 가족 모두가 정말 기뻐하고 있습

---

21 다음 웹사이트에서 실제 프로그램의 일부 청취 가능. 〈귀환 소식, 사람을 찾습니다〉, NHK 아카이브스·NHK 방송사.
https://www2.nhk.or.jp/archives/movies/?id=D0009060069_00000(최종 열람 2023.2.28).

니다'라는 감사의 편지가 속속 접수되었다.^{일본방송협회, 2001 : 225~227} 〈사람을 찾습니다〉가 시작되던 당시의 NHK 해설에는 '귀환자 중에는 온갖 고난을 겪고 몇 년 몇십 년 만에 귀국하여 고향으로 돌아가려 했지만 고향이었던 도시나 마을이 폐허로 변해서 돌아갈 집이 없는 사람이 무수히' 많다. '전쟁의 타격으로 인한 불행에서 한 명이라도 더 구하고자 하는 뜻에서 만들었다'^{일본방송협회, 1948 : 29}라고 기록되어 있다.

일본이 근대화·제국화를 추진하면서 외지와 세력권으로 360만 명이나 되는 사람들이 나갔고, 반대로 특히 조선에서는 200만 명 이상의 사람들이 내지로 들어왔다. 〈대동아 소국민 모두 노래해 대회〉에 참가한 아동들도 이 200만 명에 포함될 것이다. 이와 같은 전쟁 이전의 이동은 일본의 패전으로 역류하기 시작하여 외지에서 350만 명이 넘는 귀환자가 들어왔고, 160만 명의 송환자^{귀국자}가 외지로 나갔으며, 여기에 전쟁터에서 돌아온 복원병 320만 명이 함께 이동했다. 구 만주와 한반도 간의 100만이 넘는 쌍방향 이동을 추가하면, 일본의 패전은 900만 명이라는 방대한 사람들의 이동을 발생시킨 셈이다.^{난(蘭), 2011 : 4~10}

전후의 국경선 재설정은 일본에 새로운 지리적인 틀을 부여함과 동시에 앞서 본 〈그림 2·3〉에서 〈그림 4〉로 이행하는 방송 공간의 축소를 초래했다. 일본의 패전을 계기로 황군 병사를 비롯한 신민의 목소리는 치열한 전쟁에서 살아 돌아온 복원병을 시작으로 일본인의 목소리로 다루어졌고, 이러한 목소리의 포섭은 과거의 '대일본제국'을 '일본국'으로 이행시켰다. 이 방송 공간에서 일찍이 '소국민' 합창에 참여했던 외지나 일본의 세력권은 일본인이 '온갖 고난을 겪은' 장소로 변모했다. '일본국'

에는 송환자를 비롯한 아시아 사람들의 목소리가 끼어들 여지가 없었고, 그들·그녀들의 '전쟁 타격으로 인한 불행'은 구원받지 못했다.

앞에서 인용한 NHK의 해설에는 '매일 계속된 사람 찾기 방송은 사람들이 이제 겨우 전쟁을 잊으려 할 때 어쩌면 듣는 이에게 다시금 생생한 전쟁의 여운을 전달하는 어두운 측면도 있었지만, 반면에 전후의 황량하고 몰인정한 세상에 한 줌의 따뜻한 인정을 선사하는 정반대의 측면도 있었다'^{일본방송협회, 1948 : 29}고 덧붙이고 있다. 앞에서 서술한 바와 같이 〈진실은 이렇다〉와 〈진실 상자〉는 태평양전쟁 사관에 근거하여 제작되었고, 이는 '대만·조선에 대한 일본의 식민 통치 문제를 완전히 시야 밖'^{요시다 1995 : 31~32}으로 내놓는 역사관이었다. 아마도 CIE는 아시아 피지배자들의 목소리가 방송되면 태평양전쟁 사관과 대립하는 '생생한 전쟁의 여운'이 '일본국'에 울려 퍼질지 모른다는 우려에서 〈사람을 찾습니다〉에서 이들의 목소리를 다루지 않았을 것이다.²²

미국의 정치외교사를 전문으로 하는 니시자키 후미코西崎文子는 미 제국주의의 두드러진 특징 중 하나로 미국이 '식민지 정책에서도 자유, 평등, 인민 주권이라는 가치를 일관적으로 내세웠다'는 점을 들고 있다. 니시자키에 따르면 그 목적은 '피지배자들이 질서 있는 사회를 형성하고 자립할 수 있도록 돕는' 데에 있으며, 이 '돕기'는 결과적으로 피식민지에 '미국의 의사를 추종하는 정권을 "민주적"으로 수립·보호하는 "가부

---

22 현(玄, 2011)은 당시 국영방송이었던 중앙방송국(Korean Broadcasting System)이 일본의 〈사람을 찾습니다〉와 흡사한 〈사할린 동포에게〉라는 프로그램을 제작한 점을 지적한다. 이 프로그램은 1972년 4월 시작되었고, 한국의 이산가족을 찾기 위해 사할린으로 방송되었다.

장적"인 제국주의 지배'니시자키(西崎), 2004 : 50를 초래했다. 이 주장을 방송에 대입하면, CIE가 '마이크 개방'으로 표방한 '사상·언론의 자유'는 '미국의 의사에 복종'할 것을 대전제로 한 자유였으며, 방송은 미국의 '가부장적'인 지도, 더 정확히는 엄중한 통제가 이루어지는 '제국주의 지배' 아래에서 어디까지나 미국적인 '민주적인' 국가로 일본을 '수립·보호'하는 데 도움을 주었다고 해석할 수 있다.

'마이크 개방'을 거치면서 청취자들은 전시하의 긴박한 방송에서 벗어나 다양한 사람들의 폭넓은 의견을 접하고, 또 그러한 발언이 가능한 '자유'를 획득했다고 여겼다. 분명 참신한 퀴즈 방송이나 음악방송, 흩어진 가족을 다시 만날 수 있게 도와주는 '인정'까지 전달하는 목소리는 전쟁 중에는 없었던 '정서적 결합'을 청취자들에게 안겨주었다. 하지만 이러한 목소리는 진정한 '이종혼합'의 목소리로 보이지만 실제로는 GH-Q·CIE가 아시아의 사람들을 배제하기 위해 철저하게 계산한 정치 전략적인 '정보' 선전의 목소리였다. 청취자는 '친미 민주주의의 보루' 구축을 직간접적으로 촉구하는 프로그램에 귀를 기울이고, 그 목소리에 응답하거나 감정을 이입하면서 전후의 '상식'을 공유하는 다른 청취자와 함께 친미 민주국가로 거듭나려는 일본에 '동참'했다. 이렇게 '공속 의식'으로 둘러싸인 청취자는 GHQ·CIE가 생각하는 이상적인 국민으로 변모해 갔다. 전시하 라디오 방송이 '대일본제국'을 창출했던 신민의 목소리를 대신해서 점령기의 라디오 방송이 송출한 국민의 목소리는 새로운 '일본국'을 만들어냈다. 그리고 이는 냉전을 주시하는 미국의 제국주의가 살아 숨 쉬는 '포스트제국'의 탄생이기도 했다.

3) 라디오 방송 단절 / 연속시킨 '제국'

전쟁 전에는 신민의 목소리를 통해 '대일본제국'이 창출되었다. 그렇다면 전후는 국민의 목소리로 창출된 '일본국'이라는 '제국'의 단절인가, 아니면 '포스트제국'의 창출이라는 '제국'의 연속인가. 여기에서는 지금까지의 고찰을 바탕으로 일본의 패전이 방송에 끼친 영향에 대해 알아보려 한다.

우선 NHK가 2001년도에 출간한 『20세기 방송사』에 등장하는 본방송 개시부터 점령기에 이르는 변화에 대해 단적으로 기술한 부분을 참조해 보자.

> 1925년 (…중략…) 방송 개시부터 태평양전쟁 종료에 이르기까지 방송은 '상의하달'이라는 효율적인 시스템으로 기능하면서 국가 의사의 침투와 그에 따른 여론 형성에 지대한 역할을 했다. 전후의 방송은 그 반성으로부터의 재출발했다. GHQ의 CIE (…중략…) 의 지도와 감독 아래에서 국민의 목소리를 적극적으로 수용하는 새로운 프로그램 기획이 잇달아 등장했다. (…중략…)
>
> 방송의 전후 개혁을 상징하는 말이 '마이크 개방'이었다.^{일본방송협회 편, 2001 : 221}

이 인용에서 알 수 있듯이 전전의 '상의하달'과 전후의 '마이크 개방' 사이에 놓인 경계선은 청취자의 목소리를 '수용'하면서 그어졌다. 그러나 이미 살펴본 바와 같이 전후 방송에 담긴 '국민의 목소리'는 사실 GHQ의 점령을 원활히 하기 위하여 작위적으로 수집되고 편집된 목소

리의 연출이었다. 또 점령기에 비하면 소규모였으나 CIE의 지도와 감독
이 시작되기 이전부터 〈대동아 소국민 모두 노래해 대회〉 등의 음악방송
과 〈전선과 후방을 잇다〉 등의 위안 방송을 통해서 목소리는 반영되고
있었다. 즉, 목소리의 '수용'이라는 관점에서만 보면 일본 라디오 방송에
서 전전 / 전후의 경계는 존재하지 않는다. 오히려 방송 내용이 특정 정치
성을 내포한다는 의미에서 보면 인적·경제적 자원을 동원하는 '상의하
달' 방송은 일본의 패전으로 단절되는 일 없이 전전부터 전후로 계속 이
어졌다고 할 수 있다. 다시 말해, 제작진이 라디오로 방송할 목소리를 의
도적으로 취사선택했다는 의미에서 일본의 '마이크 개방'은 전쟁 전부터
이미 이루어지고 있었고, 전후에 GHQ·CIE가 도입한 극적인 변화는 아
니었다.오타, 2022a : 5~7

다음으로 전후 처음으로 NHK가 출간한 방송자료집『라디오 연감
쇼와 22년판』에 등장하는 앞의 인용과 동일한 부분을 살펴보고자 한다.

전시 중의 방송은 국민에 대한 위로부터의 일방적인 지도였고, 군관을 중
심으로 하는 이른바 지도층의 명령이었다. 내용 면에서는 군국주의, 일본 제
일주의의 쇠뇌였고, 편협한 신권주의 강요였다.

이와 같은 전쟁 중의 우리 방송에 마침표를 찍은 계기는 1945년 8월 15
일 정오에 있었던 천황 폐하의 포츠담 선언 수락에 관한 종전 방송이었다. 일
본의 방송은 폐하의 목소리를 처음으로 전파에 실어 나르면서 만세의 태평
을 열고자 하는 새로운 길로 접어들었다.

종전과 함께 전환점을 맞이하면서 다시 태어난 방송이 지향한 바는 방송

은 민중 자신의 것이며 청취자의 것이라는 점이었다. (…중략…) 여기에는 연합군의 일본 점령이 있고, 방송 측면에서도 미국의 선진적 발달이 우리 방송의 갱생에 기여하고 있음을 간과할 수는 없다.^{일본방송협회 편, 1947 : 6-7}

첫 번째 인용에서는 〈전선과 후방을 잇다〉 등과 같은 위안 프로그램의 존재 자체가 부정되었고, '전시하 방송'은 이른바 '지도층'에 의한 '위로부터의 일방적 지도'였다고 규정한다. 신민에 대한 '마이크 개방'의 무효화라고도 할만한 이 기술은 일본의 방송이 전후의 '마이크 개방'을 통해 비로소 청취자에게 스포트라이트를 비추었다는 인상을 준다. 이어서 두 번째 인용에서는 〈옥음방송〉을 한 쇼와 천황에 의해 '이른바 지도층의 명령'에 짓눌려 침묵을 강요당했던 청취자가 '편협한 신권주의의 강요'로부터 해방되었다. 다시 말해 천황은 GHQ에 의한 점령 이전부터 '마이크 개방'을 지지하고 있었으며, 스스로 나서서 성단의 목소리를 '전파에 실었다'고 하는 해석이 엿보인다. 마지막으로 세 번째 인용에서는 '우리 방송의 갱생에 기여하고 있다'며 일본의 방송개혁에 미국이라는 존재가 도움이 되는 정도에 머물고 있으며, 점령이 시작되기 이전부터 천황이 솔선하여 개혁을 이끌었다는 견해가 강화되고 있다. 정리하자면 이 인용문은 점령을 긍정적으로 평가하고 있으며, 방송개혁에 대한 미국·GHQ의 '기여'를 부정하지는 않으면서도 〈옥음방송〉의 위력을 강조함으로써 '지도층'에 의한 '상의하달'에서 GHQ에 의한 '마이크 개방'으로 '방송의 방향'을 '전환'한 것이 마치 천황의 뜻이었다는 듯이 솔선하여 목소리를 내는 전후 일본의 모범적인 존재로 천황의 모습을 제시하고

있다.오타, 2022a : 66~68

　'마이크 개방'을 쇼와 천황과 미국 양쪽 모두의 공으로 해석하는 이 인용문은 전후 일본을 둘러싼 일본 정부와 GHQ의 협력 자세를 여실히 보여준다. 점령기 일본 연구의 금자탑으로 알려진 『패배를 껴안고』에서 미국인 역사학자 존 다우어가 '미일 합작'인 '천황제 민주주의'존 다우어, 2003 : 3~97에 대해 말한 바와 같이, 천황제의 존속과 상징 천황의 수용은 일본 정부와 GHQ 양측 모두에게 최대의 과제였다. 일본 정부의 '국체 보전'이라는 목표 달성에 걸림돌이 된 것은 천황에 대한 공개적인 논의의 금기시였다. 앞서 다룬 CIE가 기획한 〈진실 상자〉나 〈방송토론회〉 등은 청취자의 망설임을 제거하는 효과가 있었기에 일본 정부에게도 유리했다.다케야마, 2002 : 274~301

　도쿄재판에서의 천황 면책이 가장 중요했던 상황에서 전후 일본이 '미일 합작'으로 재건될 때 점령기 라디오 방송은 미일 상호에게 이익이 되었다. 전전의 군부에서 전후의 GHQ로 방송을 관리·통제하는 권력자가 바뀌었을 뿐 실제로는 기획·제작 단계에서 목소리를 가진 자와 갖지 못한 자를 엄격한 구별하는 과정을 통해서 라디오 방송은 끊임없이 청취자를 조작하고 제국적 지배 구조를 만들어냈다. 요컨대 배타적·착취적 성격을 지닌 방송은 청취자에게 끊임없이 구조적 폭력을 가했다고 해도 과언이 아니며, '대일본제국'의 종언은 다름 아닌 '일본국'이라는 '포스트 제국'의 탄생이었던 것이다.[23]

4) '제국'의 연속으로 단절된 목소리

고모리 요이치는 위에서 언급한 라디오 방송이 초래한 은밀하고 교묘한 구조적 폭력을 다우어의 '천황제 민주주의'가 아니라 '미일 담합 상징천황제 민주주의'라는 표현을 쓰면서 다음과 같이 논한다.

'미일 담합 상징천황제 민주주의'는 메이지유신 이후의 역사에서 유일하게 식민지화를 수반하지 않는 전후 민주화였음에도 불구하고, 신헌법 아래의 일본국민이 구 식민지의 탈식민화 과정에서 식민지 지배의 가해자로서 관련되는 계기를 은폐했다. 즉, '미일 담합 상징천황제 민주주의' 속에서 새롭게 만들어진 지배와 복종 관계, 혹은 이를 지지하는 일련의 점령기 담론 속에서 생겨난 주체화이자 동시에 예속화 관계는 과거 '대일본제국'의 식민지에서 발신되는 목소리에 귀를 기울이지 않아도 되는 안전권을 오키나와를 제외한 열도 내부에 형성했다.고모리(小森), 2001 : 91~92

---

23 일본에서 라디오 방송이라는 미디어에 의해 이루어진 구조적 폭력의 연속은 전쟁 전의 내무성 검열에서 전후의 GHQ·PPB 검열로 이어지는 연속으로도 뒷받침된다 (Abel, 2012). 또한 제2장 제2절에서 언급한 미야모토 요시오는 방송을 '종합문화기관'이라고 칭하며 '방송의 전부문, 전작용'의 '유기적' '결합'을 통해서 국책을 효율적·효과적으로 방송할 수 있도록 힘썼다(미야모토, 1942 : 49·76). CIE는 교육에서 문화에 이르는 다방면에 걸친 개혁을 감독했는데, 그 조직 자체가 '종합문화기관'이라고 불릴만한 수준이었다. 따라서 전쟁 전에 미야모토가 이상으로 여긴 방송은 전후에 CIE로 계승되면서 달성되었다고 하는 측면에서 방송의 기구적·이념적 연속이 있었다는 점도 주목해야 한다(太田, 2022b). 참고로 1945년을 단절이 아닌 연속을 보는 논의는 '1940년 체제'론(노구치(野口), 2010)에 의해서 시작되었고, 이후에 일본 근현대사 연구의 하나의 조류를 형성한 '관전사(貫戰史)' 연구(야마노우치(山之內), 2015)나 '파시스트적 공공성' 개념의 제시(사토(佐藤), 2018)로 전개되었다.

전후 일본의 라디오 방송은 미국에 의한 일본의 '주체화이자 동시에 예속화 관계'를 구축하는 목소리의 범람으로 "대일본제국"의 식민지에서 발신되는 목소리에 귀를 기울이지 않아도 되는 안전권'에 지나지 않았다. 고모리는 이어서 이 '가해자로 고발당하는 목소리를 듣지 않아도 되는 안전권'p.98은 '결과적으로 오키나와 사람들, 특히 오키나와 여성들을 "그녀가 있는 힘을 다해 호소해도 알아들을 수 없는 위치"에 가두어 버렸다'p.99고 지적한다. '그 목소리를 들어줄 사람도 읽어 줄 사람도 없는' 여성들, 이른바 '서발턴'스피박, 1998:115의 존재를 지적하는 고모리의 주장에 따르면, 점령기 라디오 방송이 낳은 '포스트제국'은 기술적으로는 가능했음에도 불구하고 구 식민지와 오키나와에서 발신되는 목소리는 받아들이지 않고, 일본 정부와 GHQ에 유리한 '정보'를 전달하는 일본국민의 목소리만을 포섭함으로써 "미일 담합 상징천황제 민주주의" 속에서 새롭게 만들어진' 미일 간의 '지배와 복종의 관계를 뒷받침하는 일련의 점령기의 담화'를 끊임없이 재생산했다고 해석할 수 있다.

그리고 전시하에서 신민으로서 응답하기를 강요받던 구 식민지와 오키나와 사람들을 처음으로 배제한 결정적인 방송, 다시 말해 일본이 패전 후에도 '제국'을 단절이 아니라 연속시킬 수 있었던 결정적인 방송은 다름 아닌 〈옥음방송〉이었다. 동아시아 국제관계사를 전문으로 하는 가토 기요후미加藤聖文는 점령지역의 통치업무를 담당한 대동아성大東亞省이 1945년 8월 14일에 발신한 '포츠담 선언' 수락 후의 구체적인 지시를 전하는 암호 제716호에 주목한다. 가토에 따르면 이 전신에는 "제국 신민"이었던 조선인이나 대만인'에 대해 '추후 지시가 있을 때까지 기존대로 유지하고, 학대와 같은 조치가 없도록 유의한다'고 되어 있다. 하지만 추가적인 '지시'는 없었고, '이들에 대한 보호책임은 연합국 측으로 위임'되었으며, '생명·재산에 대한 보호를 일본 정부는 실질적으로 포기했다'가토(加藤), 2009 : 56~57고 지적한다.

아울러 가토는 제2장 제3절에서 언급했듯이 조선·대만·사할린·남양군도·만주국에 방송된 〈옥음방송〉에 대해 다음과 같이 말한다.

> 이 방송은 천황이 '제국 신민'을 향해 처음으로 직접 입을 연 것이었지만, 대상인 '제국 신민'은 이미 '일본인'뿐이었다. '내선일여內鮮一如', '일시동인一視同仁'이라는 표어 아래 이미 황민화되어 '제국 신민'이 된 조선인이나 대만인, 기타 소수민족은 포함되지 않았다.
>
> 〈옥음방송〉과 뒤이어 내각고유內閣告諭가 방송되고 나서 스즈키 총리는 천황을 알현하고 사표를 봉정했고, (…중략…) 내각 총사퇴로 제국의 청산은 흐지부지되고 말았다.
>
> 이렇게 일본의 전후는 조선이나 대만, 만주를 의식적으로 떼어내고 '일본국'이 되는 것에서부터 시작되었다. 그러나 〈옥음방송〉 이후에 가열차게 지속되던 미군의 공습이 뚝 그친 본토와 달리 버려진 이들 지역에서는 여전히 전투가 계속되었으며 오히려 확대하는 양상을 보였다. 바로 8월 15일이 격동의 시작이었던 것이다.가토, 2009 : 57~58

추가 '지시'를 내린다고 했지만 결국 '조선, 대만, 만주를 의식적으로 버리고' '보호책임'을 지지 않았다고 하는 암호 716호에 드러난 일본 정부의 무책임한 모습은 쇼와 천황의 조서 낭독을 방송으로 내보내면서도 '조선인, 대만인, 기타 소수민족'에게는 아무런 말도 하지 않고 그 존재를 무시해 버리는 〈옥음방송〉의 모순에서도 드러났다. '일본인' 이외의 '제국 신민'을 한 번도 돌아보지 않는 〈옥음방송〉을 포함한 〈종전을 고하는 방송〉을 통해서 그 '청산'이 '흐지부지'된 '대일본제국'은 존속할 수 있었고, 이후 일본 정부[NHK]와 GHQ[CIE]에 의해서 '일본국'이라는 '포스트제국'으로 재편되었다. 무엇보다 '제국'을 존속시킨 〈옥음방송〉은 1945년 8월 15일 이후에도 '여전히 전투가 지속되었으며 오히려 확대'하는 모습을 보인 '버려진' 지역들이 냉전이라는 사회적·정치적 구조의 '격동' 속으로 휘말려 드는 전주곡이었다.

또한, 8월 15일 시점에 이미 미국의 점령하에 있던 오키나와에서는 〈옥음방송〉은 방송되지 않았다. 미국의 홍보·외교정책을 전문으로 하는 요시모토 히데코吉本秀子는 미군 정부는 전쟁으로 파괴된 방송국이 아니라 미군의 라디오를 이용했다면 〈옥음방송〉을 오키나와 사람들에게 전할 수 있었다고 지적한다. 그러나 군이 등사판 인쇄물인『우루마신보』를 8월 15일에 배포했고, 여기에는 일본 본토의 신문 보도와 달리 천황의 조서는 실리지 않았다고 한다. 즉, '본토에서는 점령군이 천황을 효율적인 전후 부흥의 상징으로 적극 활용하려고 했지만, 오키나와에서는 천황이라고 하는 일본과의 연결고리를 나타내는 상징적인 존재를 되도록 (…중략…) 의식에서 멀리 떨어뜨리는 언론관리정책'[요시모토(吉本), 2017a : 98]이 전개되었다. 이러한 미군정부에 의한 '천황이라는 (…중략…) 상징'의 '봉인'은 1952년의 정식적인 통치 개시를 겨냥하여 '일본에서 분리하는 사전 준비'요시모토, 2017b : 77였다고 할 수 있다. 〈옥음방송〉을 통한 천황의 '제국 신민'에 대한 호소가 오키나와 사람들에게는 전달되지 않았다는 사실은 오키나와도 '조선, 대만, 만주'와 마찬가지로 미국과 '주체화인 동시에 예속화인 관계'를 맺게 될 일본 정부에 의해 '의식적으로 배제되고' '보호책임'이 지켜지지 않았다는 것을 암시한다.

이상의 〈옥음방송〉에 대한 고찰은 이 방송으로 단절되지 않고 점령기로 계승된 '제국'이 어떻게 그 모습을 '일본국민이 구 식민지의 탈식민화 과정에서 식민지 지배의 가해자로써 관련되는 계기를 은폐'하는 '안전권'으로 만들었는가를 드러내는 과정이었다. 점령기의 '마이크 개방'으로 스포트라이트를 받지 못한 구 식민지와 오키나와 사람들은 〈종전을 고하는 방송〉이 나간 1945년 8월 15일 시점에서 이미 목소리의 포섭 대상에서 제외되었다. 이후의 '포스트제국'에 그들·그녀들의 목소리가 부재하게 되면서 청취자인 일본국민은 전쟁책임을 천황이 아닌 군부에 떠넘기게 되었고, 동아시아에 대한 '가해자'로서의 자각과 기억을 잊고 동시에 오키나와의 전쟁 피해에 마음을 기울일 기회를 잃었다. 〈사람을 찾습니다〉 등의 프로그램에서 '마이크 개방'을 통해 전쟁 체험자의 목소리가 모이기는 했지만 이렇게 모인 '패자의 아픔과 고뇌'는 일본국민의 것뿐이었다. 게다가 방송을 지배하는 권력자인 일본 정부와 GHQ의 '승자의 영웅담'이라고 해도, 즉 전후의 일본 재건에 기여하고 미일 양측에 이익이 되는 목소리라고 해도 울림이 있을 때만 '포스트제국'에 반영이 허용되었다.

4. 탈'제국'의 수단으로서의 '마이크 개방'

1) 오늘의 문제로서의 탈'제국'

점령기에 새로 시작된 라디오 프로그램 대부분은 미국의 인기 프로그램을 본보기로 한 CIE의 기획을 NHK가 일본식으로 각색하여 점령기 이후에도 계속해서 방송되었다. 제2장에서 언급한 〈길거리 녹음〉은 1958년 4월까지, 〈사람을 찾습니다〉는 1962년 3월까지, 〈이야기 샘〉은 1964년 3월까지, 〈건설의 목소리〉는 〈우리들의 말〉로 개칭되어 1992년 4월까지, 〈노래자랑 아마추어 음악회〉는 〈NHK 노래자랑〉으로 개칭되어 2023년인 현재에 이르기까지 계속되고 있다. 또 CIE의 개혁을 거친 라디오 방송은 1953년 2월 본방송이 시작된 TV 방송의 초석이 되기도 했다.니와, 2001

CIE가 제작한 영화를 분석하는 쓰치야土屋 · 요시미吉見, 2012는 점령기에 GHQ가 주도한 정책은 '특히 문화의 여러 분야에서 1950년대 이후에도 지속해서 지대한 영향을 끼쳤으며', '이 연속성은 전쟁기부터, 즉 일본의 동아시아 침략과 식민지화시대로부터 이어지는 연속성을 계승하고'p.1 있다고 지적한다. 라디오 방송은 바로 이러한 '문화'의 대표이다. 점령기에 일본 정부와 GHQ가 '미일 합작'으로 유지한 '포스트제국'은 텔레비전 방송으로 계승되어 일본이 독립한 이후에도 미국과 일본에 도움이 되는 기억을 양성했을 가능성이 크다. 이 뒤틀리고 위축된 방송 공간은 현대 일본인의 동아시아에 대한 의식, 그리고 일본 본토인들의 오키나와에 대한 인식에도 지속해서 큰 영향을 미치고 있다.

일본의 라디오·텔레비전 방송 및 이들과 상호 참조 관계에 있는 미디어가 함께 개척하고 확대일로를 걷는 '제국'을 우리는 오늘날 어떤 방법으로 종식할 수 있을까. 미디어문화론과 한일관계론이 전문인 현무암은 대일본제국이 붕괴한 이후의 현대란 무엇인가, 그리고 제국의 다음 단계는 무엇인가 하는 문제의식을 '포스트'라는 말에 담아서 동아시아 문제를 '포스트제국'이라는 관점에서 접근해야 한다고 지적한다. '포스트제국'이라는 관점은 '제국일본의 판도 내에 있던 구지배국과 피지배국 사이에 "새로운 관계성"을 발견하는 논리'의 제시를 목표로 한다. 전전과 전후의 단절이 아니라 '제국으로서 걸어온 근현대 일본의 '연속'에 주목'하면서 '가해-피해의 대립 구도를 초월하고 새로운 관계를 형성하기 위해서 동아시아에서 서로 공감할 수 있는 이야기를 어떻게 구축해 갈 것인지'현, 2022 : 9·13를 전망하는 관점이다. 현무암의 제안을 이 글의 문제의식에 중첩하여 방송 공간으로서의 '포스트제국'이라는 관점에서 바라보면, '제국으로서 걸어온 근현대 일본', 다시 말해 '대일본제국'에서 〈옥음방송〉을 거쳐 '포스트제국'으로 이어진 '연속'에 주목하면 동아시아에서 '가해-피해의 대립 구도를 초월하고 (…중략…) 서로 공감할 수 있는 이야기'를 어떻게 자아낼지 전망할 수 있다.

또한 문화연구가 전문인 천꽝싱陳光興은 '탈제국'을 실현하는 데 필요한 인식에 대해 다음과 같이 말한다.

황민화란 표면상으로는 피식민자의 주체를 '동화'하는 것이다. 하지만, 과거에 간과되었던 점은 제국의 핵심 인민에게도 동시에 '황민화'가 이루어졌다는 사실이다. (…중략…) 즉, 이 제국화의 역사 과정은 식민지와 그 종주국 모두에서 발생했다.

　(…중략…)

　우리는 이렇게 인식해야만 한다. (…중략…) 탈제국화는 식민지와 종주국 모두에서 이루어져야 한다.진, 2011 : 25~26

　이러한 천쾅싱의 인식에 따르면, '대일본제국'으로 신민의 목소리를 포섭하는 '제국화의 역사과정'은 일본과 그 식민지 '모두에서 발생한' '황민화'로 파악되어야 하며, 탈'제국'화는 식민지 단독이 아니라 '식민지와 종주국 모두에서 일어나야 하는' 상호적·공동적인 과정이라고 볼 수 있다. 이어서 천쾅싱은 일본 패전 이후의 동아시아에서는 '탈제국화가 시작되려고 했으나 일본은 곧바로 미국의 군사제국주의에 의해 "식민지화" 되었고', '미국의 신제국주의는 일본의 식민주의를 절단하는 동시에 계승했다'고 하면서, 미국은 '일본, 오키나와, 대만, 한국'을 '보호'하에 두었기 때문에 이들 지역·국가의 '문화적 주체성에 내재'pp.26~27·71하게 되었다고 지적한다. 점령기부터 오늘날까지 지속되는 프로그램이나 프로그램 형식이 일본의 라디오·텔레비전 방송에 적잖이 존재하는 현상은 얼마나 일본의 '탈제국화'가 실현되지 않았고, 미국이 현대 일본의 '문화적 주체성에 내재하는지'를 증명하는 사례이다.

　지금까지 살펴본 선행연구를 토대로 다음과 같이 제언할 수 있다. 전쟁 전부터 목소리의 반영은 시작되었지만, 점령기의 극적인 민주화 개혁으로 인식되는 '마이크 개방'이라는 '미일 합작' 방송 '문화'의 원점을 현시점에서 되짚어봄으로써 '일본 식민주의'의 연속인 '미국의 신제국주의'라는 어둠에 빛을 비출 수 있다. 즉, '마이크 개방'의 재검증은 탈'제국'의 유효한 수단이 될 수 있을 것이다.

그 구체적인 방법은 '탈제국화는 식민지와 종주국 모두에서 이루어져야 한다'는 천광싱의 주장과 '가해-피해의 대립 구도'에서 벗어나야 한다는 현무암의 주장에 따르고자 한다. 구 식민지와 오키나와 사람들의 목소리 부재에만 초점을 맞추어 탈'제국'화를 시도하면 '미국·일본 대 구 식민지·오키나와'라는 '가해 대 피해'의 '대립 구도'를 벗어나기 어렵다. 따라서 일본 본토에서 인터뷰의 대상이 되지 못한 사람들에게도 시선을 돌리고자 한다. 이렇게 하면 '미국·일본 대 구 식민지·오키나와·일본 본토' = '권력자 대 저항자'라고 하는 새로운 구도를 세울 수 있다. 그리고 이러한 구도로 접근할 때 비로소 그동안 보이지 않았던 '제국'의 연속 지배의 실상과 전전부터 전후의 오늘에 이르기까지 함께 맞서 온 동아시아의 모습을 드러낼 수 있으리라 생각한다. 다시 말해, '포스트제국'이라는 방송 공간에서 배제하고 누락시킨 동아시아 사람들의 호소를 구별하지 않고 경청하는 과정을 통해서 점령기 일본에서 '마이크 개방'이 지니는 역사적·정치적·사회적 의의를 재인식하고 탈'제국'에 접근할 수 있을 것이다.

이하에서는 전후에 방송 민주화의 본보기로 종종 거론되는 〈길거리 녹음〉을 통해서 방송 자료를 역사적 1차 자료로 이용하는 실증적 고찰을 구체적으로 실천해 보고자 한다.[25] 제목 그대로 거리에서 '마이크 개방'을 하여 청취자가 그동안 경험하지 못한 '사상·언론의 자유'를 실감케

했다고 평가받는 이 프로그램의 수록과 방송 단계에서 어떤 목소리를 배제했는지 다음 절에서 밝히고자 한다. 나아가 이 배제된 목소리를 오늘날 어떻게 재해석할 수 있는지에 대해서는 그 다음 절에서 다루려 한다.[25] 2절에서도 밝힌 바와 같이 이 글에는 일본 이외의 방송 자료를 분석의 대상에 포함하지 않았다는 한계가 있다. 하지만 향후 구 식민지의 방송 자료를 발굴하고 실증적으로 고찰함으로써 서로 떨어져 있었지만 유사한 목소리를 낸 동아시아 사람들의 모습을 발굴하고 이를 통해 탈'제국'을 실현할 수 있으리라 생각한다.

2) '마이크 개방' 혹은 '마이크에 의한 분단'

일반적으로 소리 없는 소리라는 말은 호소를 외면당한 사람들을 추상적으로 총칭하는 표현이다. 〈길거리 녹음〉의 수록·방송에는 이하의 3가지 카테고리로 분류할 수 있는 소리 없는 소리가 존재한다. '마이크 개방'에 대한 실증적 고찰이 용이하도록 소리 없는 소리에서 복층성·복잡

---

24 이 글에서는 다루지 않았지만, 일본인을 포함하여 아시아 사람들의 전쟁 체험을 수집하고 보존하는 중요한 시도로 'NHK "전쟁 증언" 프로젝트'가 있다. 이 프로젝트는 전쟁 체험자의 고령화 위기에서 2007년 발족한 이래, 취재를 통해 확보한 증언을 동영상으로 열람할 수 있도록 인터넷에 〈NHK 전쟁 증언 아카이브〉를 공개하고 있다. 증언은 책으로도 출간되었으며, 예를 들어 『증언 기록 시민들의 전쟁 ③ 제국일본의 붕괴』(NHK "전쟁 증언" 프로젝트 편, 오쓰키 서점, 2015)에는 국민징용령에 따라 '응징사(應徵士)'로 징용되어 일본인 간부 밑에서 복역한 '조선인 군부(軍夫)'의 증언이 수록되어 있다.

25 필자의 박사논문을 바탕으로 출간한 오타(2022a)는 목소리의 재청취를 시도한 학술적 접근으로 비판적 담화 연구(Critical Discourse Studies)에 바탕을 두고 있다. 이 접근의 기초적 문헌으로 워닥 / 메이어(2018), 나지마(名嶋)(2018) 참조.

성을 도출해 내면, '대일본제국'에서 〈옥음방송〉을 거쳐 '포스트제국'의 창출로 이어지는 일본의 라디오 방송이 청취자에게 가한 구조적 폭력의 '연속'을 발견할 수 있다.

(1) 인터뷰가 외면한 목소리

제3절에서 1947년 4월 22일 방송된 〈청소년 불량화를 어떻게 막을 것인가, 제2편 굴다리 아래의 딸들〉이라는 방송이 비밀 녹음으로 제작되어 점령기 당시에 큰 반향을 불러일으켰다고 언급했다. 그러나 현존하는 녹음 음원을 다시 들어보면 NHK가 선별한 대상자에게 마이크가 향했고, 모처럼 주어진 발언 기회에도 '딸들'은 속내를 쉽사리 드러내지 않았다는 사실을 알 수 있다.[26] 마이크를 숨긴다고 하는 윤리적인 배려가 없는 인터뷰의 비민주적 성격도 문제이지만, 실제 과정을 구체적으로 들여다보면 아나운서가 '딸들'의 발언을 흘려듣거나 무시하는, 목소리의 권력적 소거라고 부를 만한 상황도 발생한다.

CIE와 NHK가 이 방송을 기획한 배경에는 사회적 문제의 당사자인 '팡팡'을 프로그램에 등장시켜서 여염집 딸과 그 부모에게 '청소년 불량화' 방지라는 '정보'를 환기한다는 의도가 있었다. NHK 아나운서는 인터뷰 중반에 '딸들'을 통솔하는 '언니'에게 유라쿠초에서 진치고 있는 그녀에게도 '희망'이 있는지 묻는다.

---

26 〈길거리 녹음〉, 〈청소년 불량화를 어떻게 막을까, 제2편 굴다리 아래의 딸들〉(1947년 4월 22일 방송) 미편집 음원 17분, 사이타마, NHK 아카이브

아나운서	그럼 장래에 대한 희망은 없는 건가?
언니	그야 사람인데 없지는 않겠죠.
아나운서	하지만 지금은 그러니까, 향락에 빠져 있는 건가? 지금 너무
	젊은 애들이잖아요.
언니	몰라요.
아나운서	거기까진 모른다?
언니	…….

'언니'는 몸을 파는 '딸들'도 '사람'이라고 목소리를 높여 호소하지만, 아나운서는 그 호소를 무시하고 나무란 나머지 그녀의 입을 다물게 만든다. 방송 음원을 다시 들어보면 이 방송의 주안점은 '딸들'의 속마음을 끌어내는 것이 아니라 어디까지나 청소년 교육이라는 '정보'를 위한 수록임을 알 수 있다. 당연한 말이지만 '사상·언론의 자유'를 내건 '마이크 개방'이 실시되면서 마이크가 청취자에게 향하기는 했지만, 손잡이를 잡은 쪽은 언제나 방송 제작자였다는 권력의 차이를 간과해서는 안 된다. 인용한 인터뷰에는 종전 이후에도 전전과 또 다른 형태의 부자유 속으로 청취자를 몰아넣는 구조적 폭력이 엿보인다.오타, 2022a : 353~412

이 방송이 나간 이듬해인 1948년 1월 14일에는 〈굴다리 아래의 딸·후일담〉이라는 방송이 송출되었고, 인터뷰를 계기로 유라쿠초를 떠나 새로운 삶을 시작했다는 '언니'의 목소리가 새롭게 전파를 탔다. 놀랍게도 이 '이야기는 미국에도 전해져 같은 해 2월 10일의 〈뉴욕 헤럴드 트리뷴〉에 "어둠 속의 여자 라디오로 갱생"이라는 제목으로 보도되었다'후지쿠라(藤倉), 1982 : 109고 한다. '정보' 선전을 강화하는 미담으로 일본 내에서 방송되는 데 그치지 않고, GHQ에 의한 피점령국민의 '갱생' 이야기로 미국의 신문에 실린 '언니'의 목소리를 통해서 태평양을 가볍게 뛰어넘는 영향력을 확보하면서 건설된 '포스트제국'의 모습을 확인할 수 있다.

(2) 검열로 삭제된 목소리

점령기의 NHK에는 프로그램에 대한 감상이나 요청이 서신으로 접수되었다.[27] 여기에서는 1948년 3월 23일 자로 야마나시현 오쓰키초에 거주하는 남성이 보낸 〈길거리 녹음〉에 대한 '쓴소리'라는 사연을 살펴보려 한다.

'최근 방송에 대하여'의 길거리 녹음을 듣고 두세 마디 고언하고자 한다. 현재 방송 중인 도야마현에 거주하는 사람의 질문 중에 '중계선 불량' 문제에 대해서 책임자에게 아무런 회답이 없는 이유는 무엇인가. 일전에 신문을 통해 '경축일'에 대한 녹음이 당일의 실제 모습과 방송에 담긴 내용이 상당히 다르다는 투서를 보았는데 대중의 진짜 목소리를 전달하고 있는가. 길거리 녹음에 관심이 있는 사람으로서 충분한 설명을 바란다. 시간이 너무 짧아서 도중에 끊길 때가 많다.

---

27 NHK 방송박물관에 소장된 방송문화연구소 편집의 「투서 주보」에서 인용. 또한 〈길거리 녹음〉과 〈사회 탐방〉이라는 라디오 프로그램에 보내는 감상·의견·요청으로 1947년부터 1948년까지 NHK로 배송된 약 250통의 서신은 필자가 제작한 〈점령기 라디오 방송·투서 데이터베이스〉에서 무료로 열람·검색할 수 있다.
https://www.waseda.jp/prj-radio/

이 서신을 보낸 사람은 제3절에서 언급한 PPB에 의한 검열의 존재, 특히 녹음판의 사후 편집으로 '당일의 실제' 모습과 '방송'이 '상당히 다르다'는 사실을 알아차리고 있었다. 이처럼 거리에서 목소리를 높이고, 그것이 아무리 '대중'의 '진실한' 외침이라고 해도, '정보' 발신을 저해한다고 판단되면 그 목소리는 삭제되고 없었던 것이 된다.

일본 근대문학 연구자인 고노 겐스케紅野謙介는 '검열'이라는 정보통제 시스템의 연속 가동에 착안하여, 일본이 독립한 후에도 국내에서 '천황가나 천황제를 둘러싼 언론이나 표현에 대해서 비공식적인 형태의 강제, 폭력적인 배제가 공공연히 이루어졌고, 정부는 이를 묵인해 왔다'고 하면서, '해방된 한반도에서도 잠재되어 있던 동서냉전이 표면화될 때 (…중략…) 일제시대의 "검열"을 방불케 하는 "검열"이나 정보 통제가 냉혹한 형태로 진행되었다'고노, 2014 : 10고 지적한다. 더불어 표상문화론자인 모테기 겐노스케茂木謙之介는 공적인 검열이 아니더라도 매스미디어나 소셜 네트워크서비스SNS에서 '지금도 천황을 둘러싼 표현에 대해 "적합성"을 요구하는 동향은 여러 차례 확인되었다'모테기, 2022 : 24고 주장한다. 이처럼 PPB에 의한 검열이 끝난 후에도 특히 '천황가나 천황제를 둘러싼 언론이나 표현에 대해서' '진실한' 목소리를 왜곡하고 '적합한' 목소리만을 전달하는 '포스트제국'이 방송에서 시작되어 다른 매체를 포섭하면서 일본에서 구 식민지로, 나아가 SNS를 통해서 전 세계로 퍼져나가 오늘날까지 살아남아 있다.

(3) 마이크가 담지 못한 목소리

'마이크의 개방'을 통해 전후 일본에서 실제 마이크가 담은 목소리는 도시 지역의 극히 일부 사람들로 한정되어 있었다. 농촌이나 지방 등 마이크가 가지 못한 지역으로부터 '농촌에 진출하여 꼭 농민들의 노예와 같은 생활 실상을 들어 달라'는 〈길거리 녹음〉 출장 의뢰가 다수 접수되었다. 도쿄 밖의 출장 녹음이 전혀 없었던 것은 아니다. 대대적인 출장 녹음은 대일본제국 헌법을 대체하는 일본국헌법을 주제로 1946년 11월 3일 공포부터 이듬해 5월 3일의 시행에 이르기까지 도쿄에서 2회, 오사카에서 2회, 그리고 나고야·히로시마·구마모토·삿포로·마쓰야마 등 주요 도시로 출장을 가는 〈길거리 녹음〉 '신헌법 시리즈'라는 기획이 존재했다.후지쿠라, 1982 : 94 마이크 개방은 제한적으로 이루어졌다기보다는 신헌법 이념의 보급 등 '정보' 선전에 도움이 되는 목소리를 모을 수 있는 장소가 우선시되었고, 그렇지 않은 장소는 의도적으로 배제되었다고 보는 것이 정확하다. 이와 같은 의도적인 취사선택으로 인해 GHQ와 일본 정부가 표방한 '사상·언론의 자유'는 전 국민에게 동등하게 부여되지 않았다.오타, 2022a : 275~277

기술적으로는 오키나와 출장도 가능했다고 여겨지지만 오키나와 〈길거리 녹음〉 기획은 실시되지 않았다. 전후 오키나와에 처음 설립된 일본어 방송국인 류큐방송국AKAR '류큐의 목소리'은 CIE에 의해 1950년 1월에 시작되었고, 개설 초기부터 NHK의 〈길거리 녹음〉을 본뜬 오키나와 판 〈길거리 녹음〉을 독자적으로 제작했다. 1950년에는 '신정부에게 무엇을 바라는가', '세금에 대하여', '분할문제에 대하여'가, 1951년에는

'당신의 올해 소원은' 등을 주제로 수록이 진행되었고, 1952년 4월까지 방송되었다요시모토, 2015 : 138; 대성, 2018 : 99~100. 류큐방송국 초대 국장인 가비라 조신川平朝申이 'NHK 방송 중에 류큐에도 통용되는 오락방송이 많으므로 이를 중계하고 있습니다'오키나와 군도 정부홍보실, 1951 : 13라고 당시의 방송 내용에 대해 언급하고 있듯이 NHK의 〈길거리 녹음〉은 오키나와 사람들에게도 전달되었다. 하지만 AKAR의 〈길거리 녹음〉이 일본 본토의 청취자에게 전달되는 일은 없었다. 일본 본토의 농촌이나 지방 도시, 나아가 오키나와와 구 식민지까지도 물리적으로는 가능했지만 마이크는 향하지 않았다. 전시하의 '대일본제국'에서도 점령하의 '포스트제국'에서도 호소할 기회조차 부여되지 않은 사람들이 다수 존재했다는 사실은 결코 잊어서는 안 된다.

지금까지 살펴본 바와 같이 '마이크 개방'은 목소리를 가진 자와 가지지 못한 자로 청취자를 나누는 '마이크에 의한 분단'이라고 표현해도 될 만한 점령기 개혁이었다.

3) '마이크에 의한 분단'에서 '마이크에 의한 해후'로

'마이크의 개방'을 표방한 라디오 방송이 그 이면에 숨겨진 '마이크에 의한 분단'이라는 측면을 극복하고, '대일본제국'에서 〈옥음방송〉을 거쳐 '포스트제국'으로 계승되는 구조적 폭력의 연속을 단절하기 위해서 인터뷰에서 무시당하거나 삭제당한, 혹은 처음부터 마이크가 향하지 않은 목소리를 재청취하는 과정을 통해서 권력자에 대한 저항자들의 모습을 밝히고자 한다.

(1) 들어주지 못한 호소에 귀를 기울인다

〈굴다리 아래의 딸들〉 인터뷰에는 유라쿠초有樂町 여성들의 성장 배경을 묻는 아나운서에게 '언니'가 조금씩 자신의 처지를 밝히는 장면이 등장한다.

아나운서　음…… 대부분 부모가 없는 애들인가?

언니　　　어느 한쪽이 없는 애들이 많을 거예요. 둘 다 없는 애들은 적을 걸요. 나는 전쟁으로 집이 다 타서 정말 부모도 형제도 아무도 없어요. 그래서 결국 이런 생활을 하는 거죠.

아나운서　언니는 그러니까…… 뭐랄까 우두머리잖아? (웃음) 몇 명이나 네 밑에 있지? 언니, 언니라고 따르는 애들이 몇 명이나 되지?

언니　　　다는 아니고.

아나운서　지금 지나가는 사람도 언니, 언니하고 말을 거네.

언니　　　여기 있는 여자애들은 모두 언니, 언니하고 따라요.

몸을 파는 '여자아이들'에게 부모가 있는지 없는지 묻자 '언니'가 갑자기 일신상의 이야기를 꺼낸다. '나는 전쟁으로 집이 다 타서 정말 부모도 형제도 아무도 없어요'라는 발언을 듣고 아나운서는 더 이상 되묻거나 깊이 파고들지는 않는다. 하지만 이 고백은 〈굴다리 아래의 딸들〉이라는 〈길거리 녹음〉이 왜 청취자에게 호응을 얻었는지를 생각할 때 매우 중요한 발언이다.

미 육군 일본어 어학 장교로 1945년 10월 일본을 방문하고, 훗날 일본현대사 전문 역사가가 된 그랜트 K. 굿맨은 도쿄의 영어회화학교에서 일본인 학생들과 대화를 나누면서 '학생들의 전쟁 중, 그리고 전후 생활의 다양한 측면을 알게 되었다'^{굿맨, 1986 : 113}고 한다. 특히 인상에 남은 표현에 대해 다음과 같이 말한다.

> 대화는 '어디에 삽니까', '어떤 일을 합니까', '어떤 곳에서 일합니까'라는 질문으로 시작하여 다양한 일상생활로 이어진다. (…중략…)
> "-가 타버렸다."
> 이것이 미일회화학원에서 내가 처음으로 암기한 "신일본어"였다 (…중략…). "타버렸다"는 말만큼 패전 직후 일본의 현실을 반영한 일본어는 없었다. 이와 관련하여 "불탄 자리"라는 말도. (…중략…) 도쿄의 온갖 건물이 공습으로 불타고 "불탄 자리"만 남은 것이다.^{p.114}

'언니'의 '-가 타버렸어', 정확히 말하면 '전쟁의 화마'로 집과 가족이 '타버렸어'라는 피해에 대한 호소는 그 직후에 웃으면서 '언니는 (…중략…) 우두머리잖아'라며 자신이 궁금해하던 질문을 던지는 아나운서에게는 도달하지 못했다. 그렇지만 그녀의 '타버렸어'라는 고백은 아마도 점령기를 살아가는 수많은 청취자의 가슴 속에 파고들었을 것이다. 집·일·직장 등 패전 직후의 일본에서 나누는 모든 대화는 결국 '-이 타버렸어'라는 전쟁의 기억으로 귀결되었다. 이 말 이외에는 현재의 자신을 표현할 말이 없다는 점에서 굴다리 아래의 '언니'와 라디오의 곁에 있는 청취자는 똑같이 전쟁의 피해자였다.^{오타, 2022a : 374~380}

이러한 전쟁에 대한 체험과 기억은 일본 본토뿐만 아니라 오키나 와와 구 식민지 사람들에게도 분명히 있었을 것이다. 동아시아 사람들이 '서로 공감할 수 있는 이야기'는 오늘날 구태여 만들어내지 않아도 패전 직후에 이미 형성되어 있었던 것을 우리, 특히 연구자가 그 존재를 조명 하지 못했는지도 모른다. 연구자들의 바다를 뛰어넘는 정렬적이고 치밀 한 자료 조사를 통해 탈'제국' 서사의 발굴은 달성될 수 있다.

(2) 삭제된 장면을 복원한다

〈길거리 녹음〉은 인기 라디오 프로그램이었기 때문에 방송 내용이 잡지나 신문 등에 빈번하게 인용되었다. 예를 들어, 앞서 인용한 서신에 서 남성이 언급한 '경축일에 관한 녹음' 관련 자료를 찾아보면, 메릴랜드 대학에 소장된 플랑게문고 검열신문 교정쇄 중에 「새로운 경축일 – 길거 리 녹음으로 듣는다」라는 『정치신문』의 기사가 나온다. 취소선이 PPB의 검열로 삭제delete된 부분임을 알 수 있다.[28]

기원절에는 스키 모자를 쓴 남자와 흰 목도리를 두른 청년이 "주권재민시 대에 기원절을 기리는 일은 시대착오다", "아니, 기려야 한다", "~~팔굉일우는 인 류의 영원한 평화를 나타내는 말로 전시 중에 이용된 것은 군부의 악용이다~~" 라며 갑론을박의 논쟁이 이루어졌는데, 이 역시 남겨야 한다는 의견이 다수.

28 Censored Newspaper Articles(CNA), 1948.1, 『정치신문』 검열판, 1948.1.8(Date Censored : 1948.1.9), 027176695, 도쿄 : 국립국회도서관.

신문사는 삭제 부분이 라디오로 방송되었으므로 그 발언을 신문 기사에 인용했을 것이다. 메이지 정부가 지정한 진무천황의 즉위일을 기리는 기원절을 경축일로 유지할지 말지를 두고 라디오에서 흘러나온 '갑론을박'의 의견은 목소리를 글자로 남기는 신문에서는 한층 더 엄격한 통제가 이루어졌음을 알 수 있다. 이러한 잡지·신문 기사의 검열 과정을 확인하여 삭제된 '대중'의 '진실된' 목소리를 복원하고, 이러한 과정을 통해서 '천황(제)'을 둘러싼 언론·표현에 대한 비공식적인 '적절성'으로 유지되는 '포스트제국'을 종언하는 계기를 만들 수 있을 것이다.

(3) 녹음 음원을 면밀히 다시 듣는다

〈길거리 녹음〉에는 〈도쿄재판 판결을 듣고〉라는 방송 회차가 있다. 선고가 내려진 사흘 후인 1948년 11월 15일 긴자에서 재판에 관해 토론하는 기회가 마련되었고, 다음 날인 16일에 방송되었다. 본 방송의 미편집 음원 52분을 청취한 결과, 일본인뿐만 아니라 중국인 남성도 발언한 사실을 알게 되었다.[29] '저는 중국인의 한 사람으로서 제 의견을 말씀드리고 싶습니다'라고 더듬거리는 일본어로 말했고, 웃으며 반기는 청중들에게 남성은 발언의 마지막에 이렇게 말했다.

중국과 일본은 지리적으로도 오늘 가면 내일 도착하는 편리한 위치에 있습니다. 서로 형제의 마음으로, 서로 동양을 위해서, 그리고 평화, 세계 평화

---

29 〈길거리 녹음〉, 〈도쿄재판 판결을 듣고〉 (1948.11.16 방송) 미편집 음원 52분, 사이타마, NHK 아카이브.

를 위해서 공헌하는 것이 제 희망이고, 앞으로 모쪼록 일본도 중국도 전쟁은 전쟁으로 흘려버리고, 서로 손을 맞잡고 중국의 자원을 개발하여 서로 공존 공영이라는 의미에서 부디 잘 부탁드립니다.

물론 이 발언이 당시 모든 중국인의 뜻은 아니겠지만 그의 호소는 매우 귀중하고 중요한 역사적 증언임은 틀림없다. 중국인 남성은 인용문에서 중·일 관계를 '형제'로 파악했고, 네 번이나 '서로'라는 말을 반복했으며, 마지막에는 '공존공영'이라는 표현을 썼다. 또한, 이 남성이 전후 '동양'의 이상적인 모습에 대해 발언한 뒤에 청중으로부터 박수갈채를 받았다는 점도 주목할 만하다. 동아시아 사람들을 특집으로 하는 방송 회차가 아니더라도 〈길거리 녹음〉의 음원이나 이 프로그램과 관련된 잡지·신문 기사를 조사하면 이 방송처럼 마이크에 담기지 않았다고 생각했던 사람들의 목소리를 발굴할 가능성이 있다. 설사 그것이 한순간의 '박수'처럼 미약한 '공감'이라고 해도 꾸준한 조사를 통해서 동아시아 사람들이 '서로 공감할 수 있는 이야기'를 발견할 수 있으리라 생각한다.

이상의 구체적인 예를 통해 살펴본 바와 같이 소리 없는 소리를 하나하나 면밀히 다시 듣다 보면 지배와 피지배, 권력자와 저항자라는 이항 대립 구도에서 벗어난, 인터뷰하는 사람과 청취자의 공명이나 동아시아 사람들의 공감이 서서히 그러나 확실하게 오늘날의 우리 마음에 울려온다. 마이크에 의해 분단된 목소리를 가진 자와 가지지 못한 자를 서로 만나게 하고, 또 오늘날의 우리가 점령기 사람들을 만나면서 '마이크를 통한 해후'를 이루어낸다면 '마이크 개방'에 대한 고찰을 한층 더 다각적·

다층적으로 심화할 수 있을 것이다. 이미 '서로' 연결고리를 소유했던 동아시아 사람들의 목소리에 귀를 기울일 수 있다면, 우리는 그 목소리에 힘입어 이번에야말로 '포스트제국'에 대항할 자유를 쟁취할 수 있을 것이다.

5. 나가며

이 글은 1925년 본방송 개시부터 패전을 거쳐 점령기에 이르는 일본의 라디오 방송을 고찰의 대상으로, 지금까지 일본의 방송사에서 하나의 상징으로 이해되어 온 '마이크 개방'이라는 신화를 해체하고, 방송 공간으로서의 '제국'이 성립·붕괴·재편되는 과정을 고찰했다. 아울러 탈'제국'의 가능성을 모색하려는 시도로 방송 자료를 역사적인 1차 자료로 활용하여 '마이크 개방'에 대해 실증적으로 되짚는 구체적인 방법을 제시했다.

마지막으로 이 글의 서두에서 언급한 국제심포지엄의 소책자를 다시 읽어보면 연구소장의 인사는 다음의 말로 끝을 맺는다.

냉전체제의 붕괴를 거쳐 20세기를 마무리하면서 우리는 21세기에 많은 희망을 기대했습니다. 그러나 본 사업단이 '포스트제국의 문화권력과 동아시아' 아젠다를 준비할 때 세계는 그동안 은폐되어 있던 제국주의적인 욕망이 꿈틀거리고 있었습니다. 당시 미국은 'America First'를 외쳤으며, 중국은 '분발유위奮發有爲'를 천명하였고, 일본은 '전쟁할 수 있는 나라'를 외치고 있었습니다. 그 후, 홍콩과 미얀마에서의 민주주의의 좌절을 거쳐, 지금도 러시아의 우크라이나 침공에서 보듯이 패권주의로 팽배한 파도가 계속 밀려오고 있습니다. 이런 상황에서 우리 인문학은, 한국의 일본학은 무엇을 할 수 있으며, 무엇을 해야 하는지에 대해 고민하는 것이 저희 아젠다 '포스트제국의 문화권력과 동아시아'입니다.

지금까지의 고찰은 필자가 홀로 고민하며 '동아시아의 화해와 공존을 위해' 내디딘 첫걸음이다. 라디오 방송을 비롯한 각종 미디어에 오늘도 '제국'은 살아 숨 쉬고 있다. 이 글이 '제국'을 타파하는 효시가 되기를 바라면서 앞으로도 한림대학교 일본학연구소의 연구자와 동아시아의 친구·지인들과 함께 확고한 '희망'의 발걸음을 내딛고 싶다.

이 글은 일본어로 작성되었으며 김동연(金東妍 / KIM Dong-yeun, 번역가, 중일전쟁기 전쟁시 전공)이 번역했다.

부기
이 글은 한림대학교 일본학연구소가 주최한 국제심포지엄 '포스트제국의 심상 공간으로서의 동아시아 / 문학 : 포스트제국의 문화 권력을 생각하다'에서 2022년 7월 16일에 구두로 발표한 「라디오 방송이 낳은 소리 없는 소리와 목소리 없는 사람들 – 점령기 일본에서의 '마이크 개방'을 비판적 담화 연구하다」의 원고를 대폭 가필 수정한 것이다. 인용문의 구 글자체는 신 글자체로 바로잡았다. 덧붙여 이 글은 과학연구비조성사업연구활동스타트지원(科学研究費助成事業研究活動スタート支援), 「라디오를 통해 듣는 미일관전사 – '마이크 개방'의 연속에서 전후 일본의 친미 민주화를 묻다(ラジオに聞く日米貫戰史 – 「マイクの開放」の連続から戦後日本の親米民主化を問う)」(과제번호 : 22K20056)에 기초한 연구 성과의 일부이다.

참고문헌

1차 자료

인쇄물

NHK放送文化調査研究所放送情報調査部 編,『GHQ文書による占領期放送史年表(昭和21
　　年1月1日~12月31日)』, NHK放送文化調査研究所, 1989.

放送文化研究所 編,『投書録報 自昭和二二年四月二〇日(六一号)至昭和二三年四月三日
　　(一一〇号)(欠号九一, 九二, 九三号)』, 東京：NHK放送博物館, 1947~1948.

連合国最高司令官総司令部 編, 向後英紀解説 訳,『GHQ日本占領史18 ラジオ放送』, 日本図
　　書センター, 1997.

공문서

Censored Newspaper Articles, 政治新聞[検閲ゲラ], 1948.1.8(Date Censored：1948.1.9),
　　027176695, 東京：国立国会図書館.

沖縄群島政府弘報室,「AKARの放送プロについて 川平朝申」,『沖縄週報』第7号 13번.
　　0000064129, 島尻：沖縄県公文書館(ウェブ公開あり 最終閲覧2023年2月28日), 1951.1.

http://www2.archives.pref.okinawa.jp/opa/OPA600_RESULT_BUNSYO.aspx?cont_
　　cd=0000054047

라디오방송 음원

『街頭録音』,「青少年の不良化をどうして防ぐかその二 ガード下の娘たち」(1947年4月22日
　　放送), 未編集音源17分, 埼玉：NHKアーカイブス.

『街頭録音』,「東京裁判判決をきいて」(1948年11月16日放送), 未編集音源52分, 埼玉：NHKア
　　ーカイブス.

『街頭録音』, NHKアーカイブス・NHK放送史(最終閲覧2023年2月28日).

https://www2.nhk.or.jp/archives/tv60bin/detail/index.cgi?das_id=D0009060073_00000

2차 문헌(서적, 논문)

『社団法人日本少国民文化協会要覧』, 日本少国民文化協会, 1943.

有山輝雄『情報覇権と帝国日本II－通信技術の拡大と宣伝戦』, 吉川弘文館, 2013.

粟屋憲太郎,『十五年戦争期の政治と社会』, 大月書店, 1995.

アンダーソン・ベネディクト, 白石さや・白石隆 訳,『増補 想像の共同体－ナショナリズム

の起源と流行』, NTT出版, 1997.

井川充雄, 『帝国をつなぐ〈声〉－日本植民地時代の台湾ラジオ』, ミネルヴァ書房, 2022.

ヴォダック・ルート／マイヤー・ミヒャエル 編, 野呂香代子・神田靖子他 訳, 『批判的談話研究とは何か』, 三元社, 2018.

大城由希江, 「米軍占領期沖縄のラジオ放送に関する歴史的研究」, 神戸大学国際文化学研究科博士論文, 2018.

太田奈名子, 『占領期ラジオ放送とマイクの開放－支配を生む声, 人間を生む肉声』, 慶應義塾大学出版会, 2022a.

_____ , 「宮本吉夫『放送と国防国家』から見出す「日米放送貫戦史」」, 『メディア史研究』52, 2022b.

大森淳郎, 「前線と銃後を結べ－戦時録音放送を聴く(前編)」, 『放送研究と調査』67(13), 2017.

_____ , 「前線と銃後を結べ－戦時録音放送を聴く(後編)」, 『放送研究と調査』68(1), 2018.

加藤聖文, 『「大日本帝国」崩壊－東アジアの1945年』, 中央公論新社, 2009.

貴志俊彦・川島真・孫安石編, 『増補改訂戦争・ラジオ・記憶』, 勉誠出版, 2006.

グッドマン, グラント・K, 小林英夫 訳, 『アメリカの日本・元年－1945~1946』, 大月書店, 1986.

向後英紀, 「GHQの放送番組制作－CI&Eの『情報番組』と番組指導」, 『マス・コミュニケーション研究』66, 2005.

_____ , 「占領下GHQの放送検閲－インフォーメーション・プログラムの翳」, 『メディア史研究』32, 2012.

紅野謙介他編, 『検閲の帝国－文化の統制と再生産』, 新曜社, 2014.

越野宗太郎編, 『東京放送局沿革史』, 東京放送局沿革史編纂委員会, 1928.

小森陽一, 『ポストコロニアル』, 岩波書店, 2001.

佐藤卓己, 『増補 八月十五日の神話－終戦記念日のメディア学』, ちくま学芸文庫, 2014.

_____ , 『ファシスト的公共性－総力戦体制のメディア学』, 岩波書店, 2018.

徐禎完, 「帝国日本の文化権－権力と文化の錯綜－「日本精神の国粋」からカノンまで」, 『日本研究』50, 2019.

スピヴァック, ガヤトリ・C, 上村忠男 訳, 『サバルタンは語ることができるか』, みすず書房, 1998.

竹前栄治, 『GHQ』, 岩波書店, 1983.

竹山昭子, 『玉音放送』, 晩聲社, 1989.

_____ , 『ラジオの時代－ラジオは茶の間の主役だった』, 世界思想社, 2002.

_____ , 『史料が語る太平洋戦争下の放送』, 世界思想社, 2005.

_____ , 「GHQの戦争有罪キャンペーン－「太平洋戦争史」「真相はかうだ」が語るもの」,

『メディア史研究』30, 2011.

_____『戦争と放送』, 吉川弘文館, 2018.

ダワー, ジョン, 三浦陽一・高杉忠明訳, 『増補版 敗北を抱きしめて 下』, 岩波書店, 2003.

著者不明, 「録音前線と銃後を結ぶ」, 『放送研究』2(9), 1942a.

_____「前線と銃後を電波に結ぶ」, 『放送』2(10), 1942b.

陳光興, 丸川哲史訳, 『脱帝国-方法としてのアジア』, 以文社, 2011.

土屋由香, 『親米日本の構築-アメリカの対日情報・教育政策と日本占領』, 明石書店, 2009.

_____・吉見俊哉 編, 『占領する眼・占領する声-CIE/USIS映画とVOAラジオ』, 東京大学出版会, 2012.

長尾龍一, 『日本国家思想史研究』, 創文社, 1982.

名嶋義直, 『批判的談話研究をはじめる』, ひつじ書房, 2018.

西崎文子, 『アメリカ外交とは何か-歴史の中の自画像』, 岩波新書, 2004.

日本放送協会 編, 『ラヂオ年鑑昭和10年版』, 日本放送出版協会, 1935.

_____『ラヂオ年鑑昭和16年版』, 日本放送出版協会, 1941.

_____『ラジオ年鑑昭和22年版』, 日本放送出版協会, 1947.

_____『ラジオ年鑑昭和23年版』, 日本放送出版協会, 1948.

_____『日本放送史』, 日本放送出版協会, 1951.

_____『放送五十年史』, 日本放送出版協会, 1977.

_____『20世紀放送史 上』, 日本放送出版協会, 2001.

丹羽美之, 「テレビ・ドキュメンタリーの成立-NHK『日本の素顔』」, 『マス・コミュニケーション研究』59, 2001.

_____「クイズがアメリカからやってきた」, 伊藤守 編, 『文化の実践 文化の研究-増殖するカルチュラル・スタディーズ』, せりか書房, 2004.

玄武岩, 「コリアン・ネットワークから見るディアスポラ・メディア研究の地平」, 『マス・コミュニケーション研究』79, 2011.

_____『〈ポスト帝国〉の東アジア-言説・表象・記憶』, 青士社, 2022.

藤倉修一, 『マイク人生うらおもて』, エイジ出版, 1982.

宮田章, 「事実と理念の二重らせん-源流としての録音構成」, 『放送研究と調査』64(12), 2014.

_____「『録音構成』の発生-NHKドキュメンタリーの源流として」, 『NHK放送文化研究所年報』60, 2016.

宮本吉夫, 『放送と国防国家』, 日本放送出版協会, 1942.

茂木謙之介, 『SNS天皇論-ポップカルチャー=スピリチュアリティと現代日本』, 講談社, 2022.

山之内靖, 伊豫谷登士翁・成田龍一・岩崎稔編, 『総力戦体制』, ちくま学芸文庫, 2015.

山室信一,「空間認識の視角と空間の生産」, 山室信一 編,『岩波講座「帝国」日本の学知〈第8巻〉空間形成と世界認識』, 岩波書店, 2006.

山本有造,「「帝国」とはなにか」, 山本有造 編,『帝国の研究－原理・類型・関係』, 名古屋大学出版会, 2003.

山本武利 編,『岩波講座「帝国」日本の学知〈第4巻〉メディアのなかの「帝国」』, 岩波書店, 2006.

吉田裕,『日本人の戦争観－戦後史のなかの変容』, 岩波書店, 1995.

吉本秀子,『米国の沖縄占領と情報政策－軍事主義の矛盾とカモフラージュ』, 春風社, 2015.

_____,「記憶と戦後占領政策－日本と沖縄における象徴天皇の存在と不在」,『山口県立大学学術情報』10, 2017a.

_____,「沖縄占領における象徴天皇の不在と9月12日の終戦詔書」,『マス・コミュニケーション研究』91, 2017b.

NHK,「戦争証言」, プロジェクト 編,『証言記録 市民たちの戦争 ③ 帝国日本の崩壊』, 大月書店, 2015.

Abel, J., Redacted : *The Archives of Censorship in Transwar Japan.*, Berkeley, LA . : University of California Press, 2012.

Jung, J. H., Playing with new rules : Radio quiz shows and the reorientation of the Japanese under the US Occupation, 1945~1952., *Historical Journal of Film, Radio and Television* 34(4), 2014.

_____, "Imagining an affective community in Asia : Japan's wartime broadcasting and voices of inclusion. In Hanscom", C. P. & Washburn, D. (Eds.). *The Affect of Difference : Representations of Race in East Asian Empire.*, Honolulu : University of Hawai'i Press, 2016.

Mayo, M. J., "The war of words continues : American radio guidance in occupied Japan. In Burkman", W. T. (Ed.), *The Occupation of Japan : Arts and Culture. Norfolk*, VA : MacArthur Memorial, 1988.

전후 일본의 귀환자문제와 '민주주의'교육

소거되는 제국의 기억

황익구

1. 들어가며   귀환자문제와 전후 일본

1945년 8월, 일본의 아시아·태평양전쟁 패전과 함께 소위 '민족의 대이동'이라고도 불리는 인적 이동이 시작되었다. 이 이동이라는 것은 해외에 있던 '일본인'[1]이 일본으로, 일본에 있던 식민지^{점령지} 출신자가 고국으로 돌아가는 현상, 또는 제국의 각지에서 여러 방면으로 향하는 이동 현상을 말한다. 정확한 통계는 불확실하지만, 이러한 이동으로 1946년 2월까지 일본에 거주하던 조선인 156만여 명이 한반도로 귀국했으며, 5만여 명의 중국인과 3만여 명의 대만인도 고국으로 돌아갔다. 또한, 중국과 만주, 사할린 지역에 거주하던 조선인 80만여 명도 한반도로 귀국했다. 그밖에도 한반도에서 대륙으로, 동남아시아와 남양군도 등에서 한반도, 대만, 오키나와 등으로도 많은 사람들의 이동이 이루어졌다.

특히 이 글에서 중점적으로 다루고자 하는 '일본인'이 일본 열도로

---

1   일본 열도(패전 이전까지 소위 내지로 규정된 지역) 출신의 일본인을 지칭함.

돌아가는 경우는 지역의 범위는 물론 이동 인구의 양적인 면에서도 일본 이외의 다른 지역으로의 이동을 압도한다. 그 지역의 범위는 이른바 대동아공영권 지역이라고 할 수 있는 한반도와 대만의 식민지, 남양군도와 만주, 중국대륙의 점령지, 동남아시아지역과 오스트레일리아ㆍ뉴질랜드 포함 등의 지역에까지 이른다. 이동 인구에 있어서도 패전 이후부터 1949년까지 군인과 민간인을 합쳐서 624만여 명 이상이 일본 열도로 귀국했다.[2] 이 수치는 당시 일본의 총인구가 7,100만여 명이라는 점을 고려하면 총인구의 10% 가까운 사람들의 이동이라고 할 수 있다.

일반적으로 일본에서는 이 시기의 인구 이동을 인양引揚げ이라고 지칭한다. 간혹 이 인양은 무장해제를 한 군인들이 고향으로 복귀하는 복원復員과 주로 민간인 레벨에서 일본 열도 내의 자신의 고향으로 귀향하는 인양引揚げ으로 엄밀하게 구분하여 사용하는 경우도 있다.[3] 다만, 이 글에서는 당시의 자료가 군인과 민간인을 구분하여 다루고 있지 않다는 점에서 군인과 민간인을 모두 포함하여 일본 열도 이외의 지역에서 일본으로의 귀국을 귀환帰還이라고 칭하고, 그에 해당하는 사람을 귀환자帰還者라고 명명하고자 한다.[4]

패전 이후 일본인의 귀환 양상은 냉전체제의 정치적 외교적 상황에 크게 영향을 받으며 진행되었다. 실질적으로 미국의 영향력하에 있었던 한반도 남부와 남양군도, 그리고 중국 국민정부에 반환된 대만 등의 지

2　引揚援護庁長官官房総務課 編, 『引揚援護の記録』, 引揚援護庁, 1950, p.12.

3　安岡健一, 「引揚者と戦後日本社会」, 『社会科学』 44(3), 同志社大学人文科学研究, 2014, p.5.

4　단, 자료나 기록의 경우는 원문 그대로 인양(引揚) 및 인양자(引揚者)로 표기하는 경우도 있다는 점을 명기한다.

역으로부터의 귀환은 비교적 순조롭게 진행되었지만, 소련의 점령하에 있었던 만주, 한반도 북부, 사할린 등의 지역으로부터의 귀환은 난항을 겪으며 장기화되는 양상을 보였다. 그 과정에 만주지역으로부터 한반도의 38도선을 걸어서 넘어야 했던 사람들, 그리고 귀환 도중에 희생된 사람들, 소련의 포로가 되어 시베리아에서 강제노동을 해야 했던 소위 시베리아억류자シベリア抑留者 등이 등장하기도 했다. 그렇기 때문에 일본인의 귀환을 둘러싼 기억은 그 체험의 양상에 따라 다양한 층위를 형성했으며, 방대한 체험담이나 수기, 또는 후생성의 공적기록으로 서술되어 전후 일본 사회에 전파되었다.

그런데 여기에서 주목할 점은 일본인의 귀환을 둘러싼 기억이나 체험의 대부분이 식민지 혹은 점령지 등으로부터 일본으로 상륙하거나 일본 내의 고향으로 도착하기까지의 서술에 그치고 있다는 점이다. 역사학자 나리타 류이치成田龍一는 귀환자의 수기나 억류기에 대해서 다음과 같이 기술하고 있다.

1950년 전후에 제공된 대부분의 억류기에서는 일본 땅을 밟고 난 이후의 일은 기술되지 않는다. 귀환자의 체험과 똑같이 '일본'에 도착한 것에 의해 (혹은 그 목적이 달성되었다는 것에 의해) 기술의 목적이 완수되었다고 판단한 결과이겠지만, 그 때문에 '일본'에서의 '일본인'의 분열은 인정되지 않으며, 분열은 소련 땅에서의 일로만 간주되고, 이데올로기적인 대항對抗의 공간場所으로서 소련을 형상화하는 데 그치고 있다.[5]

나리타의 지적에서도 알 수 있듯이, 전후 일본의 대부분의 귀환자의 체험은 일본 열도로의 상륙 혹은 고향 도착시점까지라는 시간적인 한계와 식민지 혹은 점령지에 한정된 공간적인 제약 속에서 서술되고 수용되었다는 점을 알 수 있다. 그래서 귀환에 대한 종래의 연구도 대부분이 귀환의 경위와 과정, 귀환자와 그 당사자의 체험을 중심으로 검토되고 논의되어 왔다.[6] 즉 귀환자의 귀환 이후의 실태와 사정에 대해서는 연구의 대상과 범위에 거의 상정되지 않았으며, 논의 또한 거의 이루어지지 않고 있는 것이 실정이다.[7]

일본에서 해외귀환연구海外引揚研究에 천착해 온 가토 기요후미加藤聖文는 해외귀환연구에 대해 다음과 같이 기술한 바 있다.

---

5   成田龍一, 「「引揚げ」に関する序章」, 『思想』 第九九五号, 岩波書店, 2002, pp.167~168.
6   주요 선행연구로는, 먼저 역사학의 영역에서는, 若槻泰雄, 『戦後引揚げの記録』, 時事通信社, 1991; 加藤陽子, 「敗者の帰還－中国からの復員・引揚問題の展開」, 『国際政治』 第109号, 日本国際政治学会, 1995.5; 浅野豊美, 「折りたたまれた帝国－戦後日本における「引揚」の記憶と戦後的価値」, 細谷千博・入江昭・大芝亮, 『記憶としてのパールハーバー』, ミネルヴァ書房, 2004; 阿部安成・加藤聖文, 「「引揚げ」という歴史の問い方(上), (下)」, 『彦根論叢』 第348号・第349号, 滋賀大学経済学会, 2004.5・2004.7; 増田弘 編, 『大日本帝国の引揚・復員』, 慶応義塾大学出版会, 2012; 加藤聖文, 『海外引揚の研究』, 岩波書店, 2020 등을 들 수 있다. 다음으로 문학·문화 영역에서는 成田龍一, 「「引揚げ」に関する序章」, 『思想』, 2003.11; 丸川哲也, 「冷戦文化論 ⑦ 捕虜/引揚の磁場」, 『早稲田文学』, 2004.3(所収 『冷戦文化論』, 双風舎, 2005); 天野知幸, 「〈記憶〉の沈潜と二つの〈戦争〉－引揚・復員表象と西條八十」, 『日本文学』 VOL.55, 日本文学協会, 2006.11; 黃益九, 「「引揚げ」言説と〈記憶〉の版図 －石森延男「わかれ道」が発信する美談と「故郷」」, 『日語日文学』, 大韓日語日文学会, 第61輯, 2014.2 등을 들 수 있다.
7   물론 부분적이기는 하지만, 귀환자의 체험의 범위를 전후의 시공간으로까지 확대하여 기록하고자 하는 구술연구의 시도가 없는 것은 아니다. 그 대표적인 연구에는 島村恭則 編, 『引揚者の戦後』(新曜社, 2013)가 있다. 이 연구는 귀환자의 사회공간과 생활문화라는 관점에서, 일본 각지에 뿌리내린 귀환자들의 전후민중생활사를 고찰하고 있으며, 각지의 귀환자들의 증언도 채록하여 수록하고 있다.

해외귀환연구라는 것은 크게 나누어 해외귀환 그 자체를 대상으로 한 '귀환문제'와 그 당사자인 사람들 ― 이른바 귀환자를 대상으로 한 '귀환자문제'로 분류된다. 귀환문제는 왜 귀환이 발생하였고, 그것이 어떠한 과정을 거쳐서 이루어졌는가. 또 그 과정 속에서 어떤 나라나 조직이 어떠한 형태로 관련되었는가를 명확히 하는 것을 목적으로 한다. 한편, 귀환자문제는 귀환자 자신이 어떠한 체험을 하였으며, 또 귀환 후에 어떠한 생활을 보냈는가, 또 국가나 조직이 어떠한 원호활동이나 정착지원을 실시하였는가를 분명히 하는 것이 목적이다.[8]

가토가 제시한 분류에 의하면 해외귀환연구는 '귀환문제'와 '귀환자문제'로 분류된다. 그 중에서도 귀환자문제는 귀환 당사자에 중점을 두고 그 체험과 귀환 이후의 생활, 국가와 조직의 활동과 지원문제까지를 연구의 대상과 범위로 설정하고 있다. 그런데 주목할 점은 가토도 지적한 바와 같이, 해외귀환연구에서 '정부 내부 및 GHQ의 동향, 귀환 시의 각 지역 일본인회의 활동, 중국국민정부, 공산당 및 소련의 대응, 더욱이 귀환자의 일본 귀환 후의 실태, 재외재산보상운동' 등과 같은 전후사적 문제에 대해서는 충분한 연구가 이루어지지 않고 있다는 점이다.[9]

이 글은 이와 같은 귀환을 둘러싼 연구 동향의 공백을 충전充塡하기 위한 일환으로 전후 일본 사회가 귀환자를 어떻게 수용했으며, 그 과정

---

8   阿部安成・加藤聖文,「「引揚げ」という歴史の問い方(上)」,『彦根論叢』第348号, 滋賀大学経済学会, 2004, p.142.

9   Ibid., p.149.

에 국가와 사회는 어떠한 작용과 역할을 했는가를 중점적으로 논의하고자 한다. 즉 이 글의 관점은, 가토의 분류를 적용한다면, 귀환자문제에 대한 고찰을 지향하고 있다고 할 수 있다.

먼저 본격적인 논의에 앞서, 이 글의 논점을 명확하게 하기 위해 논의의 대상 시기를 1947년부터 1950년까지로 설정한다. 일반적으로 이 시기는 일본 후생성의 구분에 따르면 주로 「공산권 귀환기共産圈引揚期」에 해당한다.[10] 이 시기를 논의의 대상으로 설정한 배경에는 귀환자에 대한 전후 일본 사회의 수용 자세의 변화와 함께 귀환자와 국가와의 역학적 관계를 단적으로 조명할 수 있기 때문이다.

2. 소련관리지구로부터의 귀환자와 '성인교육'

아시아·태평양전쟁이 일본의 패배로 끝나자 일본군의 무장해제를 위한 책임구역은 미국, 소련, 영국, 중화민국이 나누어서 분담하게 되었다. 이때 동아시아지역은 소련공산주의와 미국을 중심으로 한 자유주의 진영이 분담하여 관리했다. 이 가운데 소련이 관할한 지역은 한반도의 38도선 이북지역과 만주, 남사할린과 홋카이도 북부의 지시마열도千島列島 등이었다. 소련은 이 지역을 점령하면서 일본군의 무장해제를 담당하는

---

10 일본 후생성이 1955년에 발간한 『続·引揚援護の記録』에 따르면, 1945년부터 1947년까지를 「주력귀환기(主力引揚期)」, 1948년부터 1950년까지를 「공산권 귀환기(共産圈引揚期)」, 1951년부터 1953년까지를 「대공백기(大空白期)」, 1953년 이후를 「속 공산권 귀환기(続·共産圈引揚期)」라고 분류하고 있다.

한편 일본 군인과 민간인의 귀환復員·引揚에 관한 관리 업무도 담당했다.

귀환 업무와 관련하여서는 1946년 말까지 510만여 명이 일본 열도로 귀환했다. 이 가운데 140만여 명이 공산권지역에서 일본 열도로 귀환했다. 하지만 소련이 관리하는 지역에서의 귀환은 소련이 송환요구에 소극적인 입장을 취함에 따라 그 수는 다른 지역에 비해 현저히 적은 편이었다.[11] 그 후 1946년 12월 19일에 일본인 송환에 관한 미소협정[12]이 체결됨에 따라 소련이 관할한 지역에서의 귀환 업무도 본격적으로 시작되었으며, 귀환자 수도 서서히 증가하게 되었다. 소련관리지구로부터 출발하는 귀환 선박은 주로 마이즈루舞鶴항, 하코다테函館항, 사세보佐世保항, 하카타博多항 등으로 입항했다. 소련관리지구로부터의 귀환자 수가 증가하자 연합국최고사령관총사령부GHQ / SCAP의 첩보부대CIC는 귀환자에 대한 심문과 조사를 통해 정보수집에 착수하게 되었다. 당초 소련관리지구로부터의 귀환자에 대한 CIC의 심문과 조사는 전범의 적발, 군국주의자의 감시, 점령정책에 대한 저항의 배제 등이 주된 목적이었지만, 점차 냉전체제로의 변화가 가속화되자 그 임무는 공산주의자의 귀환 유무, 공산주의 교육의 실태, 소련 세력권에 대한 정보수집 등으로 확대되었다. 즉 GHQ의 공산주의 세력권에 대한 경계와 우려가 소련관리지구로부터의 귀환자에 대한 심문과 조사활동에 그대로 반영된 것이라

---

11 『大日本帝国の崩壊と引揚·復員』(増田弘 編, 慶応義塾大学出版会, 2012, p.87)에 따르면, 1946년 말까지 공산권지역에서 일본 열도로 귀환한 수는 소련 본토가 5,000명, 지시마와 사할린지역이 5,613명, 만주지역이 1,010,837명, 다롄지역이 6,126명, 북한지역이 304,469명으로 집계되어 있다.

12 引揚援護庁 編, 『引揚援護の記録』, 資料編, 引揚援護庁, 1950, pp.43~45.

고 할 수 있다.

그런데 주목할 점은, GHQ가 소련관리지구로부터의 귀환자에 대해 첩보활동을 전개하던 시기와 거의 같은 시기에 일본 당국 역시 소련관리지구로부터의 귀환자에 대한 별도의 교육계획을 수립하여 실시했다는 점이다. 후생성인양원호국厚生省引揚援護局이 발행한 기록에는 다음과 같은 내용이 등장한다.

> 1947년 5월 29일, 문부성에서 관계자가 모여 귀환자의 성인교육에 대한 계획심의가 이루어졌다. 이어서 같은 해 9월 9일에 마이즈루인양원호국에서, 군인 및 일반 귀환자에 대한 성인교육을 위해, 문부성파견원사무소의 설치와 그 실시요령에 대한 협의가 이루어졌다. 이에 따라 문부성마이즈루파견원사무소는 9월 10일 마이즈루인양원호국에 개설되었다. 그 사무소는 원호과 내에 두고 소장은 교토부 사회교육과장이 겸직하며, 직원은 5명이 상주한다.[13]

이 내용은 마이즈루지방인양원호국의 활동과 업무 내용을 발행한 『마이즈루지방인양원호국사舞鶴地方引揚援護局史』의 일부분이다. 자료에서도 알 수 있듯이, 1947년 5월에 문부성이 추진하여 마이즈루인양원호국에서 귀환자에 대한 성인교육 계획이 논의되고, 9월에는 관련 업무를 위한 사무소가 설치되었다는 내용이다. 그런데 이러한 귀환자에 대한 성인교

---

13   加藤聖文 編, 『海外引揚関係史料集成(国内編)第四巻「舞鶴地方引揚援護局史」』, ゆまに書房, 2002, p.173.

육은 마이즈루지방인양원호국뿐만 아니라 주로 소련관리지구로부터 출발하는 귀환 선박이 입항하는 지역인 하코다테지방인양원호국, 사세보지방인양원호국 등에서도 실시되었다.

먼저, 당시 각 지방인양원호국에서 실시한 귀환자에 대한 성인교육의 상세 내용을 살펴보도록 하자. 『마이즈루지방인양원호국사』에 따르면, 귀환자에 대한 성인교육요령은 다음과 같다. 교육목적은 '군인 및 일반 귀환자에게 일본의 현 상황에 대해 올바른 인식을 심어주기 위해 신헌법의 정신, 경제 사정, 생활보호 등 국내 사정에 대한 해설을 전하고, 앞으로 국민생활에 충분한 이해와 자각을 갖도록 하며, 귀향 후, 신일본건설에 협력하도록 하는 것이다'고 명기하고 있다. 그리고 교육 주체는 문부성이며, 교육 대상은 '시베리아지구로부터 귀환하는 군인·군속 및 일반 국민'으로 설정하고 있다. 또 교육 실시 장소 및 시간에 대해서는 '귀환선 내에서 5일간, 인양원호국 내 수용소에서 3일간'이라고 기술하고 있다. 교육목적과 대상에서도 알 수 있듯이, 일본 당국이 소련관리지구로부터의 귀환자의 증가를 앞두고 이들에 대한 경계와 우려를 하고 있었다는 것을 엿볼 수 있다. 여기에 기술된 귀환자에 대한 성인교육요령은 다른 지방인양원호국에도 거의 동일하게 적용되었다. 『하코다테인양원호국사函館引揚援護局史』에는 '문부성 성인교육'에 대해 다음과 같이 기술되어 있다.

귀환자에 대한 성인교육은 문부성이 담당하며, 1947년 6월 이후부터 원호국 내에 파견원사무소를 설치하고, 파견원에 의해 집행되고 있다. 이것은 귀환자에게 국내 정세에 대한 올바른 인식과 국제 정세에 대한 공정한 이해를 얻도록 하고, 앞으로 국민생활에 충분한 납득과 자각을 갖도록 하여 재건에 노력할 수 있도록 하기 위한 목적으로 이루어진 것이다. (…중략…) 또 군인 귀환자는 최근 현저히 정신적인 평형을 잃고 있으며, 사상동향에서도 많은 우려할만한 경향을 보이고 있기 때문에 그것에 대해서 정상적인 인식을 주입할 필요가 있다고 판단된다. (…중략…) 신일본건설의 목표로서 평화주의, 민주주의, 문화주의를 설명하고, 미국 점령정책과의 관계에 대해서도 설명하고, 이에 대응해서 국가 및 개인이 가야 할 길을 해설했다.[14]

하코다테인양원호국 역시 귀환자에 대한 성인교육의 목적은 귀환자가 국내외 정세에 대한 이해와 자각을 통해 '신일본건설'이라는 국가적 과제를 원활하게 수행할 수 있도록 하기 위한 것이라고 기술하고 있다. 그리고 이 성인교육의 배경에는 소련관리지구로부터의 귀환자의 사상적 편향성에 대한 우려가 작용했다는 점도 내비치고 있다. 이러한 내용은 『사세보인양원호국사佐世保引揚援護局史』에도 더욱 구체적이고 상세하게 기술되어 있다.

성인교육은인용자주 귀환자에게 일본의 현 상황에 대해서 올바른 인식을 주고, 앞으로 국민생활에 충분한 이해와 자각을 갖도록 하여, 귀향 후, 신일본건설에 협력시키기 위해 실시하는 것이다. 1947년 9월 12일 문부성 오와다 시학관小和田視学官이 사세보인양원호국을 방문함에 따라 관계자 회의를 개최했

---

14   加藤聖文 編, 『海外引揚関係史料集成(国内編)第一巻「函館地方引揚援護局史」(函館地方引揚援護局)』, ゆまに書房, 2002, pp.383~384.

으며, 다음 날 13일에는 사무소도서열람실,게시실을 포함를 설치했다. 나가사키현 사회교육과장을 소장으로 정하고 전임직원 3명을 두어 발족했다. (···중략···) 12월에 들어서는 영사기가 도착했다. 필름은 전후 국내 뉴스,「어느 밤의 나리或夜の殿様」,「애착이중주愛染二重奏」를 상영했는데 뉴스가 일반적으로 호평을 받았다. (···중략···) 성인교육 실시에 있어서 현지 미군의 관심이 높았으며, 시설, 교육내용, 효과 등을 상세하게 청취했다. 불안에 떨면서 반신반의의 심정으로 상륙한 귀환자가 진정한 일본의 모습을 이해하고 신일본건설을 맹세하면서 귀향한 것은 큰 수확이다.[15]

사세보인양원호국의 성인교육에 대한 기술은, 앞서 제시한 문헌자료에 비하면, 문부성의 관계자 이름이나 교육내용, 그리고 현지 미군의 모니터링과 반응에 대해서도 기술하고 있다는 점에서 보다 상세하고 구체적이라는 것을 알 수 있다.

귀환자에 대한 성인교육의 실시는 당시의 신문 기사에서도 확인할 수 있다. 1947년 9월 3일 자 『아사히신문』에는 「인양지에서 성인교육引揚地で成人教育」이라는 기사제목과 함께 다음과 같이 기술하고 있다.

문부성에서는 하코다테, 마이즈루, 사세보, 우시마宇島, 인용자 주-우지나(宇品)의 오기와 4곳의 귀환자 상륙지에 문부성파견원사무소를 10일부터 열고, '성인교육'의 일환으로서 팸플릿, 강연, 영화 등으로 일본의 현 상황을 대략적으로 알

---

15   加藤聖文 編,『海外引揚関係史料集成(国内編)第一〇巻「局史(上巻)」(佐世保引揚援護局)』, ゆまに書房, 2002, p.152.

리고 있다. 앞으로 귀환자는 90만 명이나 된다고 추정하고 있기 때문에 계획
에는 신헌법, 생활보호, 농지개혁과 국내의 일반적인 사항, 또 원호 방면에 대
한 사항도 포함하는 한편, 될 수 있는 한 기차표나 엽서 등의 편의도 제공할
것이다.[16]

기사는 문부성이 귀환자를 대상으로 실시하는 성인교육의 내용을 소
개하며 교육의 필요성과 효과에 대한 기대감을 표출하고 있다. 그만큼
귀환자에 대한 성인교육의 필요성이 당연시되고 있었다는 것을 방증한
다고 할 수 있다. 그 배경에는 기사에서도 제시하고 있듯이 90만여 명, 그
것도 소련관리지구로부터 공산주의 사상에 영향을 받은 귀환자가 대거
귀환한다고 하는 우려와 경계의 심리가 작용한 것이라고 할 수 있다.

소련관리지구로부터의 귀환은 1946년 12월 8일에 소련의 나호트카
Nakhodka항을 출발하여 마이즈루항에 입항한 귀환자 2,555명을 시작으로
서서히 증가했다. 그러나 당초 미소협정에서 논의된 매월 5만 명이라는
귀환 목표에는 미치지 못했으며, 이마저도 1947년 12월에 소련 측이 겨
울의 악천후와 항구의 결빙을 이유로 1948년 4월까지 귀환 업무의 중단
을 발표하는 등 1949년 말까지 귀환 업무는 중단과 개시가 반복되는 양
상으로 전개되었다.

그런데 주목할 부분은 이 시기의 신문 미디어에는 공산주의와 귀환자
를 연결시키는 기사가 빈출하고 있다는 점이다. 1947년 12월 10일 자『아

---

16 「引揚地で成人教育」,『朝日新聞』, 1947.9.3.

사히신문』에는 「재류일본인 적화교육」, 「'반동'에게는 귀국을 허락하지 않는 소련」이라는 기사를 통해 소련관리지구의 일본인들이 소련에 의해 '공산주의화' 교육을 받고 있다고 보도했다. 또 1949년 6월 28일 자『아사히신문』에는 당시의 귀환자에 대해 「공산주의자는 최고율」, 「공산당 교육의 영향 역력」, 「교육된 귀환자」 등의 기사를 통해 귀환자의 공산주의화 동향을 집중적으로 다루기도 했다. 그리고 실제로 소련관리지구로부터 귀환한 사람들 중 일부는 공산주의 사상에 심취된 행보를 보이기도 했다.

1949년 6월 말, 기다리고 기다리던 소련으로부터의 귀환은 재개되었다. 그런데 마이즈루항에 상륙한 귀환자는 제각각 '천황도적전상륙天皇島敵前上陸'을 외치며, 혁명가를 제창했고, 곳곳에서 귀환특별열차의 운행시간을 혼란에 빠뜨리거나 마중나온 소학생이 흔드는 일장기를 잡아찢었다. 그리고 마중나온 부모, 아내, 자녀의 사랑의 손을 뿌리치고 공산당 본부로 달려가는 상태였다.[17]

인용은 1949년 6월 27일에 소련관리지구인 나호트카항을 출발하여 마이즈루항으로 입항한 다카사고마루高砂丸의 귀환자 2천여 명의 일본 열도 상륙 모습을 기록한 내용이다. 오랫동안 중단되었던 소련관리지구로부터의 귀환 업무가 재개되자 가족을 포함한 환영 인파가 항구와 역 주변에 운집하여 귀환자를 맞이하려고 했으나 이들의 기대와는 달리 귀환

---

17   厚生省 編,『復刻版 続・引揚援護の記録』, クレス出版, 2000, p.16. 이외에도 1949년 7월 3일 자『요미우리신문』에는 「공산주의 행사에 직행, 가족이나 마중나온 사람을 내버려두다」, 「사상적 무장부대, 승선 전 5일 동안 귀국 후 행동 연습」 등의 기사가, 같은 날『아사히신문』에는 「기대가 빗나간 환영진, 귀환열차 도쿄도착」이라는 기사가 확인된다.

자들은 자신들이 태어난 고국을 '천황도天皇島'라고 칭하고 적대시하며 공산주의자적 행보를 보였다는 것이다. 냉전 구도가 가속화하는 가운데 발행된 일본 당국의 공적기록이라는 점을 고려하더라도 소련관리지구로부터의 귀환자들의 행동은 그들을 안도와 기쁨이라는 일념으로 맞이하려던 가족들에게는 받아들이기 힘든 장면이었을 것이다. 이와 같은 장면은 우에노역上野駅에서도 연출되었다.

플랫폼에는 남녀 소학생이 일장기를 흔들며 정렬해 있었다. 여학생들이 바치는 꽃다발은 쳐다보지도 않았다. 간혹 꽃다발을 받는 사람이 있는가 싶더니 그 자리에서 바닥에 내동댕이쳐버렸다. 만세를 부르며 마중나온 남학생을 향해서는 '이제 와서 뭐가 만세냐, 노동가라도 불러라'고 호통을 쳤다. 그 분위기가 너무나 험악해서 아이들은 울상이 되어서 뛰쳐나갔고, 인솔해서 온 선생님은 당혹스러워 눈물을 흘리는 분위기가 전개되었다.[18]

1949년 7월 4일 자『아사히신문』「천성인어天声人語」란에 실린 귀환자 환영식의 풍경이다. 6월 27일에 마이즈루항에 도착한 귀환자 일행이 7월 3일에 도쿄 우에노역에 도착했을 때의 상황을 기사화한 것으로 귀환자를 마중나온 환영인파의 당혹스러움이 잘 나타나 있다. 소련관리지구로부터의 귀환자들이 공산주의 사상에 심취한 배경에는 소련의 교육과 지도에 응하는 것이 조기귀환을 위해 유리하다고 판단했을 것이라는 점, 또는 구 일본군 출신자들 사이에 반군反軍 혹은 반천황제 의식이 작용한 점 등을 추정할 수 있을 것이다.

소련관리지구로부터의 귀환자에 의한 공산주의운동이 첨예화하는 가운데 GHQ의 총사령관 맥아더는 1949년 7월 4일에 「중대 성명」을 발표하고 공산주의에 대한 '불패의 방공방벽不敗의反共防壁'의 구축을 촉구하는 한편, 일본 정부에 대해서는 '공산주의운동에 대한 법적 시인是認이 문제'라는 입장을 제시한다. 그런데 공교롭게도 맥아더가 성명을 발표한 당일에 소련지구로부터의 귀환자와 마중나온 집단, 그리고 이들을 규제하고 통제하기 위해 출동한 경관들과의 사이에 충돌사건이 발생했다. 소위 '교토귀환자분쟁사건'이라고 불리는 이 사건은 1949년 6월 30일에 귀환자 2천여 명을 태우고 소련관리지구 나호트카를 출항하여 마이즈루항으로 입항한 에이토쿠마루永德丸의 귀환자에 대한 환영대회를 둘러싸고 일어났다. 이 사건으로 1,700여 명이 귀환특별열차의 승차를 거부하며 교토역은 물론 열차 운행에 일대 혼란을 초래했다. 이 사건은 『요미우리신문』과 『아사히신문』 등에도 연일 보도되었다.[19] 귀환자를 포함한 공산주의 진영에 의한 사건이 빈번하게 발생하게 되자 결국 당시의 수상 요시다 시게루吉田茂는 각료들에게 공산주의의 전제專制와 폭력을 배격할 것을 지시하고, 아울러 1949년 7월 16일에는 「불안을 부추기는 공산당」이라는 내용의 성명을 발표하기에 이른다.[20] 그리고 곧이

---

18 「天声人語」, 『朝日新聞』, 1949.7.4.

19 「引揚者乗車を拒む, 京都駅で千六百名, 帰郷遅れる, 東京着今夕五時ごろ」, 『読売新聞』, 1949.7.5; 「千七百名の引揚者乗車を断る」, 『朝日新聞』, 1949.7.5; 「三十余名が重軽傷, 京都駅の引揚者紛争事件」, 『朝日新聞』, 1949.7.6.

20 이 무렵 공산주의 세력에 의해 일어난 것으로 추정되는 또 다른 사건에는 下山事件(1949.7.5), 三鷹事件(1949.7.15) 등이 있다.

어 1949년 8월 11일에 일본 정부는 「귀환자의질서유지에관한정령引揚者の秩序保持に関する政令」을 공포하여 귀환자의 상륙 거부와 열차 운행 방해는 물론 환영행사에 대해서도 엄격한 통제와 규제를 실시하게 되었다. 그리고 이러한 귀환자를 둘러싼 분위기는 당연히 각 지방인양원호국에서의 '성인교육'의 강화로 이어졌으며, 귀환자를 바라보는 사회적 시선의 변화에도 영향을 주었다. 문학가이자 평론가인 구와바라 다케오桑原武夫는 당시의 귀환자에 대해 다음과 같이 술회하고 있다.

> 이번 소련 귀환자를 둘러싼 문제는 '놀라움'을 기점起点으로 하고 있다. 지금까지 귀환자의 대다수가 전하는 말은 소련에 대한 비난과 노동의 고통스러움이었다. 그래서 우리는 '이번 귀환자도 「이국의 언덕異国の丘」[21]이라도 부르면서, 하선하게 되면 힘든 곳에서 고생이 많았을테니 위로해 주어야'라고 생각했다. 그런데 인터내셔널을 부르면서 모두 단결해서 내려왔다. 그리고 항상 그 이데올로기를 노골적으로 드러냈다. 이것이 사람들에게 큰 놀라움을 주었다. 나도 아주 놀랐다.[22]

'놀라움'이라는 표현이 단적으로 보여주고 있듯이, 소련관리지구로

---

21 전후, 시베리아에 억류되어 있던 일본군 병사들 사이에서 불려진 고향에 대한 그리움을 노래한 곡이다. 작곡은 요시다 다다시(吉田正), 작사는 마스다 고지(増田幸治)로 알려져 있다. 1949년에는 이 노래를 모티브로 한 영화 〈이국의 언덕(異国の丘)〉이 와타나베 구니오(渡辺邦男) 감독에 의해 제작되기도 했다.
22 桑原武夫, 「引揚げ」, 『毎日新聞』, 1949.7.10(인용은 『桑原武夫全集』 第五巻, 朝日新聞社, 1969, p.41).

부터의 귀환자를 둘러싼 당시의 사회적 시선은, 안도와 위로에서 우려와 경계로, 더 나아가서는 갈등을 초래하는 유인誘因이라는 시각이 점차 확산되어 가는 양상이었다는 점을 확인할 수 있다.

3. '민주주의'교육의 제상諸相

소련관리지구로부터의 귀환자의 증가와 이들의 공산주의 사상의 심취라는 우려와 경계는, 앞서 살펴본 각 지방인양원호국의 성인교육의 강화로 이어졌다. 여기에서는 각 지방인양원호국이 소련관리지구로부터의 귀환자를 대상으로 실시한 성인교육의 구체적인 내용을 중점적으로 고찰하고자 한다.

전후 일본에서 신일본문학회新日本文学会를 중심으로 활동하던 작가 나카노 시게하루中野重治는 자신이 참의원의원參議院議員으로 활동하던 1949년 12월 12일에 참의원 의장 사토 나오타케佐藤尚武에게 「인양원호비 그 외에 관한 질문주의서引揚援護費その他に関する質問主意書」를 제출했다. 나카노 시게하루가 이 질문주의서에서 제시한 질문은 다음의 4개 항목이다.

① 현재까지 마이즈루인양원호국에서 상영한 뉴스, 집록영화集録映画, 문화영화 등의 상영 월일, 제목, 횟수, 그 경비

② 배부한 팸플릿, 신문, 잡지 등의 이름, 구입 부수 및 배포 장소별귀환선 내, 수용소, 차(車)내 배포 부수, 월일, 그 경비

③ 원호청에서 인쇄한 팸플릿, 신문, 그 외 인쇄물의 부수 및 배포 장소별 배포 부수, 그 경비

④ 문부성에서 귀환자를 위해 인쇄한 팸플릿, 신문 등 인쇄물명, 부수, 배포 부수.

이 질문주의서에 대한 답변서는 1949년 12월 23일에 당시의 수상 요시다 시게루의 이름으로 참의원 의장 사토 나오타케 앞으로 송부되었다. 답변서는 나카노 시게하루가 제출한 질문주의서의 항목 순서에 맞춰 일목요연하게 작성되었다.[23] 이 글에서는 답변서에 기술된 자료들 가운데 현재 입수 가능한 문화영화와 극영화, 그리고 문부성에서 귀환자를 위해 배포한 팸플릿 등 인쇄물을 중심으로 살펴보고자 한다.[24]

먼저, 마이즈루인양원호국 내에서 상영된 영화는 문화영화, CIE영화, 극영화로 분류하여 작성되어 있다. 문화영화에는 〈신헌법의 성립新憲法の成立〉, 〈어린이 의회子供議会〉, 〈후지산의 비어富士山の飛魚〉,[25] 〈스모大相撲〉, 〈새로운 출발新しき出発〉, 〈전후의 일본戦後の日本〉, 〈고향의 땅ふるさとの土〉 등이 제시되어 있다. CIE영화에는 〈1948년 조망一九四八年フラッシュ〉, 〈국제연합헌장国際連合憲章〉, 〈세계 뉴스世界ニュース〉, 〈국제연합제国連祭〉 등이 기술되어

---

23 「질문주의서」에 대한 질문 본문과 답변서 본문은 참의원 질문주의서를 참조. https://www.sangiin.go.jp/japanese/joho1/kousei/syuisyo/007/touh/t007006.html.

24 배포된 신문과 잡지의 경우는 각각의 지명(誌名)은 특정할 수 있지만, 기사까지를 특정할 수 없는 관계로 성인교육의 내용을 파악하는 작업에는 한계가 있다고 판단된다.

25 참고로 후지산의 비어(富士山の飛魚)는 1949년 전미수영선수권대회에서 세계신기록을 수립하며 활약한 후루하시 히로노신(古橋廣之進)를 칭찬하여 부르는 이름이다.

있다.[26] 극영화에는 〈언젠가는 꽃필거야いつの日か花咲かん〉, 〈꽃피는 가족花咲く家族〉, 〈어느 밤의 나리或る夜の殿樣〉 등 3편을 주로 상영하고, 수시로 다른 영화도 차용하여 상영했다고 한다.

문화영화는 제목에서도 연상되듯이 전후 일본의 정치, 사회, 교육, 문화 등 각 분야의 변화상을 소개하는 내용으로 제작되었다는 것을 알 수 있다. 이 가운데 〈어린이 의회子供議会〉는 1947년 마루야마 쇼지丸山章治 감독에 의해 제작되어 당시의 민간정보교육국CIE으로부터 극찬을 받았으며, 문부대신상과 민주정치교육연맹상을 수상하며 호평을 받은 영화이다. 내용을 간단히 소개하자면, 어느 소학교에서는 우산이나 비옷이 없는 학생이 많아서 비가 오는 날에는 결석하는 학생이 많았으며, 수업도 잘 진행할 수 없는 문제가 있었다. 그래서 학생들은 '어린이 의회'를 열고 스스로 해결책을 정해 실행에 옮긴다는 내용이다. 어린이들이 민주주의 정신과 규칙을 계발하고 실천한다는 교육적 목적이 강한 영화라고 할 수 있다.[27] 이러한 영화를 소련관리지구로부터의 귀환자를 위한 성인교육에 활용했다는 것은 한마디로 전후 일본 사회는 어린이들도 민주주의를 계발하고 실천하는 새로운 민주국가로 탈바꿈했다는 것을 선전하는 프로파간다가 아닐 수 없다.

---

26 CIE영화는 GHQ의 민간정보교육국(Civil Information and Education Section = CIE)이 민주화 촉진 프로그램을 위해 추진한 교육영화를 말한다. 상세한 내용은 中村秀之, 「占領下米国教育映画についての覚書―『映画教室』誌にみるナトコ(映写機)とCIE映画の受容について」.
http://www.cmn.hs.h.kyoto-u.ac.jp/CMN6/nakamura.htm를 참조.
27 丸山章治, 『昭和こどもキネマ』第2巻 日本映画新社, 2006(DVD자료).

이어서 극영화 부분을 살펴보자. 우선 〈언젠가는 꽃필거야^{いつの日か花咲}かん〉는 전기^{戰記}작가로서 활동하던 다카기 도시로^{高木俊朗}의 현상당선작품을 바탕으로 1947년에 우시하라 교히코^{牛原虚彦} 감독에 의해 제작된 영화이다. 영화는 재외동포구출학생동맹이라는 단체에서 귀환자를 위한 원호활동을 하며 각각 자신들의 가족의 귀환을 기다리는 7명의 학생들의 고뇌를 그리고 있다. 귀환열차가 도착할 때마다 기대와 실망, 기쁨과 슬픔이 교차하는 가운데서도 귀환자를 위한 원호활동의 중요성을 인식하고 지속적으로 활동을 전개하는 것이 '사회정의'를 세우는 일이라는 것을 자각한다는 내용으로 구성되어 있다.[28] 귀환자에 대한 일본 사회의 변함없는 희망과 포용, 그리고 지원의 모습을 담고 있다는 점에서 귀환자들에게는 전후 일본 사회에 대한 안도감의 제공과 함께 전후 민주주의의 포용력을 전달할 수 있는 절호의 영화라고 할 수 있다. 바로 이점이 소련 관리지구로부터의 귀환자에 대한 성인교육의 자료로 영화 〈언젠가는 꽃필거야^{いつの日か花咲かん}〉가 활용된 이유이며 효과였을 것이다.

다음으로 〈꽃피는 가족^{花咲く家族}〉은, 1947년에 지바 야스키^{千葉泰樹} 감독에 의해 제작된 영화로, 남편이 사망한 후, 여자 혼자서 3명의 자녀^{아들 두 명과 딸 한 명}를 키운 도다^{戸田}가문의 아쓰코^{篤子}는 엄격한 가정에서 자란 자신과는 달리 아주 개방적인 성격의 맏며느리를 탐탁지 않게 생각한다. 그래서 차남만큼은 자신이 원하는 여성과 결혼할 것을 종용한다. 하지만 차남 역시 이미 결혼을 약속한 상대가 있다는 것을 알고 크게 실망하여

---

28   https://eiga.com/movie/73549/(최종열람 2018.6.5)참조.

남동생의 집으로 가출해 버린다. 이후 남편에 대한 성묘를 계기로 자녀들과 재회하게 되면서 갈등이 해소되고 동시에 자신의 아집을 반성한다. 그리고 전후 일본의 가정 내의 민주주의를 수용하는 기성세대의 모습을 연출하며 영화는 끝난다.[29] 그야말로 〈꽃피는 가족花咲く家族〉은 가부장제의 습속이 온존하는 일본 내의 가정의 모습에서 가족구성원 개개인의 의견이 존중되고, 민주적인 방법으로 문제해결을 모색해 가는 가정의 모습으로 변모한 양상을 연출하고 있다. 말하자면, 가정의 민주화를 귀환자들에게 전파하는 효과가 내재된 영화라고 할 수 있다.

다음으로 〈어느 밤의 나리或る夜の殿様〉는 1946년에 기누가사 데이노스케衣笠貞之助 감독이 제작한 영화이다. 메이지시대를 배경으로 철도부설권을 획득하여 이득을 취하려는 인물들이 체신대신이 머물고 있는 하코네의 여관에 모여든다. 이때 동업자들로부터 미움을 산 졸부 에쓰고야越後屋를 혼내줄 계획을 세우게 되고, 지나가던 서생書生을 동원하여 철도부설권 허가에 큰 영향력이 있는 미토水戶 당주當主로 꾸며 계획을 진행하게 된다. 영화는 이 과정에 벌어지는 익살스러운 에피소드를 중심으로 메이지시대의 자유민권운동과 특권계급에 대한 풍자를 그려내고 있다.[30] 당시에 이 영화는 제1회 마이니치영화콩쿠르에서 일본영화대상을 수상하며 화제가 되었다. 영화평론가 기타가와 후유히코北川冬彦는 이 영화에 대해 민주주의 사상에 대한 이해가 부족한 당시의 풍자영화에 대한 반성으로

29　千葉泰樹, 『花咲く家族』, 角川書店, 2017.

30　衣笠貞之助, 『日本映画傑作全集 或る夜の殿様』, 東宝, 2001.

제작된 영화라고 지적한 바 있다.[31] 즉 〈어느 밤의 나리或る夜の殿様〉는 전후 민주주의 계몽영화의 범주에 속하는 작품으로 볼 수 있으며, 봉건주의 사회에서 민주주의 사회로 바뀌는 과도기를 반영한 작품이라고 할 수 있다. 따라서 패전 이후 민주주의 사회로의 변화를 모색하던 일본 사회에 수용되어야 할 귀환자들에게는 시의적절한 영화였을 것이다.

앞서 기술한 바와 같이 극영화는 이상의 3편 외에도 수시로 다른 영화도 차용하여 상영했다고 한다. 『마이즈루지방인양원호국사』에 따르면, 1947년부터 실시 중인 '복원자교육계획復員者教育計画, 문부성'은 공산주의 사상에 심취한 귀환자가 증가함에 따라 더욱 강화되었으며, 당시의 문부성과 후생성은 이들 귀환자를 대응하기 위해 별도로 상담부相談部를 설치하여 운영했다고 한다. 그리고 '복원자교육계획문부성' 중 극영화 부분에는 〈조용한 결투静かなる決闘〉라는 영화가 제시되어 있다.[32] 이 영화가 실제로 귀환자교육의 자료로 활용되었는지는 불분명하다. 그러나 문부성과 후생성에 의해 설치된 상담부가 귀환자에 대한 '위안慰問'을 목적으로 실시한 영화 상영 횟수가 1949년에만 85회에 이르고, '복원자교육계획문부성'이 실제로 진행되고 있었다는 점을 고려하면 영화의 상영 가능성은 아주 높다.

영화 〈조용한 결투〉는 1949년 3월에 개봉한 구로사와 아키라黒澤明 감독의 작품이다. 내용을 간단히 소개하자면, 전시 중에 야전병원의 청년의사가 매독에 걸린 부상병을 수술하던 중 자신도 전염된다. 패전 후, 이 청년의사는 매독에 전염된 사실을 숨기고 아버지가 운영하는 병원에

---

31 北川冬彦, 「日本映画批評 或る夜の殿様」, 『キネマ旬報』 第6号, キネマ旬報社, 1946.9, p.40.

32 舞鶴地方引揚援護局, 「復員者教育計画」, 『舞鶴引揚援護局史』, ゆまに書房, 1961, pp.178~182.

서 외과의로 활동한다. 그러던 중 징집 전부터 결혼을 약속한 혼약자가 결혼을 재촉하자 결국 병에 대한 사정은 끝까지 숨긴 채 결혼을 포기하게 되고, 오로지 어려운 환자를 구원하는 의사로서 살아갈 것을 결심한다는 내용이다.[33] 즉 주인공 청년의사는 전쟁 중의 체험을 함구해야 하는 복원병으로 설정되어 있으며, '아무에게도 원망하지 않고 타인의 행복을 생각할 필요가 있다'는 자기성찰을 반복해서 다짐하는 인물로 등장한다. 말하자면 청년의사의 이러한 태도는 한편으로는 귀환자의 전후 일본 사회에서의 행동규범을 시사하는 효과를 발휘한 것으로 해석할 수 있다. 이러한 관점에서 영화〈조용한 결투〉는 귀환자들에게 전쟁 중_{혹은 귀환 전}의 체험이 전후 일본 사회에 어떠한 영향을 줄지를 끊임없이 자문하고 행동하는 귀환자상을 제시하는 자료로도 활용되었다고 볼 수 있다.

다음으로는 문부성에서 귀환자를 위해 배포한 팸플릿 등 인쇄물에 대해 살펴보자. 답변서에 제시된 팸플릿 인쇄물명과 인쇄 부수, 배포 부수를 정리하면 다음 표와 같다.

팸플릿 인쇄물명	인쇄 부수	배포 부수
『민주주의 이야기(民主主義のはなし)』	300,000	89,471
『민주적 정치와 비민주적 정치(民主的政治と非民主的政治)』	400,000	89,471
『귀환자필휴(帰還者必携)』	200,000	89,471
『귀환의 경위와 현황(引揚のいきさつと現況)』	53,000	53,000

이 글에서는 이들 인쇄물 가운데 인쇄 부수와 배포 부수가 가장 많은 『민주주의 이야기』, 『민주적 정치와 비민주적 정치』, 『귀환자필휴』를 중심으로 살펴보고자 한다.

33　黒澤明, 『静かなる決闘』, 角川映画, 2009.

먼저 『민주주의 이야기』는, 1946년 CIE 교육과教育課의 요청에 따라 1948년 10월에 문부성이 편찬한 사회과교과서 『민주주의民主主義』 상권의 내용 일부를 그대로 발췌하여 제작한 인쇄물이다. 『민주주의』 상권 가운데 발췌한 부분은 '제1장, 민주주의의 본질', '제5장, 다수결', '제7장, 정치와 국민', '제9장, 경제생활에서 민주주의', '제10장, 민주주의와 노동조합', '제11장, 민주주의와 독재주의' 등 총 6장이며, 그중 일부를 개정하여 총 140쪽 분량으로 제작한 자료이다. 그런데 주의할 부분은 『민주주의』 상권은 편찬 직후 동시대의 지식인들로부터 많은 비판이 제기된 교과서라는 점이다.

먼저 사회학자 시미즈 이쿠타로清水幾太郎는, 『민주주의』 상권에 대해 '여기에서는 민주주의가 먼 나라 이야기처럼, 남의 일처럼 다루어지고 있다'고 기술하면서 '예나 지금이나 일본의 민주화를 곤란하게 하고 있는 여러 사정이 있는 이상, 이것을 조금이나마 설명하든가, 내지는 이것을 분명히 전제한 후에 서술을 전개할 필요가 있다'고 지적했다.[34] 시미즈는 『민주주의』 상권이 일본 내의 민주화를 곤란하게 하는 문제에 대해서 묵인하거나 혹은 무관계한 것처럼 기술되고 있다는 점을 강하게 비판하고 있다. 또 마르크스주의 경제학자 아마카스 세키스케甘粕石介는 『민주주의』 상권에 대해 다음과 같이 기술하고 있다.

---

34 清水幾太郎, 「教科書「民主主義」を評す」, 『教育社会』 第4巻 第4号, 西荻書店, 1949.4, p.3.

인민의 모든 자유를 빼앗아 온 천황제나 다른 나라를 침략하고, 동아東亞의 수많은 인민을 죽이고 괴롭혀 온 군국주의에 관해서 말하자면, 그것에 대해서는 거의 한마디도 하지 않고 있다. 그것에 대한 자기비판은 조금도 하지 않고 있다. 그러한 것을 증오하는 마음이 없이 어떻게 민주주의를 옹호할 수 있을까. 이것이야말로 민주주의의 적이었지 않는가. 그러나 여기에서 '민주주의'의 유일한 적으로서 가장 강하게 공격당한 것은 공산주의와 소련이다.[35]

아마카스는 교과서 『민주주의』 상권이 민주주의를 기술하기 이전에 일본의 천황제나 군국주의에 대한 자기반성이 선행되어야 했지만, 전혀 다루어지지 않고 간과된 부분을 신랄하게 지적하고 있다. 그리고 공산주의와 소련을 민주주의의 적으로 상정한 부분에 대해서도 비판하고 있다. 실제로 교과서 『민주주의』 상권에는, 공산주의는 정치, 경제, 사회의 전 분야에서 '독재주의'이며, 소련은 '프롤레타리아 독재혹은 노동계급 독재'국가로 규정되어 있다.[36]

그밖에도 교과서 『민주주의』 상권에 대한 비판은 역사학자 이노우에기요시井上淸도 가세하고 있다. 이노우에는 '문부성의 『민주주의』의 큰 특징이라기보다는 최대의 결점은 논의가 추상적이고, 민주주의의 역사와 현실의 정확한 사실 자체를 다루는 것이 적으며, 특히 일본 현실에서 실천하기 위한 구체적인 의견이나 참고 사실도 없다는 것이다'라고 교과서

---

35 甘粕石介, 「文部省教科書「民主主義」について」, 『理論』第三卷 第六号, 民主主義科学者協会哲学部, 1949.6, pp.30~31.

36 文部省, 『民主主義』 上, 教育図書, 1948, pp.203~231.

에 대한 회의적 시각을 표출하고 있다.[37]

이와 같이 교과서『민주주의』상권은 많은 문제제기와 비판에 직면한 상태에서도 소련관리지구로부터의 귀환자를 교육하기 위한 별도의 인쇄물『민주주의 이야기』로 재활용되었으며, 과거 일본의 천황제와 군국주의 이데올로기하에 자행된 식민지배와 침략전쟁에 대한 자기반성은 간과한 채 귀환자들에게는 반공산주의와 반소련을 이식하는 교재로서 기능했다.[38]

다음으로는 인쇄 부수가 40만 부로 가장 많았던『민주적 정치와 비민주적 정치』를 살펴보자. 이 자료는 1949년 4월에 문부성에 의해 발행되었으며, 총 45쪽 분량으로 제작되었다. 이 자료는 「개인의 가치」, 「개인의 평등」, 「주권은 국민에게 있다」, 「민주정치는 사람에 의해 이루어지지만 법률에 의해 지배받는다」 등과 같은 총 25개의 단원으로 구성되어

---

37 井上清, 『文部省「民主主義」解説と批判』, 三一書房, 1949, pp.1~2.

38 참고로 교과서『민주주의』는 1949년에 문부성에 의해 하권이 편찬되었으며, 하권의 일부를 발췌하여『속 민주주의 이야기(続民主主義のはなし)』도 1950년에 제작되었다. 『민주주의』하권은 일본의 민주주의의 역사나 민주화 추진 양상 등에 대한 비판을 의식한 결과인지는 불확실하지만, 「제1장 일본의 민주주의의 역사(日本における民主主義の歴史)」라는 단원부터 시작되며, 후쿠자와 유키치(福沢諭吉)를 일본 민주주의의 선각자로서 내세워 추앙하고 있다. 그러나 후쿠자와 유키치가 '일본의 민주주의 제도를 확립하려고 노력한 선각자'였을지는 모르겠지만, 일본의 근대화 과정에 조선, 대만, 중국 등 동아시아지역에 대한 침략전쟁을 조장하고 식민지배를 정당화하는 입장을 지속적으로 피력해 온 인물이었다는 점은 그 자체로도 문제가 아닐 수 없다. 후쿠자와 유키치가 동아시아지역에 대한 침략전쟁을 조장하고 식민지배를 정당화하는 입장을 기술한 대표적인 담론으로는, 「亜細亜諸国との和戦は我栄辱に関するなきの説」(『『郵便報知新聞』社説欄』, 1875.10.7); 「朝鮮の文明事業を助長せしむ可し」(『時事新報論集』, 1894.6.17); 「世界の共有物を私せしむ可らず」(『時事新報論集』, 1894.7.29); 「日清の戦争は文野の戦争なり」(『時事新報論集』, 1894.7.29); 「台湾割譲を指令するの理由」(『時事新報論集』, 1894.12.5) 등을 들 수 있다.

있다. 특이한 점은 각 페이지가 대칭적으로 나누어져 있어 각 단원에 대해 「민주적인 나라民主的な国」왼쪽와 「비민주적인 나라非民主的な国」오른쪽로 구분하여 마지막까지 비교하는 방식으로 기술하고 있다는 점이다. 내용적으로는 「민주적인 나라」왼쪽에는 긍정적이고 동조적인 내용 일색인 반면에 「비민주적인 나라」오른쪽에는 「민주적인 나라」왼쪽의 내용과는 반대되거나 부정적인 내용으로 구성되어 있다. 예를 들면, '1. 개인의 가치'라는 항목에서 「민주적인 나라」에서는 '각 개인의 가치를 크게 존중하고 있다'고 기술하고 있지만, 「비민주적인 나라」에서는 '개인에게는 큰 가치를 인정하지 않는다'고 기술하고 있다. 주의할 부분은 여기에서도 전전, 전시 중의 일본의 군국주의 체제나 천황제 등에 대한 반성은 이루어지지 않은 채 패전 이후의 일본의 민주화에 대한 긍정적인 평가만이 나열되어 있다는 점이다. 이점은 소련관리지구로부터의 귀환자에 대한 전후 일본의 일방적인 사상 선전이며, 반공산주의와 반소련이라는 냉전 구도를 고스란히 반영한 결과라고 할 수 있다.[39]

마지막으로 『귀환자필휴』에 대해 살펴보자. 『귀환자필휴』는 1949년 6월 1일에 문부성이 소련관리지구로부터의 귀환자에 대해 전후 일본의 변화상을 홍보하고 선전하기 위해 제작한 일종의 귀환자용 가이드북이라고 할 수 있다. 그 내용은 당시 수상인 요시다 시게루의 귀환자에 대한 인사원제:「復員者諸君に」를 시작으로 소련관리지구 일본인의 귀환 경위와 상

---

[39] 이밖에도 『마이즈루지방인양원호국사』에 따르면, 1949년 8월에 문부성이 중학교 사회과 교과서로 편찬한 『사회의 정치(社会の政治)』의 일부를 발췌하여 제작한 「民主政治のあり方」라는 자료도 총 45쪽 분량으로 30만 부가 인쇄되어 활용되었다는 기록을 확인할 수 있다.

황, 전후 일본에서 새롭게 제정된 헌법과 각종 법률민법, 교육기본법, 생활보호법, 농지조정법, 노동기준법의 제반 지식에 대한 안내와 설명으로 구성되어 있다. 즉 앞에서 살펴본 공산주의와 소련에 대한 노골적인 비난을 기술한 인쇄물과는 달리 전후 일본의 민주화와 개혁의 결과를 귀환자에게 선전하고자 하는 의도가 강한 자료라고 할 수 있다. 물론 그렇다고 해서 소련에 대한 적의敵意나 공산주의에 대한 반감이 전무한 것은 아니다. 「소련지구 일본인 인양의 경위ソ連地区日本人引揚のいきさつ」를 설명하는 부분에서는 소련관리지구의 일본인에 대한 조기 귀환을 위해 일본 정부와 연합군총사령부가 지속적인 교섭과 대책을 수립했음에도 불구하고 소련은 일본인의 송환에 소극적으로 대응했으며, 송환 일정을 계속해서 연기하거나 중단해왔고, 그 결과 귀환자 수도 당초 목표에 미치지 못하는 상황이라고 불만을 토로하고 있다.[40] 다시 말해서 소련관리지구에 체류하고 있는 일본인의 귀환이 진척되지 않고 계속해서 지연된 원인은 오로지 소련에게 있다는 점을 강조한 것이다. 이 점은 조기 귀환을 희망하고 기대했던 소련관리지구로부터의 귀환자들에게 귀환 지연의 책임이 소련 측에 있었다는 점을 부각시킴으로써 자연스럽게 반소련과 반공산주의를 전파하는 효과를 얻을 수 있었을 것이다.

이상에서 살펴본 바와 같이, 각 지방인양원호국이 소련관리지구로부터의 귀환자를 대상으로 실시한 성인교육은, 귀환자의 전후 일본 사회로의 조기 적응과 '신일본건설'이라는 국책수행의 협력을 유도하기 위한

---

40 文部省,「ソ連地区日本人引揚のいきさつ」,『帰還者必携』, 1949, pp.4~5.

국가적인 프로젝트였다는 점을 알 수 있다. 그런데 주의할 부분은 이 국가적인 프로젝트의 실행에 소위 '민주주의'교육이 동원되었으며, 그 '민주주의'교육은 반공산주의와 반소련이라는 냉전 이데올로기에 의존하고 있었다는 점이다. 그리고 그와 동시에 전전·전시 중의 일본의 천황제와 군국주의 이데올로기하에 자행된 식민지배와 침략전쟁에 대한 기억은 봉인되었으며, 더 나아가 자기반성은 도외시되는 양상이 재현되고 있었다는 것이다.

4. 귀환자를 향한 시선의 변화

패전 직후, 귀환자에 대한 일본 사회의 시선 속에 동정과 동포애는 분명 하나의 덕목으로 포함되어 있었으며, 이를 바탕으로 귀환자에 대한 수용과 포용이 추진된 것도 부정할 수는 없다. 그러나 점차 귀환자 수가 증가함에 따라 귀환자에 대한 일본 사회의 시선은 동정과 동포애라는 국민감정과 함께 냉대와 차별의 감정이 착종하는 양상으로 변화되고 있었다.

1946년 8월에 조선에서 귀환한 작가 유아사 가쓰에湯浅克衛는 자신의 귀환 체험과 심경을 기술하면서 귀환자에 대한 일본 사회의 반응을 다음과 같이 기록하고 있다.

남방南方에서 귀환한 동포가 우라가浦賀의 마을을 걷고 있을 때, 아이들이 돌을 던졌다. '거지, 거지!'라고 말했다. '왜 거지인가'라고 묻자, '귀환자니까 거지다'고 답했다고 한다. (…중략…) 그리운 고국에 돌아왔는데 맞이하는 사람들의 표정은 차갑다. 본인은 몇 년 만에 밟는 그리운 땅, 그리운 사람들이지만, 그 땅의 사람들에게는 어제도 돌아오고, 오늘도 돌아온 귀찮은 존재 중 한 사람에 지날지 모른다.[41]

유아사는 귀환자를 '동포'라는 민족의 일원으로 귀속시켜 바라보는 입장을 취하고 있지만, 이미 귀환자를 대하는 전후 일본 사회의 시선은 동정과 동포애가 아니라 조롱과 냉대, 그리고 차별로 전환되고 있음을 단적으로 보여주고 있다. 그런데 이와 같은 전후 일본 사회의 귀환자에 대한 시선의 변화는 냉전 구도의 심화와 더불어 소련관리지구로부터의 귀환자가 증가하면서 보다 가속화되었다. 이러한 시선의 변화에는 동시대의 미디어 담론도 크게 작용했다.

패전 직후에 만주에서 한반도의 38도선 이북을 거쳐 일본으로의 귀환 체험을 다룬 문학작품『흐르는 별은 살아 있다流れる星は生きている』가 1949년에 출판되면서 공전의 베스트셀러로 화제를 모은 가운데, 1949년에만 귀환문제를 소재로 한 영화가 3편 등장했다. 1949년 4월에 제작된 〈이국의 언덕異国の丘〉, 9월에 제작된 〈흐르는 별은 살아 있다〉, 11월에 제작된 〈귀국帰国-ダモイ〉이 여기에 속한다.[42] 이 중에 〈흐르는 별은 살아 있다〉는 후지하라 데이藤原てい의 문학작품을 원작으로 해서 고이시 에이

---

41 湯浅克衞,「外地引揚者」,『文明』第1卷 第5号, 文明社, 1946.8, p.22.
42 ダモイ(domoy)는 러시아어로 '집으로, 고향으로, 고국으로' 등 귀국을 뜻하며, 제2차 세계대전 후 시베리아지역에서 귀환하는 일본인이 자주 사용하던 말이다.

치小石栄一 감독이 제작한 것으로 원작과는 달리 일본으로 귀환한 여성의 생활고와 반전의식을 다룬 작품이다. 그리고 나머지 두 작품은 와타나베 구니오渡邊邦男 감독이 제작한 영화로 모두 소련관리지구로부터의 귀환자 문제를 중점적으로 다루고 있다. 영화평론가 사토 다다오佐藤忠男는 이들 작품에 대해 다음과 같이 기술하고 있다.

도호쟁의東宝争議가 한창이던 1946년 11월에 (…중략…) 도호의 조합 주류에 반대해서 분열했을 때, 그들의 중핵에는 이데올로기적으로 국가주의적이었기 때문에 반공산주의적인 사람도 다소 있었다. 조합 탈퇴의 리더였던 와타나베 구니오 감독은 그중 한 명이었으며, 그는 저비용의 희극이나 멜로드라마를 빠르게 제작하면서 틈틈이 소비에트가 제2차대전 종결 후에 일본 병사들을 포로로 장기 억류하고 시베리아로 강제노동을 시킨 것을 비난하는 〈이국의 언덕異国の丘〉1949이나 〈귀국〉1949이라는 반공영화를 제작했다.[43]

사토가 지적했듯이, 〈이국의 언덕〉과 〈귀국帰国-ダモイ〉은 반공산주의와 반소련을 주요 메시지로 설정하고 있다. 내용적으로는 소련관리지구로부터의 귀환을 학수고대하는 가족의 애절함, 조기 송환을 기대하는 소련관리지구의 일본인의 일념, 일본인의 귀환을 방해하는 공산주의와 소련에 대한 국민적 반감 등을 그리고 있다. 특히 영화 〈귀국〉은 공산주의 사상에 심취한 귀환자가 귀환을 기다리던 연인에게 냉정하고 폭력적인

43   佐藤忠男, 『日本映画史』第二巻, 岩波書店, 1995, pp.276~277.

면을 보이며 일방적으로 이별을 고하는 이야기나 귀환항에 도착하자마자 병으로 죽은 남편과 그 충격으로 자살을 선택한 아내의 이야기를 통해 귀환을 방해하고 지연시킨 소련에 대한 원망과 반공산주의를 표현하고 있다. 즉 반소련과 반공산주의는 물론 소련관리지구로부터의 귀환자에 대한 시선 역시 냉소적으로 변화하는 계기를 제공한 것이다.

한편 소련관리지구로부터의 귀환자에 대한 시선의 변화는 동시대 잡지 미디어의 담론에서도 쉽게 확인된다. 일본기독교여자청년회 회장 우에무라 다마키植村環는 대표적인 부인잡지 『주부의 벗主婦之友』에 소련관리지구로부터의 귀환을 기다리는 가족들에게는 위로와 희망의 메시지를 전하면서 이미 귀환한 가족에 대해서는 '건강의 재파악을 위한 노력은 말할 것도 없지만, 마음의 병을 치료하기 위한 노력도 지속적으로 해야 한다'고 당부하고 있다.[44] 여기서 '마음의 병'이란 귀환자가 심취해 있는 공산주의 사상을 말한다. 즉 우에무라는 공산주의 사상을 마치 질병의 일종으로, 그리고 공산주의 사상에 심취한 귀환자는 치료의 대상으로 규정한 것이다. 또 요미우리신문기자 니시무라 다다오西村忠郎는, 귀환자에 대한 환영은 당연하다면서도 소련관리지구로부터의 귀환자에 대해서는 냉전체제라는 시대 상황을 고려하여 주의하고 경계하지 않으면 안 된다는 기사를 기고하기도 했다.[45] 그밖에도 당시 잡지 미디어에는 소련관리지구의 일본인 수용소의 상황을 비난하는 특파원의 르포르타주도

---

44 植村環, 「未復員者の御家族へ 不滅の希望を」, 『主婦之友』 第33卷 第7号, 主婦之友社, 1949.7, pp.62~63.

45 西村忠郎, 「舞鶴旋風―筋金入りの引揚者達」, 『再建』 第3卷 第7号, 日本自由党中央機關誌, 1949.9, pp.33~39.

자주 등장하고 있다. 요시카와 신이치로吉川新一郎는 소련관리지구 나호트카 일본인 수용소의 상황을 보도하면서 '나호트카 수용소는 권모, 기만, 아유阿諛, 영합迎合, 겁나怯懦, 배신, 압제圧制, 착취 등 온갖 악덕이, 하필이면 민주주의의 미명하에 서로 싸우고 있다'고 폭로하듯 기술하기도 하였다.[46] 이와 같은 담론의 영향은 소련관리지구로부터의 귀환자를 대상으로 한 설문조사에도 반영되었다. 1949년 9월 9일 자『시사신보時事新報』는 「공산당에 대해서」라는 기사와 함께 귀환자를 대상으로 한 설문조사 결과를 발표했다. 설문조사 결과, '입당해서 좋았다'가 14.8%, '탈당했다'가 14.8%, '탈당하고 싶다'가 7.4%, '고려 중'이 51.9%, '무응답'이 11.1%라고 기술하고 있다.[47] 탈당을 '고려 중'이라는 결과를 포함하면 공산당에 대해 부정적인 결과는 74.1%에 이른다. 이러한 결과는 소련관리지구로부터의 귀환자가 일본 사회의 시선을 일정 부분 의식한 결과일 것이다.

또 소련관리지구로부터의 귀환자에 대한 일본 사회의 냉대와 차별은 동시대 문학에서 더욱 사실적으로 형상화되고 있다. 1950년 2월에 잡지『전망展望』에 발표된 이부세 마스지井伏鱒二의 대표적인 단편소설「요배대장遙拝隊長」에는 시베리아억류에서 귀환한 요쥬与十라는 인물이 촌락공동체에 잔존하는 요배의식을 둘러싼 문제로 마을 주민들과 갈등을 빚게 되었을 때, 마을 주민들로부터 요쥬의 타자성은 철저하게 무시된 채 '그 고장에 가면 그 고장의 풍속을 따르리郷に入れば郷に従え'는 충고와 함께 촌락

---

46   吉川新一郎, 「ソ連引揚者のルポ─ナホトカ」, 『再建』第3卷 第7号, 日本自由党中央機関誌, 1949.9, p.79.

47   「共産党について」, 『時事新報』, 1949.9.9(五十嵐恵邦, 『敗戦と戦後のあいだで─遅れて帰りし者たち』, 筑摩書房, 2012, p.284 재인용).

공동체로의 흡수를 종용받는 일이 벌어진다. 그나마 요쥬의 경우는 시베리아로부터의 귀환자이지만 자신이 살던 고향으로 돌아온 경우이기 때문에 촌락공동체의 냉대는 이 정도로 일단락되었다고 할 수 있다.[48] 또다른 예를 살펴보면, 1952년 2월에 『중앙공론中央公論』에 발표된 다미야 도라히코田宮虎彦의 단편소설 「이단의 자식異端の子」에는 시베리아에서 귀환했다'シベリヤ帰り'는 이유로 공산주의자로 낙인이 찍혀 취업차별을 받는 주인공 만지萬治와, 같은 이유로 만지의 두 아이가 전교생으로부터 집단린치를 당하는 비극을 사실적으로 그려내고 있다. 아이들에 대한 전교생의 집단린치사건은 교장과 교사를 비롯하여 마을 주민, 그리고 경찰서의 경찰까지 가세하여 묵인해 버릴 만큼 집단적이고 폭력적으로 이루어졌다. 그만큼 소련관리지구로부터의 귀환자에 대한 냉대와 차별의 정도도 심화되고 있었다는 점을 단적으로 보여준다고 할 수 있다.[49]

그런데 이와 같은 소련관리지구로부터의 귀환자에 대한 시선의 변화는, 냉전체제의 격화라는 시대적 상황이 관여한 결과라는 인식은 당연하겠지만, 그만큼 전후 일본 사회에서의 귀환자의 입지를 제약함은 물론 그들의 체험과 기억을 속박하는 기제로도 작용했다는 점은 주목할 필요가 있다.

48　黄益九, 「〈記憶〉と〈忘却〉の衝突－「遙拜隊長」の戦後表象」, 『日本學報』 79집, 한국일본학회, 2009, pp.263~278.

49　黄益九, 「〈記憶〉の反転－田宮虎彦「異端の子」における戦後ナショナリズム」, 『日本學報』 84집, 한국일본학회, 2010, pp.323~337.

5. 나오며 소거되는 제국의 기억

1946년 12월 이후, 소련관리지구로부터의 귀환 업무가 본격화되면서 일본 내에서는 GHQ의 CIC가 귀환자를 대상으로 한 심문과 조사를 진행했으며, 문부성과 후생성은 귀환자에 대한 '성인교육'이라는 국가적 프로젝트를 실시했다. 그리고 이러한 시책은 냉전체제의 심화와 함께 더욱 강화되었다.

이 글에서는 이 시기에 일본 사회가 귀환자를 수용하는 양상을 살펴보고, 그 과정에 국가와 사회가 어떠한 작용을 했으며, 어떠한 문제를 야기했는지를 고찰하고자 했다. 특히 이 글은 소련관리지구로부터의 귀환자에 대한 '성인교육'의 구체적인 내용과 그에 수반하는 문제를 중점적으로 분석했다.

소련관리지구로부터의 귀환자에 대한 '성인교육'은 귀환자의 국내외 정세에 대한 조기 적응과 '신일본건설'이라는 새로운 국책수행을 원활하게 하기 위한 목적으로 주로 '민주주의'교육을 중심으로 진행되었다. 그러나 귀환자에 대한 '성인교육'에서 전개된 '민주주의'교육은 실상은 반공산주의와 반소련이라는 냉전이데올로기의 주입이 중심이었다는 점을 확인했다. 그런데 주목할 부분은 이러한 '민주주의'교육에서는 일본의 천황제와 군국주의 이데올로기에 의해 자행된 식민지 지배와 침략전쟁에 대한 기억은 봉인되었으며, 자기반성의 과정도 배제되는 양상으로 전개되었다.

주지하는 바와 같이 전후 일본의 귀환자라는 존재는 '신일본건설'이라는 국가적 과제의 한 축을 담당할 인적 요소인 동시에 한편으로는 식민지 지배와 침략전쟁의 단맛과 쓴맛을 모두 체험한 존재라고 할 수 있다. 이 때문에 귀환자들이 체험한 식민지배와 침략전쟁의 기억은, '신일본건설'과 국민적 통합을 지향하는 전후 일본 사회에 있어서는 균열을 유발할 수도 있는 불안요소가 아닐 수 없었다. 그런데 이 불안요소가 소련관리지구로부터의 귀환자들 사이에 공산주의 사상에 자극을 받아 표출되는 양상이 나타나게 된 것이다. 전후 일본이 소련관리지구로부터의 귀환자에 대한 '성인교육'을 실시하고 또 강화한 배경에는 이러한 문제에 대한 우려와 경계가 기저에 자리 잡고 있는 것이다. 그리고 이러한 우려와 경계는 일본 사회의 귀환자에 대한 시선의 변화로 이어졌으며, 동시에 귀환자에게는 식민지배와 침략전쟁을 둘러싼 구술의 회피와 기억의 소환을 주저하는 유인誘因으로 작용한 것이다. 다시 말해서 소련관리지구로부터의 귀환자에 대한 '성인교육'은 제국일본의 부負의 역사를 둘러싼 기억의 소거를 조장하고 종용하는 데 일조했다고 할 수 있다.

다음에 제시하는 내용은 당시 일본 사회의 귀환문제를 둘러싼 시각을 단적으로 보여주고 있다.

> 스나마 이치로砂間一良: 공산당 의원 : 저는, 일본공산당을 대표해서 본 결의안의 취지에 찬성의 뜻을 표명하고자 합니다. 귀환의 문제에 대해서는 연합국에 간청하거나 국제연합에 제소하거나 세계 인류에 호소하는 등 여러 가지 의견이 있겠지만, 저는 이 문제의 □□□□□□회의록에는 삭제, '첫째 책임자는, 일본 정부'50가 아니면 안 된다고 생각합니다. (박수) 왜냐하면 그 침략적인 제국주의

전쟁을 시작하고, 국민을 빨간 소집영장으로 동원해서 병사를 외국으로 보낸 것은, 이것은 미국 정부도 아니지만 소비에트 정부도 아니라, 실은 천황의 정부였던 것입니다. (박수) (…중략…) 시데하라 기쥬로幣原喜重郎 : 중의원 의장 : '방금 스나마 군의 발언 중, 불온당한 발언이 있었던 것으로 들렸습니다. 속기록을 조사한 후에 적당한 처치를 하도록 하겠습니다.[51]

인용 부분은 1949년 12월 2일 중의원衆議院 본회의에 제출된 '재외동포인양촉진에관한결의안在外同胞引揚促進に関する決議案'의 심의 과정을 기록한 회의록의 일부이다. 공산당 의원 스나마 이치로가 결의안의 취지에 찬성을 표명하면서도 귀환문제의 책임을 추궁하는 과정에 귀환문제의 **첫째 책임자는, 일본 정부**'이며, 침략적인 제국주의 전쟁을 시작한 것은 '천황의 정부'라고 지적했다. 스나마 의원의 이 발언에 대해 회의장에는 많은 비난이 쏟아졌으며, 시데하라 중의원 의장은 불온당한 발언이라며 회의록을 조사 후, **'첫째 책임자는, 일본 정부**'라는 표현을 삭제 조치했다. 그리고 시이쿠마 사부로椎熊三郎 민주당 의원은 스나마 이치로 의원을 징벌위원회에 회부하는 동의動議를 제출했고 그 동의는 가결되는 일대 소동이 벌어졌다.

이 에피소드는 귀환문제가 제국일본의 식민지배와 침략전쟁과 무관하지 않다는 당연한 지적에도 불구하고 그러한 지적 자체가 전후 일본

50   浅野豊美, 「折りたたまれた帝国－戦後日本における「引揚」の記憶と戦後的価値」, 細谷千博·入江昭·大芝亮 編, 『記憶としてのパールハーバー』, ミネルヴァ書房, 2004, pp.302~305 참조.

51   国会会議録検索システム, https://kokkai.ndl.go.jp(최종열람 2014.1.17).

사회에 금기시되고 있었다는 것을 짐작하게 한다. 제국일본의 식민지 지배와 침략전쟁의 기억을 소환한다는 이유로 국회에서 의원의 정식 발언이 삭제 조치되고, 동시에 징벌위원회에까지 회부되는 상황을 고려하면, 하물며 귀환자가 제국일본의 부負의 역사를 둘러싼 기억을 소환한다는 것은 그만큼 지난한 일이었을 것이며, 당연히 제국의 기억에 대한 회피와 소거의 분위기는 전후 일본 사회의 방조幇助와 함께 확산되었다고 할 수 있다.

초출

「전후 일본의 귀환자문제와 '민주주의'교육 – 소거되는 제국의 기억」, 『일어일문학연구』 122집, 한국일어일문학회, 2022.11, pp.309~337.

참고문헌

阿部安成 ほか, 「「引揚げ」という歴史の問い方(上), (下)」, 『彦根論叢』第348号・第349号, 滋賀大学経済学会, 2004.

甘粕石介, 「文部省教科書「民主主義」について」, 『理論』第3巻第6号, 民主主義科学者協会哲学部, 1949.6

天野知幸, 「〈記憶〉の沈潜と二つの〈戦争〉−引揚・復員表象と西條八十」, 『日本文学』VOL.55, 日本文学協会, 2006.

五十嵐恵邦, 『敗戦と戦後のあいだで−遅れて帰りし者たち』, 筑摩書房, 2012.

井上清, 『文部省「民主主義」解説と批判』, 三一書房, 1949.

植村環, 「未復員者の御家族へ 不滅の希望を」, 『主婦之友』第33巻第7号, 主婦之友社, 1949.7.

加藤聖文 編, 『海外引揚関係史料集成(国内編)第一〇巻「局史(上巻)」(佐世保引揚援護局)』, ゆまに書房, 2002.

_____, 『海外引揚関係史料集成(国内編)第四巻「舞鶴地方引揚援護局史」』, ゆまに書房, 2002.

_____, 『海外引揚関係史料集成(国内編)第一巻「函館地方引揚援護局史」(函館地方引揚援護局)』, まに書房, 2002.

加藤聖文, 『海外引揚の研究』, 岩波書店, 2020.

加藤陽子, 「敗者の帰還−中国からの復員・引揚問題の展開」, 『国際政治』第109号, 日本国際政治学会, 1995.

北川冬彦, 「日本映画批評或る夜の殿様」, 『キネマ旬報』第6号, キネマ旬報社, 1946.9.

桑原武夫, 『桑原武夫全集』第五巻, 朝日新聞社, 1969.

厚生省 編, 『復刻版 続・引揚援護の記録』, クレス出版, 2000.

国会会議録検索システム, https://kokkai.ndl.go.jp(최종열람 2014.1.17).

佐藤忠男, 『日本映画史』第二巻, 岩波書店, 1995.

島村恭則 編, 『引揚者の戦後』, 新曜社, 2013.

清水幾太郎, 「教科書「民主主義」を評す」, 『教育社会』第4巻第4号, 西荻書店, 1949.4.

成田龍一, 「「引揚げ」に関する序章」, 『思想』第995号, 岩波書店, 2002.

西村忠郎, 「舞鶴旋風−筋金入りの引揚者達」, 『再建』第3巻第7号, 日本自由党中央機関誌, 1949.9.

引揚援護庁 編, 『引揚援護の記録』資料編, 引揚援護庁, 1950.

黄益九, 「〈記憶〉と〈忘却〉の衝突−「遥拝隊長」の戦後表象」, 『日本學報』79集, 한국일본학회, 2009.

_____, 「〈記憶〉の反転−田宮虎彦「異端の子」における戦後ナショナリズム」, 『日本學報』

84집, 한국일본학회, 2010.

黄益九, 「「引揚げ」言説と〈記憶〉の版図 ー 石森延男「わかれ道」が發信する美談と「故郷」」,
　　　『日語日文学』, 大韓日語日文学会, 第61輯, 2014.文部省, 『民主主義』上, 教育図書,
　　　1948.

文部省, 『帰還者必携』, 1949.

舞鶴地方引揚援護局, 「復員者教育計画」, 『舞鶴引揚援護局史』, ゆまに書房, 1961.

増田弘編, 『大日本帝国の引揚・復員』, 慶応義塾大学出版会, 2012.

丸川哲史, 『冷戦文化論』, 双風舎, 2005.

細谷千博ほか, 『記憶としてのパールハーバー』, ミネルヴァ書房, 2004.

安岡健一, 「引揚者と戦後日本社会」, 『社会科学』44(3), 同志社大学人文科学研究, 2014.

湯浅克衞, 「外地引揚者」, 『文明』第1卷第5号, 文明社, 1946.8.

吉川新一郎, 「ソ連引揚者のルポーナホトカ」, 『再建』第3卷第7号, 日本自由党中央機関誌,
　　　1949.9.

若槻泰雄, 『戦後引揚げの記録』, 時事通信社, 1991.

전후 대만인의 해외이주와
독립운동의 영향

허이린

1. 들어가며

1945년 8월, 일본의 패전으로 그 지배하에 있던 식민지는 독립의 기회를 얻었다. 조선은 세계사의 흐름을 타고 독립국가가 되었지만, 대만은 실지회복失地回復의 논리로 중국 국민당 정부^{이하, '국부(國府)'}의 통치하에 놓이게 되었다. 당초 대만인은 국부 통치를 환영하고 조국 복귀라는 전후 처리를 받아들였지만, 국부의 실정에 의해 대만인은 반국민당 통치로 돌아섰고 뒤늦게 해외 각지에서 독립운동을 전개했다. 그렇다면 어째서 마찬가지로 일본의 식민지였던 대만과 조선은 전후戰後 전혀 다른 탈식민화의 길을 걷게 되었을까. 또 왜 일본관과 식민지 지배에 대한 양측의 역사인식이 다른 것인지, 많은 역사 연구자들이 비슷한 의문을 가지고 있다고 생각된다. 따라서 이 글에서는 전후 오랫동안 전개된 해외대만인의 독립운동 과정과 그 영향을 검증함으로써 대만 현대사의 특수성과 문제점을 밝히고자 한다.

전후, 국민당 정부는 대만에 있던 일본군의 항복으로 대만 통치를 개시행지만, 국부 통치는 타당한 것이 아니었다. 당초 대부분의 대만 주민들은 식민지 해방과 조국으로의 복귀를 환영했다. 그러나 국부는 대만이 일본의 '노예화 교육'을 받았다는 이유로 대만인의 정치 참여를 배제했다. 또한, 부패한 관리와 규율을 지키지 않는 병사에 의해 사회경제질서가 붕괴되었고, 인플레이션이 파급되며 주민 생활이 곤궁해졌다. 이 혼란한 사회 상황으로 인해 대만 전역은 주민들의 분개로 가득 차게 되었다. 그리고 1947년 2월 27일, 담배 암거래 단속을 둘러싼 충돌을 계기로 결국 불만이 폭발했고, 반정부 폭동이 섬 전체로 퍼져갔다. 3월 8일 중국 대륙에서 증원 부대가 도착하자 대규모 무력 진압이 시작되었고, 사상자 수만 명이 발생한 대참사로 이어졌으며 지식인의 숙청도 집행되었다. 이른바 2·28사건이다.[1]

사건 발발 전에는 대만 주민의 내셔널 아이덴티티에 대해 대만인과 중국인 사이에서 그다지 뚜렷한 구별이나 대립은 없었지만, 2·28사건을 겪으며 많은 대만의 지식인층 사이에서 '대만인은 중국인인가'라는 의문이 생기게 되었다. 보다 넓은 시야에서 보면 이 사건은 전후 초기 대만에서 생기고 있던 시민사회의 발전에도 심각한 타격을 주었다. 권위주의 체제의 확립에 의해 결사, 언론, 집회의 자유는 제한되었고 시민사회 형성의 가능성은 상실되고 말았다. 그 결과 일본 통치기에 교육을 받은 대만 지식인은 일본 통치기 대만근대화의 발전을 평가하고 국민당의 독재 통치를 강력히 비판했다. 일부 주민은 중국중화민국 내셔널 아이덴티티를

---

1   2·28사건 전후 사실에 관해서는 何義麟, 『台湾現代史─二·二八事件をめぐる歴史の再記憶』, 平凡社, 2014를 참조.

거부하고 독자적인 역사인식과 대만어 등 모국어를 견지했다. 이러한 정치이념을 가진 사람들은 대만독립운동의 지지자 혹은 이를 짊어진 사람이 되었다고 할 수 있다.

사건 이후 해외 거주 대만인들은 각각 정치이념을 갖게 되었기 때문에 같은 반국민당 정서가 있어도 굳건한 편은 아니었다. 독립운동에 적극 참여한 사람이 있는 반면, 중국 공산당 정권을 열심히 지지한 대만인도 있었다. 특히 화교라고 자인하는 재일대만인의 신중국 지지세력이 상당히 컸다. 이 베이징 정부의 지지자 그룹은 국민당 정부에 대항하는 동시에 대만독립운동도 강하게 비판했다. 양자의 대립 배경에는 2·28사건의 이해와 해석의 차이가 있었다. 신중국 지지파는 2·28사건이 대만인에게 있어 독립을 요구하게 되는 전환점이라는 견해를 비판하고, 사건의 요인을 대만인의 '반장反蔣, 애국'운동으로 해석하고 있다.[2]

그러나 국민당 정부의 공문서에서 대만독립운동의 기원을 언급할 때, 그 설명은 반드시 2·28사건 전후의 대만 공산당 간부의 선동 및 대만독립운동가와 공산당 간부와의 관계를 중요시하고 있다. 이와 같이 의도적으로 왜곡된 관점은 역사학자의 합의와는 거리가 멀다. 현재의 연구 성과를 보면 재일대만인 독립파는 기본적으로 '반장, 반공, 친미, 친일'의 정치이념을 가지고 있으며, 그들의 독립운동은 분명 대만 해방을 목표로 하고 있는 베이징 정부 지지파의 주장과는 맞지 않는 정치이념이었다. 일반적으로 재외 대만인의 정치 동향은 '좌파 vs 우파' 및 '통일 vs 독립'이

---

2   吳修竹, 何義麟 編,『在日台湾人の戦後史－吳修竹回想録』, 彩流社, 2018.

라는 복잡한 대립 구도라고 할 수 있다. 때문에 다원적으로 사료를 검증하면서 당시의 사회 상황 및 동아시아 냉전기의 국제정치를 보다 입체적으로 이해할 필요가 있다고 생각한다.

1945년, 대만이 국민당 통치하에 들어서자 대만 지식인 중에서 해외 망명자가 나타났다. 1950년 이후 독재체제에 불만을 가진 대만 주민들은 적극적으로 해외 유학을 떠나거나, 혹은 북미로 이주했다. 이들은 구미의 민주주의 국가에 정착해 언론의 자유와 인권존중의 사회풍토에 익숙해졌기 때문에 대부분이 대만독립운동을 지지하게 되었다. 1970년대 이후, 국부는 유엔에서 중국 대표권을 잃었고 해외에서 대만독립운동의 기운이 고조되어 갔지만, 해외 반국민당의 정치운동은 주로 정치범 구출 활동이나 민주화 개혁 요구에 힘썼다. 대만은 제2차 세계대전 이후 각지에서 발생한 식민지 독립의 흐름을 타지 못했지만, 해외의 독립운동과 반국민당 활동의 전개는 섬 내 정치반대운동의 원동력이 되었다. 1987년 38년에 걸친 계엄령이 해제되었고, 1990년대 초반에는 민주화의 목표가 마침내 달성되었다.

필자는 오랫동안 2·28사건과 재일대만인을 연구해왔다. 최근에는 대만독립운동과 미국으로 이주한 대만인의 활동을 밝히는 연구를 진행하고 있는데, 두 전후사의 연구과제 성과를 합쳐보면 1990년대 이후 대만 민주화 달성과 해외대만인의 활동과 밀접한 관련이 있다는 확신으로 이어진다. 이 글에서 제기한 사실은 졸저『대만 현대사─2·28사건을 둘러싼 역사의 재기억台湾現代史─二·二八事件をめぐる歴史の再記憶』平凡社, 2014,『전후 재일대만인의 상황과 공감戰後在日台湾人的処境与認同』五南出版, 2015 및 일

련의 논고 등에서 이미 대부분을 논증했기 때문에 여기서는 1차 사료를 생략한다.

2. 2·28사건의 발생과 독립운동의 시동

1947년 2월, 2·28사건 발발 이후, 상하이에 체재중인 랴오원이廖文毅, 1910~1986는 사건과 전혀 관계가 없었음에도 불구하고 지명수배되었다. 랴오원이는 미국에서 유학하며 박사학위를 취득한 독립파의 가장 대표적인 인물이다. 당초, 랴오원이는 동생인 랴오원궤이廖文奎, 1905~1952와 함께 활동하고 있었다. 랴오원궤이는 형 랴오원이와 마찬가지로 미국에서 유학을 하고, 시카고 대학에서 정치학박사를 취득하여 랴오원이의 두뇌와 같은 존재였다.[3] 정치 망명자가 된 랴오원이는 이듬해 2월 28일 홍콩으로 이주해 친구와 함께 '대만재해방연맹台湾再解放聯盟'을 발족했다. 이는 전후 해외에서 처음 조직된 대만독립운동 조직이다. 1950년 2월 28일, 홍콩에서 일본으로 이주한 랴오원이는 교토에서 열린 '2·28사건 3주년 기념일'의 집회에서 대만의 독립을 주장하는 연설을 했다. 이 집회를 시작으로 1950년 이후 매년 2월 28일에는 해외의 대만인 집회에서는 반드시 기념활동과 독립운동을 주장하는 강연이 진행된다. 따라서 2·28사건을

---

3   랴오원이(廖文毅)는 대만 원린(雲林)의 유복한 가정에서 태어나 도시샤중학교(同志社中学)를 거쳐 남경금릉대학(南京金陵大学)을 졸업, 미국으로 유학을 떠나 오하이오주립대학에서 화학박사학위를 취득했다. 張炎憲, 「廖文毅」, 張炎憲 編, 『二二八事件辞典』, 国史館, 2008, pp.565~566.

대만독립의식의 기점으로 간주할 수 있다.[4]

또한 일본의 식민지시대, 사회주의의 이념을 가진 셰쉐훙謝雪紅, 1901~1970[5], 양커황楊克煌, 1908~1978, 쑤신蘇新, 1907~1981 등의 좌익 활동가전 대만 공산당 간부들는, 모두 홍콩으로 도망쳐 반국민당의 정치 활동을 전개했다. 이들은 '대만민주자치동맹'을 조직하며, 이른바 인민중국 / 신중국의 베이징정부 지지를 택했다. 즉, 계급투쟁을 주창하고 있던 좌익청년이나 자산계층 출신의 지식인은 공산당에 의한 대만 해방과 서방측 지지에 따른 대만독립이라는 각각 다른 길을 걷게 된 것이었다. 다시 말하자면, 1950년 전후 해외대만인에게는 국민당 타도라는 목표는 일치했지만, 이후 대만 주권의 귀속에 관한 견해는 엄격히 대립했다는 것이다.

1952년 4월 28일, 샌프란시스코강화조약이 발효되었고 일본의 국가주권이 회복된 시점에 약 5만 명의 화교가 중국국적 외국인으로 일본에 살고 있었으며, 약 절반인 2만 5천 명이 기존 식민지인인 재일대만인으로 일본에 정주하고 있었다. 당시 일본의 화교는 베이징 정부를 지지하는 사람, 국민당 정부를 지지하는 사람이 있었던 한편, 대만독립운동을 지지하는 대만인도 있었다.[6] 랴오원이와 그 간부들은 대만의 장래가

---

4   2020년은 대만독립건국연맹 설립 50주년이 되는 해였는데 타이베이 시내 2·28국가기념관에서는 '2·28사건과 대만독립운동 계몽과 행동-그들의 청춘 우리 역사'라는 특별전이 개최되었다. 이 특별전은 사건과 독립운동의 연관성을 강조한 것이었다.

5   셰쉐훙(謝雪紅)은 대만 중부 장화(彰化)에서 태어나 1928년 4월 상하이에서 대만 공산당 창당에 관여한 다음 달 체포되어 대만으로 송환되었다. 이후 대만섬 내에서 공산당 조직 재건에 기여했으나 1931년에 투옥되었다. 전후 셰쉐훙은 대만인민협회(台湾人民協会)를 조직하고 정치활동을 전개했다. 2·28사건 발생 후 활동 거점을 중국대륙으로 옮겼다. 일본어로 된 셰쉐훙 전기에는 다음의 저서가 있다. 陳芳明, 森幹夫 訳, 志賀勝 監修, 『謝雪紅・野の花は枯れず-ある台湾人女性革命家の生涯』, 社会評論社, 1998.

유엔의 신탁통치를 거쳐 독립해야 한다고 생각했다. 이러한 대만독립을 목표로 하는 정치이념은 신중국 지지의 민주자치동맹 간부 등과 정면으로 대립했고, 제국주의의 음모로 간주되어 엄격한 비판을 받았다. 1949년 10월 1일 중화인민공화국이 수립된다. 그 이듬해인 1950년, 랴오원이는 반국민당운동을 전개하기 위해 홍콩에서 일본으로 건너왔고, 우전난吳振南 의사들과 같은 재일대만인과 함께 '대만민주독립당'을 결성해 정치활동을 전개했다. 한편 같은 홍콩을 활동거점으로 삼은 민주자치동맹은 본부를 베이징으로 이전하고, 이후 매년 반국민당 캠페인 활동으로 '2·28혁명' 기념 이벤트를 개최하며 베이징 정부의 '대만 해방'에 호응하는 선전을 실시했다.

1950년 이후 일본에서의 독립과 대만인도 2·28사건 기념식을 개최했지만, 베이징 정부 지지파와는 전혀 다른 정치이념을 주창했다. 일본에서의 대만독립운동은 2·28사건을 기원으로 볼 수 있는데, 처음 랴오원이 등은 독립이라는 보다 단계적인 목표로 유엔의 신탁통치를 모색했지만 동아시아의 냉전체제가 확립되면서 유엔의 대만 신탁통치의 가능성이 낮아졌다. 때문에 랴오원이와 같은 대만민주독립당台湾民主独立党은 1955년 도쿄에서 대만임시국민의회를 개설했고, 이듬해인 1956년 1월에는 대만공화국 임시정부수립을 선언했다. 임시정부의 활동은 전면적으로 해외대만인의 이해와 지원을 얻었다고는 할 수 없었지만, 국부비판

---

6 화교와 재일대만인의 정치활동에 관해서는 다음 논고를 참조하기 바란다. 陳來幸,「戦後日本における華僑社会の再建と構造変化－台灣人の台頭と錯綜する東アジアの政治的帰属意識」, 小林道彦·中西寛 編,『歴史の桎梏を越えて－20世紀日中関係への新視点』, 千倉書房, 2010, pp.189~210에 수록되어 있다.

이라는 의미에서는 어느 정도 선전 효과가 있었다고 생각된다. 1956년 2월 28일, 대만독립당을 이끄는 랴오원이는 도쿄의 아자부麻布공회당에서 '대만 2·28혁명 제9주년 기념회'를 열어 '대만 공화국 임시정부' 성립을 선언했고, 동시에 대통령 취임식을 진행하며 독립성명을 발표했다. 공표된 '대만공화국임시헌법'에는 '2월 28일 정오'가 대통령 취임과 계승의 기준시라고 명문 규정되어 있다.[7]

임시정부 수립식 개최일을 굳이 2월 28일로 선택한 것은 반국민당의 의사표시였다고 할 수 있다. 랴오원이는 1957년에 출판한『대만민본주의台湾民本主義』에서 '대만인이 연방의 일부로서 자치를 한다는 환상은 완전히 사라지고,『대만인의 대만台湾人の台湾』이라는 이념이 발전해 완전한 "대만독립"으로 변화했다'고 말하고 있다.[8] 1950년대 해외대만인의 정치활동은 국부 측과 보신적인 사람들을 제외하고, 주로 신중국 지지파와 독립파라는 두 개의 다른 노선이 있었지만, 양자 모두 2·28사건을 '혁명'으로 자리매김했다. 중국과 어떠한 역사적 관계를 가지는가의 문제가 양측의 차이일 것이다. 독립파인 대만인에게 2·28사건은 중국인과의 결별을 결심하는 '혁명'이었다고 할 수 있다.

1965년 5월, 랴오원이의 조직은 국민당의 스파이 공작과 침투작전에 의해 분열되었고, 랴오원이 본인도 정보기관의 협박을 받아 독립운동을

---

7   대만독립운동에 대해서는 다음 두 권의 책을 참조하길 바란다. 陳銘城,『海外台独運動四十年』, 自立晩報社, 1992; 陳佳宏,『台湾独立運動史』, 玉山社, 2006.

8   廖文毅,『台湾民本主義(フォモサニズム FORMASANISM)』, 台湾民報社, 1956, p.1. 일본에서는 랴오원이를 모델로 소설이 간행되었지만 그다지 주목받지는 못한 것 같다. 丸谷才一,『裏声で歌へ君が代』, 新潮社, 1982.

포기한다는 성명을 내며 대만으로 귀국해 국민당에 투항했다.[9] 대만독립운동은 이러한 좌절이 있었음에도 불구하고 그 세력은 해외이주 대만인의 증가로 더욱 크게 성장해 갔다.

3. 특무기관의 대책과 독립운동 확대

앞서 언급했듯 국공내전에서 중국이 분열국가가 되면서 해외에서의 대만독립운동은 확대되어 갔다. 때문에 국민당 정부는 대책으로 대만독립운동 단속 방침을 세웠으며, 처음에는 '공산주의자와의 투쟁'이라는 틀에서 단속이 이루어졌다. 1953년, 국민당 중앙위원회는 대책본부를 설치해 독립운동 박멸에 임했다. 당시 국부의 감시보고에는 대만독립운동을 중국 공산당이 지지했다고 되어있는데 이는 전혀 사실 무근이다. 확실히 동아시아의 냉전체제 확립과 관련이 있을지는 모르겠지만 실제로는 독립운동자에게 반란죄라는 오명을 입히기 위한 선전이었다고 생각된다.

1956년 대책본부는 '해외대비투쟁공작통일지도위원회海外対匪闘争工作統一指導委員会'로 개편되어 해외 당무와 승무 등 공작 조직 체제를 확대·강화하고 대만독립과 공산당의 전면적인 탄압을 가했다. 국부의 정보기관은 독립파의 중심인물이 공산당원이라던가, 배후에 공산당의 지원이 있

---

9   陳銘城, 『海外台独運動四十年』, pp.6~14; 陳佳宏, 『台湾独立運動史』, pp.172~175.

다는 정보를 계속 퍼뜨렸다. 하지만 실제로는 대만독립파와 베이징 정부 지지파는 서로 어울리지 않았고 오히려 공격을 할 정도로 심각한 대립이 있었다. 이렇게 해외대만인 단체는 2·28사건의 역사인식을 둘러싸고 사회주의자와 자유주의자라는 두 개의 정치노선이 대립하며 1949년 이후에는 각자의 길을 걷게 되었다.[10] 국민당의 뒷공작이나 악선전에 의해 일본 문인을 중심으로 한 독립운동 조직은 확실히 약화되었지만, 한편으로 젊은 세대에 의한 또 하나의 독립운동 조직이 성장해 갔다.

1960년 2월 28일, 왕위더王育德, 1924~1985[11]를 중심으로 '대만청년사台湾青年社'가 결성되었다. 이날의 결성은 멤버들의 대만독립사상 근원이 사건을 통해 촉발된 것과 관련이 있다. 왕위더는 타이난에서 태어나 타이베이고등학교를 거쳐 1943년 도쿄제국대학에 입학. 전쟁을 피해 전후, 대만으로 돌아와 중학교 교원이 되었다. 2·28사건으로 형 왕위린王育霖, 1919~1947이 살해당했다.[12] 이후 왕위더는 과거 독재정치와 사회현상을 비판하며 정부의 감시를 받았고 1949년, 홍콩을 거쳐 일본에 망명한다. 이듬해 그는 도쿄대에 재입학했고, 이후 일본에서 대학교사로 생활하며 대

---

10 何義麟, 「在日台湾人的二二八事件論述－兼論情治単位監控報告之虛実」, 『台湾史料研究』 第44号, 2014.12, pp.20~51; 何義麟, 『戦後在日台湾人的処境與認同』, 五南出版, 2015에 수록되어있다.

11 일본에서의 대만독립운동은 랴오원이라는 패배자보다 왕위더 본인과 그가 주재하는 대만청년사의 조직활동이 더 높게 평가되며, 대만에서도 이미 왕위더 전집이 간행되었다. 王育德, 『王育德全集』 1-15, 前衛出版, 1999~2002.

12 왕위더는 타이베이고등학교(台北高校)를 졸업한 뒤 도쿄제국대학(東京帝国大学) 법학부에 진학했다. 전후 신주지방법원(新竹地方法院) 검찰관으로 취임해 신주시장 비리사건 수사에 나섰지만 각종 방해를 받았다. 왕위더는 악질적인 국민당 정부 관료에게 분개하며 사직한 이후 고등학교 교원이 되었으나 사건 중 체포되어 비밀리에 처형되었다. 이는 관료들에 의한 보복으로 여겨졌다.

만독립운동과 같은 활동에 주력했다.[13] 왕위더 등이 쓴 출판물 『대만청년台湾青年』은 오랜 세월에 거쳐 2·28사건을 되돌아보며 역사적 해석을 하고자 했다. 또한, 민간과 협력해 사건의 진상을 조사하고 개인 고난의 기록을 남기는 데 힘썼다. 예를 들어 1967년 『대만청년』 2·28사건 20주년 기념호에 실린 「2·28대혁명의 진상二·二八大革命的真相」이라는 제목의 문장에서는 '2·28대혁명'이라는 단어가 사용되었으며, 2·28사건을 대만인들이 자기를 인식하고 대만독립에 열정을 기울이는 새로운 기점이라고 논했다.[14]

2·28사건은 대만에서 정치적 금기였으나 해외에서는 사건 이야기가 전해졌을 뿐 아니라 기억에 의식적으로 새겨져왔다. 이 역사기억의 명기銘記는 대만인이라는 정체성이 갖는 의미를 보여주며, 대만의 내셔널 아이덴티티 관련 담론을 생각하는 것의 초석이 되었다고 할 수 있다. 또한, 매년 반복되고 있는 기념적인 활동에 의해 지금까지 없었던 차세대의 '대만 의식'을 싹트게 하는 에너지를 창출할 수 있을 것이라 생각된다.

이어서 국민당은 대만독립운동가들의 타격을 위해 협박과 이익 유도와 같은 수단을 동원해 대만독립운동 정보를 수집하거나 독립조직에 침투해 조직을 분열, 파괴하는 공작을 벌였다. 예를 들어 1964년 와세다대 학생이었던 천춴전陳純真은 대만청년회로 위장해 훔친 내부 자료를 국부 주일대사관에 넘겼다. 이 간첩활동으로 대만청년회 간부 상당수가 경시

---

13   王育德, 近藤明理 編, 『「昭和」を生きた台湾青年』, 草思社, 2011, pp.1~2.

14   何義麟, 「二·二八事件の人々 ─国家に抗う台湾知識人」, 『東アジアの知識人 5 様々な戦後』, 有志舍, 2014, pp.70~86.

청에 체포되었고, 기소 후 집행유예 판결을 받아 풀려났으나 국민당 정부는 일본 측에 대만으로의 강제 송환을 강력히 요구했다. 체포자 중 류원칭柳文卿은 1968년에 비자 갱신 절차 중 구속되어 대만으로 강제 송환되었다. 해외대만인 중 대만독립을 주장하는 사람은 설사 체류국의 체류권을 얻더라도 국민당 정부에 의해 블랙리스트에 이름이 올라갔고 여권 갱신이 허용되지 않아 귀국 비자도 발급받지 못했다. 이로 인해 수많은 해외 거주 대만인은 귀국처 / 귀속국이 사라져 버렸다. 실제로 일본에서는 자민당 정부가 1950년대 후반부터 국민당 정부와 결탁해 재일대만독립 운동가 송환에 협력했다. 때문에 젊은 세대의 대만인들의 일본 유학 선택이 줄었고 대부분의 대만 젊은이들은 구미 유학을 선택한 것이다.[15]

1950년대 이후 대만의 유학생들은 미국으로 잇따라 건너갔다. 당초 소수의 유학생들은 미국에서 대만독립사상 제창에 힘썼고, 1956년에는 하나의 단체를 조직했다. 1966년에는 이 단체가 확대되어 '전미대만독립연맹全米台湾独立連盟'이 결성되었다. 그밖에 캐나다로 가는 대만 유학생도 점차 증가하며 1961년 토론토대학에 대만학생회가 결성되었다. 1963년 캐나다 대만 동향회가 설립되었고, 이듬해 미국 유학 졸업생들을 중심으로 '대만주민자결연맹台湾住民自決連盟'이 결성되었다. 유럽의 대만인 조직 역시 같은 학회, 그 다음으로 동향회 그리고 반국민당 정치단체가 결성되었다. 1971년, 유럽대만동향회연합회欧州台湾同郷会聯合会가 설립되며 유럽에 거주하는 대만인들을 결합시켰다. 해외에서 대만출신이

---

15   宗像隆幸, 『台湾独立運動私記—三十五年の夢』, 文藝春秋, 1996.

중국이 아닌 대만 이름이 붙은 단체를 창립할 때마다 필연적으로 재외공관의 방해를 받게 되었다.[16]

1956년 국부 대책본부는 전문가팀을 구성해 해외 독립운동 동향의 대응책을 검토했다. 이 전문가팀은 '지금까지의 독립운동은 아시아에서 활동해 왔으나 최근 북미로 옮겨지는 경향이 있어 전미 각지 영사관에 독립운동 대책 프로젝트팀을 구성해야 한다'고 제안했다. 1970년대 후반, 미국으로의 투자 이민 붐이 일어나기 전에는 해외 대만독립운동의 주력은 유학생이었다. 이에 따라 서구 대학 캠퍼스는 국민당 정부와 대만 유학생 간의 치열한 다툼의 장이 되었다. 국부는 정부에 충실한 학생들에게 공개적으로 대만독립 반대 의사를 표명하게 하거나, 반동적인 학생들의 정보를 수집하도록 하거나, 대만학생회 출범을 저지하는 것과 같은 탄압적 수단을 사용했다. 그러나 이러한 대책은 역효과를 냈고 해외 독립운동은 더욱 확대되었다.

1949년 5월 20일, 국부는 대만에 계엄령을 내렸고 대만은 백색테러 시대에 접어들었다. 1987년에 해제될 때까지 계속된 38년간의 계엄기 동안, 정부는 공산당 스파이 단속이라는 명목으로 군부와 경찰의 권력을 남용하여 날조 사건과 원죄가 빈발했고 언론과 사상도 엄격히 통제되었다. 잘 알려진 것처럼 전후 대만에서 국부의 고압적 통치는 당국일체의 독재체제 혹은 권위주의 체제라고 일컬어졌다. 이 고압적 통치를 받은 대만인들은 어려움에서 벗어나기 위해 해외로 망명했고, 이민으로 해외

---

16   陳銘城, 『海外台独運動四十年』, pp.99~132.

에 이주하거나 유학하는 사람도 적지 않았다.

1950년대에 접어들며 대만인들의 해외이주는 유학이라는 방법 외에
도 농업이민이라는 루트도 볼 수 있게 되었다. 동아시아 냉전과 계엄령
시행기에 국민당 정부는 자금과 인력의 해외 유출을 규제했지만, 경제
적 풍요를 추구하는 해외 이주자들의 흐름을 막지는 못했다. 예를 들어
전후 초기에는 오키나와에서 취업을 하거나 이주하는 농민이 있었다. 또
일본 이민회사를 통해 취업허가를 받아 농업노동력이 극도로 요구되던
브라질로 떠난 이들도 나타났다. 1960년대 남미 국가들이 대만 이민자
들을 환영한다고 밝히면서 밀항한 사실이 있다는 소문도 돌았다. 1965
년 미국이 아시아계 이민자를 차별하는 이민법을 개정하면서 새로운 이
민 경로가 열렸다. 이후 대만의 장래에 불안을 느낀 사람들은 이민 기회
를 살려 기술이민이나 투자이민 형태로 대만을 떠나게 되었다.[17]

1960년대 이후, 유학 이민 등으로 해외에 정착하는 대만인들이 증
가하며 친목 단체도 속속 결성되었지만 대만이라는 이름이 붙은 결사는
1990년대 민주화의 실현 전까지 계속 국민당 정부의 탄압을 받았다. 그럼
에도 수많은 해외의 대만 청년들은 대만학생회나 동향회를 설립해갔다.
그들은 국민당의 독재정치에 이의를 제기했을 뿐 아니라, 민주화와 독립
건국도 제창했기 때문에 블랙리스트에 올라 고국으로 돌아갈 수 없었다.

---

17   洪玉儒, 「美国台湾移民政策的现状(1980~2004)」, 『中興史学』 第12号, 2006.6, pp.153~196.

4. 국제정세 변화와 해외대만인의 민주화 요구

1970년대 이후 국민당 정부를 둘러싼 국제적 여건은 더욱 어려워졌다. 1971년 중화민국이 유엔에서 의석을 잃음과 동시에 이듬해 닉슨쇼크로 미중관계도 크게 변화했다. 이에 따라 중화민국은 대만 통치의 정당성을 잃으며 다방면에서의 정치개혁이 요구되었다. 또한, 신세대문화인들에게도 큰 충격을 주며 '본토회귀'문화운동이 일어났고, 이 운동은 반정부 운동으로 이어졌다. 즉, 일부 신세대 지식인들은 일제강점기부터의 역사경험을 되새기며 대만의 진로를 모색하기 시작했다. 이들의 논점을 종합하면 일제강점기 대만 신문학은 향토에 뿌리를 내리고 항일적 기질의 영향을 받아 정체성을 형성하는 것이었다. 전후세대의 향토문학도 이러한 전통을 이어받아 반제국주의·민족주의적인 것으로 강조되었다.[18] 이들 문학작품은 반공을 내세우는 국부의 문예정책에 반하며 당국에서 사회주의 문학으로 간주되었다. 그러나 보수파의 비판은 향토문학의 발전을 제압하지 못했고, 오히려 반공문학의 쇠락을 초래하는 결과를 낳았다. 역사를 되돌아보면 1970년대는 대만 지식인들이 자신의 출신지 대만을 다시 바라보게 된 시대였다고 할 수 있다.

대만에서의 1970년대는 본토회귀의 맹아기였을 뿐 아니라 민주화운동이 시작된 시기이기도 했다. 그리고 이 민주화운동의 사상 및 행동 측면에서 견인차 역할을 한 것은 대만기독교장로교회였다. 대만의 유엔

18　蕭阿勤,「抗日集団的記憶の民族化」, 呉密察·黄英哲·垂水千恵 編,『記憶する台湾帝国との相克』, 東京大学出版会, 2005, pp.31~75에 수록되어있다.

탈퇴 이후인 1971년 말 닉슨 대통령의 베이징 방문이 예정돼 있었다. 대만이 중대 국면과 마주했을 때, 장로교회는 12월 29일 첫 '국시성명'을 공표했다. 이 성명서에서는 '인권은 신이 주신 것이며 인민은 자결의 권리를 갖고 있다'고 강조하며 국부 개혁과 국회의원 전면 개편을 촉구했다. 두 번째 성명은 1975년 11월 18일, 포드 대통령의 방중 직전에 나왔다. 다섯 항목의 개혁안이 담긴 '우리들의 호소'이다. 당시 교회와 정부는 매우 어려운 대립관계에 있었다. 때문에 두 번째 성명문에서는 종교와 신앙의 자유보장을 호소하며 교회-정부 간 신뢰관계 구축과 외교적 난국 극복을 호소했다. 그리고 1977년 8월 16일 세 번째 성명인 '대만 기독교 장로교회 인권선언'이 발표되었다. 이 선언에는 곧 미중 국교가 이루어질 것이라는 위기의식이 짙게 반영되어 있으며, 미국에 대한 '대만인민의 안전 및 독립과 자유를 지켜야 한다'고 촉구했다. 동시에 '대만의 장래는 1,700만 주민 전체가 결정할 것'이라는 주민 자결론이 제기되었다. 또 국부에 관해서는 '국제정치의 현실을 인식하라'고 호소하며 독립과 자유라는 대만 주민들의 바람을 이루기 위해 '대만을 하나의 새로운 독립국가로 만들라'고 주장했다.[19]

이 선언은 분명 정부의 대륙정책에 반하는 것이며, 교회와 정부가 대립하는 결정적인 일이 되었다. 한편, 이 독립론이라 부를 수도 있는 주장은 해외와 섬 내 대만인 사회에 큰 파문을 일으키며 1980년대 정치운동의 방향을 결정하는 영향력을 가지게 되었다. 장로교회의 인권선언에는

---

19 人権之路編集委員会, 『人権への道 レポート・戦後台湾の人権』, 陳文成博士記念基金会, 2007, pp.110~127.

실로 대만어로 말하자면 '찰요출두천咱要出頭天, We Shall Overcome, 승리를 우리에게' 이라는 신념을 담고 있는 것으로 알려져 있다. 주민과 함께 불의의 통치 자와 싸운다는 이 이념은 교회가 정치운동에 관여했던 이유이기도 했다.

대만섬 내 정치반대운동과 함께 해외로 나간 대만인들은 민주주의 사상과 자유로운 분위기를 접하며 국부의 선전宣伝을 믿지 못하게 되었 고, 그중 상당수가 몸을 던져 반국민당 정치활동에 가담하며 가장 급진 적인 대만독립운동 세력이 확산되었다. 1970년 일본과 구미 각지의 대 만독립조직은 정식으로 대만독립건국연맹World United Formosans for Independence, WUFI을 결성했다. 1974년 '세계 대만인 동향회' 설립에 착수했고 '대 만 의식'을 가진 세계 각지의 대만인들을 연결시켰다. 1977년에는 독립 연맹 기관지 『대독台独』은 2·28사건 30주년 기념호 표지에서 '2·28대 혁명, 대만인민건국의 출발점'이라 호소했다.[20] 같은 호 사설에서는 '성 적省籍'[21]에 의한 것이 아닌 주민 전체가 가져야 한다는 대만인의 정체성 정의를 강조하고, 모든 대만인들이 함께 중국에 대항하여 대만을 건설하 자고 촉구하고 있다. 해외 대만독립운동이 새로운 단계에 들어섰다고 할 수 있다.

앞서 말했듯, 전후 초기 대만독립운동은 2·28사건의 부산물이라 할 수 있다. 이 사건으로 이른바 '본성인本省人'에게 식민지시대에 일본인에 대한 저항의식으로 생겨난 대만인 의식이 재생산되었고, 그 저항 상대는

---

20 陳佳宏, 『台湾独立運動史』, pp.181~196.
21 대만의 에스닉집단에는 '본성인'과 '외성인'이라는 구분이 있다. 전쟁 전부터 대만에 사는 한족계 이민(민난인(閩南人), 객가인(客家人) 포함)과 그 후손이 '본성인', 전후 중 국 대륙에서 대만으로 건너온 사람들과 그 후손을 '외성인'이라 부른다.

일본인에서 '외성인外省人'으로 바뀌었다. 때문에 외성인을 핵심으로 하는 국부의 지배는 대만인 의식을 가진 자들에게는 '재식민지화re-colonization'로 간주되었다. 1970년대에 들어서자 중화민국 정부는 대외적 위기에 직면했다. 우선 1971년 10월 유엔에서 중국 대표권을 상실했고, 이듬해 1972년 9월 일본이 중화인민공화국과 국교를 수립함에 따라 일본과 단교하게 되었다. 이에 따라 '중화민국 정부가 중국을 대표하는 유일한 정통 정권이다'라는 주장은 국제사회로부터 부정당하고 말았다. 이 대외적 위기를 극복하기 위해 정부는 일련의 정치개혁과 경제건설을 단행하고, 문화교육정책 개혁도 단행했다. 이에 섬 내 젊은 정치인과 신세대 지식인들은 문화계몽운동을 추진했고, 또 중앙 및 지방선거에도 출마하면서 언론활동을 중심으로 하는 정치반대운동을 전개했다.[22]

이에 호응하듯 해외대만인들의 활동도 활발해졌다. 1970년대 이후 해외대만인 커뮤니티는 확대되어 '대만 정치범 구원회대만 정치범 구하기 모임'를 결성하고 정치범 구출 활동을 전개함으로써 대만섬 내의 정치 반대운동 지원을 독려했다. 이는 대만의 민주화가 순조롭게 추진되는 요인이 되었다고 할 수 있다. 1977년 6월, 미국 하원에서 처음으로 대만 인권문제에 관한 공청회가 열렸다. 이에 따라 국제사회에서 대만의 민주개혁과 인권문제가 중요시되는 것과 동시에 대만섬 내 정치개혁이 추진되었다. 1979년 새해 첫날 미국은 대만에 있는 중화민국 정부와 국교를 단절하고 중화인민공화국과 수교했다. 이때 미국은 대만과의 교류를 유지하기

---

22 전후 대만정치사에 관해서는 若林正丈, 『台湾 - 分裂国家と民主化』, 東京大学出版会, 1992; 『台湾の政治 - 中華民国台湾化の戦後史』, 東京大学出版会, 2008을 참조.

위해 '대만관계법'을 가결시켰다. 이에 대해 대만인들이 처한 입장 전달을 위한 미국 국회 로비 활동을 강화하고자 1981년, 대만인 공공사무회 Formosan Association for Public Affairs, FAPA가 결성되었다. 이 조직은 대만의 전면적인 자유민주 실현과 안보 확보 등을 주장하며 워싱턴DC에서 미국을 향한 유세 공작을 벌였다.[23]

이 FAPA의 활동은 대만의 민주화 개혁에 큰 영향을 미치는 동시에, 국부보다 중요한 대미 외교 역할을 하고 있었다고 할 수 있을지도 모른다. 예를 들어 FAPA 유세에 따라 1983년 11월 미국 상원에서 '대만 전도 결의안'을 위한 공청회가 열렸다. 그 결의안에는 '대만의 앞날은 강제되지 말고, 또 대만 주민들이 받아들일 수 있는 평화적인 방법으로 해결돼야 한다'고 명기되어 있다. 이 법안은 대만 사람들이 자결권을 갖고 민주적으로 정치개혁을 추진할 수 있도록 미국은 지원해야 한다는 것이다. 미국으로 이주한 대만인들은 미국 정부와 의회 유세활동을 시작했을 뿐 아니라 자신의 출신을 드러내는 데 주력했다. 즉, 1978년 이후 미국에서 화인중국인으로 분류되는 것에 반발하며 대만 출신임을 알리는 운동을 전개한 것이다.

1950년대 이후 많은 대만 청년들이 미국으로 유학을 떠났는데, 그 상당수가 졸업 후에도 귀국하지 않고, 미국에서 취업 후 정주했다. 1970년대 이후 두뇌유출 형태로 북미로 이주한 대만인들은 생활이 안정되자 대만의 국제적 위상과 정치개혁 등에도 관심을 갖기 시작했다. 미-대 국교

---

23   陳銘城, 『海外台独運動四十年』, pp.188~223.

단절 직전인 1978년, 샌프란시스코 베이 에어리어San Francisco Bay Area에 거점을 둔 대만인 단체들은 협의를 거듭해 1980년 미국 인구조사를 위한 대만계 미국인 합동위원회Joint Committee of Taiwanese American for 1980 U.S. Census를 조직해 전미 대만 동향회 등과 같은 대만인 단체에 대만 출신임을 공론화하는 구상안을 제시했다. 즉, 다음 미국 국세조사에서 통계 숫자상 대만인임을 명기하게 한다는 계획이었다.[24]

미국인구조사국U.S. Census Bureau은 10년마다 국세조사를 실시하고 있다. 1970년대까지만 해도 대만인들은 조사표의 '종족race' 란에서는 'Asian'을 택했고, 그 다음은 'Chinese'를 선택하는 것밖에 선택지가 없었다. 대만인이 설립한 합동위원회의 구상은 1980년 실시된 인구조사 종족란에서는 '기타 아시아계Other Asian'를 선택하고 손글씨로 'Taiwanese'라고 기입하는 것이었다. 이러한 움직임은 적극적으로 대만인 정체성을 표명하는 에스니시티ethnicity 정치화 운동이라 할 수 있다. 이러한 전미 각지에서 대만인 단체의 활동에 의해 1990년 인구조사에서는 아시아계 미국인 중 대만인이 73,778명으로 기록되었다. 2000년 대만계 미국인은 144,795명이 되었다. 2010년에는 230,382명으로 명기되었다.[25]

이 운동으로 아시아계 미국인 중에는 일본계, 중국계, 한국계, 베트남계 외에 대만계 미국인도 생겨났다. 대만에서의 이민 숫자에는 큰 변화

---

24 許維德,「第八章從『台美人草根運動』到『台美人認同』的落實－美国1980年人口普查個案研究」, 許維德, 『族群與国族認同的形成－台湾客家,原住民與台美人的研究』, 国立中央大学出版中心, 2013, pp.319~397에 수록되어있다.

25 何義麟,「台美人与台湾民主化相関研究之回顧与前瞻－以旧金山湾区社群活動之考察為中心」, 『台湾史料研究』第48号, 2016.12, pp.25~43.

가 없었지만, 인구조사에서 대만인이라 하는 것은 거의 10년마다 배로 증가하며 이러한 것을 통해서도 대만 출신자가 자신의 정체성을 적극적으로 표명하게 되었음을 알 수 있다.[26] 2020년 재미 대만인 단체들은 '자신의 정체성을 스스로 밝히라'고 추진하고 있다. 현시점에 최신 숫자와 해설은 입수하지 않았지만, 이 운동은 2023년 현재까지도 계속되고 있다. 향후, 북미에 있는 약 50만의 대만인 이민자 중 몇 할의 대만 출신자가 자신의 출신을 표명할지, 이 움직임은 대만의 정국과도 연동되어 있다고 생각한다.

5. 나오며

전후 해외로 이주한 대만 출신자 대부분은 대만에 정착한 사람들보다 심각한 정체성 문제를 안고 있었다. 주된 이유는 중국대륙에서 대만으로 이전해 온 중화민국 정부의 독재 통치에 반대함으로써 끊임없이 현 거주국으로 귀화할지, 중화민국 국적을 보유할지 혹은 중화인민공화국 국적을 취득할지 고민했기 때문이다. 예를 들어 전쟁 전부터 일본에 거주하던 대만 출신자들은 전후 일방적으로 국적 변경을 강요받았다. 그리고 대부분 일본 화교의 길을 택해 외국인등록증의 국적란에 '중국'으로 기재되었다. 그러나 이들 중 상당수는 일반 화교, 즉 중국대륙을 기원으

---

26 何義麟, 「台湾人アイデンティティ」, 若林正丈・家永真幸 編, 『台湾研究入門』, 東京大学出版会, 2020, pp.221~234에 수록되어있다.

로 한 화교와는 다른 처우를 겪으며 심각한 정체성 고민을 하고 있었다.

전후 두 중국을 모두 거절하고 대만독립운동에 투신한 재일대만인도 있었다. 이들은 외국인등록증 국적란에 '중국'으로 기재되는 것에 불만을 표시했지만, 일본 정부는 전혀 상대해주지 않았다. 1990년대 후반에 접어들며 대만의 민주화와 대만인으로서의 정체성이 높아지면서 재일대만인에 의한 외국인등록증 국적란 표기 시정 요구가 점차 높아져 갔다. 그 결과 2009년에 '개정 이민법안'이 중·참 양원에 제출, 가결되었고, 2012년 개정입관법改正入管法 시행으로 대만 출신자 소유 재류카드의 '국적·지역'란 표기는 '중국'에서 '대만'으로 변경되며 재일대만인의 출생이 비로소 가시화되었다. 이러한 움직임은 늦었지만 대만계 미국인들과 같은 방향으로 진행되었다고 할 수 있다.[27]

1970년대 국부의 국가적 정통성이 위기에 처하면서 정치 참여와 언론 자유의 공간도 조금씩 확대되어 갔다. 그리고 해외대만인들은 당국의 압력을 두려워하지 않고 일어나 대만의 장래에 관한 집회에 참가하게 되었다. 해외와 섬 내 대만 주민들의 요구는 계엄령 해제, 언론자유 보장 그리고 인권 존중까지 다양했다. 당초 국민당정권은 어떠한 개혁 요구에도 난색을 표했지만 결국 모든 정치개혁이 실현되어 갔다. 대만은 세계 각지의 식민지 독립 흐름을 타지는 못했지만, 21세기에 접어들어 개혁을 요구하는 에너지가 민주화 운동의 원동력이 되어 갔다. 이들의 활동이 대만섬 민주화에 기여했다는 사실을 알아야 한다.

---

27 何義麟, 「戰後在日台湾人の法的地位の変遷-永住権取得の問題を中心として」, 『現代台湾研究』第45号, 2014.12, pp.1~17.

1980년대 후반부터 90년대 초반 민주화와 함께 대만섬 내 주민들의 역사인식도 큰 변화를 겪었다. 특히 2·28사건의 진상규명과 민주화 움직임이 연동되는 형태로 전개되어 갔다. 권위주의 체제하에서 국부는 외성인에게 유리한 권력 배분과 대만 토착어와 문화를 억압해 왔지만 민주화의 진전과 함께 주민들의 대만인으로서의 정체성은 급속히 높아졌다. 때문에 모국어 교육의 실시나 대만사台灣史 교육의 내실화 등이 요구되었다.[28] 이렇게 하여 누구나 자유롭게 대만인 정체성을 표명할 수 있게 되었다.

대만 주민들은 대부분 정체성 변화를 겪고 있다. 그 시기는 세대나 혈족에 따라 차이도 있겠지만 사람들의 정체성은 어떻게 고착화되어 갔을까. 오랜 대만 연구기관의 설문조사에 따르면 민주화 이후 60% 이상의 대만 주민은 이미 자신을 대만인으로 생각하게 되었다. 화인華人 혹은 중국인이자 대만인으로 생각하는 사람도 있었지만, 중국인임을 견지하는 주민은 10%였고 게다가 감소 경향을 보이고 있다.[29] 이런 점에서 볼 때 앞으로는 대만인 정체성이 주류가 될 것이다.

이상 살펴본 바와 같이 해외대만인들의 동향은 끊임없이 대만 내 정국 변동과 정체성 변화에 영향을 미쳐 왔다. 대체로 미국으로부터의 압

---

28 1980년대와 1990년대에는 '원주민족권리촉진회(原住民族権利促進会)'라는 사회운동, 객가(客家) 모국어 회복운동 및 외성인 중심의 신당 창당 등과 같은 '에스니시티의 정치화' 현상도 있었는데 이는 다민족사회의 특징중 하나로 볼 수 있다.

29 대만 주민의 정체성 조사는 정치대학 선거중심(esc.nccu.edu.tw) 조사에 의한 통계다. 「自分は「台湾人」割合, 5年ぶりに上昇 56.9% = 政治大調査」, 中央通訊社ニュース, 2019.7.11을 참조하기 바란다.
    http://japan.cna.com.tw/news/asoc/201907110001.aspx.

력 및 해외 거주 대만인의 응원으로 대만섬 내 정치 반대 운동의 세력은 크게 성장하며 민주화가 급속히 진행되었다고 할 수 있다. 예를 들어 미국의 '대만 전도 결의안'에 명시된 자결권은 대만 내 정치반대운동의 기본방침이 되었고, 대만계 미국인들의 선전도 대만 주민들의 정체성에 상당히 큰 영향을 미쳤다. 즉, 해외에서는 대만인이 화교가 아닌 대만인으로 말할 수 있게 되었다. 그러나 이와 같은 전후 해외에서의 대만인들의 활동은 거의 알려지지 않으며 '잃어버린 대만사'라 할 수 있다. 이 잃어버린 역사기억을 되찾음으로써 대만의 독자성을 확립할 수 있다고 믿는다.

이 글은 일본어로 작성되었으며 이영호(李榮鎬 / LEE Young-ho, 동국대학교 일본학연구소 전임연구원, 재일코리안문학 전공)이 번역했다.

참고문헌

王育徳, 『王育徳全集』 1-15, 前衛出版, 1999~2002.

王育徳, 近藤明理 編, 『「昭和」を生きた台湾青年』, 草思社, 2011.

何義麟, 「在日台湾人的二二八事件論述-兼論情治単位監控報告之虚実」, 『台湾史料研究』 第44号, 2014.12.

_____, 「戦後在日台湾人の法的地位の変遷-永住権取得の問題を中心として」, 『現代台湾 研究』 第45号, 2014.12.

_____, 「台美人与台湾民主化相関研究之回顧与前瞻-以旧金山湾区社群活動之考察為中 心」, 『台湾史料研究』 第48号, 2016.12.

_____, 若林正丈・家永真幸 編, 「台湾人アイデンティティ」, 『台湾研究入門』, 東京大学出版 会, 2020.

_____, 「二・二八事件の人々-国家に抗う台湾知識人」, 『東アジアの知識人5 様々な戦後』, 有志舎, 2014.

_____, 『戦後在日台湾人的処境与認同』, 五南出版, 2015.

_____, 『台湾現代史-二・二八事件をめぐる歴史の再記憶』, 平凡社, 2014.

許維徳, 「第八章従『台美人草根運動』到『台美人認同』的落実-美国1980年人口普査個案研 究」, 許維徳, 『族群與国族認同的形成-台湾客家, 原住民與台美人的研究』, 国立中央 大学出版中心, 2013.

呉修竹, 何義麟 編, 『在日台湾人の戦後史-呉修竹回想録』, 彩流社, 2018.

洪玉儒, 「美国台湾移民政策的現状(1980~2004)」, 『中興史学』 第12号, 2006.6.

若林正丈, 『台湾-分裂国家と民主化』, 東京大学出版会, 1992.

若林正丈, 『台湾の政治-中華民国台湾化の戦後史』, 東京大学出版会, 2008.

宗像隆幸, 『台湾独立運動私記-三十五年の夢』, 文藝春秋, 1996.

人権之路編集委員会, 『人権への道 レポート・戦後台湾の人権』, 陳文成博士記念基金会, 2007.

張炎憲 編, 『二二八事件辞典』, 国史館, 2008.

陳佳宏, 『台湾独立運動史』, 玉山社, 2006.

陳芳明, 森幹夫 訳, 志賀勝 監修, 『謝雪紅・野の花は枯れず-ある台湾人女性革命家の生涯』, 社会評論社, 1998.

陳銘城, 『海外台独運動四十年』, 自立晩報社, 1992.

陳來幸, 「戦後日本における華僑社会の再建と構造変化-台灣人の台頭と錯綜する東アジ アの政治的帰属意識」, 小林道彦, 中西寛 編, 『歴史の桎梏を越えて-20世紀日中関 係への新視点』, 千倉書房, 2010.

廖文毅, 『台湾民本主義(フォモサニズム FORMASANISM)』, 台湾民報社, 1956.
丸谷才一, 『裏声で歌へ君が代』, 新潮社, 1982.
蕭阿勤, 呉密察・黄英哲・垂水千恵 編, 「抗日集団的記憶の民族化」, 『記憶する台湾帝国との
    相克』, 東京大学出版会, 2005.

제2부

대동아공영권에서
'포스트제국의 동아시아'로

제국의 틈새에 살았던 '혼혈'
구 남양군도 사례
이타카 신고

전후 일본의 '민주보육연맹'의 성립과 활동
김경옥

1965년 재고再考
망각과 상기의 결절점結節点으로서
야스오카 겐이치

제국의 틈새에 살았던 '혼혈'

구 남양군도 사례

이타카 신고

1. 문제의 소재所在　제국일본의 붕괴와 '혼혈'

제국일본의 형성 및 확장 과정에서 식민지가 된 대만, 조선, 남사할린南樺太, 그리고 유엔의 위임통치령이 된 남양군도미크로네시아, 괴뢰국가가 된 (위)만주국 등의 외지로 일본에서 온 다수의 이주자나 이민자가 정착해 갔다. 1935년 대만에는 27만 9천 명 이상, 한반도에는 68만 9천 명 이상의 일본인이 있었지만 식민지 사회 전체로 봤을 때 이들은 소수파였다. 반면, 일본의 유엔 탈퇴 표명 이후 이주자가 급증한 남양군도에는 5만 1861명의 일본인이 당시 '도민島民'으로 불리던 현지인구를 웃돌며 다수파를 구성하고 있었다. 아시아·태평양전쟁 시기에는 내지에서 이들 외지로, 또 점령지역으로 병사들과 강제 징용 피해자들이 보내졌다.[1]

일본의 아시아·태평양전쟁 패전과 그에 따른 제국 붕괴는 기존의 통치 지역 및 전시의 점령지역을 돌아다니던 군인 및 민간인의 대규모 인구 이동을 일으켰다. 일본의 패전 후, 약 353만 명의 병사가 내지로 복원復具하고, 300만 명 이상의 민간인이 내지로 돌아갔다.[2] 여기에 한반도에서 온 사람들을 비롯해 일본에 거주했던 200만 이상의 구舊 외지 출신 중 약 160만 명이 고향으로 귀국했다.[3] 미국 통치 아래에 놓인 남양군도에서는 이주자의 대부분을 차지하고 있던 오키나와沖縄 출신들은 본토 인양引揚[4]과는 별도로 오키나와로 돌아갔다. 그리고 아시아·태평양전쟁 때 한반도에서 징용된 사람들은 한반도로 직접 귀환했다.[5] 이렇게 800만 명 이상의 인구가 구 제국일본을 두루 돌아다니며 이동했다고 추정되고 있다.[6]

일본 측도 GHQ 측도, 피폐한 일본 본토에 외지의 일본인을 귀환시키는 것에는 소극적이었지만, 패전 후 외지의 치안 악화나 일본인의 생활 상태의 악화는 매우 심각했기 때문에 단기간에 귀환선이 준비되었다.

---

1   1939년부터 일본의 패전까지 한반도에서 내지 외에 사할린 등 외지에 노동자로 징용된 사람들은 약 70만 명으로 알려져 있다. 外村大, 「日本帝国と朝鮮人の移動」, 蘭信三 『帝国崩壊とひとの再移動—引揚げ,送還, そして残留』, 勉誠出版, 2011, p.17. 이 글에서 대상으로 하는 남양군도에는 1939년부터 1941년 사이로 한정해도, 적어도 5,000명 이상이 농장노동이나 토목 노무에 종사한 것으로 추정된다. 日帝強占領下強制動員被害真相糾明委員会 編, 『南洋群島への朝鮮人労務者強制動員実態調査(1939~1941)』, 日帝強制動員被害者支援財団·日本語翻訳協力委員会 訳, 日帝強制動員被害者支援財団, 2020, p.98.

2   本庄豊, 「引揚孤児—博多·舞鶴」, 平井美津子·本庄豊 編, 『戦争孤児たちの戦後史 2 西日本編』, 吉川弘文館, 2020, p.169.

3   蘭信三 編著, 「序論—いま,帝国崩壊とひとの再移動を問う」, op.cit., p.6.

4   [역자주] 일본에서는 패전 이후 내지로 돌아간 일본인 민간인의 귀환은 '인양(引揚), 히키아게(ひきあげ)', 군인의 귀환은 '복원(復員)'이라는 용어를 사용해 표현한다. 이 글에서는 필자가 '인양'과 '귀환'과 구분을 둔 부분만 '인양'으로 따로 표기하고 그 외는 '귀환'으로 통일했다.

5   今泉裕美子, 「南洋群島引揚げ者の団体形成とその活動—日本の敗戦直後を中心として」, 『史料編集室紀要』 30, 2005; 加藤聖文, 『「大日本帝国」崩壊—東アジアの1945年』, 中央公論新社, 2009, p.196.

6   蘭信三, op.cit., p.7.

가혹한 귀환 과정에서 목숨을 잃거나 고아로 현지에 남겨진 사람들도 있었다. 미군의 지배하에 있던 남한이나 남양군도에서는 귀환하기 전까지 일본인은 수용소 생활을 했다. 또 소련 지배하에 놓인 다롄大連, 북한, 남사할린의 일본인과 시베리아에 억류된 포로나 민간인의 처우는 1946년 12월 미소 협정이 체결될 때까지 정해지지 않았다.[7] 미소의 대립이 깊어지는 가운데 시베리아 억류자의 집단 귀국은 1956년까지 늦어져, 이 기간 동안 목숨을 잃은 사람들도 다수 있었다.[8]

이 글에서는 제국일본의 형성, 확장, 붕괴 과정의 인구 이동 속에서 다른 외지에 비해 인구 수는 그다지 많지 않았지만, 일본인 이주자가 현지 인구를 능가해 다수파를 구성하고 있던 남양군도^{적도 이북의 구 독일령 미크로네시아}에서 태어난 '혼혈'에 주목한다. 선행연구는 남양군도 중에서도 1920년대부터 제당업이 대대적으로 도입되어 다수의 오키나와현 출신자가 생활하고 있던 사이판이나 남양청南洋庁이 있었던 행정의 중심지 팔라우를 대상으로 한 역사학적 연구가 역사자료 조사나 구술사 수집을 통해 일본인 이주자의 실태를 해명해왔다.[9] 문화인류학적 연구는 1935년에 다수파를 차지하게 된 일본인 이주자 사회와 전통적 수장 등 현지의 리

---

7 加藤聖文, 「大日本帝国の崩壊と残留日本人引揚問題－国際関係のなかの海外引揚」, 増田弘 編, 『大日本帝国の崩壊と引揚・復員』, 慶應義塾大学出版会, 2012, p.40.

8 종전 당시 남사할린에는 군사동원된 사람들을 중심으로 약 4만 3천명의 조선인이 있었지만 대부분이 남한 출신이었다. 그 대부분은 일본이 귀환 대상자로 삼지 않았다는 것과 또 국교가 있는 북한으로의 귀국밖에 인정하지 않는 소련의 방침에 따라 어쩔 수 없이 현지 잔류하게 되었다. 遠藤正敬, 『戸籍と国籍の近現代史－民族・血族・日本人』, 明石書店, 2013, p.258.

9 森亜紀子, 『複数の旋律を聞く－沖縄・南洋群島に生きたひとびとの声と生』, 新月舎, 2016; 森亜紀子, 『はじまりの光景－日本統治下南洋群島に暮らした沖縄移民の語りから』, 新月舎, 2017.

더를 통해 비교적 소규모 사회를 형성해 온 현지 사회와의 관계나, 현지 사회의 관점에서 본 식민지 경험을 검토해왔다.[10]

이 글에서는 식민자와 현지사회의 관계가 가시화되는 '콘택트 존 Contact Zone'으로서,[11] 남성 일본인 이주자와 여성 현지인 사이에서 태어난 '혼혈'에 초점을 맞춰[12] 일본인 이주자의 귀환을 포함해 제국 붕괴의 임팩트나 전후 미국 통치하에서의 적응 등을 시야에 넣고 두 제국의 틈에 세워진 이들의 곤경에 주목한다. '혼혈'이라는 용어에는 차별적인 함의가 있어 학술 용어나 기술 용어로서 사용하는 것은 적절하지 않지만, 일본 통치기부터 전후에 걸쳐 널리 사용되어온 일반적인 용어로 일본 사회의 인식이 반영되어 있다. 이 때문에 이 글에서는 작은 따옴표 첨부 표기를 사용한다. 또 전후 일본에서는 '혼혈'이라 불린 사람들을 보다 긍정적으로 파악할 수 있는 '하프', 최근에는 복수의 문화적 속성을 가지고 있는 것을 함의하는 '더블' 등의 용어도 있지만, 이 글에서는 검토하고자 하는 시기에 사용된 용어법에 따라 '혼혈'이라 표기한다.

필자는 지금까지의 연구에서 남양군도의 중심지였던 팔라우에서 탄

10　青柳真智子, 『モデクゲイ―ミクロネシア・パラオの新宗教』, 新泉社, 1985; 須藤健一, 「ミクロネシア史」, 山本真鳥 編, 『オセアニア史』, 山川出版社, 2000; 飯高伸五, 「パラオ・サクラカイ―「ニッケイ」と親日言説に関する考察」, 三尾裕子・遠藤央・植野弘子 編, 『帝国日本の記憶―台湾・旧南洋群島における外来政権の重層化と脱植民地化』, 慶應義塾大学出版会2016a; Mita, Maki, *Palauan Children under Japanese Rule : Their Oral Histories*(Senri Ethnological Reports No.87), National Museum of Ethnology, 2009.

11　Pratt, *Marry Imperial Eyes : Travel Writing and Transculturation.*, New York and London : Routledge. 2007.

12　반대로 일본인 여성과 현지인 남성 사이에서는 약간의 예외를 제외하고 '혼혈'이 탄생하지 않았다. 양자가 성적 관계를 갖는 것은 기피되었기 때문이다.

생한 '혼혈'을 대상으로, 일본 통치하의 인종 개념에 근거한 차별 실태나 전후 사회에의 적응을 모색하는 와중에 형성된 '혼혈' 집단에 대해 검토해왔다.[13] 또 제국일본의 붕괴 후, 아버지나 자신의 내지로의 귀환, 미국 통치하의 새로운 사회 체제에의 적응 등, '혼혈'이 공간적 및 사회적인 월경을 통해 자신의 위치를 확보해온 모습을 검토했다.[14] 이 글에서는 지금까지 검토한 내용을 다시 정리하고 새로운 데이터를 더해, 그들이 전전부터 전후에 걸쳐 어떤 인생을 겪었는지를, 그 탄생을 만들어낸 사회적 배경, 일본의 패전과 이어지는 격동의 시대, 전후 미국 통치하의 적응 문제, 현재까지 계속되는 정체성의 희구 등을 검토해 나간다. 또 포스트제국시대에 이루어진 일본인의 재구축이 내지 호적을 근거로 하고 있었던 것에 주목한 엔도 마사타카遠藤正敬의 논의를 근거로,[15] 거기서 잘려버린 외지 사람들이나 호적의 모순을 체현하고 있던 '혼혈'이 어떠한 포스트제국시대의 심상지리를 마음에 그리고 있었는지를 검토해간다.

제국일본의 일각을 이룬 남양군도에서 탄생한 '혼혈'에 대한 시좌는 대상이 한정적이며, 틈새를 메우기 위한 대상 설정인 것도 분명하다. 한편, 제국연구의 관점에서는 제국일본의 확장과 인종·민족 문제와도 밀접하게 관련됨과 동시에, 포스트제국 연구의 관점에서는 제국 붕괴 후의

---

13 飯高伸五, op.cit., 2016a; Iitaka, Shingo. Palau Sakura Kai, In Y. Mio (ed.), *Memories of the Japanese Empire : Comparison of the Colonial and Decolonisation Experiences in Taiwan and Nan'yō Guntō*, New York and London : Routledge, 2021.

14 飯高伸五, 「帝国後の「混血」のゆくえ－日本出自のパラオ人の越境経験」, 『文化人類学研究』, 2016b.

15 遠藤正敬, op.cit..

일본인 재정의의 문제와 관련이 있다. 동시에 제국일본 붕괴의 유산인 외지의 잔류 고아를 포함한 다양한 전쟁 고아의 처우,[16] 그리고 패전 후 일본인 여성과 외국인 병사 사이에서 태어난 '혼혈아'의 처우[17]와도 시점을 공유할 수 있을 것이다. 전전의 일본, 전후의 미국이라는 두 제국 사이에서 농락당하면서 어떻게든 살아온 남양군도 '혼혈'의 삶은 제국일본시대 및 포스트제국일본시대의 동아시아에서 자명하게 여겨져 온 심상지리를 역조사하고 제국의 지리적 경계뿐만 아니라, 전전과 전후를 구분하는 시대의 경계까지도 횡단할 수 있는 시좌를 제공해 줄 것이다.

2. 남양군도 '혼혈'의 탄생

일본의 남양군도 통치는 1914년부터 약 30년간에 걸쳐 이루어졌다. 제1차 세계대전 때 일본 해군이 적도 이북의 구 독일령 미크로네시아를 점령하고 군정을 배치해, 1919년 베르사유 조약으로 국제사회로부터 통치 승인을 얻은 후, 1922년부터 유엔 위임통치령으로서 일본의 남양군도 통치가 시작되었다. 남양청이 설치된 팔라우의 코로르Koror는 통치의 중심지가 되었고 군정기부터 제당업이 도입된 마리아나제도에서는 1920년대 초반 일찍부터 일본인이 현지인 인구를 웃돌았다. 일본이 국

---

16   浅井春夫・川満彰 編, 『戦争孤児たちの戦後史1 総論編』, 吉川弘文館, 2020.

17   上田誠二, 『「混血児」の戦後史』, 青弓社, 2018; 下地ローレンス吉孝, 『「混血」と「日本人」―ハーフ・ダブル・ミックスの社会史』, 青土社, 2018.

제사회에서 고립되던 1930년대에는 남양군도로의 이주가 널리 장려되어, 유엔 탈퇴와 같은 시기인 1935년에는 일본인 이주자가 현지인 수를 능가했다. 일본 통치는 유엔 탈퇴 후에도 이어져 1944년 4월에 전국戰局 악화에 따라 실질적으로 통치기능이 정지할 때까지 계속되었다. 일본의 남양군도 통치는 유엔으로부터의 위임이라는 형태를 취하고 있었지만, 실질적으로는 식민지화되어 현지인을 능가하는 일본인의 이주, 그들에 의해 이루어진 경제개발, 그리고 아시아·태평양전쟁으로 향하는 과정 중의 군사 거점화라는 특징이 널리 인정되었다.[18]

남양군도는 대일본제국헌법이 적용되지 않는 외지였지만 유엔의 위임통치령이었기 때문에 내지의 호적법이 적용된 남사할린이나, 고유의 호적제도가 적용된 대만과 조선과 달리 호적법이 적용되지 않았다.[19] 따라서 남양군도를 본적으로 하는 일본인은 없었고, 현지 일본인의 출생신고는 내지의 본적지로 보내져 내지호적에 등록되었다. 한편 대만 원주민과 마찬가지로 문명화되지 않았다는 이유로 미크로네시아 사람들에겐 호적 등록도 없었고 일본 국적도 부여되지 않았다. 이들은 그 사회문화적 다양성에 관계없이 '도민'일본인이 '도민'이라는 용어를 사용할 때는 '미개인'과 같은 차별적인 함의가 담겨져 있었기 때문에 작은 따옴표를 붙여 표기한다으로 총칭되었다. 그리고 스페인 통치를 통해 비교적 '진보'했다고 여겨진 마리아나제도의 원주민 차모로 Chamorros와 그 이외의 지역에 거주하는 '카나카Kanaka''도민'과 마찬가지로 차별적인

18   今泉裕美子,「南洋群島委任統治政策の形成」, 大江志乃夫 ほか 編, 『岩波講座近代日本と植民地4 統合と支配の論理』, 岩波書店, 1993.

19   遠藤正敬, op.cit., p.187.

함의가 있어 민족집단의 호칭으로서 현재는 사용되고 있지 않기 때문에 작은 따옴표 첨부로 표기한다로 구분

되었다.[20]

   '도민' 자제는 본과 3년 및 보습과 2년의 공학교에 취학해 일본어와 실용적 기술 습득을 요구받았다. 성적이 우수한 남성 중에는 코로르에 설치된 목공도제 양성소에 다니며 목수가 된 사람도 있었다. 그러나 일본인 이주자의 자제가 다니고 있던 소학교1941년 이후는 국민학교로 개칭와는 다른 한정적 교육제도하에서 '도민'의 고등교육에의 길은 닫혀 있었고, 초등교육 수료 후 저렴한 노동력으로 제국의 말단에 통합되는 것에 그쳤다.

1) 공학교에 다니던 '혼혈'

   제도면에서 미크로네시아 사람들과 일본인 이주자는 명확하게 구별되었지만 실생활에서는 다양한 접촉이 있었다. 1920년대 중반부터 일본인 이주자가 다수파가 된 마리아나제도에서는 원주민 차모로와 오키나와 출신의 제당업 종사자 사이에 토지임대를 통한 밀접한 관계가 있었지만, 세대 단위로 이주자가 모집되었기 때문에 '혼혈'이 탄생하는 일은 거의 없었다. 반면, 마리아나제도에 이어 일본인이 많았던 팔라우에서는 남성의 일본인 이주자와 현지인 여성 사이에서 '혼혈'이 태어났다. 팔라우의 일본인 이주자 수는 1935년에 현지인을 웃도는 6,553명으로 증가해,[21] 관공서 근무 외에 코로르의 상점 경영자, 마을에서 농지 개척에 종

---

20   南洋庁長官官房,『南洋庁施政十年史』, 南洋庁, 1932, p.11.

21   南洋庁,『昭和五年南洋群島島勢調査書 第一巻 総括編』, 南洋庁, 1932; 南洋庁,『第五回 南洋庁統計
     年鑑』, 南洋庁, 1937.

사하는 사람들, 광산 채굴에 종사하는 노동자,[22] 가다랑어나 진주 조개 채취에 종사하는 사람들이 있었다. 공무원이나 입식入植촌의 식민자 외에는 단신 도항자도 많았기 때문에, 실제 수는 그다지 많지 않지만 일정 수의 '혼혈'이 탄생했다. '혼혈'의 실제 수를 나타내는 통계는 현재 찾을 수 없지만, 코로르공학교의 『본교개황서本校概況書』[1933.4]에서 당시의 '혼혈'을 둘러싼 상황을 엿볼 수 있다.[23]

코로르공학교 『본교개황서』에 따르면 코로르공학교의 본과의 전 아동 124명 중 '혼혈'은 11명, 그리고 코로르공학교 보습과의 전 아동 116명 중 '혼혈'은 5명이었다. 당시 남양군도의 팔라우지청관 내에는 코로르, 멜레케오크Melekeok, 가라르드Ngaraard, 펠렐리우Peleliu, 앙가우르Angaur의 5개교가 있었으며 각각 본과 3년의 과정이 설치되어 있었다. 그리고 코로르공학교에만 각 공학교의 성적 우수자가 다니는 보습과 2년의 과정이 설치되어 있었다. 보습과의 '혼혈'의 비율이 본과의 비율에 비해 반감하는 이유는 일본인 이주자의 마을로 도시화가 진행되는 코로르 외에 인광 채굴이 행해지고 있던 앙가우르에는 일본인 이주자가 유입되고 있었지만, 그 밖의 지역에서는 일본인 이주자가 적었기 때문이라고 추측된다.

---

22 앙가우르섬의 인광 채굴은 주로 '도민' 노동자가 동원되었지만 일부 일본인 중에서 오키나와 출신도 종사하고 있었다. 또, 일본시대 말 단기간에 행해진 바베르다오브섬의 보크사이트 채굴에는 '도민'과 함께 한반도에서 징용된 사람들도 동원되고 있었다. 飯高伸五,「帝国の記憶を通した共生－ミクロネシアにおける沖縄人の慰霊活動から」, 風間計博 編, 『交錯と共生の人類学－オセアニアにおけるマイノリティと主流社会』, ナカニシヤ出版, 2017.

23 コロール公学校, 『本校概況書』, コロール公学校, 1933.

2) 국민학교에 다니던 '혼혈'

상기의 현지인 자제용으로 설치된 공학교에 다니는 '혼혈'이란, 일본인의 아버지의 호적에 등록되지 않고 현지인으로 성장하던 사람들이다. 남양군도 '혼혈'의 대부분은 이러한 사생아로서 어머니 쪽 현지 가정에서 양육되던 사람들이었다. 동시에 일본인 아버지의 호적에 등록된 사람들도 적지만 존재했다. 당시의 자료는 거의 남아 있지 않지만 구술사에서 일본인으로서 양육된 '혼혈'의 단편을 엿볼 수 있다. 필자는 지금까지 팔라우에서의 현지조사 중 몇명의 '혼혈'에게 이야기를 들을 기회가 있었다. 이하, 청취로 얻은 정보를 바탕으로 일본인으로서 양육된 3명의 '혼혈' 경험의 단편을 제시한다. 이들은 제국일본의 붕괴와 일본인의 귀환을 거쳐 전후에는 팔라우인으로 인생을 걸었다. 덧붙여 이하의 사례에서 '혼혈'은 아버지의 호적에 등록되어 있었지만, 팔라우인 어머니가 결혼에 의해 귀화하고 있었는지는 판연하지 않다. 유엔에 제출된 행정연보에는 1922년부터 1934년 사이에 귀화한 '카나카'는 3명에 그쳤다고 한다.[24]

A씨[1931년생, 남성]는 초창기에 팔라우에 건너간 일본인 이주자 아버지와 코로르의 팔라우인 여성 어머니 사이에서 태어나, 일본인 자제를 위한 코로르소학교에 다니고, 졸업 후는 신설된 팔라우중학교에도 다녔다. 아버지는 코로르에서 상업에 종사하고 있었지만, A씨의 재학 중에 사망했다. A씨는 소학교에서는 '도민'이라 불리며 차별당하고, 소학교에서 돌아오면 이웃 팔라우인에게 '일본인'이라 불리며 차별당한 기억이 있다. A씨

---

24   遠藤正敬, op.cit., p.165.

의 동생은 이미 아버지가 사망했기 때문에 어머니인 팔라우인 가정에서 양육되었지만, 8세가 되었을 때에 일본인 공무원으로부터 소학교에 입학하도록 명령받았다. 동생은 일본어를 거의 할 수 없었기 때문에 A씨가 방과후 일본어를 가르쳤다고 한다.

B씨^{1943년생, 남성}는 일본인 아버지와 바베르다오브섬의 멜레케오크 마을 출신 어머니 사이에서 태어났다. 와카야마현和歌山県 출신인 아버지는 멜레케오크 마을에서 코프라Coprah 중매상 일을 하거나 상점을 경영했다. 거기서 마을의 여성과 친해져 결혼한 것을 계기로, 그 땅에 뼈를 묻을 생각이었다. B씨는 8명 형제 중 끝에서 두 번째로 종전시에는 아직 어렸지만, 취학 연령의 형제는 모두 일본인으로 양육되어 소학교에 다니고 있었다. 전시 체제하에 근로봉사에 종사하는 가운데 영양상태가 악화된 누나 한 명이 사망했다.

C씨^{1931년생, 여성}는 단신으로 바베르다오브섬의 가라드르 마을에 입식한 오키나와 출신자 아버지와 같은 마을의 팔라우인 여성 어머니 사이에서 태어났다. 아버지는 팔라우인 마을 근처에 살며 목수, 나무꾼, 숯쟁이 등의 일을 하고 있었다. C씨는 당초 멜레케오크공학교에 이어서 코로르공학교에 다녔지만, 공학교 졸업 후에는 일본인의 입식촌인 바베르다오브섬 시미즈清水 마을의 국민학교에 다니며 입식촌의 일본인 자제와 함께 공부했다. 당초는 사생아 취급을 받았지만, 이후 아버지의 호적에 등록되어 소학교에 다니게 된 것이라 추측된다. C씨는 국민학교에서는 일본인 학생으로부터 '도민'이라고 놀림을 받고 분한 생각이 들었다고 하지만 성적은 제일 우수했다고 한다. 그럼에도 표창을 받지 못한 것은 '잡종

ｱｲﾉｺ'이었기 때문이라고 차별적인 함의가 있는 일본어를 사용하며 설명했다.

3) 동화주의적 담론에의 포섭

다른 외지와 마찬가지로 팔라우의 '혼혈'은 통치자 측의 무책이나 인종주의적인 차별 속에서 쉽지 않은 생활을 보내고 있었다. '도민'으로 양육된 '혼혈'은 팔라우의 모계적 사회^{아이의 관점에서 아버지와의 관계보다도 어머니 쪽 삼촌}^{과의 관계에 근거한 집단으로 귀속이 정해지는 사회}[25] 속에 포섭되어 아버지와의 관계가 부재하거나 불안정하더라도 모친 친족 집단을 통해 생활 기반을 확보할 수 있었다. 한편으로는 아버지와의 유대가 누락되어 사회관계자본이 한정되었고, 또 A씨처럼 팔라우 사회 내에서의 차별을 경험하기도 했다. 일본인으로 양육된 '혼혈'은 법적으로는 다른 일본인 이주자의 자제와 다름없는 신분을 가졌지만 A씨나 C씨처럼 소학교나 국민학교에서 차별을 경험했다.

일본의 제국주의적 확장이 현저해지고 아시아·태평양전쟁을 향해 시국이 심각해지는 가운데, '혼혈'은 동화주의적인 담론에 포섭되어 갔다. 1930년대 초에 남양군도의 각지를 답사한 저술가 노나카 후미오^{能仲}^{文夫}는 '혼혈'은 "카나카도 되지 못하고 그렇다고 해서 일본인도 되지 못한 어중간한 인간이 되어 자포자기에 빠지는 일이 매우 많다"고 말한다.[26] 한편 매우 뛰어난 재능을 발휘한 '혼혈'의 존재도 보고되고 있다. 오

---

25 靑柳眞智子, op.cit.
26 能仲文夫, 『南洋紀行－赤道を背にして』, 南洋群島協会, 1990(1934), p.84.

가사와라小笠原제도 출신인 아버지와 전통적 수장의 딸 사이에 태어난 팔라우의 '혼혈'은 아버지의 호적에 등록되어, 코로르소학교를 졸업한 후엔 오가사와라에 머물며 뛰어난 성적으로 고등과도 졸업했다고 한다. 통치자에 가까운 일본 측의 자료이기 때문에 어느 정도 유보가 필요하지만, 적어도 1930년대 초반의 시점에서 일본인이 남양군도의 '혼혈'의 동화 가능성을 인식하고 있던 것을 알 수 있다.

1940년대가 되면 '혼혈'을 일본인으로 양육해야 한다는 강한 동화주의적 담론이 등장한다. 팔라우 코로르에서 현지 출판물을 편집하고 있던 노구치 마사아키野口正章는 일본인 아버지와 팔라우인 어머니가 별거하고 있는 '혼혈'의 가정환경을 비판하며 양육에 있어서는 '일본인으로서의 씨앗'을 중시해야 한다고 주장했다.[27] 피의 논리로 설명하고 있지만 이것을 실현하려면 '혼혈'을 사생아로 현지인 가정에 두는 것이 아니라 아버지의 호적에 등록할 필요가 있다. 동시기의 자연인류학자들은 제국일본의 확장과 함께 증가할 것으로 예상된 외지의 '혼혈'을 황민화皇民化가 쉽지 않은 성가신 존재로서 문제시하고 있었지만,[28] 제국의 확장과 함께 동화가 모색되고 있던 것은 알 수 있다. 그러나 이 동화는 제국 신민으로서의 권리 부여가 아니라 어디까지나 전시하의 총동원 체제를 배경으로 한 것이었다. 조선이나 대만 등의 외지에서는 지원병제도의 도입이나 징병제 개정을 통해 동원이 진행되었다.[29]

---

27   野口正章,『今日の南洋』, 坂上書院, 1941, p.84.

28   坂野徹,『帝国日本と人類学者－1884~1952年』, 勁草書房, 2005, p.445.

29   遠藤正敬, op.cit., p.193.

3. 포스트제국시대의 '혼혈'

1) 인양과 귀환

일본의 아시아·태평양전쟁 패전 후, 남양군도에서부터 일본 본토와 미군 점령하의 오키나와, 그리고 일제에서 해방된 한반도 및 대만 등의 구 외지로 병사나 이주자, 징용된 사람들이 인양했다. 군 관계자를 제외하고 1945년 10월부터 다음 해 5월까지 남양군도에서 일본 본토, 오키나와, 그리고 구 외지로 귀환한 민간인은 약 6만 명이었다. 내지에의 귀환자 수가 약 2만 명이었던 것에 비해, 오키나와 귀환자 수는 3만 3천 명을 넘었다.[30] 미국 통치하에 놓인 구 남양군도에서는 귀환선에서의 건강 악화가 우려된 태어난 지 얼마 되지 않은 유아 등이 잔류하며 현지인에게 맡겨진 자도 있었지만 구 통치자인 일본인의 영향을 없애려는 미국 측의 의향도 있어, 비현지인은 모두 귀환을 명령받았다.

외지를 상실한 패전 후의 일본에서는, '일본인이란 누구인가'를 재정의할 필요성이 요구되고 있었다. 남양군도에 한정되지 않고 구 외지에는 일본인과 현지인의 '혼혈'이 적잖이 존재했다. 이들의 처우가 쟁점이 되었을 때, 호적은 중요한 참조점이 되었다.[31] 호적의 원칙에 따르면 남양군도의 '혼혈' 가운데 사생아로 현지인으로서 양육된 사람들은 일본 국적이 없는 외국인이기 때문에 잔류하고, 아버지의 호적에 등록되어 일본인으로서 양육된 사람들은 일제히 귀환의 대상이 되어야 했다. 그러나

---

30 今泉裕美子, op.cit., 2005, p.13.
31 遠藤正敬, op.cit., p.164; 下地ローレンス吉孝, op.cit., p.67.

이 글에서 검토한 팔라우의 실례에 비추어 보면, 아버지의 호적에 등록되지 않고 어머니 쪽에서 양육되고 있던 '혼혈'은 모두 잔류했지만, 아버지의 호적에 등록되어 일본인으로 양육되던 '혼혈'에 대해서는 각 가정의 실정에 따라 여러 가지 대응을 취하며, 일률적으로 귀환한 것은 아니었다. 아래의 다양한 대응을 뒷받침하듯 일본인 이주자와 결혼한 현지인 여성 및 양자간에 태어난 '혼혈'은 현지에 잔류할 것인가, 일본으로 귀환에 동행할 것인가 하는 선택을 할 수 있었다는 기록도 있다.[32]

팔라우 공화국의 전 대통령 구니오 나카무라クニヲ・ナカムラ, 1943년생는 미에현三重県 출신으로 배를 만드는 목수를 하고 있던 아버지, 팔라우제도의 펠렐리우섬 출신의 어머니 및 형제와 함께 일본에 인양했다. 일가는 도쿄에 머물렀지만 익숙하지 않은 생활, 전후 식량난 등의 어려움에 직면했기 때문에 곧 일본인의 아버지를 포함해 일가 전원 팔라우로 귀환했다. 구니오 나카무라의 전기에 의하면 당시를 술회한 형의 증언으로서 팔라우로의 귀환 허가를 취득하기 위해서는 모친의 친족에게 부양될 것을 명기할 필요가 있었다고 한다.[33] 또한, 구니오 나카무라의 아버지는 1955년 팔라우에 영주를 허가받아, 배 목수 일 외에 앙가우르섬에서의 인광 채굴 등에 종사한 후 1970년 코로르에서 서거했다. 구니오 나카무라는 팔라우와 괌에서 초등·중등 교육을 거쳐 1967년 하와이 대학을 졸업하고 귀국 후에 정치가로서의 경력을 시작해, 1994년 팔라우 독립시

---

32 Richard, Dorothy, *United States Naval Administration of the Trust Territory of the Pacific Islands Volume II : The Postwar Military Government Era 1945~1947*, Washington, D.C. : Office of the Chief of Naval Operations. 1957. p.38.

대통령으로서 신흥국가의 지도자를 맡았다.

전술한 A씨는 일본으로 인양한 후 곧 팔라우에 귀환했기 때문에 구니오 나카무라의 경험과도 공통점이 많다. A씨의 경우, 종전시 이미 아버지는 사망했기 때문에 아버지의 지인과 함께 인양했다. 어머니의 친족은 인양에 반대했고, 어머니와 형제들은 인양하지 않았다. A씨는 일본에서의 생활에 적응하지 못하고 중학교 졸업 후 팔라우로 귀환했다. 그 후 피지와 하와이에서 고등교육을 받고 신탁통치령 팔라우 지구地區 의원 등의 요직을 역임하고 관광회사도 설립했다. 또 만년에는 재일본 팔라우 대사관 전권대사도 맡은 적도 있다.

B씨는 종전 시 아직 어렸기 때문에 어머니와 그 외 어린 형제와 함께 팔라우에 머물렀다. 위의 형제들은 아버지와 함께 일본에 인양해 아버지의 출신지에 정착했다. 그들이 팔라우에 귀환하지는 않았지만 1970년대에 아버지와 형제들이 팔라우를 방문하여 B씨들과 재회했고, 부모님 사후에도 일본과 팔라우 사이에서 친족 방문을 계속하고 있다. B씨 집의 거실에는 아버지와 어머니의 사진을 중심에 놓고 8형제의 사진이 그 주위에 배치된 수목 도안의 가계도가 장식되어 있다. B씨는 전후 직업훈련교나 커뮤니티 칼리지college의 교원을 맡았고, 퇴직 후에는 아이라이Airai 마을의 전통적 수장의 칭호를 계승해 팔라우의 전통에 익숙한 장로로서 존경을 받았다.

---

33 セイソン, マルウ L., グアム新聞社・樋口和佳子 訳, 『草の根から クニヲ・ナカムラ—31年間の公人としての人生を振り返って』, パラオ共和国, 2001, p.8.

2) 미국 통치하에서의 적응 전략

일본인의 단기간 귀환 이후 미국 통치하의 미크로네시아에서는 일본통치의 유제가 제거되어 갔다. 일본 통치하에서 촌장 등 말단의 행정직에 있던 현지 유력자는 영향력을 잃었고, 일본어를 구사해 순경으로서 강한 영향력을 유지하고 있던 젊은 층은 새롭게 영어를 배워야 했다. 또 공학교에서 습득한 일본어 능력과 실무능력을 살려 도시에 취업했던 젊은 층도 일본인 귀환과 함께 고용 기회를 잃었다. 한편, 미국 통치하에서는 교육제도가 정비되어 점차 전문직에 종사하는 사람들이 자라났다. 또 미국적인 민주정치의 도입은 선거로 선발된 리더를 배출했다. 새로운 시대의 풍조 속에서 일본 통치기에 태어난 '혼혈'은 미국 통치기 초기에는 구 체제의 온상으로 경계되기도 했다.[34] 그리고 일본인이 떠난 후 현지사회에서 차별을 받았다. 그리하여 현지에 남아있는 '혼혈'은 새로운 적응 전략을 모색할 필요가 있었다.

1960년대가 되자 팔라우의 '혼혈'은 팔라우·사쿠라회パラオ·サクラ会라는 일본명의 단체를 조직해 상부상조했다. 전술했듯이 현지인으로 양육된 '혼혈'은 아버지 쪽의 사회관계자본이 부족했다. 또 일본인으로 양육된 '혼혈'은 인양을 통해 돌아간 사람도 있고, 잔류와 인양으로 가족과 떨어진 사람도 있었다. 전술한 A씨에 의하면 팔라우·사쿠라회의 설립 목적은 일상생활에서의 도움, 일본에 돌아간 친족과의 연락 촉진, 일본으

34　Endo, Hisashi, "The Beginning of the 'Postwar Period' : Japan and the United States of America as Un-decolonized Alien Powers to Micronesia (former Nan'yo Gunto)", *Reports from the Faculty of Social Relations* 15 : 1-9, 2013, p.5.

로부터의 위령단 등 방문자의 수락, 이렇게 세 가지였다. 팔라우·사쿠라회의 중심 인물은 일본인으로 양육되었지만 잔류하거나 인양 후 다시 귀환하거나 한, 팔라우인으로서 전후를 살고 있는 '혼혈'이 많았지만 현지인으로서 양육된 '혼혈'도 있었다. 여기에는 호적상의 위치에 관계없이, 일본 출신이라는 공통점을 가지고 제국 붕괴 후 체제 전환기의 곤경을 공유한 것이 단체의 기반이 되었다. 그러나 팔라우·사쿠라회의 회원은 일본계와 같은 견고한 정체성을 보유하고 있었던 것이 아니라, 팔라우인으로서 일상을 살면서 때때로 일본 출신을 상기시키는 것에 그쳤다.[35]

3) 친일 담론으로의 포섭

일본 통치기에 태어난 남양군도의 '혼혈'이 차별적 처우를 받으면서도 동화주의적 담론에 포섭되어 갔던 것과 마찬가지로, 전후 일본에서는 체제 전환기에 '혼혈'이 다양한 곤경에 직면하고 있었다는 사실을 무시하고, '혼혈'이 희귀한 친일가라는 친일 담론이 만들어졌다. 전후 해외로의 여행이 금지되어 있던 일본인이 1960년대 중반이 되어 전쟁터 위령이나 관광 목적으로 다시 구 외지를 방문하게 되었을 때, 이들은 현지에서 팔라우·사쿠라회 회원처럼 제국일본의 유제를 짊어지고 사는 사람들을 만났다. 그러나 그러한 포스트제국시대의 만남은 제국주의에 대한 반성보다 제국에 대한 향수를 불러일으켰다. 구 남양군도를 방문한 일본인은 일본어 교육을 받아 일본어를 유창하게 말하는 사람들이나 일본 출신

---

35 飯高伸五, op.cit., 2016a; 飯高伸五, op.cit., 2016b.

'혼혈'들의 존재를 통치의 흔적이 아닌, 자신들과의 친근감으로 바꿔 읽었다.[36]

친일 담론이 가장 현저하게 나타난 것은 전 군인·군속 위령단의 견해이다. 아시아·태평양전쟁 중 앙가우르섬에 종군한 전 일본병사 후나사카 히로시船坂弘에 의해 1968년에 조직된, 전후 팔라우 최초의 위령단 보고서에는 '혼혈'은 "미국으로부터 경계될 정도의 친일가의 모임"이며[37] "일본인이었다는 자부심을 지금도 잊지 않고 있기" 때문에 코로르의 일본인 묘지를 청소하고[38] "일본인이었던 자부심을 가지고" 있기 때문에 유창하게 일본어를 말하고 있다고 한다.[39] 후나사카 히로시 등의 방문시, 분명 A씨를 비롯한 팔라우·사쿠라회의 회원은 사전에 묘지를 청소했고 위령제 실시나 위령비 건립의 편의를 도모했으며 식사 모임을 열어 깊이 있는 교류를 했다. 그러나 팔라우·사쿠라회는 일본인 방문자 대접 외에도 팔라우인으로 사는 일상 속에서의 상호부조도 목적으로 내걸고 있었다. 무엇보다 전후의 전환기에 '혼혈'이 경험해 온 고난에 대한 이해없이 일방적으로 그들에게서 친일 감정을 읽어가는 자세는, 전전의 동화주의적 담론과 연속성이 있다.

이러한 친일 담론은 이후 관광산업과 무역관계의 발달에 따라 일본에 미크로네시아 국가들이 널리 소개되게 되었을 때에도 재생산되어 갔다. 전술한 전 팔라우 공화국 대통령 구니오 나카무라 외에, 초대 미크로

36　Ibid., 2016a; Ibid., 2016b.

37　日本サクラ会, 『サクラに結ばれて―パラオ諸島慰霊団の記録』, 日本サクラ会, 1968, p.8.

38　Ibid., p.18.

39　Ibid., p.29.

네시아 연방 대통령 도시오 나카야마ㅏシヲ・ナカヤマ(Tosiwo Nakayama), 초대 마
셜제도 공화국 대통령 아마타 카부아ㅏマタ・カブア(Amata Kabua) 등과 같이 전
후의 국가 형성기에 대통령직을 임한 미크로네시아인 정치인은 '혼혈'이
었다. 이들은 '일본계' 정치가로 간주되어 일본과 미크로네시아의 가교
와 같은 존재로 주목을 받았다. 그러나 외교 전략의 일환으로서 일본 출
신이 활용된 점은 있지만, 그들을 일본의 의식을 강하게 가진 '일본계'라
고 부르는 것은 그다지 적절하지 않다.[40] 일본계 담론도 제국에 대한 향
수와 하나가 된, 전후 친일 담론의 한 형태이다.

4. 결론을 대신하여 포스트제국의 심상지리와 '혼혈'

아시아・태평양전쟁 후의 일본 사회는 제국일본의 기억을 망각하고
구 외지를 잘라버림과 동시에, 미국 통치하에 놓인 오키나와나 본토에
포함된 다양한 출신의 사람들의 존재를 못 본 체함으로써 단일 민족으로
서의 일본인을 재상상하려 했다.[41] 1951년 샌프란시스코강화조약 체결
로 전후 일본이 국제사회로 복귀할 즈음, 조선과 대만 사람들은 일본 본
토 거주자도 포함하여 일률적으로 분리되어 '외국인'이 되었다. 이러한
구 식민지 사람들의 '외국인화外國人化'[42]와 마찬가지로 구 외지의 '혼혈'은

---

40 三田貴, 「「日系」パラオ人リーダーたちの戦後ーパラオ人として新しい国をつくる」, 石森大知・丹羽
典生, 『太平洋諸島の歴史を知るための60章ー日本とのかかわり』, 明石書店, 2019.
41 小熊英二, 『単一民族神話の起源ー「日本人」の自画像の系譜』, 新曜社, 1997를 참조.
42 遠藤正敬, op.cit., p.247.

174   제2부_ 대동아공영권에서 '포스트제국의 동아시아'로

내지의 호적등록 유무에 따라 일본인과 비일본인으로 나뉘었다.

호적에 의한 구분은 일견 명확하고, 외지를 잘라낸 포스트제국시대의 심상지리를 지지하는 근거였지만 실제로는 모순으로 가득 차 있었다. 재일한국·조선인처럼 일본 본토에 외국인으로 남아 있는 구 외지 사람들이 선거권을 갖지 못하는 등 다양한 권리의 불평등을 겪은 것에서 알 수 있듯이 내지호적에 근거한 일본인의 재정의는 제국일본의 형성 과정에서 발생한 인구 이동과 그 소산인 다양한 태생을 가진 사람들에 대한 배려가 매우 부족했다.[43] 일본인과 구 외지 사람들 사이에서 태어난 '혼혈'이 놓인 현실도 호적의 원칙에 따라 일률 처리할 수 있는 것이 아니었다. 이 글에서 검토한 것처럼 호적에 등록되어 있어도 외지에 잔류한 사람도 있고, 가족 구성원 사이에서 잔류와 귀환으로 갈라진 사람도 있었다. 호적에 등록되어 있지 않아도 팔라우·사쿠라회의 회원과 같이 아버지의 본토 귀환과 동시에 소외감을 느껴 생별한 아버지나 그 친족과의 관계 구축을 희구하는 사람도 있었다.

제국일본 붕괴 후의 혼란은 구 외지 출신자와 '혼혈'과 같은 마이너리티뿐만 아니라 일본인에게도 그 모순을 돌렸다. 입양 등을 통해 외지 호적에 편입되어 있던 사람들, 외지인과의 혼인을 통해 내지 호적에서 이탈하고 있던 사람들 등, 일본인 중에서도 개인의 귀속 의식에 관계없이 '외국인화'되어 다양한 권리를 상실한 '생래 일본인生来日本人'[44]이 있었다. 또한 귀환사업의 어려움 속에서 어쩔 수 없이 현지 잔류한 일본인은 사

---

43 下地ローレンス吉孝, op.cit., p.67.
44 遠藤正敬, op.cit., p.244.

망자 취급받으며 호적을 상실했다. 중국 잔류 일본인은 1980년대 이후의 육친 찾기와 집단 일시 귀국 속에서 취적'무호적이나 본적 불명의 사람에 대해서 호적을 창설하는' 절차[45]으로 국적을 회복했다. 필리핀에 건너간 남성 일본인 이주자와 현지인 여성 사이에서 태어난 '혼혈'도 취적을 통한 국적 회복을 요구하고 있다.[46]

국가 주도의 공정한 포스트제국의 심상지리가 외지를 잘라버리고 내지에서 닫힌 단일 민족으로서의 일본인을 재구축하려고 했을 때, 그 모순을 피부로 느끼고 있던 사람들이 그린 토착적 포스트제국의 심상지리는 제국일본의 붕괴와 함께 그려진 경계를 쉽게 넘어갔다. 경계를 넘어서지 않으면 체제 전환기의 모순을 짊어지고 사는 사람들에게 적절한 인식 틀을 제공할 수 없었을 것이다. 포스트제국시대의 국경선 재정립이나 호적에 근거하는 일본인의 재정의로는 해결할 수 없는 모순을 가장 무겁게 짊어지고 살았던 건, 외국인화와 함께 권리를 상실한 내지 잔류의 외지인을 비롯해 내지인과 외지인 사이에 태어난 '혼혈'이나 귀환사업에서 남겨진 잔류 일본인과 같은 사람들이었다. 이들은 제국 붕괴 이후 그어진 경계나 호적에 기초한 구분을 넘어 양의적인 자기의 위치성을 인식하거나 갈라진 가족이나 친족을 재상상할 필요가 있었다.

마지막으로 제국일본 붕괴 후에 그어진 경계를 횡단하는 토착적 포스트제국의 심상지리는 대만, 한반도, 사할린, 남양군도, 만주, 그리고 점령지로 확대해 온 제국일본의 심상지리의 재생산이 아님을 확인해두고

---

45   Ibid., p.39.
46   Ibid., p.260.

싶다. 종전 직전 소련의 침공, 중국 대륙에서의 국공 내전, 한반도의 분단, 미국의 미크로네시아 진출, 냉전 구조화의 미소 대립 등을 배경으로 사람들이 전후 체제 전환에 적응하는 가운데 그려진 포스트제국의 심상지리이다. 재일한국·조선인에 한해서도 그 귀환은 제국붕괴 후의 새로운 국제질서 속에서 진행된 것이었다.[47] 내지나 구 남양군도 등 전후 미국의 영향하에 있던 지역에서는 이주자나 전시 체제하에서 동원된 사람들이 귀환할 수 있었지만 남사할린 등 소련의 영토가 된 지역에서는 내지로의 귀환이나 남한으로의 귀국길이 닫혔다.[48] 1959년부터 1967년에 걸쳐 실시된 일본에서 북한으로의 귀국사업에 의해 약 9만 3천 명이 귀국 혹은 이주했다. 일본의 단체나 국제기구에 의해 장려되었기 때문에 민족주의적인 동향과도 관계가 깊었지만,[49] 귀국 내지 이주한 사람들은 차별이나 생활고에 직면해 내지의 가족이나 친족과 연락이 끊기는 경우도 있었다. 그들 앞에 있던 장벽은 제국일본의 유제뿐만 아니라 냉전 구조의 산물이기도 했다.

구 남양군도에서 태어난 '혼혈'은 일본 출신을 인식하면서도 현지 사회에서 일본 출신을 목소리 높여 주장한 일은 그다지 없었고[50] 일본에서 사람들이 방문했을 즈음하여 일본 출신임을 현재화된 것에 그쳤다.[51] 이들은 친일 담론에 등장하는 전형적인 제국 노스탤지어의 포로가 아니라,

---

47 モーリス゠スズキ, op.cit.

48 外村大, op.cit., p.19.

49 松浦正伸, 『北朝鮮帰国事業の政治学 —在日朝鮮人大量帰国の要因を探る』, 明石書店, 2022.

50 三田貴, op.cit..

51 飯髙伸五, op.cit., 2016a; 飯髙伸五, op.cit., 2016b.

제국의 틈새에 살았던 '혼혈' | 이타카 신고　177

포스트제국시대의 사회변동을 가장 민감하게 느끼면서 살아온 사람들이다. 이 글에서 검토한 B씨는 미국 통치하에서 받은 교육을 통해 교원으로 일한 후, 전통적 수장으로서 지역사회에서 존경을 받으면서도 동시에 귀환으로 갈라진 일본 쪽의 친족과의 관계도 유지해왔다. 또 전후 대통령까지 올라간 구 남양군도의 '혼혈' 정치인들에게 하와이주를 포함한 미국과 괌 등 미국 해외 영토에서 경력을 쌓는 것은 필수적이었다. 동시에 팔라우 전 대통령 구니오 나카무라가 아버지의 출신지인 미에현과의 교류사업을 추진한 것처럼 자신의 출신을 사회자본으로 활용하면서 일본과의 관계 구축에도 여념이 없었다. 이들은 아시아·태평양전쟁 이전의 제국일본의 유제와 전후의 세계 제국 미국과의 틈에서 자신의 소재를 어떻게든 확보하려고 해 온 것이다.

이 글은 일본어로 작성되었으며 남유민(南有珉 / NAM Yoo-min, 고려대학교 교양교육원강사, 일본근현대문학 전공)이 번역했다.

감사의 말
이 글은 한림대학교 일본학연구소 주최의 국제 심포지엄 '포스트제국의 심상 공간으로서의 동아시아'(2022.7.15, 온라인)에서의 발표를 기반으로 하고 있습니다. 이 심포지엄에서의 발표와 토론을 통해 다양한 교시를 받았습니다. 마음 깊이 감사합니다. 또 팔라우에서의 현지조사는, JSPS科研費 08J02475, 22251012의 조성을 받아 실시했습니다.

참고문헌

青柳真智子,『モデクゲイ―ミクロネシア・パラオの新宗教』,東京:新泉社,1985.

浅井春夫・川満彰 編,『戦争孤児たちの戦後史1 総論編』,東京:吉川弘文館,2020.

蘭信三,「序論―いま,帝国崩壊とひとの再移動を問う」,蘭信三 編,『帝国崩壊とひとの再移動―引揚げ,送還,そして残留』,東京:勉誠出版,2011.

上田誠二,『「混血児」の戦後史』,東京:青弓社,2018.

飯高伸五,「パラオ・サクラカイ―「ニッケイ」と親日言説に関する考察」,三尾裕子・遠藤央・植野弘子 編,『帝国日本の記憶―台湾・旧南洋群島における外来政権の重層化と脱植民地化』,東京:慶應義塾大学出版会,2016a.

_____,「帝国後の「混血」のゆくえ―日本出自のパラオ人の越境経験」,『文化人類学研究』17, 2016b.

_____,「帝国の記憶を通した共生―ミクロネシアにおける沖縄人の慰霊活動から」,風間計博 編,『交錯と共生の人類学―オセアニアにおけるマイノリティと主流社会』,京都:ナカニシヤ出版,2017.

今泉裕美子,「南洋群島委任統治政策の形成」,大江志乃夫 ほか 編,『岩波講座近代日本と植民地4 統合と支配の論理』,東京:岩波書店,1993.

_____,「南洋群島引揚げ者の団体形成とその活動―日本の敗戦直後を中心として」,『史料編集室紀要』30, 2015.

遠藤正敬,『戸籍と国籍の近現代史―民族・血族・日本人』,東京:明石書店,2013.

小熊英二,『単一民族神話の起源―「日本人」の自画像の系譜』,東京:新曜社,1997.

加藤聖文,『「大日本帝国」崩壊―東アジアの1945年』,東京:中央公論新社,2009.

_____,「大日本帝国の崩壊と残留日本人引揚問題―国際関係のなかの海外引揚」,増田弘 編,『大日本帝国の崩壊と引揚・復員』,東京:慶應義塾大学出版会,2012.

コロール公学校,『本校概況書』,コロール公学校,1933.

坂野徹,『帝国日本と人類学者―1884~1952年』,東京:勁草書房,2005.

下地ローレンス吉孝,『「混血」と「日本人」―ハーフ・ダブル・ミックスの社会史』,東京:青土社,2018.

須藤健一,「ミクロネシア史」,山本真鳥編『オセアニア史』,東京:山川出版社,2000.

セイソン,マルウL.,『草の根から クニヲ・ナカムラ―31年間の公人としての人生を振り返って』,グアム新聞社・樋口和佳子 訳,パラオ共和国,2001.

外村大,「日本帝国と朝鮮人の移動」,蘭信三 編,『帝国崩壊とひとの再移動―引揚げ,送還,そして残留』,東京:勉誠出版,2011.

テッサ・モーリス=スズキ,田代泰子 訳,『北朝鮮へのエクソダス―「帰国事業」の影をたど

　　　る』, 東京：朝日新聞社, 2007.
南洋庁,『昭和五年南洋群島島勢調査書 第一巻 総括編』, 南洋庁, 1932.
　　　,『第五回南洋庁統計年鑑』, 南洋庁, 1937.
南洋庁長官官房,『南洋庁施政十年史』, 南洋庁, 1932.
日帝強占領下強制動員被害真相糾明委員会 編,『南洋群島への朝鮮人労務者強制動員実
　　　態調査(1939~1941)』, 日帝強制動員被害者支援財団・日本語翻訳協力委員会 訳,
　　　日帝強制動員被害者支援財団, 2020.
日本サクラ会,『サクラに結ばれて－パラオ諸島慰霊団の記録』, 日本サクラ会, 1968.
野口正章,『今日の南洋』, 東京：坂上書院, 1941.
能仲文夫,『南洋紀行－赤道を背にして』, 東京：南洋群島協会, 1990(1934).
本庄豊,「引揚孤児－博多・舞鶴」, 平井美津子・本庄豊 編,『戦争孤児たちの戦後史 2 西日本
　　　編』, 東京：吉川弘文館, 2020.
松浦正伸,『北朝鮮帰国事業の政治学－在日朝鮮人大量帰国の要因を探る』, 東京：明石書
　　　店, 2022.
三田貴,「「日系」パラオ人リーダーたちの戦後－パラオ人として新しい国をつくる」, 石森
　　　大知・丹羽典生,『太平洋諸島の歴史を知るための60章－日本とのかかわり』, 東
　　　京：明石書店, 2019.
森亜紀子,『複数の旋律を聞く－沖縄・南洋群島に生きたひとびとの声と生』, 京都：新月舎,
　　　2016.
　　　,『はじまりの光景－日本統治下南洋群島に暮らした沖縄移民の語りから』, 京
　　　都：新月舎, 2017.
Endo, Hisashi, "The Beginning of the 'Postwar Period' : Japan and the United States of America
　　　as Un－decolonized Alien Powers to Micronesia (former Nan'yo Gunto)", *Reports from the
　　　Faculty of Social Relations* 15 : 1－9, 2013.
Iitaka, Shingo, Palau Sakura Kai, In Y. Mio (ed.). *Memories of the Japanese Empire : Comparison
　　　of the Colonial and Decolonisation Experiences in Taiwan and Nan'yō Guntō*, New
　　　York and London : Routledge, 2021.
Mita, Maki, "Palauan Children under Japanese Rule : Their Oral Histories", *Senri Ethnological
　　　Reports* No.87, Osaka : National Museum of Ethnology, 2009.
Pratt, Marry, *Imperial Eyes : Travel Writing and Transculturation*, New York and Lon-
　　　don : Routledge, 2007.
Richard, Dorothy, "*United States Naval Administration of the Trust Territory of the Pacific
　　　Islands*", The Postwar Military Government Era 1945~ 1947 Volume II, Washington,
　　　D.C. : Office of the Chief of Naval Operations, 1957.

전후 일본의 '민주보육연맹'의 성립과 활동

김경옥

1. 들어가기

1945년 8월 15일 정오, 천황 히로히토는 라디오를 통해 일본의 무조건 항복을 알리는 '대동아전쟁 종결 조서'를 발표했다.[1] 일본국민은 종전 조서를 발표하는 천황의 〈옥음방송玉音放送〉을 듣고 비로소 일본이 패전한 것을 알게 되었다. 연합군 최고사령부 사령관으로 지명된 맥아더는 비군사화와 민주화를 중심으로 경제와 노동, 교육, 여성해방 등 다방면에 걸쳐서 일본의 개혁을 추진했다. 연합군의 일본 점령은 1952년 4월 샌프란시스코강화조약이 발효됨으로써 끝을 맺었다.

이 글은 패전 직후의 혼돈과 폐허 속에서 전후 일본 최초의 보육운동을 진행한 민주보육연맹民主保育連盟, 이하 민보의 성립과 활동을 중심으로 살펴보고자 한다. 민보는 전전의 무산자탁아소이하 무탁[2] 발기인 중 한 사람인

---

[1] 천황이 발표한 '대동아전쟁 종결 조서'는 '종전 조서'로 불리며, 이것을 일본에서는 〈옥음방송〉이라고 한다. 1945년 8월 15일 발표된 이 방송은 전날인 8월 14일 천황이 직접 녹음한 것을 15일 정오에 방송한 것이다.

우라베 히로시浦辺史가 당시 부인민주클럽婦人民主クラブ[3]을 이끌던 하니 세쓰코羽仁説子[4]에게 제언함으로써 1946년 10월 설립되었다. 민보는 그 이름에서도 알 수 있듯이 민주적인 보육을 중심으로 한 '새로운 보육소 만들기'를 주 사업으로 활동했다.

일본의 민보 연구는 1936년 심리학자 기도 만타로城戶幡太郎가 설립한 보육문제연구회[5]와 전후 설립된 민보와의 인적 네트워크의 연속성과 정

---

2   무산자탁아소 관련 연구는 일본에서는 勅使千鶴, 「無産者託児所運動について」, 『教育運動史研究』 13, 教育運動史研究会, 1971.10; 村岡悦子, 「昭和初期の無産者託児所運動 - 福祉運動と労働運動との最初の結合」, 『三田学会雑誌』 77巻3号, 1984.8; 浦辺史, 「無産者託児所50周年にあたって」, 『保育情報』 No.55, 保育研究所, 1981.11. 논문, 한국에서는 김경옥, 「근대일본의 노동자와 농민의 공동재산으로서의 무산자탁아소」, 『일본역사연구』 54, 2021.4를 참조할 수 있다.

3   1946년, 전후 처음으로 부선(婦選)이 행해졌다. 신헌법 제정을 앞두고 민주전선의 결성이 클로즈업되었다. 일본 여성 측에서도 진보적 진영을 준비하고 부인전선의 통일운동을 구체적으로 진행했다. 1946년 3월 16일 하니 세쓰코, 宮本百合子, 佐多稲子, 松岡洋子, 加藤シヅェ 등 23명이 중심이 되어 민주적인 일본 여성들의 활동 기초를 마련하기 위해 '부인민주클럽'을 결성했다. 초대위원장은 松岡洋子, 서기장은 櫛田ふき가 역임했다. 日本民主主義文化連盟 編, 『文化年鑑1949年』, 資料社, 1949, p.175.

4   하니 세쓰코는 하니 모토코(羽仁もと子, 1873~1957)의 장녀이며 여성교육운동가로서, 잡지 『부인지우(婦人之友)』 기자, 농촌세틀먼트 탁아소, 유아생활단전람회(1938), 유아생활단을 개시하고, 유아를 중심으로 한 생활교육에 전념했다. 전후 '日本子どもを守る会'를 1952년 결성하고 부회장 겸 사무국장, '전국유년교육연구협의회' 회장(1963년)을 역임했다. 저서 『羽仁説子の本』, 『私の受けた家庭教育』, 『幼年教育五十年』, 『妻のこころ』 등이 있다.

5   보육문제연구회는 1936년 심리학자 기도 만타로의 주창으로 유치원과 탁아소의 보모와 심리학, 교육학 연구자들과 공동연구회로서 설립되었다. 전시기 일본 정부의 통제로 1943년 기도 만타로가 치안유지법 위반으로 체포되면서 활동이 정지될 때까지 보육문제연구회는 활동을 계속했으며, 『保育問題研究』, 『児童問題研究』 등의 잡지를 발행했다. 전후 1953년 보육문제연구회는 다시 설립되었다. 이를 구분하기 위해 '전전 보문연', '전후 보문연'이라 칭한다.

신 계승에 관한 고찰이 주로 이루어져 왔다.[6] 특히 최근에는 민보 활동가의 증언을 중심으로 구성한 마쓰모토 소노코松本園子의 연구가 두드러진다. 마쓰모토는 점령기의 보육운동의 의미가 전전과 전시기에 싹튼 보육운동의 사상과 인맥을 전후로 계승, 발전시키는 것에 있음을 밝히고 있다.[7] 그런데 우라베가 패전 직후, 보육의 필요성을 가장 먼저 제언한 세쓰코는 민보 연구와 관련하여 그다지 주목받지 못했다. 세쓰코는 민보 성립에 중추적 역할을 한 무탁 발기인 중 한 명으로 여성교육자이다.

이 글은 세쓰코와 민보에 관해 주목함으로써 근로가정과 유직有職의 기혼여성, 보육과의 관계 속에서 민보 성립의 의미를 살펴보고자 한다. 이를 통해 민보 관련 연구에서 전전 보문연과의 지나친 연속성만을 강조함으로써 놓치는 경향이 있었던 세쓰코와 부인민주클럽에 주목하고, 민보의 성립이 전후 최초의 보육운동뿐만 아니라 자녀가 있는 근로가정과 근로여성에 대한 '여성의 권리' 획득이라는 측면에서의 운동이었음을 밝히고자 한다.

이 글에서의 보육운동이란, 일본 정부나 지방의 공공단체, 혹은 지역 유지나 독지가가 제공하는 종래의 구제와 자선을 중심으로 한 사회사업의 성격이 강했던 보육에 대해, 보육을 받는 당사자인 국민이 보육에 관한 요구사항의 실현을 위해 진행하는 운동을 가리킨다. 보육시설 설치와 개선 요구, 민간보육시설에 대한 보조금 급부 요구, 보육정책 전환을 위

---

6   우라베 히로시는 전전 무탁과 전전 보문연, 전후 보문연 모두 관여한 사람으로서 민
     보의 결성과 추진, 소멸까지의 상황을 기록하고 있다. 浦辺史, 『日本保育運動小史』, 風媒社,
     1969; 宍戸健夫, 「戦後保育運動史 I」, 『愛知県立大学文学部論集』 21, 1970.
7   松本園子, 『証言·戦後改革期の保育運動·民主保育連盟の時代』, 新読書社, 2013.

한 진정과 청원, 서명운동 등의 정치적인 운동에 이르기까지 국민이 주체가 되어서 보육 요구를 실현하기 위한 사회운동을 그 예로 들 수 있다.[8]

패전 직후, 국민이 주체가 된 보육운동이 가능했던 것은 1947년 5월 3일 시행된 일본국헌법에서 '주권재민'을 명기하고 있기 때문이다. 또한, 일본국헌법 21조는 집회, 결사 및 언론, 출판 등 표현의 자유를 보장하고,[9] 헌법 25조는 최저한도의 생활을 영위할 수 있는 국민의 생존권을,[10] 헌법 26조는 국민의 교육권[11]을 '권리'로서 규정하고 있다. 무엇보다도 1947년 12월 제정된 아동복지법법률 제164호은 일본 최초로 아동의 권리와 복지를 지원하기 위한 법률로 1948년 4월부터 시행되었다. 국민과 아동에 대한 이러한 법적 보장이 전후 민주적 보육운동을 가능하게 한 기본적 토대가 된 것은 충분히 미루어 짐작할 수 있다.

---

8   浦辺史, 『日本保育運動小史』, 風媒社, 1969, p.261.
9   헌법 21조 集会, 結社及び言論, 出版その他一切の表現の自由は, これを保障する.
     http://www.japaneselawtranslation.go.jp/law/detail_main?id=174(검색일 2021.10.21).
10   헌법 25조 すべて国民は, 健康で文化的な最低限度の生活を営む権利を有する.
     http://www.japaneselawtranslation.go.jp/law/detail_main?id=174(검색일 2021.10.21).
11   헌법 26조 すべて国民は, 法律の定めるところにより, その能力に応じて, ひとしく教育を受ける権利を有する.
     http://www.japaneselawtranslation.go.jp/law/detail_main?id=174(검색일 2021.10.21).

2. 하니 세쓰코의 관심 여성과 영유아문제

세쓰코는 하니 모토코羽仁もと子, 1873~1957와 하니 요시카즈羽仁吉一, 1880~1955
의 장녀로 태어났다. 세쓰코는 어머니 모토코가 설립한 자유학원自由学園
고등과를 졸업하고 하니 부부가 운영하는 잡지사 『부인지우婦人之友』에 입
사하여 편집을 담당하며 학교와 잡지사 사업에 적극적으로 참여했다. 이
후 1926년 하니 고로羽仁五郎[12]와 결혼하여 4명의 자녀를 출산하면서 영유
아문제에 흥미를 갖게 된다. 그중 장녀를 급성장염으로 잃게 된 세쓰코의
경험은 자신이 3세였던 무렵에 2세였던 여동생을 폐렴으로 잃은 경험과
함께 그 후 그녀의 관심을 영유아문제에 집중하게 했다.[13] 이러한 그녀의
관심은 영유아의 건강, 교육 등 다양한 영유아의 성장과 관련해 그녀가 쓴
『부인지우』의 여러 기사에서도 확인할 수 있다.[14] 세쓰코는 자신의 지극히
사적인 영유아문제에서 출발했지만, '유아생활전람회'와 '유아생활단' 설
립 등의 실천적 활동을 통해 영유아문제의 중요성을 환기하고 발신했다.[15]

---

12 하니 고로(1901~1983)는 1926년 하니 세쓰코와 결혼, 1927년 도쿄제국대학을 졸업
    후, 동 대학의 사료편찬소에서 촉탁 근무, 일본의 마르크스주의 역사학자로 역사철학
    과 현대사를 연구하고, 1933년 9~12월 치안유지법 위반으로 검거, 1945년 3월 북경
    에서 치안유지법 위반으로 헌병에게 체포되어 도쿄로 넘겨져 1945년 10월 치안유지
    법이 폐지됨으로써 석방되었다. 전후 참의원의원, 일본학술회의의원을 역임했다.

13 羽仁説子, 『妻の心』, 岩波新書, 1979, p.123.

14 羽仁説子, 「幼児生活展覧会の計画」, 『婦人之友』, 1937.11; 「幼児生活団始まる」, 『婦人之
    友』, 1939.2; 「幼児生活団を語る」, 『婦人之友』, 1939.4; 「四つの託児所の経験」, 『婦人之
    友』, 1942.10; 「東北の子供たちを訪ねて」, 『婦人之友』, 1941.7; 「農繁期託児所」, 『婦人之友』,
    1942.9; 「四つの託児所の経験」, 『婦人之友』, 1942.10.

15 菅原然子, 「幼児生活団の設立経緯－羽仁もと子・説子の幼児と母への働きかけ」, 『生活大学研究』 1,
    2015, pp.56~57.

한편, 세쓰코는 영유아문제뿐만 아니라, 여성문제에도 깊은 관심이 있었다. 근로가정, 특히 생계를 위해 일을 하면서 자녀를 돌봐야 하는 근로여성과 모자가정을 위해 전전에는 노동자를 위한, 노동자가 운영하는 무탁의 발기인으로서 활동하며 탁아소 설치의 필요성을 주장했다. 그녀는 1930년대 초, 무탁의 전신이라 할 수 있는 근대적인 보육소를 만들고자 했던 공산당의 의견에 찬성하여 스스로 보증인이 되어 집주인과 만나 집을 빌릴 수 있도록 도움을 주기도 했다. 전전의 공산당이 비합법이었다는 점을 생각한다면 그녀의 행동이 신념에 찬 용기 없이는 불가능한 행동이었음을 짐작할 수 있을 것이다.[16]

전후, 여성문제와 관련하여 세쓰코의 본격적인 활동이 시작된 곳은 부인민주클럽이다. 부인민주클럽은 세쓰코를 비롯하여 가토 시즈에加藤シヅエ, 미야모토 유리코宮本百合子, 사타 이네코佐多稲子, 마쓰오카 요코松岡洋子 등 23명이 발기인이 되어 1946년 3월 도쿄도 시부야구 센다가야東京都渋谷区千駄ヶ谷에 본부를 두고 설립한 단체이다. 강령으로 "① 봉건적인 사상, 제도, 관습과 싸우고, ② 직역職域, 지역, 가정의 민주화를 위해 협력하고, ③ 부인의 전 능력을 발휘해서 일본의 민주화를 위해 나아간다"고 내걸고, 1948년 11월부터 ③에 '세계평화확립을 위한 노력'을 더했다.[17]

세쓰코는 부인민주클럽 활동을 통해 봉건적인 사상과 제도, 관습을 타파함으로써 여성의 능력을 발휘하여 일본 전체의 민주화를 지향하고자 했다. 그녀가 싸우고자 한 봉건적인 사상과 제도, 관습이란 무엇일까.

---

16   전전의 공산당은 비합법으로 규정되어 공산당에서 추진하는 일은 비합법적인 일로 치부되어 탄압받았다. 羽仁説子, 『幼児教育50年』, 草土文化, 1975, pp.112~113.

그녀는 1946년 1월 창간된 『세계』의 「여성과 자유」라는 기사에서 봉건적인 사상과 제도, 관습이 바로 '메이지민법'이었음을 밝히고 있다. 세쓰코는 "자유로운 국민의 자격으로서 부인참정권을 가진 우리는 이번에야말로 우리 자신의 손으로 부인의 지위 향상을 위해 노력해야만 한다"고 말하며 "부인에 관한 민법 조문 개정"을 주장했다.[18]

1898년 제정된 일본의 메이지민법明治民法은 남성의 우위를 인정하고 있었다. 메이지민법은 호적법을 통해 호주에게 가족의 생활을 보장하고 가산을 지킬 의무와 한 집안의 가장으로서 가질 수 있는 권리를 부여했다. 그러나 메이지민법에서 규정된 처는 가장이 가진 권리에 비해 사실상 '무능력자'로 취급되었다. 처의 독립된 인격권과 재산권을 인정하지 않았고, 시집올 때 친정에서 가져온 재산도 남편에게 귀속되었고 자식에 대한 친권도 무시되었다. 무엇보다 처의 간통만 이혼의 원인이 되었고, 협의이혼이라는 형태로 남편이 일방적으로 처를 쫓아내는 것도 가능했다. 또한, 남편은 처 이외의 여성에게서 낳은 아이를 입적시키는 것도 가능했다. 하지만 처는 남편의 유죄간통죄가 성립된 경우에만 이혼을 요구할 수 있었다.[19] 하니 세쓰코는 이러한 메이지민법하에 놓인 가정에서 여성은 '예속'된 존재이고 '도덕'의 이름으로 강제되며, 이 예속 상태에서의

---

17 부인민주클럽은 다음의 인터넷 자료를 참고했다. 日本大百科全書(ニッポニカ), 「婦人民主クラブ」の解説.
    https://kotobank.jp/word/%E5%A9%A6%E4%BA%BA%E6%B0%91%E4%B8%BB-B%E3%82%AF%E3%83%A9%E3%83%96-1586193
18 羽仁説子, 「女性と自由」, 『世界』 1, 岩波書店, 1946.1, p.131.
19 伊藤隆·百瀨孝, 『昭和戦前期の日本−制度と実体』, 吉川弘文館, 1990, pp.72~75.

'해방'이야 말로 진정한 여성의 '자유'임을 외치고 있다.[20]

부인민주클럽은 창립 직후, 패전의 혼란에 대응하기 위해 정상적인 배급과 내직內職 알선, 수태受胎 조절 등 여성이 중심이 되어 여성을 중심으로 한 생활조절운동과 문화운동을 벌였다. 직장을 잃어 생계가 막막한 가정과 여성을 위해 앞장서고 있음을 알 수 있다. 1946년 8월에는 주간지 『부인민주신문』을 발행하고 이를 매개로 해서 도시의 직장인 여성뿐만 아니라, 가정주부도 결집하고자 했다. 그러나 1950년, 공산당의 내부 대립으로 부인민주클럽에 대한 간섭이 심화되면서 이로 인해 회원과 독자가 격감했다.[21] 이는 후에 민보의 해산으로도 연결되었다.

3. 민주보육연맹의 성립

전시기[1937~1945] 일본 정부는 출생률 저하를 해결하기 위해 국민우생법[1940], 인구정책확립요강[1941] 등을 통해 인구의 질적 개선과 양적 증가를 도모했다. 이 시기 일본 정부는 전선의 남성 대신 여성의 노동력을 동원하기 위해 노동정책을 실시하고 동시에 전시탁아소를 비롯해 농번기탁아소 등 약 5만여 곳의 탁아소를 설치하여 영유아의 사망률 감소 및 기혼 여성의 노동력 동원을 꾀했다. 전시기 영유아와 아동은 '대동아공영권'

---

20 羽仁説子, op.cit., 1946.1, p.131.
21 日本大百科全書(ニッポニカ)「婦人民主クラブ」の解説.
   https://kotobank.jp/word/%E5%A9%A6%E4%BA%BA%E6%B0%91%E4%B8%BB-B%E3%82%AF%E3%83%A9%E3%83%96-1586193

을 짊어질 차세대 국민으로 나라의 '보배'로 인식되었다. 그러나 패전 후, 나라의 '보배'였던 아이들은 불에 타고 무너져 내린 건물들 사이에서 찢어진 옷과 벌거벗은 채로 보호자를 잃거나 돌보는 이 없이 방치되었다. 이 절에서는 패전 직후의 상황과 연계하여 세쓰코와 민보의 성립 경위를 살펴보자.

1) 하니 세쓰코와 민주보육연맹의 성립 경위

후생성 통계에 따르면 패전 직후, "전쟁으로 남편을 잃은 모자가 약 200만, 그중 요要보호가족은 30만을 넘는다. 고아는 12~13만 명을 넘고 그중에서도 90%가 8~20세의 청소년으로 부랑하는 청소년이 약 2만" 명이었다.[22] 패전 직후의 빈곤과 혼란으로 청소년 범죄의 70%가 생활의 궁핍으로 인한 절도였고 그 비율이 패전 당시에는 약 10만 건에 머물렀으나 이듬해 1946년에는 5배로 증가했다.[23] 이러한 혼란의 시기였음에도 불구하고 일본에서 생활보호법은 1946년 10월, 아동복지법은 1947년 12월 제정되었다. 그 사이 요보호가족이나 아동과 청소년은 어떠한 조치도 없이 방임되었다.

이처럼 생활보호법이나 아동복지법이 제정되기 이전의, 패전 직후의 혼란 속에서 부모의 돌봄이 필요한 데도 돌봄을 받을 수 없어 거리를 배회하며 굶주림 속에 방치된 아이들을 위해 움직인 것은 민간 차원이었다. 1946년 3월 8일 열린 아동문제간담회에서 전전의 무탁과 전전 보문

---

22 1948년 후생성 통계. 日本民主主義文化連盟 編, 『文化年鑑1949年』, 資料社, 1949, p.169.
23 Ibid..

연의 회원이었던 우라베는 보문연의 재건을 주창하고 3월 20일 일본보육연구회[24]에서 보문연의 재건을 제언하지만, 결과는 실패로 끝난다. 4월 10일 이 문제를 다시 논의하기 위해 '보육문제간담회'를 개최했을 때, 당시 참가자 중에 보육문제에 관심이 있던 부인민주클럽 회원들이 "부인민주클럽의 멤버 중에는 상당수의 보모[25]가 있으므로 그들을 중심으로 새로운 단체를 만드는 것은 어떨지"하고 제언하기에 이른다. 이에 우라베는 당시 부인민주클럽을 이끌고 있던 세쓰코에게 편지를 보내 경과를 설명하고 이후 5월 17일 세쓰코로부터 승낙의 답장을 받게 된다. 교육평론가로서 전후 일본의 여성과 영유아 아동을 위해 앞장선 세쓰코에게 있어서 민보의 성립은 이후 사회운동의 시발점이 되었다.[26]

세쓰코는 근로가정, 특히 모자가정을 위한 보육시설 설치를 목적으로 우라베를 비롯해 보육에 관심이 있는 보육문제연구자와 보모, 부인

---

24 일본보육연구회의 전신은 전전의 보육문제연구회이다. 보육문제연구회는 1937년 기도 만타로(城戸幡太郎)를 회장으로 설립된 단체로, 전쟁 말기에는 익찬단체였던 애육회의 하부조직으로 일본보육연구회로 개조되었다. 일본보육연구회는 애육연구소와 협력해서 지역적 보육연구회의 조직화 활동을 개시했다. 또 1946년 8월경부터는 전재지(戦災地) 보육활동도 진행한다. 그러나 일본보육연구회는 애육회의 하부조직이었기 때문에 대중운동적 성격을 갖기에는 한계가 있어 연구회이기는 해도 연구활동단체는 될 수 없었다. 宍戸健夫,「戦後保育運動史Ⅰ」,『愛知県立大学文学部論集』21, 1970, p.4.

25 보모는 오늘날의 보육교사와 유사하다. 전전 일본에서는 1926년 제정된 유치원령에 의거하여 유치원(문부성 관할)에서만 보모의 자격증이 요구되었다. 자선과 구제에 중점을 두고 사회사업시설로 설치된 탁아소(탁아방, 육아원, 보육소 등 다양한 호칭으로 불림, 내무성 관할)는 1947년 아동복지법이 제정되기 이전까지 법적 근거에 따른 자격증이 없었으므로 보모 단기양성과정 수료자나, 육아 경험을 가진 사람이 보모로서 많이 활동했다. 또한, 현대 일본어에서는 保母라고 표기하지만, 전전부터 사용된 용어는 保姆이므로, 이글에서는 원문을 존중하는 의미에서 보모(保姆)를 사용한다.

26 松本園子,『証言・戦後改革期の保育運動・民主保育連盟の時代』, 新読書社, 2013, pp.22~24.

민주클럽의 회원들과 함께 몇 번의 준비위원회와 간담회를 거쳐 민보를 설립했다. 그 과정은 먼저, 1946년 5월 31일 우라베와 세쓰코의 협력으로 부인민주클럽이 주최하는 '민주주의 보육단체를 만들기 위한 간담회'를 여는 것으로 시작되었다. 간담회에서 보육사업은 기존의 탁아소 운영과 같은 사회사업이 아닌, 교육사업으로 근로자에 의한 민주적이고 합리적인 경영의 필요성이 제기되었다. 그러나 패전 직후 일본의 보육단체는 전전에 익찬단체였던 애육회와 일본보육연구회가 있었지만, 두 곳 모두 유아교육자로서의 보모교육과 유아교육으로 한정되어 있었다. 좀 더 다양한 영역의 연구와 실천 중심의 폭넓은 활동을 진행하기에는 무리가 있었다. 결국, 보육관계자가 새로운 민주단체를 결성하여 보육운동을 추진하는 것 외에는 달리 방도가 없다는 것에 의견의 일치를 보았다.[27]

그 후 6월 13일 제1회 준비위원회를 개최하여 모임의 목적과 사업, 조직, 명칭 등을 협의하고 민보의 임시사무소를 도쿄 시부야에 위치한 부인민주클럽 내에 두기로 했다. 7월 12일 제2회 준비위원회에서는 모임의 규약과 강령, 취의서 안을 작성하고 수시로 상임간사회를 열어 창립총회 개최를 준비하며 민보 독립사무소를 도쿄 시바구芝区 다마치田町 일본정공日本精工 관내에 두기로 결정했다.[28] 다음은 민보의 회원 동향을 나타낸 것이다.

27   Ibid., pp.24~27.
28   一番ヶ瀬康子編集・解説,『日本婦人問題資料集成』6, ドメス出版, 1979, p.753.

<표 1> 민주보육연맹 회원 동향[29]

년 월	회원종별	지역별			회원 직종 등
		도쿄	지방	계	
1947년 2월 뉴스 3호	보통회원	36	12	48	
	유지회원	38	6	44	
	단체	3	3	6	
	계	77	21	98	
1947년 5월 뉴스 4호	보통회원	57	18	75	보모56, 주부24, 보육문제연구가20, 근로부인19
	유지회원	38	6	44	
	단체	3	3	6	단체6
	계	98	27	125	
1947년 7월 뉴스 5호	보통회원	74	23	97	보모64, 주부29, 보육문제연구가23
	유지회원	41	7	48	근로부인23
	단체	7	4	11	단체11
	계	122	34	156	
1947년 9월 뉴스 6호	보통회원	81	31	112	보모·보건부71, 주부32, 근로부인32
	유지회원	44	8	52	보육문제연구가29
	단체	7	4	11	단체11
	계	132	3	175	
1948년 3월 뉴스 8호	보통회원	97	35	132	보모·보건부84, 주부37, 근로부인43
	유지회원	50	20	70	보육문제연구가33, 학생5
	단체	8	5	13	단체13
	계	155	60	215	
1948년 6월 뉴스 9호	보통회원	94	49	143	보모·보건부86, 주부41, 근로부인50
	유지회원	52	18	70	보육문제연구가34, 학생2
	단체	8	5	13	단체13
	계	154	72	226	
1948년 10월 뉴스 10호	보통회원	102	29	131	보모·보건부83, 보육관계자15,
	유지회원	53	21	74	보육연구가17, 근로부인32, 부인운동가17
	단체	8	5	13	학생3, 일반4, 단체13
	계	163	55	218	
1948년 11월 뉴스 10호, 총회보고호	보통회원	160	51	211	보모·보건부86, 주부34, 근로부인34, 보육연구가38, 보육관계자15, 그 외4
	단체	11	7	18	단체(보육12, 부인3, 문화1, 생협1,
	계	171	58	229	그외1)
1949년 5월 뉴스 11호	개인	162	55	217	
	단체	12	7	19	
	계	174	62	236	

---

29   松本園子, op.cit., p.216에서 작성.

년 월	회원종별	지역별			회원 직종 등
		도쿄	지방	계	
1949년 11월 뉴스 13호	개인	183	74	257	보모·보건부99, 주부46, 근로부인42,
	단체	10	3	13	보육연구가21, 보육관계자8, 그외41
	계	193	77	270	단체(부인2, 문화2, 보육9)

비고 : 『민주보육연맹뉴스』 각호의 회원보고란에서 작성.

민보는 보모, 보건부, 교사, 영유아 연구가, 학부모, 근로여성 등 영유아와 관련이 있거나 관련된 일에 종사하는 개인이나 단체로 조직되어 있었다. 회원은 보통회원과 유지회원으로 구성되었고 보통회원은 회비 월액 10엔, 유지회원은 회비 1구좌 월액 20엔으로 구분되었다.[30] 1947년 2월 보통회원 48, 유지회원 44, 단체회원 6으로 계 98이었으나, 불과 2년 후인 1949년 11월의 시점에는 개인회원[보통회원, 유지회원 포함됨] 257, 단체 13으로 계 270으로 급증했다. 이러한 증가추세는 당시 보육문제로 인해 곤란을 겪거나 보육문제에 관심을 가진 개인이나 단체가 증가하고 있음을 보여주는 방증이라 할 수 있을 것이다.

애육연구소의 일원이었던 스즈키 도쿠鈴木とく는 1946년 10월 민보의 결성이 확정되었을 때 일본보육연구회 회보 제3호[1946.10.5]에서 "영유아의 보호와 교육에 관계된 사람들의 민주적 모임을 촉진하고 과거부터 현재에 이르기까지 해결되지 못한 영유아 보호와 교육상의 각종 문제를 해결하고자 노력하는 모임이 발족한 날이다. 이 나라의 영유아를 위해 생명과 정열을 바쳐 연구하고 일하는 사람들이야말로 [자신의] 일을 핑계 삼아 참가하지 않겠는가"하고 민보 결성에 대한 감회와 함께 적극적 참가를 권유한다.[31]

---

30 一番ヶ瀬康子編集·解説, op.cit., p.752.

31 괄호 [ ]는 인용자. 宍戸健夫, 「戦後保育運動史 I」, 『愛知県立大学文学部論集』 21, 1970, p.5.

2) 민주보육연맹의 취지와 사명

민보는 1946년 10월 "영유아를 완전하게 지키고 교육하는 데 필요한 새로운 보육시설을 만들고 확산시키는 것에 힘쓰고 보육에 임하는 자의 교양을 쌓아 그 사회적 지위 확립"을 목적으로 결성되었다.[32] 창립총회에는 보모와 보건부, 보육연구가, 부인단체 임원 등 약 50명이 모여 세쓰코를 간사장으로 추대하고 우라베를 비롯하여, 시오야 아이塩谷あい, 시미즈 이와코清水岩子 등 12명의 상임간사를 선출했다. 그중 시오야는 부인민주클럽의 간사로서, 전전 보문연에서 회원으로 활동한 경험과 전후에는 민보 활동을 시작으로 전후 보육운동의 중심인물로 활동하게 된다.[33] 민보 창립 취의서는 전시 중에 '천황의 신민'으로 불렸던 아이들이 아무런 보호 없이 방치된 것에 대해 "이 아이들을 굶주림과 가난으로부터 지키고 신일본 건설자로서 바르게 교육하는 것이 우리 모두에게 주어진 큰 책임"이라고 민보 설립 이유를 설명했다.[34]

전전부터 일본의 보육시설은 유치원과 탁아소로 나누어져 있었다. 유치원은 문부성 관할의 취학 준비를 위한 교육기관이었지만, 탁아소는 탁아원, 보육소, 육아원 등 다양한 호칭으로 불리며 후생성 관할의 빈곤

32　一番ヶ瀬康子 編集・解説, op.cit., p.751.

33　상임간사는 다음과 같다. 浦辺史, 塩谷あい, 清水岩子, 庄司豊子, 世良正利, 副島ハマ, 田村久子, 山田久江, 吉田秀夫, 山本すゑ, 勝俣京子, 畑谷光代이다. 宍戸健夫, 「戦後保育運動史Ⅰ」, 『愛知県立大学文学部論集』 21, 1970, p.7. 1947년 10월 19일 제2회 총회에서는 상임간사와 지방간사를 새롭게 선출한다. 상임간사는 阿部和子, 浦辺史, 塩谷あい, 清水喜代, 庄司豊子, 志賀時子, 世良正利, 高瀬慶子, 松葉重備, 山田久江이고, 지방간사는 大矢恒子(千葉), 清水岩子(茨城), 畑谷光代(愛知), 若林節子(富山)이다. 松本園子, op.cit., p.218.

34　Ibid., pp.209~210.

아동의 구제를 위한 사회사업으로 운영되고 있었다. 그러나 패전 후의 불타고 무너져 내린 폐허 속에서 대부분의 보육시설은 공사公私를 막론하고 활동 정지의 거의 파멸 상태에 놓여 있었다. 특히 도쿄의 노동자 거리로 불리운 혼죠本所, 후카가와深川, 죠토城東 등의 공장지대는 공습으로 인해 그 피해가 더욱 컸다.

이러한 상황 속에서 노동조합, 생활협동조합, 농민조합, 민주적인 부인·문화단체에서는 '노동자의 자녀는 노동자의 손으로'를 외치며 자주적인 보육운동이 일어나 그 기운이 급속히 고조되었다.[35] 민보는 근로가정을 위한 보호와 교육 시설 설립을 목표로 이러한 자주적 보육운동의 기운 속에서 기존 보육시설의 민주화를 촉진하고 새로운 보육시설을 만들기 위해 결성되었다. 민보에서 추구하는 아이들에 대한 사회적 보호와 교육은 단순히 아이들의 성장만을 위한 것이 아니라, "모성의 사회적 활동"과 "가정의 생활문화", 심지어 "생산부흥"을 위해서도 필요한 것이었다.[36]

이러한 취지를 실현하기 위해 민보는 강령에 "영유아보육의 제문제를 사회적, 정치적으로 해결하기 위해 모든 민주적 단체와 밀접하게 제휴하여 활동"할 것을 언급하고 있다.[37] 민보가 민주적 타단체와 제휴하여 활동한 것은 민보 결성 이전부터의 일이었다. 1946년 6월 제1회 준비위원회를 개최했을 때부터 민보는 '민주보육연맹설립준비위원회'라는 이름으로 '교육민주화협의회'에 참가하고 영유아의 건강과 직결되는 '우유·

35   日本民主主義文化連盟 編, 『文化年鑑1949年』, 資料社, 1949, p.238.

36   一番ヶ瀬康子編集·解説, op.cit., p.751.

37   日本民主主義文化連盟 編, op.cit., p.238.

유제품대책위원회'와도 연대, 협력하고 있었다. 강령에서 제시한 영유아 보육에 관한 제문제를 사회적, 정치적으로 해결하는 것은 민보의 사명이 었다. 그것은 그간 보육문제로서 다루어지지 못했던 유치원도 탁아소도 갈 수 없는 영유아 아동 문제, 경영상 운영경비로 인해 애로를 겪고 있는 보육시설, 생활 보장도 안될 만큼 적은 수입을 받는 보모문제 등이었다. 민보는 이를 해결하기 위해 민주적 보육시설을 만들기 위한 다양한 연구 와 조사, 실험 등의 접근을 시도했다. 다음은 세쓰코가 「민주보육연맹의 사명」이라는 제목으로 『민주보육뉴스』 제2호[1946.12.16]에 발표한 글이다.

지금까지 유아교육은 지극히 일부 사람들만의 관심사였다. 유아교육연 구라고 해도 유치원교육을 둘러싼 일부 교육자나 심리학자의 문제로서 거론 되는 것에 지나지 않았다. 유아교육에서 떼려야 뗄 수 없는 많은 어머니에게 그 올바른 관심을 환기하는 것마저도 불가능했던 상태였기 때문에 금후 유 아교육의 중요성을 강조해도 그것은 어느 사람들의 공명을 부를 뿐, 사회문 제로서 강력한 대중의 문제로서 클로즈업될 수 없다. (…중략…) 이런 의미 에서 우리는 유아교육을 지금의 좁은 유치원 교육, 유아교육 연구자만의 문 제에서 더 넓게 교육자, 의사, 과학자, 주부, 예술가, 나아가 정당, 문화단체, 노동조합도 손을 잡고 그 원조하에 직접 유아교육의 담당자인 보모와 마음 이 맞는 주부들 스스로가 각성하고 추진해서 유아교육 문제를 폭넓게 전개 해 나가고자 한다.[38]

---

38   一番ヶ瀬康子 編集·解説, op.cit., pp.754~755.

세쓰코는 보육문제를 일부 교육자나 심리학자만의 문제로 거론하는 것이 아니라 사회문제이자, 대중의 문제로 접근하고 있다. 그녀는 사회 각 분야의 전문가와 단체의 적극적 협력과 참여 가운데 유아교육을 담당하는 보모와 주부의 각성을 촉구하고 '문화국가의 과제'를 보육에서 모색하고자 했다.[39] 이를 위해 민보는 영유아의 신속한 보호와 교육 방책의 수립, 실현을 우선 과제로 두고 근로가정, 즉 근로자가 필요로 하는 보육시설 만들기에 몰두했다. 기존의 보육시설을 민주적인 경영으로 합리화하고 근로자의 협력으로 지역과 직역에 어린이 회관, 어린이 모임, 어린이 광장, 어린이 클럽 등 새로운 보육시설을 연구, 설치하는 것을 활동과제로 설정했다.[40]

4. 민주보육연맹의 활동

1946년 일본 정부는 생활보호법에 의거하여 2,600만 엔을 지출하여 7대 부현에 요要보호시설을 설치하고 다수의 집 없는 부랑아와 고아를 수용했다. 하지만 눈에 띄는 효과도 없이 음식과 돌봄 부족으로 아이들은 시설로부터 도망쳐 거리를 헤매며 구걸과 절도로 혼자 살아가고 있었다. 이에 일본 정부는 1947년 아동국을 설치하고 아동복지법을 제정, 1948년 4월부터 시행했다. 그러나 이에 필요한 "재정지출은 거부되었기

39   Ibid..
40   松本園子, op.cit., pp.209~210.

때문에 아동복지법福祉法은 아동의 복지법福止法"이 되어 단지 법문상의 조항에 불과했다. 이러한 상황 가운데 영유아 아동보호를 외치며 보육 요구 실현을 외치는 유일한 단체는 민보뿐이었다.[41] 본 절에서는 민보 소식지인 『민주보육뉴스民主保育ニュース』를 통해 민보의 활동을 살펴보자.

민보에서 우선 과제로 실천한 것은 '새로운 보육시설 만들기' 활동이었다. '새로운 보육시설 만들기 활동'은 "① 각 지역의 시민조직, 협동조합, 부인단체, 노동조합 등을 설립하고 실제로 협력한다. ② 농산어촌의 농민위원회, 어촌위원회에서도 ①과 마찬가지로 협력자를 이끌어 설립을 촉진한다"를 기본방침으로 설정했다.[42] 그러나 폐허 속에서 새로운 시설을 만드는 것은 결코 쉬운 일이 아니었다. 민보는 주 1회의 '청공青空보육', 즉 공터에 아이들을 모아놓고 야외활동을 중심으로 한 이동보육반 활동을 시작했다. 민보의 회원인 스기모토杉本絵三子는 전재戰災로 휴지하고 있던 도쿄의 호린芳林유치원에서 민보의 적극적인 협력 아래 1947년 1월부터 주 1회 반나절 청공青空보육을 실시하고, 3개월 후인 4월부터 치요다구 경영의 공립 '호린芳林유치원'으로 재탄생시킨 것을 『민주보육뉴스』 제4호에 적고 있다.[43] 공립이라고는 해도 유치원 경영에 예산 부족을 겪고 있던 스기모토는 직접 주임보모로 활동하며 종래와는 다른 '선생님과 학부모 모임'을 통해 경영방침을 강구해 나간다.[44]

한편 민보의 협력과 직장 노동자의 요청으로 자주적인 보육시설이 설

---

41 日本民主主義文化連盟 編, op.cit., p.169.
42 宍戸健夫, 「戦後保育運動史」 I, 『愛知県立大学文学部論集』 21, 1970, p.8.
43 民主保育連盟, 『民主保育ニュース』 4, 1947.5.24.
44 Ibid..

치된 예도 찾아볼 수 있다. 그중 대표적인 것이 가와사키川崎 일본강관과 아이치愛知 도요타자동차가 사택지구에 문화후생시설로서 보육소를 설치한 것이다. '가와사키 미유키보육소'는 일본강관과 정회町會의 공동 운영으로 정회는 건물을, 일본강관은 운영비를 담당하는 형태로 1946년 12월 설치되었다. 민보는 이곳에도 회원 야마다山田久江와 미야시타宮下俊彦 등을 보내어 각각 주임보모와 경영주임으로 활동하게 함으로써 적극 보육소 설치에 협력했다. 특히 정회의 건물을 사용함으로써 가와사키 일본강관의 노동자뿐만 아니라 지역민도 보육소를 이용할 수 있도록 문호를 개방하여 140여 명의 아동이 오전과 오후로 나누어 보육소를 이용했다.[45] 이에 대한 반응은 폭발적이어서 1947년 7월에는 일본강관 후생부에서 가와사키의 다른 2곳에 위치한 기숙사와 사택지구에도 문화후생시설로서 보육소를 설치했다.[46]

또, 노동조합이 나서서 보육소를 만드는 곳도 나타났다. 그것은 도쿄 이타바시板橋에 위치한 '진주군요원 자유노동자조합탁아소'로 1947년 5월 조합부인부의 요청에 따라 설치되었다. 민보의 회원 쇼지庄司豊子는 주임보모이자 조합원으로 활동하며 '어머니 모임'과 '탁아소 위원회'를 설치해 탁아소 운영에도 참가했다.[47] '탁아소 위원회'는 조합원, 서기국, 어머니 대표, 보모로 구성되어 이 위원회에서 탁아소의 경영을 협의했다. 쇼지는 앞으로 이 위원회에 구청, 지구조직, 우호단체 등의 대표도 더하

---

45   Ibid..

46   民主保育連盟, 『民主保育ニュース』 5, 1947.7.23.

47   宍戸健夫, op.cit., p.9.

여 함께 보육소 건설을 논할 것을 기대했다.[48] 이외에도 도시바東芝 호리카와마치堀川町 공장 노동조합은 생산부흥과 연결시켜 수유소와 탁아소의 설치를 요구하고 이와 동시에 탁아소 신축을 결정했다. 일본광학 오이大井 공장 노조부인부는 몇몇 여성노동자의 출산을 앞두고 탁아소 설치를 요구했다. 민보는 노동조합 이외에도 오모리大森 부인간담회, 스미다墨田 어머니 모임, 고탄노五反野 가정회, 다이칸야마代官山 거주자조합부인부, 나가노長野 농번기탁아소 등 시민, 농민과 함께 보육시설 설치운동을 전개해 나갔다.[49]

다음은 1947년 7월 『민주보육뉴스』 제5호에 실린 「생활협동조합과 보육시설」이라는 글이다. 소비생활협동조합법 제정과 관련하여 새로운 보육시설의 설치를 기대하며 소비생활협동조합법 제정을 환영하는 민보의 모습을 엿볼 수 있다.

국회 최초의 의원 제출법안으로서 사회당에서는 도시의 소비자계급을 대상으로 한 '생활협동조합법안'을 준비 중이지만, 제5장 사업조항에는 '조합원의 생활 및 문화에 도움이 되는 설비로서 조합원의 이용에 이바지하는 사업'으로 '탁아소, 학교 등의 교육시설'을 들고 있다. 개인경영에는 한계가 있고, 관청식 공영에도 위구심이 든다. 보육시설의 민주적 경영을 의도하는 많은 사람에게는 장래에 대한 하나의 방향을 나타내는 것으로서 환영받을 수 있을 것이다. 종래의 협동조합, 소비조합에서도 보육시설의 계획은 종종

---

48   民主保育連盟, 『民主保育ニュース』 4, 1947.5.24.
49   民主保育連盟, 『民主保育ニュース』 7, 1947.12.3.

세워졌지만, 성공한 예를 들지 못했다. 금후 생활협동조합이 법적으로 보장
된다면, 사업으로서 보육시설도 크게 실현 발전할 가능성이 있고 또 있어야
만 한다.

소비생활협동조합법은 1948년 7월 제정되었다. 민보는 1947년 11
월 '보육시설만들기협의회^{이하 협의회}'를 결성하여 노동조합, 생활협동조합,
부인단체, 시민단체, 문화단체 등과 함께 보육시설 설치운동에 중핵으로
서 참가했다.[50] 민보가 다양한 단체와 연대하여 보육시설 설치운동을 의
회나 행정당국을 상대로 시작할 수 있었던 것은 국회에서 성립된 아동복
지법의 영향도 있었다.[51] 1947년 11월 27일 협의회는 각 단체의 대표 20
여 명과 함께 도의회와 도청에 보육소 증설을 요구하는 요청서를 제출했
다. 다음은 그 내용의 일부이다.

인구 7백만의 도쿄도조차 보육시설은 유치원, 보육소를 합쳐서 채 200
개소가 안 되고 아이들의 3%밖에 받아들이지 못하는 상태입니다 (…중
략…) 모자가정의 경우, 보육시설이 없으면 생계의 길이 막막하고 따라서 생
활보호비의 지출이 한층 커지게 마련이므로 생활협동조합, 노동조합, 민주적
부인단체가 각각 민주적인 힘으로 보육시설을 만들어 가는 것에 대해서 당
연히 국고나 지방비의 보조가 있어야 합니다.[52]

---

50   日本民主主義文化連盟 編, op.cit., p.239.
51   松本園子, op.cit., p.223.

민보는 3%의 아이들밖에 수용할 수 없을 정도로 심각한 보육시설 부족을 겪고 있는 도쿄도를 예로 들면서 보육시설이 없는 경우 생계의 길이 막막한 모자가정이 얼마나 곤란해지는지 설명하고 있다. 이를 해결하기 위해 민보는 생활협동조합, 노동조합 등 여러 단체와 연대하여 위의 요청서에 덧붙여 보육시설 설치비 증액과 특히 노동자 거주지구에 중점을 두고 설치할 것, 자주적으로 경영하는 보육시설을 전면적으로 보조하고 공영으로 전환할 것을 요구했다.

　1948년 1월 26일 후생성과 노동성은 '보육시설만들기협의회' 보육시설 설치요구에 대해 답변했다. 그것은 보육시설 설치에 대한 정부의 지원을 받는 것이 결코 간단한 일이 아님을 재확인시켜주는 답변이었다. 후생성은 생활보호법에서 정한 선까지만을 대상으로 한 보육시설을 만들고자 했고, 한편 노동성은 보육시설이 어느 정도 필요한지 조사를 막 시작했기 때문에 자료가 모이면 대책을 마련하겠다는 대답이었다. 동시에 후생성과 노동성은 정부가 움직이기를 기다리지 말고 민간에서 적극적으로 보육시설 만들기를 권하며, "노동성은 시설을 설치할 예산이 없고, 후생성도 아동복지법에 사립시설에는 보조하지 않는 것으로 규정되어 있으므로 양해"해 달라는 의견을 제시할 뿐이었다.[53] 이에 대해 1950년 11월 20일 민보는 보육시설 설치 청원서를 중의원과 참의원에 제출했다. 청원의 요지는 다음과 같다.

52　Ibid., p.222.

영유아보육시설 설치를 위해 국가 예산을 대폭으로 인상할 것.

영아 및 3세 미만아의 보육을 중시할 것.

보육소 보모의 대우를 국가가 보장할 것, 적절한 급여 수준의 설정과 전액 국고 부담에 의한 건강보험, 실업보험의 설정.

아동복지법의 완전한 실시를 꾀하고 동시에 간이보육시설을 국고부담으로 설치할 것.

주간 대리 부모 제도를 확충하고 소규모의 집단보육을 보급할 것.

민간 제단체에 의한 자주적인 보육활동을 적극적으로 조성할 것.[54]

민보의 보육시설 설치운동을 중심으로 한 노동자와 농민, 시민단체와의 광범위한 공동 연대와 협력은 도청, 구청, 구의회, 국회 등에 요구서와 진정서를 보내고 활동할 수 있는 기반이 되었다.

민보는 새로운 보육시설을 만드는 것 외에도 보육이념과 방법에 관한 연구와 보육문제의 소재를 파악하기 위한 조사 활동 및 학부형을 대상으로 한 연구회를 진행하고, 1947년 3월에는 세쓰코를 비롯해 상임간사와 아동문학가 등을 강사로 보육강좌도 실시했다. 민보는 이러한 지속적인 연구회와 강좌 활동을 통해 보육문제를 한 개인의 것이 아닌, 사회문제이자 대중의 문제로서 인식 전환을 꾀하고, 개선을 위한 계몽적 역할을 담당했다.[55] 나아가, 아동복지법안 제정 시에는 연구위원회를 만들

---

53   民主保育連盟, 『民主保育ニュース』 8, 1948.3.22.

54   松本園子, op.cit., p.226.

55   宍戸健夫, op.cit., pp.10~11.

어서 아동의 권리 및 국가의 책임에 대해 의견을 제시하고 국가의 책임 수행에 대한 결의를 분명하게 할 것을 요청하고 있다.[56]

5. 결론을 대신하며 민주보육연맹 성립의 의미

이상으로 이 글은 민보의 성립과 활동을 통해 점령기에 이루어진 전후 일본 최초의 보육운동을 살펴보았다. 세쓰코는 민보의 성립에 중추적 역할을 한 인물로, 세쓰코와 민보와의 관계에 주목함으로써 기존의 민보 관련 연구에서 전전 보문연과의 인적 네트워크나 사상만이 지나치게 강조되어 잘 보이지 않았던 세쓰코와 부인민주클럽의 역할을 제고할 수 있었다.

세쓰코는 자유학원과 『부인지우』에서의 활동을 통해 영유아 아동문제의 중요성을 인식하고 그 중요성을 사회에 발신했다. 또한, 그녀는 민보 성립 이전에 이미 부인민주클럽을 통해 봉건적 사상과 제도를 타파함으로써 여성의 능력을 발휘하고 일본의 민주화를 지향했다. 그녀의 여성과 영유아문제에 대한 지속적인 관심은 민보의 성립을 통해 근로가정과 근로여성을 위한 '민주적 보육운동'으로 확장되었다. 세쓰코가 이끄는 부인민주클럽 회원은 민보의 성립과 활동을 통해 주체적이며 실천적인 활동가로서 보육요구의 실현을 외치며 보육운동에 참가했다.

---

56   民主保育連盟, 『民主保育ニュース』 5, 1947.7.23.

패전 직후의 혼돈과 혼란 속에서 시작된 민보의 성립과 활동은 영유
아 아동문제를 한 개인의 문제를 넘어 사회와 대중의 문제로서 확장시켰
고, 보육을 아동의 권리이자, 근로가정과 모자가정의 생활권으로 인식을
전환시키고 더불어 새로운 시대에 맞는 민주적 보육을 지향했다. 이러한
의미에서 세쓰코와 민보 성립에 대한 고찰은 전후 최초의 보육운동뿐만
아니라 여성과 아동의 권리 획득을 위한 사회운동이라는 측면에서도 그
의의를 찾을 수 있을 것이다.[57]

보육시설 설치운동을 비롯해 연구·조사와 계몽·지도·출판 등을 전
개한 민보의 활동은 1952년 12월 개최된 제7회 총회를 마지막으로 끝
을 맺게 된다. 민보의 해산 움직임은 1951년 4월 노동자클럽보육소의 보
모 4명이 노동자클럽 생활협동조합 이사회로부터 갑작스런 해고 통고
를 받으면서 시작된다. 시오야를 포함해 해고된 보모 4명은 민보에서 핵
심적 역할을 담당한 인물로 부인민주클럽의 회원이기도 했다. 해고 이유
는 '그 활동이 노동자의 이익을 지키지 못하므로 클럽보육원의 보모로서
는 부적격'하다는 이유였다. 하지만 학부모의 해고 반대 항의로 이사회
의 결정은 동년 8월 철회되었다. 그러나 이사회에서 새로이 고용한 보모
와 기존 보모와의 반목 등 여러 가지 이유로 기존 보모 중 1명은 1952년
에, 나머지 3명은 1953년 3월 사직하게 된다. 노동자클럽보육소에서 발
생한 갑작스런 보모 해고는 결국 민보의 해산으로 연결되었다.[58]

---

57 패전 직후의 혼돈과 전후 신헌법하의 비군사화와 민주화, 주권재민, 여성해방이라는
    전전과는 완전히 다른 환경 속에서 노동자의 생활과 아동의 보육권이라는 보육 요구
    에서 민보는 시작되고 있다.
58 松本園子, op.cit., pp.273~299.

민보의 해산은 점령기 연합군이 실시한 레드퍼지Red Purge와 일본공산당 내부 분열과도 관련되어 많은 의문을 남기고 있다. 민보의 해산과 관련된 노동자클럽보육소 문제는 금후의 과제로 하고자 한다.

초출
「전후 일본의 '민주보육연맹'의 성립과 활동」, 『인문과학연구』 72, 강원대 인문과학연구소, 2022.3.

참고문헌

자료

民主保育連盟,『民主保育ニュース』1~21, 1946,11,14~1951,9,30.
日本民主主義文化連盟 編,『文化年鑑1949年』,資料社, 1949.

논저

연구서

宍戸健夫,「日本の幼児教育－昭和保育思想史」,東京大学博士論文, 1991.
一番ヶ瀬康子 編集・解説,『日本婦人問題資料集成』6,ドメス出版, 1979.
松本園子,『証言・戦後改革期の保育運動・民主保育連盟の時代』,新読書社, 2013.
浦辺史,『日本保育運動小史』,風媒社, 1969.

연구논문

宍戸健夫,「戦後保育運動史 I－民主保育聯盟を中心に」,『愛知県立大学文学部論集』21,
        1970.
_____,「松本園子著,『証言・戦後改革期の保育運動・民主保育連盟の時代』」,『幼児教育
        史研究』8,幼児教育史学会, 2013.
勅使千鶴,「無産者託児所運動について」,『教育運動史研究』13,教育運動史研究会, 1971.
村岡悦子,「昭和初期の無産者託児所運動－福祉運動と労働運動との最初の結合」,『三田学
        会雑誌』77巻3号, 1984.
浦辺史,「無産者託児所50周年にあたって」,保育研究所,『保育情報』55, 1981.

기타자료

현법 21조, http://www.japaneselawtranslation.go.jp/law/detail_main?id=174.
현법 25조, http://www.japaneselawtranslation.go.jp/law/detail_main?id=174.
현법 26조, http://www.japaneselawtranslation.go.jp/law/detail_main?id=174.

1965년 재고再考

망각과 상기의 결절점結節点으로서

야스오카 겐이치

1. 들어가며

역사상의 어느 지점이 다양한 조류의 결절점이 되는 경우가 있다. 그러나, 그것이 반드시 동시대에 인식되는 것은 아니다. 두드러진 진전을 보이고 있는 한일조약과 관련된 연구는 다양한 사실을 해명하는 것을 통해서 한일관계에 있어서의 '1965년 체제'라는 인식을 정착시켜 왔다.[1] 식민지 지배에 관해서는 어떠한 합의도 하지 않는 교환조건으로 국교정상화를 이루고, 그 후 한일관계를 계속해서 규정해 오고 있는 '체제'의 문제를, 단순히 양국 간의 관계를 분석하는 것에 그치지 않고 전후 '일본사', 특히 사회의 영역과 관련된 연구에 접합할 수 있을지 논의를 더욱 심화해 나갈 가치가 있을 것이다.

2022년 7월 한림대학교 일본학연구소에서 개최된 '포스트제국의 심상공간으로서의 동아시아' 심포지움에 참가했을 때, 주최자로부터 제

---

1   吉澤文寿 編, 『歴史認識から見た戦後日韓関係－「1965年体制」の歴史学・政治学的考察』, 社会評論社, 2019.

국의 문화권력이 제국의 패전과 해체 이후 새롭게 건설된 국민국가 내에서 어떻게 수용, 배척, 변용되고, 어떠한 (비)연속성을 가지며 환류나 길항을 보이고 있는가라는 질문을 받았다. 필자는 앞서 기술한 문제의식을 토대로 이 질문에 응답해 보고 싶다. 따라서 이 글에서는 고도경제성장기 일본의 국민통합과 이를 둘러싼 대항이 한일협정 협상에서 논점이 되었던 사항 중 특히 '재외재산 문제'와 어떻게 관련되었는지를 검토하고자 한다.

제1절에서는 1960년대를 중심으로 국민국가 내부의 차이를 해소하고 통합을 도모한 국가적 힘이 작용한 과정을 정리한다. 시기 구분을 위한 참조항으로서 19세기부터 현대에 이르기까지의 아시아에서의 인적 자원의 이동을 훌륭하게 설명한 수닐 암리스Sunil Amrith의 견해를 참조하고자 한다. 그의 논의에 따르면, 1950~1970년대는 국민국가의 황금시대였다.[2] 당시는 각국에서의 출입국 관리 규제 강화로 인해 국제적인 인적 자원의 이동이 낮은 수준에 그쳤고, 오히려 농촌에서 도시로의 국내 이동이 가속화되었다. 그리고 이는 일본도 예외가 아니었다. 시장 영역의 극적인 확대와 도시화를 통한 사회 유동화에 직면한 이 시기, 1960년의 미일안보조약 개정으로 인해 시민들과 정부 간의 갈등이 표면화된 사건을 사이에 두고 국가는 다양한 형태로 국민통합에 나서고 있었다. 당시는 단순히 경제성장의 시대가 아니라 국민통합의 시대였다는 측면을 포착할 필요가 있다. 국민통합은 근대화의 초기단계에 완결되는 것이 아

2   Amrith, Sunil, "Migration and Diaspora in Modern Asia", Cambridge University Press, 2011, p.8.

니라, 각 시대에 있어 국가와 통합되는 사람들 사이의 관계로 규정되면서 반복되는 것이다.

제2절에서는 이 국민통합 과정에 대해 사회경제적 요소뿐만 아니라 역사인식과 관련된 문제로 인양자引揚者의 재외재산 문제를 다룬다. 한일협정 교섭시기, 이와 병행하여 인양자가 '외지'에 소유하고 있던 재외재산의 보상 여부가 정부가 설치한 심의회에서 논의되고 있었다. 인양자에게 이미 한 차례 급부금이 지급되었던 것을 감안하면 이는 이례적인 일이었다. 제국시대의 재산을 둘러싼 논의에는 동시대 일본 사회의 동향과 한일조약의 동향이 밀접하게 관련되어 있었다. 최종적으로 1967년 법률이 제정되어 인양자에 대하여 교부금이 지급되었는데, 이 글에서는 이 특별한 조치가 어떤 논리로 정당화되었는지 확인하고 그 정당화 속에서 이루어진 '식민지' 지배에 대한 역사의 망각에 대해 살펴보고자 한다.

제3절에서는 통합을 위한 정책이 반대로 국민 내부의 차이를 부각하게 하고, 나아가 다양한 차이를 가시화하게 하는 계기가 된 부락차별의 문제를 다룬다. 전후 일본의 차별문제에 있어 1965년 발표된 동화대책심의회답신同和対策審議会答申은 굉장히 중요하다. 부락차별을 '가장 심각하고 중대한 사회문제'로 규정하고, 그 해소를 국가 및 국민의 책무로 규정한 이 답신은 1960년대 후반 차별해소를 목표로 한 첫 법률로 결실을 맺었을 뿐 아니라 일본 사회의 다양한 종류의 차별문제에도 큰 영향을 미쳤다.

이 답신은 일본 사회에서 차별받아 온 사람들이 목소리를 높이고 집단화하기 위한 발판이 되었다. 당초에는 지역 생활 여건의 개선이 중심이었던 운동의 요구는 점차 학교 교육 개혁을 비롯하여 광범위한 차원으로 전개된다. 그리고 그 과정에서 부락차별뿐만 아니라 '모든 차별에 반대한다'는 이념이 발전하면서 재일외국인이나 장애인 등 일본 사회의 다양한 소수자가 '피차별'이라는 공통성으로 연결되고, 상호 간의 연계가 심화되었다. 망각되어 온 소수자의 역사를 파헤치고 제국의 역사를 떠올리게 했던 이 운동은 1970년대 '차별과 싸우는 문화'라는 말을 만들어낸다. 이렇듯 1960년대는 1990년대 이후 보급된 다문화 공생이라는 용어와 이어지는 원류로서, 공생으로 향하는 일종의 '기점'이었다.[3]

물론 모든 사물과 현상이 이처럼 단계적으로 정리될 수 있는 것은 아니며, 어떤 주체의 생성은 거기에서 주변화된 존재도 만들어냈음은 틀림없다. 그러나 특정 시대에 입각하여 통합된 상태를 만들어내려 하는 국가와 그에 대응하는 사람들의 움직임의 역사적 특징을 파악하려는 시도는 현대의 과제를 조정하는 데에도 일정한 의의가 있지 않을까. 세계화에 동요하다 지금 다시 강화되고 있는 국민국가의 역사적 동태를 다시 한번 논해보고자 한다.

---

3   오사카부(大阪府) 도요나카시(豊中市)의 사례를 다룬 연구로는 安岡健一, 「地域における「多文化共生」の源流－1970~80年代の大阪府豊中市における在日朝鮮人教育を事例に」, 『理論と動態』 13号, 2020; 安岡健一, 「共に生きる「仲間」を目指して」, 高谷幸 編, 『多文化共生の実験室－大阪から考える』, 青弓社, 2022가 있다.

2. 국민의 분열과 통합 닫힌 자기의식의 형성

전후 일본을 대표하는 지식인 마루야마 마사오丸山眞男, 1914~1996는 1951년 집필한 『일본의 내셔널리즘』에서 전후 일본의 내셔널리즘의 '사명감' 결여에 대한 자신의 위기감을 표명했다. 전쟁 전 일본의 모든 가치의 통합체였던 국체가 해체되고 이를 대체한 '평화문화국가'에 대해 '국민에 대한 견인력을 거의 갖지 못하고, 전쟁에서 패했기 때문에 어쩔 수 없이 선택된 슬로건이라는 인상을 떨쳐버릴 수 없는' 상황을 마루야마는 한국전쟁 하의 일본에서 보았다.[4] 마루야마와는 전혀 다른 입장이었을 테지만, 도쿄재판에서 유죄판결을 받고 수감되었다가 점령 종결을 계기로 차례로 석방된 보수파 정치인들 역시 그렇게 생각했을 것이다. 이하에서는 1950년대 말부터 보이는 국민통합과 관련된 움직임을 몇 가지 다루고 싶다.

1955년 일본에서는 총리 하토야마 이치로鳩山一郎의 주도하에 민주당과 자유당이 합동하여 소련과의 국교회복을 실현했다. 그리고 이를 계기로 일본의 유엔 가입도 승인되어 일본은 국제사회로의 재결합을 이루게 된다. 당시 일본에서 정부·여당은 헌법 개정 움직임을 본격화시켜 나갔다. 이 시기 사회기반을 구성하는 사람과 사람의 연결고리는 이동의 극적인 변화로 특징지어진다. 즉, 이 시대는 ① 농촌에서 도시로, 청년층을 중심으로 하는 '압도적인 변화'라고도 할 수 있는 사람의 이동을 볼 수 있다

---

4   丸山眞男, 「日本のナショナリズム」, 『新装版 現代政治の思想と行動』, 未来社, 2006(1964), p.166.

는 점, ② 점령 후 허용된 해외이민을 추진하는 목소리는 여전히 강했지만, 외무성의 방만한 정착 정책 등이 드러나면서 1960년경에는 해외이민이 거의 이루어지지 않게 되었다는 점 등과 같은 특징이 있다. 과거와 같은 '해외웅비海外雄飛'의 슬로건은 사회에서 거의 사라졌고, 도시는 다양한 지역으로부터의 유입자로 구성된 새로운 공간이 되었다. 그로 인해 기존 공동체나 조직에서는 대응할 수 없는 통합의 문제가 발생한 것이다.

고도성장기 국민통합을 중요한 과제로 부상하게 한 결정적인 계기가 된 아래로부터의 운동은 1960년에 전개된 안보투쟁이었다. 1960년, 샌프란시스코강화조약과 함께 체결된 미일안보조약 개정을 둘러싸고 일본 역사상 최대 규모의 항의운동이 벌어졌다.[5] 첫 안보 체결 때에도 지식인이나 노동조합에서의 이른바 '평화논쟁'은 있었다. 그러나 이후 1950년대 각지의 반기지 투쟁과 교육현장의 근무평정 도입에 대한 반대운동, 경찰관 권한을 강화하는 경찰관직무집행법 반대투쟁 등의 경험을 거쳐 1960년의 안보투쟁은 1950년대 초와 전혀 다른 규모의 대중적 운동으로 연결되었다.

---

5 항의 범위는 일본에만 그치지 않았다. 당시 자민당에는 전전(戰前) 도조(東条) 내각의 주요 각료였던 내상 유자와 미치오(湯沢三千男), 재무상 가야 오키노리(賀屋興宣), 농상 이노 히로야(井野碩哉), 대동아상 아오키 가즈오(青木一男)가 소속되어 있었기 때문에 (외교관으로 전환한 외상 다니 마사유키(谷正之) 제외), 중화인민공화국에서도 안보 개정에 대한 경계와 항의의 목소리가 높아지고 있었다. 1960년 5월에는 천안문 광장에서 '일본 제국주의 부활 반대', '타도 미제국주의'를 표방하는 100만 명의 집회가 실시되었다(日高六郎 編, 『1960年5月19日』, 岩波書店, 1960, pp.86~192). 비슷한 시기 안보 반대 여론에 강한 영향을 미쳤던 이와나미서점(岩波書店)의 잡지 『세카이(世界)』(1960년 5월호)에서는 중국인 강제연행 특집이 편성되어 전시 중 이루어진 일제의 가해 행위에 대한 제반 문서를 볼 수 있다.

국내 혁신정당과 노동조합 등의 단체들은 1959년 3월 안보조약 개정 저지 국민회의를 결성했다. 이들은 안보조약 개정이 현행 안보 강화에 그치지 않고 한·일·대·미의 반공군사동맹으로 이어질 위험성[6]이 있다는 점과 안보조약 개정이 일본 헌법을 뿌리째 파괴하는 것이라는 점을 비판하며 공동행동을 거듭 촉구했다. 이 요청에 호응하는 사람들의 움직임은 5월 19일 의회에서의 강행 채결로 인해 급격히 확산되었다. 경찰 발표에 의하면 이 움직임은 한 달 후 자연 승인을 맞이할 시기까지를 한정해서 계산해도 직장 대회·파업 참가자 666만 명, 일반 집회 6,000회, 참가 인원 455만 명, 시위 행진 5,200회, 참가자 417만 명『아사히 연감(朝日年鑑)』으로, 공전의 운동이 되었다. 국회 강행 채결 당시에도 자민당내 반당권파의 기권이 나타나는 등 분열이 심했고, 각 내에서도 총리가 국회의 사당 경비를 위해 군대의 출동을 요청했음에도 불구하고 방위상 및 관료들의 동의를 얻지 못해 단념한 것은 잘 알려져 있다. 국민과 국가의 결정적 분열은 최후의 최후에서 회피된 것이다.

안보조약 개정은 이루어졌지만, 전후 헌법을 옹호하는 의식은 안보투쟁을 통해 사회적으로 확산되었다. 안보투쟁은 기존 노동조합이나 정당의 활동뿐만 아니라 이른바 신좌익 활동에서도 하나의 큰 고비가 되었

---

6 1958년 10월 14일 기시 노부스케(岸信介) 총리가 미국 방송사 기자들에게 응답하면서 나온 아래의 발언은 조약 개정을 위한 후지야마 아이이치로(藤山愛一郞) 외상과 맥아더 주일대사의 1차 협상 직후에 이루어진 것으로 세간의 주목을 끌었다. "우리는 장 제스의 대만 정권을 승인했다. 중공은 국제 공산주의 조직의 일부이다. 일본은 대만과 한국이 공산주의 세력에 정복당하는 것을 막기 위해 할 수 있는 모든 것을 준비해야만 한다"労働省, 『資料労働運動史 —昭和33年』, 労務行政研究所, 1959, p.1361.

으나, 그 이상으로 상점주인에서 고등학생에 이르기까지 다양한 사람들에게 영향을 미쳤고, 이들이 사회문제에 대해 스스로 의사표시를 시도하게 했다는 점에서 매우 중요하다. 때때로 그것은 도시에 사는 사람에게 있어서 '레크리에이션'의 성질마저 띠는, 사람들의 새로운 연결을 요구하는 움직임의 하나이기도 했다.[7] 결과적으로, 기시 노부스케岸信介 총리 퇴진 후 보수 정당이 중심이 된 헌법 개정을 위한 움직임은 크게 후퇴하고 있었다. 1950년대 후반 발족한 헌법조사회는 1964년 조사보고서를 제출하고 이듬해인 1965년 해산했다. 오랜 기간 지속된 전후 헌법의 정당성을 둘러싼 논란에서 하나의 정치적 결판이 지어진 것이 바로 이 시기였다.

그러나 단순히 헌법 개정을 목표로 하는 움직임이 후퇴한 것만이 아니라, 위로부터의 국민통합 움직임이 강화된 측면도 존재한다. 전쟁 전으로의 회귀가 더이상 힘들다는 사실을 덮어쓰려는 듯 사토 에이사쿠佐藤榮作 정권에서는 건국기념일을 전쟁 전의 기원절紀元節로 변경하는 형태로 설정했다. 나아가 당시에는 자민당을 중심으로 야스쿠니 신사에 대한 국가보호 법안이 계속해서 제기되는 등, '일본인'이라는 민족성을 축으로 통합을 강화하려는 움직임이 지속되었다. 또 정부의 요청을 받은 중앙교육심의회 답신에 별도 표기된 「기대되는 인간상」[1966]에 나타난 '일본인상' 또한 불안정해진 전후 사회에서 '도덕'을 중심으로 국민을 통합하려

---

7   안보투쟁에 참가한 한 시민은 '거리에서 발견한 것은 되살아난 공통된 소망의 간절함이자 연대였다'며 시위는 '위대한 레크리에이션'이었다고 회고하고 있다. 熊谷順子, 「甦える祭」, 『声なき声のたより』 2号, 1960.

한 시도로 풀이된다. 경제성장을 배경으로 일본사회의 개성을 설명하고자 한 여러 가지 '일본인론'의 유행도 이러한 인식틀의 제공에 역할을 했다고 할 수 있을지도 모른다.

애초에 니시카와 나가오西川長夫가 포괄적으로 제시한 것처럼, 국민통합은 정치이념 상의 문제 하나만으로는 존재할 수 없으며, 사회·경제·문화 등의 다방면에 걸쳐 있는 문제이다. 자민당은 창당 시에 '복지 국가의 실현'을 목표로 내걸고 있었는데, 이 시기에는 사회 보장에 있어서 국제적으로도 드문 국민개보험·개연금의 실장이 추천되었으며, 각종 경제 계획과 산업 정책이 전개되는 등 폭넓은 정책이 추진되었다. 공업과 농업의 격차 시정을 내건 농업기본법1961이나 중소기업의 의의를 강조하는 중소기업기본법1963 등 다양한 산업의 진흥이 도모된 것도 이 시기였다. 의사회나 농업협동조합 같은 직능단체들이 국가제도를 둘러싸고 때로는 격렬하게 정부에 요구하고, 때로는 대립했으며, 보수정치는 이에 부응하면서 노동조합을 제외한 여러 단체와 우호관계를 형성해 나갔다.[8]

그리하여 전쟁 전 지역사회의 전통질서를 기반으로 한 정치가 점차 개인후원회와 각종 단체 및 재계와의 관계를 기반으로 한 전후 보수정당으로 변모해 갔다. '이익유도정치'라는 비판을 받으면서도 지역개발정책을 통한 분산·이전으로 향하는 길은 고도성장의 후기에는 이미 이루어지기 시작했다.[9] 실제로 전쟁 전에는 매우 큰 지역 간 격차가 있었지만, 이

---

8   나카키타 고지(中北浩爾)는 『自民党─「一強」の実像(자민당─'일강'의 실상)』(中央公論新社, 2017)에서 자민당과 긴밀한 우호 관계를 맺은 단체에 대해 정리했다.

9   산촌 등지에 집중적으로 나타나는 지역 내의 지역 문제라 할 수 있는 과소(過疎)현상에 대해서는 과소 지역 대책 긴급 조치법이 1970년 제정되었다.

시기 동안 생활수준의 평준화는 확실히 이루어졌다. 도시와 농촌, 계층의 차이에 의한 격차는 확실히 축소되었고, '균질한 국민'에 가까워졌다.[10]

또, 사회가 실태로서 균질화해 갔을 뿐 아니라, 사람들에게 유대감을 실질적으로 느끼게 한 이벤트도 이러한 흐름에 큰 역할을 수행했다. 그것은 정부나 자민당 주도의 복고적 민족주의도, 혁신 측이 제시하는 주권자로서의 국민이라는 이념에 기초한 민족주의도 아닌, '아시아 최초'의 대회 개최를 전면적으로 선전하고 평화를 내세운 도쿄 올림픽[1964]이나 '진보와 조화'를 슬로건으로 했던 만국박람회[1970]에서 자라난, 보수와 혁신 어느 한쪽으로 분류할 수 없는 정치적으로는 애매하다고 할 수 있는 민족적 이벤트였다.

모두가 중산층에 속한다고 생각하는 총중류 의식이 애매한 민족주의에 지탱되는 가운데, 그리스에서 운반된 성화의 봉송 릴레이가 기점으로 삼은 곳은 오키나와였다. 1972년의 오키나와 반환은 고도성장기 통합정책의 하나의 도달점이기도 했다. 그러나 동시에 그것은 일본과 오키나와의 역사적 관계를 뒤덮어버리는 것이었다. 오키나와에서 제기된 항의의 목소리를 지워버린 것은 자본주의 세계 2위의 GNP에 도달하여 '경제대국'이 되었다는 새로운 정체성이었는지도 모른다.[11]

---

10 다만, 그 지역의 발전 속에서 공해라는 형태로 지역 주민(의 일부)이 집중적으로 희생되고 있다는 점은 무시할 수 없다.

11 이 과정은 일본 사회가 풍요로워지는 과정임에는 틀림없지만, 동시에 빈곤의 재정의라는 차원에서는 실패한 과정이라고도 할 수 있다. 사회 빈곤층을 파악하는 통계로서의 저소비 가구에 관한 통계는 1965년에 명시적인 이유도 없이 종결되었다. 岩田正美, 『現代の貧困―ワーキングプア / ホームレス / 生活保護』, 筑摩書房, 2007.

다시 마루야마를 참조해 보자. 일찍이 일본의 황국 관념의 핵심에는 무력적 우월감이 존재했다.[12] 중국에서 전개된 중화사상의 세계상이 문화적 우월성을 기초로 하고 있었던 것에 비해, 일본의 경우는 전후에는 결정적으로 상실되고 마는 '무력'이 커다란 의미를 가지고 있었다. 그 이후 '부富'라고 하는 경제적 우월성이 새로운 자기의식의 중심에 놓이게 되었다고 할 수 있겠으나, 그것은 어디까지나 국민경제로 계산되는 수치의 문제였다. 그것 때문에 세계가 알기 쉽게 서열화되는 것이기는 했지만, 동시에 그것은 전쟁 전의 제국과 같은 전세계적인 '사명감'을 대신할 수 있는 것은 아니었다. 여기에 국민국가로서 닫힌 자기의식의 전후적 귀결을 볼 수 있을 것이다. 국민통합과 고도성장은 상호보완적 관계에 있었다고도 할 수 있다.

3. 인양자 통합 종점으로서의 1960년대

통합을 통해 조성된 닫힌 자기의식을 탈식민화와의 관련 속에서 파악할 수는 없을까.[13] 이 절에서는 탈식민화로서 전쟁과 식민지 지배의 역

---

12 丸山眞男, op.cit., p.165.

13 일본의 경우는 '탈제국화'라고 해야 할지 모르겠지만, 제국, 제국주의, 식민지화, 식민주의에 대한 저항, 전환, 폐절을 포함하는 폭넓은 개념으로서 탈식민화 개념을 규정하는 마이클 콜린스의 정의를 염두에 두고 이렇게 말한다. Collins, Michael, "Decolonization", John M. MacKenzie ed., *The Encyclopedia of Empire* Vol.2, Wiley Blackwell, 2016, p.668.

사, 특히 그곳에서의 희생을 어떻게 파악해 왔는가를 사례를 통해 다루고 싶다.

전후 일본의 전쟁에 대한 보상에서 구 식민지 출신이 배제되었다는 것은 잘 알려져 있는 사실이다. 이에 더해서 군대와 무관한 민간인 전쟁 희생자는 기본적으로 특별한 보상이나 구제의 대상이 아니었다. 점령 종결 이후 점령하에서는 금지되었던 제국주의 시절 군대 관계자에 대한 지원이 더욱 강화되었고, 이로 인해 그 외의 전쟁 희생자와의 격차는 점차 확대되었다.

민간인 가운데 정부로부터 특별 조치가 있었던 예외대상은 현재까지도 피폭자와 인양자뿐이다. 공습 희생자들이 아무런 보상 없이 방치되었던 반면, 인양으로 인해 재산을 거의 상실하고 곤궁한 상황에 처한 인양자에 대해서는 비록 그 숫자도 상당히 부족했고 질도 열악했지만, 인양자 주택이 공급되는 등의 지원이 있었다. 이와 더불어 인양자 전체에 대해서는 강화조약 후에 급부금이 한 번 지급되었다. 그러나 급부금의 지급 이유가 단순한 생활곤궁이었던 만큼, 1960년대 인양자 보상을 둘러싸고 논란이 재점화되었다. 이 글에서는 이 경위를 추적하여 1960년대 제국의 과거가 어떻게 논의되었는지를 고찰하고자 한다.

1) 제3차 재외재산문제심의회 설치와 답신발표 경위

전후 20년을 눈앞에 두고 사람들 사이에서 희생에 대한 보상을 요구하는 움직임이 연쇄적으로 일어났다. 이는 '전후'가 가까운 과거로서 재검토의 대상이 되었던 것을 이유 중 하나로 지적할 수 있다. 점령하에서는 사회적인 운동으로서 공공연히 임할 수 없었던 점령군 피해에 대한 보상요구운동도 그중 하나라 할 수 있겠지만,[14] 인양자 문제에 직접적인 영향을 미쳤던 것은 1960년대 초 전개되어 사회적인 이목을 끌었던, 농지 개혁으로 토지를 매수당한 구 지주들에 의한 활발한 보상요구운동^{농지 보상 운동}이었다(내각총리대신관방 임시 농지 피매수자 급부금 업무실). 민주화를 목표로 한 점령개혁의 의미가 재조명되고, 그 '희생'에 대한 보상 요구가 성과를 이끌어내는 것을 목도한 인양자 단체의 활동이 활발해지면서 인양자의 재외재산에 대한 보상 요구가 다시금 전개되게 되었다. 당시 인양자 단체는 단체후보로서 인양자를 국회의원에 당선시키는 등 유력한 집단이었다. 이는 일본인이 전쟁 전 식민지에서 소유했던 재산을 둘러싼 논란은 바로 제국의 경험을 어떻게 평가했는지에 대한 구체적인 예이기도 하다. 그 위치설정의 특징으로서 인양자의 재외재산 문제는 어디까지나 '전후처리'의 문제로서 자리매김하고 있으며, 그에 선행하는 제국에 대한 평가는 결여되어 있음을 지적해 두고 싶다.

인양자 단체의 목소리가 높아지자 1963년 총리부에 임시 재외재산 문제 조사실이 설치되었다. 이듬해 이케다池田 내각의 뒤를 이어 새로 발족한 사토佐藤 내각에 의해 재외재산 문제 심의회에 대한 자문이 이루어졌다. 1950년대부터 계산하면 제3차가 되는 이 심의회의 멤버는 26명으로, 다소 교체가 있었지만, 인양자 단체 대표·인양자 국회의원, 학자, 민간 지식인 등으로 구성되었다(다만, 민간 지식인 대부분은 전직 관료 출신으로

---

14   藤目ゆき, 『占領軍被害の研究』, 六花出版, 2022.

순수하게 '민간'이라고 말하기는 어렵다).

심의회에서의 논의는 제국의 역사를 어떻게 자리매김할 것인지에 대해서는 이루어지지 않았으며, 어디까지나 현재 국가에 인양자 보상 의무가 있는가의 여부, 특히 법적 의무의 유무에 집중되었다. 여러 논점이 거론된 가운데 구체적인 예를 들자면, 강화조약 체결 시 민간인이 소유한 재외재산이 연합국에 배상된 것으로 해석할 수 있는지에 대한 논의가 자세히 검토되었고, 만약 사유재산이 국가배상에 충당되었다고 한다면 이를 인정한 국가는 보상해야 한다는 논리 등이 인양자 측에서 제시되었다. 여기에서의 논의는 이탈리아나 독일의 예도 조사하여 논의되고 있었다. 특히, 당시 동시에 진행되고 있던 한일협정에 있어서의 재외재산의 취급 문제도 종종 의제가 되었다. 위원 중에는 한일협정 교섭에 관여하는 사람도 있었으며, 심의회에서의 논의가 한일협정 교섭에 의해 휴회되는 경우도 있었다.

인양자와 그 관련자들이 보상을 강력히 요구하는 것에 반해, 전직 관료들을 중심으로 공습 피해자 등 일반 전쟁 희생자에 대한 구제가 이루어지지 않은 만큼 인양자에 대한 조치는 불평등이며, 실시해서는 안 된다는 반론이 제기되고 있는 점은 눈길을 끈다. 이에 대해 인양자 측은 전재민들이 전시재해보호법1946년 폐지에 의해 이미 원조를 받았다고 주장하며 전재민과 인양자의 차이를 강조했다실제로는 전시재해보호법이 대상으로 한 전재 피해는 극히 미미하다.[15] 나아가 전쟁 전 이민은 국책으로 인한 이동인 만큼, 국가에 공

---

15 전시재해보호법에 대해서는 赤澤史朗, 「戰時災害保護法小論」, 『立命館法學』 225・226号, 1993을 참조.

헌한 존재라는 성격을 강조하며 그 밖의 전쟁 희생자와의 차이를 중점적으로 논했기 때문에, 인양자를 특별한 존재로 상정하는 전쟁 희생자 간의 인식 상의 '분단'이 진행되었다고도 할 수 있다. 이 시점에서는 공습 피해 당사자에 의한 국가 보상을 요구하는 움직임은 거의 가시화되지 않았고, 이 분단을 비판하는 목소리 역시 당시에는 없었다.

최종적으로 한일협정이 한국에 존재했던 재외재산까지 포함하는 것으로 마무리됨에 따라, 1966년 말 제출된 심의회의 답신에서는 국가에 재외재산을 보상할 법적 의무가 없다고 판단했으나, 동시에 재외재산을 잃은 인양자에게는 정책적인 조치를 취할 필요가 있다는 결론이 나왔다. 물론 전체 인양자 중 조선 인양자는 일부에 지나지 않았지만, 이 시기 전후 일본의 재외재산 문제에 관한 틀이 거의 결정되었다는 점에서 1965년 체제 성립과 이 문제는 깊이 관련되어 있다.[16] 이 답신에 의해 특별교부금을 지급하기 위한 법률이 제정되었고, 예산은 약 2,000억 엔, 대상은 349만 명으로 하는 조치가 실시되었다. 실적으로는 312만 명에게 1,634억 엔이 지급되었다.

2) '생활권'의 등장

그렇다면, 국가에 책임이 없다면서도 조치가 취해진 이유는 무엇인가. 이하에서는, 그 정당화의 논리를 검토한다. 인양자에게 교부금을 지급할 근거가 국회에서 논의될 때에는 인양자의 재산상실자로서의 현저한 '특이성'이 강조되었다. 재산을 상실했다는 점만 따지고 본다면 공습 희생자들도 똑같았기 때문이다. 그 구별을 위해 사용된 논리라는 것은,

전재민이 잃은 가옥 등의 재산과 달리 인양자들의 재외재산 상실이란 '단순한 재산이 아니라 특별한 의미와 가치를 지닌 재산'의 상실이라는 것이었다.

무엇이 특별한 것인가. 길어지겠지만, 이에 대해서는 총리부 총무장관에 의한 국회 법안 제출 이유를 참조하도록 하자.

인양자는 종전에 의해 오랜 세월 정든 사회 속에서 거주하는 것 자체가 허용되지 않게 됨으로써 통상적인 재산 외에도 그러한 물건들의 위에서 이루어지고, 또한 거기서 생겨나는 자본이기도 했을 인간관계와 생활이익 등, 생활을 영위하는 데 있어서 가장 기본이 되는 것조차도 일체 상실했다는 점에서 타인과 다른 특이한 실정입니다. 이를 감안하여 이렇듯 단순한 재산이 아니라 특별한 의미와 가치를 지닌 재산의 상실에 대해 국가가 특별한 정책적 조치를 취해 인양자에게 교부금을 지급하고, 이를 보상하는 것이야말로 재외재산 문제 속에 남겨진 마지막 과제를 해결하기 위한 것입니다.[17]

특별한 의미와 가치란 재산 그 자체가 아니라 재산에 의해 가능했을 '생활'로 여겨진다. 임시 재외재산 문제 조사실 실장 구리야마 렌페이粟

---

16 이 문제는 소송을 통한 인양자의 재외재산 청구 문제와도 연결되어 있다. 캐나다에서 인양해 온 인사들의 국가배상 청구에 대해 내려진 '국민수인론(國民受忍論)'이라는 개념은 공습 희생자 등 다양한 민간전쟁 희생자의 보상 요구를 물리쳐 왔다. 수인론에 대한 자세한 내용은 直野章子, 「戦争被害受忍論—その形成過程と戦後補償制度における役割」, 『地域社会統合科学』 23巻1号, 2016을 참조.

17 『内閣委員会議録』 31号, 1967.7.14, p.4.

山廉平는 국회 논의에서 잃어버린 생활이익에 대해 "일종의 '생활권' 같은 것이 있었다는 식으로 생각하고 있습니다"라고 말했다. 이렇게 해서 각기 다른 규모의 재산의 소유자였던 개개의 인양자를 체류기간 등을 기준으로 대략적으로 구분하고, 조치를 단순화하는 것을 정당화했던 것이다. 또한, 대상이 된 것은 지금 개시 시점에서의 일본 국적자뿐이었다.

여기서 구리야마가 말하고 있는 생활권은 시대에 따라 그 의미가 변화하는 말이다. '생활권'이라는 말은 전쟁 전에는 상공업자나 어민 등의 운동에서 사용되기 시작했고, 전후에는 '생활'을 내세우는 광범위한 사회운동의 전개 속에서 생존권헌법 제25조과 비슷한 의미로 사용되었다.

그것이 잃어버린 생활에 대한 보상으로 연결되는 의미에서의 '생활권'으로 이용되게 되기까지는 전력공급을 위한 댐 개발 등을 포함하여 전후 이루어진 대규모 공적 사업에 의한 재산 수용에 저항하고자 벌어진 각지의 민중에 의한 운동·요구의 축적이 있었음을 지적할 수 있다. 공적인 목적을 위해 스스로의 재산이 몰수되는 것에 대해 생활을 지킬 권리를 주장한 일본인들이 지속적인 요구의 축적이 여기서 유용되고 있는 것이다.

실제 답신에서 인양자들의 전쟁 전 '외지'에서의 생활이 어떤 식으로 자리매김되어 있었는지 살펴보자.

인양자는 그 재물재외재산 외에도 그 물건들 위에 이루어졌고, 또한 거기서 생겨나는 자본이기도 했을 것, 즉 아버지, 할아버지로부터 계승하거나, 혹은 스스로 개척한 땅 위에서 자리를 잡고 그곳에서 가족과 함께 살고, 그곳에서의 지역사회를 위해 자신의 업무를 분담하고, 혹은 나아가 자신에게 주어진 삶을 거기

서 완수한다고 하는, 인간으로서 가장 기본적인 권리와 권익까지도 상실했다는 것이다.[18]

여기에 기술된 인간으로서 가장 기본적인 권리, 권익, 이익인 '생활'의 설명에는 그것이 식민지·세력권·점령지 안에서 이루어지는 '생활'이었음이 말소되고 있다. 거기에 지금은 인양자가 된 식민자가 도래하기 전부터 그곳에서 살았던 사람들의 생활에 대한 고려가 없는 것은 물론, 왜 그곳이 생활권이 되었는지도 언급되지 않았다. 여기에 그려져 있는 각각의 사람에게 '주어진 삶'이란 것은, '내지'로 여겨져 온 자국의 영역 내에 있는 '고향'에 담겨있는 이상과 아무런 차이가 없는 것이다. 필자는 여기서 볼 수 있는 인양자에 대한 조치가 한일협정과 연동되는 형태로 제국으로서의 역사를 망각하는 방식으로 진행된 국민통합 상의 의미를 강조하는 것이다.

인양자가 살았던 땅이 정부에 의해 이렇게 위치 설정되고 있다는 사실은 동시대에는 거의 없다고 해도 좋을 만큼 논점이 되지 않았다. 인양자에게 교부금을 지급하는 정책에 대한 언론 논평은 어디까지나 '사회보장'의 입장에서 비판적으로 논했을 뿐으로, 인양자라고 해서 일률적으로 급부할 것이 아니라 곤궁자에 한해 원조해야 한다는 논조였다. 거기에 식민지 지배의 과거 위상을 되묻는 논의는 없었다.

그러나 이런 위로부터의 통합이 사회 모든 곳에 관철되는 것은 아니

---

18 「第三次在外財産問題審議会の答申」, 1966.11.30.

다. 1960년대 후반부터, '자기의 체험의 고집이라고 하는 방법'[19]이라고도 부를 수 있는 방법의식에 의해서 모리사키 가즈에森崎和江와 같은 식민지 2세가 식민지 지배의 역사와 책임을 지역사회의 현장으로부터 되묻는 것은 망각에 근거한 통합에 대한 반작용으로 이해되어야 하지 않을까. 모리사키가 자신의 역사 속에 분리할 수 없는 조선 식민지배의 역사가 담겨있음을 되묻는 의미는 인양자 총체의 경험이 일본 사회에서 어떻게 자리매김되었는가 하는 것과의 관련 속에서 검토될 필요가 있을 것이다.

물론 제국의 역사를 마주하려 했던 존재는 모리사키뿐만이 아니다. 각지에 속속들이 나타난, 차이가 각인된 역사적인 현재로 눈을 돌리는 표현자나 활동가들을 연결한 이념으로서 동시대에 발흥한 반차별이라고 하는 대항적 이념이 있다. 이하에서는 제국의 역사가 '차별' 문제의 일환으로 재인식되어 갔다는 점에 다시 한번 주목하고자 한다.

4. 차별에 대한 저항 기점으로서의 1960년대

1) 차별을 해소하는 공적 책임

일본 사회에 있어 차별을 비판하는 가장 강력한 운동은 부락해방운동이었다. 그리고 전후 부락해방운동의 전개에 큰 영향을 준 것이 바로 1965년 국가 동화대책심의회에 의한 답신이하 '동대심답신'이다. 이 답신을 통

---

19   安田常雄, 「社会・文化の視座と民衆運動史研究」, 『歴史学研究』 859号, 2009, p.14.

해 부락문제가 인간의 자유와 평등의, 기본적 인권과 관련된 과제로 인식되기 시작했으며, 그 조속한 해결이야말로 국가의 책무이자 국민적 과제라는 것이 명기되면서 이를 위한 법 제정이나 재정적 조치 또한 요구되었다. 행정에는 차별을 해소할 책임이 존재한다는 것을 보여준 이 획기적인 답신에 대해 논하기에 앞서 먼저 답신 발표에 이르는 경위를 간결하게 적는다.

전쟁 전의 전국수평사全国水平社에서 기원한 부락해방운동은 패전 직후 전국단체로 부락해방전국위원회로 재출발했다가 1955년 부락해방동맹으로 개칭했다. 그리고 1958년 이래 해방운동 측에서 부락해방 국책수립 요청 운동이 폭넓게 전개되면서 안보투쟁 이후인 1961년 정부는 내각 동화대책심의회를 발족시켰다. 이후 수년간의 검토를 거쳐 1965년 답신이 발표되었다. 동대심답신을 받은 1966년에는 동화대책협의회가 발족되었고, 거기서 몇 년간의 검토가 이루어진 후 1969년에야 동화대책특별조치법이 시한입법으로 제정되었다.

지자체가 동화행정에 임해야 할 근거로 작용한 이 법은 일본의 차별문제에 강한 영향을 주었다. 각 지역에 있던 부락해방동맹의 지부는 과거에는 결성되었다고 하더라도 활동을 하고 있지 않은 곳이 많았지만, 법 제정 이후에는 재건되거나 재결성되는 등, 지역적 확대를 보이기 시작했다. 그 후, 이 법의 연장이나 다른 법률로의 계승에 의해 법률에 근거한 차별 해소에 대한 대처는 1992년까지 계속되었다.

그러나 답신 이후의 사회운동이 전국에서 고르게 진행된 것은 아니며, 거기에는 큰 지역적 차이가 있었다. 필자가 앞으로 언급하는 내용은 간사이 지방, 특히 오사카에서의 사례에 근거하고 있으며, 이것들이 '일본 사회'로 어떻게 확산되고 이어질지에 대해서는 현재의 연구 상황에서는 신중한 유보가 필요할 것이다. 그렇지만, 사회 레벨에서 국민통합의 실태를 논할 때 지리적 범위는 중요한 의미를 갖는 만큼, 여기에서는 굳이 지역의 논의라고 하는 한정 위에서 논의를 진행하는 것으로 한다.

1960년대까지 사회운동 측에서는 부락차별의 실례로 열악한 거주환경을 꼽고 있었다. 그런 상황 속에서 주택 획득을 비롯한 지역의 생활여건 개선은 중요한 과제였다. 동대심답신 이전부터 오사카에서는 부락해방동맹의 지부에서 전개된 다양한 대처를 살펴볼 수 있었지만, 동대심답신을 계기로 피차별지역의 물적 조건이 그 이전까지와는 극적으로 다른 변화를 맞이했던 것으로 보인다. 그 저변이 급속도로 확대되어 간 반차별 요구 운동에서 중요성이 재확인된 것은 교육문제(및 그 후 진로문제로서의 취직문제)였다. 그 이전부터 '동화교육'이라는 교육에서의 차별에 대한 대응은 존재했지만, 특히 공립학교라는 공교육의 장에서 차별에 항거하는 주체를 육성하기 위한 노력이 1960년대 후반부터 활발해졌다.

그 하나의 실현으로서, 운동단체가 차별성을 인정할 경우에 수행되었던 규탄투쟁이라는 형식이 큰 알력을 낳기도 했다. 운동이 확대되는 과정에서 혁신정당과 부락해방동맹의 관계도 크게 변화해 갔다. 그것들 역시 검토해야 할 과제이지만, 여기서 주목하고 싶은 것은 이 공교육의 영역까지 반차별 운동의 범위가 확대되고 변화한 것이 지역에 존재하는 다양한 차별 문제의 형태를 바꾸어 갔다는 측면이다.

2) '제국'을 되묻는 '문화'

여기에는 부락해방운동이 갖추고 있던 '모든 차별에 반대한다'라는 이념이 영향을 미치고 있었다. 물론 전쟁 전의 수평사 시기부터 다른 차별문제와의 연대는 존재했으나, 이 당시 생겨난 연결고리는 이전과는 질적으로 다른 규모로 퍼져나갔다.

1971년 오사카 시내에서는 재일화교 여성의 공무원 취임을 둘러싼 투쟁이 있었고[20] 동시기 '일본 학교에 재적하는 조선인 학생의 교육을 생각하는 모임'이 발족해 공립학교에 재적하는 재일조선인 어린이들에 대한 과감한 문제제기가 이루어지기도 했다.[21] 즉, 사회 일원으로서의 재일외국인의 권리에 대한 요구가 제국 역사의 상기와 함께 이루어지고 있었던 것이다. 이러한 내적 '타자'와 관련된 문제제기의 수용자가 된 것은 오사카 각지에 설치되어 있던 동화교육 연구를 위한 틀이었다. 교직원들의 활동을 통해 다양한 사회문제가 교육과제로 자리잡게 되면서 부락문제와 재일조선인 문제, 그리고 장애아 문제 등이 하나로 연결된 문제로 다루어지게 되었다.[22] 단체를 구성하여 실행된 노동운동에서의 차별문제에 대한 대처나, 혹은 아직 단체로서 성립하지 못했던 병자들의 집단행동 등, 다종다양한 실천이 제휴하는 가운데 1974년 부락해방동맹은 당시의 선거운동과 중첩되는 형태로 차별문제와 노동조합운동과의 결합

---

20 徐翠珍, 『華僑二世徐翠珍的在日―その抵抗の軌跡化から見える日本の姿』, 東方出版, 2020.

21 稲富進, 『島人二世教師と在日朝鮮人』, 新幹社, 2013.

22 이 점에 대해 식민지배에 의한 민족차별이라는 특수성을 중시하는 입장으로부터의 비판은 진작부터 존재해 왔다. 여기서는 일본사회에서 '반차별'이라는 이념이 복수의 운동을 연결하는 매개체가 된 점을 중시하고 있다.

을 목표로 한 '피차별통일전선'을 제창한다[이 사상은 1975년에 반차별공동투쟁으로 개칭되었다]. 이미 오사카에서는 동대심답신 이듬해부터 '동대심답신 완전실시 실현 오사카부민공투회의'가 발족해 여러 요구가 제기되고 있었지만, 지금까지의 사회운동의 틀에서는 누락되어 온, 혹은 개별로 존재하고 있던 다양한 사회 내부의 소수자성을 가진 존재들이 연대하여 목소리를 높여 나가는 것이 이 일을 계기로 지향되었다.

이러한 운동의 확대와 병행하여 문화의 문제가 논의되기 시작했다. 차별에 반대하는 대표적인 운동으로서 규탄투쟁이나 이른바 '본명선언' 등이 주목되곤 하지만, 지역의 실천을 살펴보면 다양한 청취조사나 연극 만들기 등의 표현활동, 식자활동으로 대표되는 학습활동과 같은, 생활 속 깊이 파고드는 풍부한 배움과 문화적 표현활동이 이루어지고 있었음을 알 수 있다.

차별에 저항하는 운동과 함께 했던 작가를 비롯한 예술가와 연구자, 교사, 활동가들의 역사적 탐구가 깊어지고 국제적인 시각이 넓어졌다. 그 하나의 귀결로 '차별과 싸우는 문화'라는 말이 생겨났다. 구체적으로는 1975년 1월 '차별과 싸우는 문화회의'가 결성되어 작가 노마 히로시野間宏, 1915~1991가 의장에 취임한 것이 그 사례이다. 노마는 1950년대 후반부터 아시아·아프리카 작가회의에 참석해 제3세계 문학자들과 교류를 이어갔고 1974년에는 제1회 '아시아인 회의'에 참가해 김지하의 구명을 호소했다.

---

23   富岡幸一郎, 紅野謙介 編, 『文学の再生へ―野間宏から現代を読む』, 藤原書店, 2015.

그렇다면, 차별과 싸우는 문화란 무엇인가. 노마 히로시가 오사카에서 개최된 결성대회에서 했다는 말을 당시 기록에서 인용하고 싶다.

일본문화라고 하는 것은 온갖 차별을 그대로 남긴 채 형성되고 있는 것 아닌가. 정말 그러한 문제를 그저 통과하면서 문화 창조라고 하는 것이 가능한가 하는 것입니다. 차별과 싸우는 문화, 피차별 민중과 함께하는 가운데 내다보는 미래, 거기에서 태어날 새로운 문화 창조를 차별과 싸우는 문화의 창조로 생각해 간다. 이것이라고 생각합니다.[24]

문화회의는 당면한 과제로서 국제연대, 종합조사, 연구집회, 강좌 개강 등을 진행했으며, 특히 재일조선인 차별에 대한 문제를 크게 다루었다. 또한, 그 문제의식에는 '제3세계'와의 연대지향성이 강하게 나타났으며, '제국'의 역사를 엄중히 지탄하는 의식이 존재했다. 그리고 동시에 그것은 노마가 말하는 것처럼 '자문화'에 대한 비판적 성찰과 창조에 임하는 것으로서, 통합의 안쪽에 파묻힌 과거의 상기를 구체적인 조사를 통해 촉구해 갔다.

문화회의의 표현물로서 『차별과 싸우는 문화』가 1976년에 간행되기 시작한다편집 체제의 변경이나 간행 중단을 거쳐 2002년에 휴간. 2호 이후 게재된 특집 「피차별 대중의 생활과 문화」에서는 각각 '재일조선인', '오키나와', '부락민', '장애인'이 특집으로 편성되었는데, 이는 잡지의 문제의식을 잘 보여

---

24 太田恭治, 「差別とたたかう文化会議の活動」, 『差別とたたかう文化』 1号, 1976, p.29.

주고 있다.

이 잡지는 1970년대에 창간된 다양한 잡지 중 하나였다. 잘 알려져 있듯이 재일조선인 문제에 특화된 잡지도 동시대에는 여러 개 간행되고 있었다. 여기서 주목하고 싶은 것은 복수의 존재를 횡단으로 연결하는 논리이며, 그 중심에 놓인 '반차별'이라고 하는 물음에는 다문화 공생을 말하는 현대에 있어 비판적으로 재검토되어야 할 의의가 있다는 점이다.

5. 나가며

제국의 문화권력이라는 문제제기에 따라 1965년 체제의 제기를 염두에 두고, 전후 일본사를 어떻게 파악할 것인가에 대한 시론을 제시해 보았다. 이 글은 1950년대부터 1970년대라는 시대를 제국사에 대한 망각을 수반하는 국민국가로서의 통합의 시대로 파악하고자 했다. 그리고 그 통합정책의 일부가 반차별운동과 결부됨으로써 제국사를 발굴하고 상기시킨다고 하는 반전을 볼 수 있다는 점을 제시했다. 또한, 여기서 제국사 망각을 위해 이용된 '생활권'이라는 개념이 거대한 개발에 저항해 온 다양한 사람의 활동에 의해 획득되는 것이라는 점에 대해서도 유의해 두고 싶다.

검토하지 못한 점도 많다. 첫째, 보다 넓은 틀의 동아시아에 대한 고찰이다. 1965년 개최 예정이던 제2차 아시아·아프리카회의는 중국과 소련의 갈등으로 좌절되었고, 인도네시아가 주창한 신흥세력회의 시도

역시 단명으로 끝을 맺었다. 이렇듯, 당시는 1950년대 전망된 아시아라는 틀이 그대로 유지될 수 없게 된 때이기도 했다. 1965년에는 달성되지 않았거나 발생했지만 지속되지 않았던 움직임도 포함해 검토할 필요가 있을 것이다. 둘째, 민권운동을 통해 인종차별적인 입국제도가 변혁된 미국과 아시아 국가들의 관계 변화이다. 본론에서도 서술한 바와 같이, 1960년대 일본에서 해외로의 이민자 수는 적었지만, 한국·필리핀 등의 국가에서는 상당한 수의 해외이민이 이루어졌고, 이에 따라 미국의 아시아계 이민자 커뮤니티가 변모해 갔다. 이들의 존재가 1990년대 냉전 이후의 시기에 있어 아시아계 미국인으로서 미치는 영향을 생각했을 때, 이러한 국제적 변동을 고려하면서 일본이 걸어간 과정을 파악할 필요가 있을 것이다.

이 글에서의 논의를 좀 더 부연해보고 싶다. 고도성장기에는 안보투쟁을 큰 고비로 하여 국민 내부의 차이를 해소하려는 국가적 노력이 엿보인다. 그것은 한편으로 보수적인 정치에 의해 추진된 제국사에 대한 망각이나 애국심의 육성과도 관련된 움직임이었고, 한편으로는 통합 속에서 반대로 주체화를 이루어 간 소수자의 운동이 확장된 '반차별'을 목표로 하는 월경적인 움직임이기도 했다. 이들은 다양한 타자와 연결되는 과정을 통해 복수의 주체의 시점에서 일본의 문화를 되물어 나갔다. 당시에는 전후 일본의 국가와 사회 간의 관계에서 통합을 둘러싸고 복수의 동향이 길항하는 이중적인 상태가 존재했다고 할 수 있다. 이 시기에 생긴 국가와 사회와의 상호작용과 어긋남은 1968·1969년에 크게 증폭되었다. 1965년은 식민자로서의 역사가 망각되고, 피식민자의 역사가 넓고 깊게 연결되어 가는 역사의 분절화가 일어나는 전환점이었다고도 할 수 있지 않을까.

　이 글은 어디까지나 시론의 영역에서 벗어나지 않았지만, 노마가 제기한 새로운 자문화를 어떻게 창조할 것인가하는 문제는 자국 중심주의가 확대되고 정체성에 대한 논의가 정치과제로 더욱 절실해지고 있는 지금 절실한 과제라고 할 수 있다. 역사 연구는 국가·지역사회·개인의 관계를 얼마나 복수적으로 파악해 나갈 수 있을까. 지역의 역사를 제국의 지배를 받은 여러 지역과의 비대칭성을 바탕으로 서술함으로써 식민지 지배의 '자연화'를 비판하는 것, 또 전후 일본에서의 '국민'을 둘러싼 논의에는 강제된 '균질'과 사람들이 요구하는 평등의 결과로서의 '균질'이라는 양면성이 있음을 감안하면서 전후 국민국가를 비판적으로 검토하는 것, 이들을 통해 타인과의 공생을 가치로 하는, 포섭으로 향하는 실천으로서의 역사 연구·교육 가능성이 열리지 않을까 생각하고 있다.

이 글은 일본어로 작성되었으며 신재민(申宰政/SHIN Jae-min, 고려대학교 4단계 BK21 중일교육연구단 연구교수, 재일코리안 문학·문화 전공)이 번역했다.

참고문헌

青木保,『『日本文化論』の変容』, 中央公論新社, 1999.

赤澤史朗,「戦時災害保護法小論」,『立命館法學』225・226号, 1993.

稲富進,『鳥人二世教師と在日朝鮮人』, 新幹社, 2013.

岩田正美,『現代の貧困－ワーキングプア／ホームレス／生活保護』, 筑摩書房, 2007.

太田恭治,「差別とたたかう文化会議の活動」,『差別とたたかう文化』1号, 1976.

熊谷順子,「甦える祭」,『声なき声のたより』2号, 1960.

徐翠珍,『華僑二世徐翠珍的在日－その抵抗の軌跡化から見える日本の姿』, 東方出版, 2020.

富岡幸一郎, 紅野謙介 編,『文学の再生へ－野間宏から現代を読む』, 藤原書店, 2015.

内閣総理大臣官房臨時農地被買収者給付金業務室,『農地報償の記録』, 総理府大臣官房臨時農地被買収者給付金業務室, 1968.

直野章子,「戦争被害受忍論－その形成過程と戦後補償制度における役割」,『地域社会統合科学』23巻1号, 2016.

中北浩爾,『自民党－「一強」の実像』, 中央公論新社, 2017.

西川長夫,『国民国家論の射程』, 柏書房, 1998.

日高六郎 編,『1960年5月19日』, 岩波書店, 1960.

藤目ゆき,『占領軍被害の研究』, 六花出版, 2022.

松田延一,『高度経済成長下の国民生活』, 中部日本教育分科会, 1985.

丸山眞男,「日本のナショナリズム」,『新装版 現代政治の思想と行動』, 未来社, 2006(1964).

安岡健一,「地域における「多文化共生」の源流－1970~80年代の大阪府豊中市における在日朝鮮人教育を事例に」,『理論と動態』13号, 2020.

安岡健一,「忘却を伴う統合/継承を伴う包摂－戦後日本と引揚者問題」,『歴史学研究』1015号, 2021.

安岡健一,「共に生きる「仲間」を目指して」, 高谷幸 編,『多文化共生の実験室－大阪から考える』, 青弓社, 2022.

安田常雄,「社会・文化の視座と民衆運動史研究」,『歴史学研究』859号, 2009.

吉澤文寿 編,『歴史認識から見た戦後日韓関係－「1965年体制」の歴史学・政治学的考察』, 社会評論社, 2019.

労働省,『資料労働運動史－昭和33年』, 労務行政研究所, 1959.

Amrith, Sunil, "Migration and Diaspora in Modern Asia", Cambridge University Press, 2011.

Collins, Michael, "Decolonization", John M. MacKenzie ed., *The Encyclopedia of Empire* Vol 2, Wiley Blackwell, 2016.

제3부

구조화와 길항의
자장으로서의 문학

근현대 오키나와에서 전개된 단카短歌

야라 겐이치로

1. 들어가며

단카短歌는 5·7·5·7·7의 5구 31음절로 이루어진 일본의 단시형 문학이다. 현재는 근대 이후의 작품을 단카근대 단카, 현대 단카, 근대보다 앞선 작품을 와카和歌, 고전 와카라고 불러 구별하는 경우가 많다.[1] 와카는 일본에서 고대부터 읊어졌으며, 8세기에는 『만요슈万葉集』, 10세기에는 『고킨와카슈古今和歌集』와 같이 와카를 모은 가집歌集도 편찬되었다.

이 글에서는 일본의 전통 시인 와카와 단카를 오키나와 사람들이 어떻게 수용해 왔는지에 대해 고찰한다. 현재는 일본의 현県 중 하나인 오키나와는 전근대에는 '류큐왕국琉球王国'이라는 일본과는 별개의 국가로 존재했다. 이러한 역사를 가지고 있는 오키나와에서는 어떤 와카와 단카가 읊어져 왔을까?

---

[1] 단카는 본래 일본의 전통적인 시형인 와카 중의 한 형태를 가리키는 말이었다. 그러나 단카 이외의 시형이 쇠퇴하고 단카가 계속 읊어지자 헤이안시대 무렵에는 와카와 단카는 같은 의미로 쓰이게 되었다. 메이지시대 중반 무렵에는 와카를 혁신하려는 움직임이 활발해지면서 기존의 작품을 와카, 새로운 작품을 단카라고 부르며 구별하게 되었다. 이 글에서는 근대 이후의 작품을 단카, 그보다 앞선 작품을 와카라고 부르기로 한다.

2. 류큐왕국시대 와카의 수용

근현대 오키나와의 단카 전개를 살펴보기에 앞서 먼저 전근대, 즉 류큐왕국시대의 와카 수용에 대해 개관하기로 한다.[2]

류큐왕국은, 15세기 쇼하시尚巴志가 오키나와섬에 할거하고 있던 3개의 세력산잔(三山)을 지배하고 있던 것을 오키나와섬으로 통일하여 성립했다. 류큐는 중국에 조공을 바치거나 일본, 조선, 동남아시아의 여러 나라와 무역을 전개하면서 국가로 성장해 나갔으나, 1609년 사쓰마薩摩의 다이묘大名 시마즈 氏島津氏의 침공을 받는다. 이후 류큐는 사쓰마, 그리고 근세 일본을 통치하던 에도江戸 막부에 복속하게 되었으나 국가적 형태는 유지되었고, 정치도 류큐의 국왕인 쇼하시 아래에서 이루어졌다. 또한, 중국에 조공을 계속 바쳤으며 류큐 국왕은 중국 황제의 책봉도 계속 받았다. 이처럼 일본과는 다른 나라로 존재했던 류큐에서 와카는 어떻게 수용되었을까?

류큐왕국 성립 이후 일본과의 외교, 무역이 활발해지는 가운데, 류큐에는 일본의 다양한 문화가 들어왔을 것으로 사료된다. 16세기에는 와카를 읊는 류큐 사람이 있었다는 사실도 사료에서 확인된다. 다만, 이 시기 와카를 읊은 류큐 사람은 왕족이나 고위층 등 극히 제한된 이들이었을 것으로 추정된다. 당시 와카는 여러 수사나 일상어와는 다른 '우타고토비歌詞'라는 말을 사용했다. 또한, 단순히 5·7·5·7·7의 음수를 지키기

---

2   이 장에서의 기술은 주로 屋良健一郎, 「琉球における和歌の受容と展開」, 荒木浩 編, 『古典の未来学－Projecting Classicism』, 文学通信, 2020을 참고로 한다.

만 하면 되는 것도 아니고, 과거의 작품도 감안하여 읊을 필요가 있었다. 일본인이라도 와카를 읊기 위해서는 단련이 필요했을 것인데, 평소 류큐어를 구사하던 류큐인이라면 더욱 와카를 읊기 어려웠을 것이다.[3] 류큐에서 와카를 읊는 사람이 증가하는 것은 사쓰마의 지배하에 들어간 후의 일이다.

1609년 류큐왕국은 사쓰마의 침공으로 그 지배하에 들어가게 되자 이전보다 류큐에서 사쓰마로 더 자주 사신들이 파견되었고, 마찬가지로 사쓰마 관리들도 류큐에 머물게 되었다. 즉 1609년 이후에는 류큐 관인琉球 사족과 사쓰마 사신사쓰마 번사 간의 교류가 그 어느 때보다 활발해졌다. 그리고 류큐 관인은 사쓰마 관리들과 어울리는데 교양으로 일본문화를 익혀 둘 필요가 있었다. 시키나 세이메이識名盛命, 1651~1715라는 류큐 관인이 17세기 말에 쓴 기행문 『오모이데쿠사思出草』를 읽어 보면 세이메이가 류큐 국왕의 사신으로 사쓰마에 머물 때 사쓰마번 사람들과 와카를 주고받았다는 것을 알 수 있다.池宮, 1990 사쓰마 번사藩士 중에는 와카를 좋아하는 사람들도 있었는데 그런 사람들과의 교제를 위해 류큐인도 와카를 읊을 필요가 있었다.

또한 류큐 국왕의 즉위나 에도 막부의 도쿠가와德川 장군의 대물림 때,

---

3   류큐어에 관해서는 일본어 방언의 하나라는 입장과 독립된 언어라는 입장이 존재한다. 어떤 경우든 전근대 일본 사람들과 류큐왕국 사람들이 구어체로 의사소통을 하는 것은 쉽지 않았을 것으로 추정된다. 예를 들면, 시마즈 씨(島津氏)의 가신이었던 전국 무장 우와이 가쿠켄(上井覺兼, 1545~1589)의 일기에 따르면, 덴쇼(天正) 3년(1575)에 사쓰마를 방문한 류큐 사절은 일본인을 통역으로 동행하고 있었다(『우와이 가쿠켄 일기(上井覺兼日記)』, 덴쇼 3년 4월 1일 항목).

류큐의 사신이 가고시마鹿児島를 거쳐 에도까지 파견되었다. 이를 '에도
다치江戸立'라고 하는데, 이 여행 중에도 류큐인은 와카를 읊었다. 그 예로
1842년 '에도다치' 때 우라소에 조키浦添朝憙, 1805~1854은 다음과 같은 와카
를 읊었다.池宮, 1985

> 日の本のやまの君ともみゆる哉くものうへなる不二の高根は
>
> 일본에 있는 산들의 군주처럼 보이는구나 구름보다도 높은 후지산 산봉
> 우리는

위의 와카는 '일본에 있는 산들의 군주처럼 보이는구나 구름보다도
높은 후지산 산봉우리는'이라는 뜻이다. 에도로 향하거나 에도에서 돌아
올 때 실제로 후지산을 보고 읊었던 와카일 것이다. 오키나와의 산은 해
발고도가 낮다. 그런 섬에서 온 류큐인은 후지산을 보고 매우 놀랐을 것이
다. 후지산을 눈앞에서 본 감동이 전해지는 와카이다. '에도다치' 때는
사쓰마의 번사도 동행하고 있었기 때문에 류큐인과 번사들이 읊은 와카
도 있었을 것이다. 또한 여행 도중 만나는 지방의 문화인과 류큐인이 와
카를 서로 주고받기도 했던 것 같다. 예를 들어, 앞서 언급한 우라소에 조
키는 1842년 '에도다치'에서 돌아오는 길에 미노노쿠니美濃国의 스노마타
墨俣, 현 기후현 오가키시 스노마타를 방문했을 때, 이 지역의 가인歌人 사와이 시모토
沢井若木와 와카를 주고받았다고 한다.[4]

---

4   墨俣町史編纂委員会, 『墨俣町史』, 岐阜県安八郡墨俣町役場, 1956, p.463.

이처럼 사쓰마 체류 중이나 '에도다치' 여행 중 류큐인들은 자주 와카를 읊었다. 류큐인에게 와카는 사쓰마번의 관리, 일본문화인과의 교류에 필요한 것이었다. 또한 근세 사쓰마 사람들과의 교류 기회가 늘었다고는 하지만, 일상에서 류큐어를 구사하던 류큐인에게 와카를 읊는다는 것은 여전히 쉬운 일이 아니었을 것이다. 앞서 이름을 거론한 우라소에 조키는 근세 류큐를 대표하는 가인인데, 그가 사쓰마 번사에게 보낸 서한에는 "류큐에도 예전보다는 와카, 와문和文을 즐기는 사람도 있지만, 일본의 관습이라는 것이 간단하게 류큐에 전해지지는 않습니다"라고 한 대목에서 와카를 배우는 것이 어렵다는 것을 알 수 있다.[5] 류큐 관인들은 일본의 유명한 가집과 가서歌書를 입수해 읽고, 직접 만든 와카를 사쓰마 번사에게 첨삭 받아 와카 실력을 갈고 닦으며 사쓰마, 일본 사람들과의 교류에 와카를 활용했다.

그런데 류큐에는 와카와는 별도로 류큐어로 읊는 류카琉歌라는 독자적인 노래가 존재한다. 류카는 8·8·8·6의 4구 30음으로 음수도 와카와 다르다. 또 옛날에는 샤미센三線 연주에 곁들여 읊었다. 흥미로운 것은 류큐인이 읊은 와카에는 류큐의 풍토를 읊는 경우가 거의 없으나, 류카에는 류큐의 풍토가 나타나 있다는 것이다. 예를 들면, 근세 류큐 와카에 등장하는 식물 소나무, 매화, 버들, 벚꽃, 국화, 단풍, 대나무 등은 예부터 일본의 와카에서 많이 읊어졌다. 그러한 점에서 일본인의 와카와 류큐인의 와카는 별 차이가 없다. 그러나 류카에는 예를 들어 다음과 같은 와카가

---

5   琉球王国評定所文書編集委員会, 『琉球王国評定所文書 第十巻』, 浦添市教育委員会, 1994, p.130. 인용 부분에 있는 '和文'은 히라가나를 주로 사용한 문장이다.

있다. 와카 아래 가타카나는 이 와카를 류큐어로 읽은 것이다.

あだね垣だいんす 御衣かけて引きゆり だいんすもとべらひや 手取て引きゆさ

アダニガチデンスィ ンスカキティフィチュイ デンスィムトゥビレヤ ティトゥテ

ィフィチュサ

위의 와카에서 'あだね垣'는 아단阿檀이라는 식물의 산울타리를 가리 킨다. 이 와카는 '아단의 산울타리조차 남의 옷을 걸고 만류하니 인간이 옛 애인의 손을 잡는 것은 당연하다'라는 뜻이다. 아단은 오키나와 해안 근처에 생육하고 있는 나무로 잎에 가시가 있다. 이 와카는 아단의 가시 가 기모노를 잡아당긴다고 읊고 있는데 아단의 특징을 생생하게 살린 유 머러스한 작품이라 할 수 있다. 아단은 오키나와를 포함한 난세이제도南 西諸島의 일부에 분포하는 식물로 류큐 사람들에게는 친숙한 식물이었지 만, 당시 일본에서는 거의 알려지지 않은 식물이었을 것이다. 당연히 일 본인이 읊은 와카에는 아단이 나오지 않는다. 그리고 의외일지 모르지만 실은 류큐인이 읊은 와카에도 아단은 나오지 않는다. 즉, 류큐인들은 와 카를 읊을 때는 매화나 벚꽃과 같은 일본에서 오래전부터 읊어온 식물을 읊었지 류큐 독자의 식물을 읊지는 않았을 것으로 추정된다. 이렇듯 류 큐인들은 와카를 읊을 때, 일본에서 읊은 것과 같은 '와카다운 와카'를 지 향했다고 할 수 있다. 또한 일본어로 읊는 와카보다 자신들의 언어인 류 큐어 쪽이 자신들의 생활과 감정을 자연스럽게 표현할 수 있었을 것이 다. 결과적으로 근세 류큐에서는 와카보다 류카 쪽에 류큐의 풍토가 읊

어지고 있었을 것이다.嘉手苅, 2003

덧붙여 아직까지 근세 류큐 여성이 와카를 읊었다는 사실은 확인된 바가 없다. 류큐에서 와카는 남성이 읊는 것으로 서민이 아니라 관인이 읊는 것이었다. 이는 같은 시기 일본에서는 와카의 작자 중 여성도 어느 정도 존재하는 것과는 다르다. 또한 같은 류큐에서 읊은 노래라도 류카가 여성과 서민을 포함하여 폭넓은 계층의 사람들에게 읊어진 것과도 대조적이다. 이러한 점에서 류큐에서 와카는 남성 관인들이 사쓰마, 일본인들과의 교류에 필요한 교양의 하나라는 성격이 강했다고 할 수 있다.

그런데 와카를 읊는 류큐인이 존재하는 것은 근세 일본문화인들에게는 특별한 의미를 가지고 있었던 것 같다. 류큐인이 '에도다치' 때 읊은 와카는 일본의 여러 문헌에 기록되어 있다. 일본의 전통적인 시 형식인 와카를 류큐인이 읊는 것에 대해 하야시 시헤이林子平, 1738~1793는 "琉球という遠方の地までも日本の感化を受けている証拠である"『三国通覧図説』라 했다. 이는 '류큐라는 먼 곳에 있는 땅까지도 일본의 감화를 받고 있다는 증거'라는 뜻이다. 마쓰라 세이잔松浦静山, 1760~1841은 "我風の異域に及べる一端"『甲子夜話』, 즉 '일본의 감화가 이국에까지 미치고 있는 예'로 보았다.中澤, 2005 일본과는 다른 나라인 류큐 사람들이 와카를 읊는 것은 일본의 영향이 이국에도 미치고 있음을 보여주는 자랑스러운 일이었다.錦, 2016

3. 오키나와의 근대 단카

전근대 와카의 수용에 대한 설명이 길어졌는데, 이제부터는 이 글의
본론인 근현대 오키나와의 단카를 살펴보기로 한다. 근세에는 일본의 사
쓰마번에 복속하면서도 일본과는 별개의 국가로 존재하던 류큐왕국이
었으나 근대에 들어서면서 이 관계는 소멸되었다. 1879년 메이지 정부
가 류큐왕국을 오키나와현으로 하여 일본 일부에 편입시켰기 때문이다.
류큐 사족 중에는 청^{중국}의 지원에 기대를 걸고 일본에 저항하여 류큐왕
국의 부활을 목표로 하는 사람들도 있었다. 그러나 청일전쟁^{1894~1895}에서
일본이 중국에 승리하자 그러한 움직임도 사그라들었고, 류큐왕국이라
는 독자적인 국가를 형성하고 있던 사람들은 일본의 현의 하나로 살기로
결정했다.

오키나와를 일본의 일부로 통치하기 위해 메이지 정부가 공을 들인
것이 교육이었다. 일본과는 다른 국가였던 오키나와의 사람들을 일본의
'국민'으로 만들기 위해서는 애국심을 키우기 위한 동화 교육, 황민화 교
육이 필요했다.^{浅野, 1991} 오키나와현에 설치된 각종 학교에서는 표준어를
가르치는 것이 중시되었으며, 오키나와의 전통적인 머리 모양과 복장도
일본과 동일하게 하는 것이 추진되었다.

이러한 교육은 류큐, 오키나와의 전통적인 언어와 풍속을 경시하고
쇠퇴시켰다는 점에서는 문제가 있지만 문학에 새로운 전개를 가져왔다
는 측면도 있다. 문학 연구자 오카모토 게이토쿠^{岡本恵徳, 1934~2006}는 오키나
와 근대문학의 출발은 '근대적인 문학표현이 가능한 주체의 등장'과 '대

중적인 발표기관의 존재'가 큰 역할을 했다고 지적했다.岡本, 1981:14 즉, 근대 교육을 받아 표준어일본어에 능숙하며, 중앙도쿄 문단의 새로운 표현을 익혀 창작활동을 전개하는 사람들의 등장, 그리고 오키나와 신문 창간[6]과 신문지로의 작품발표는 오키나와 근대문학 성립에 필수적이었다. 그러한 상황이 정비되는 것이 1900년경이다.

바로 그 무렵, 도쿄에서는 마사오카 시키正岡子規, 1867~1902와 요사노 아키코与謝野晶子, 1878~1942와 같은 새로운 문학가가 등장하여 와카 혁신 운동이 진행되고 있었다. 근대 초기까지의 와카는 추상적, 관념적, 유형적인 작품이 많았으나, 혁신 운동을 거쳐 등장한 근대 단카는 작가 자신이 본 것, 경험한 것이나 심정을 자신의 말로 구체적으로 표현하는 것을 중시했다.佐佐木, 1998 즉, 근대 단카는 이전의 와카와 비교하면 '개인'과 '개성'을 중시하게 된 것이다. 이러한 중앙에서의 움직임이 오키나와에도 전해져 근대 단카를 읊는 사람들이 나타난다.

君よ君わがのぞみをばきき給へいざ接吻けむいざ抱寝せむ

그대여 그대, 내가 바라는 바를 들어주세요 자, 입맞춤하고 껴안고 잠듭시다

阿嘉悠帆,『沖縄毎日新聞』, 1910.10.7.

---

6   1893년 창간된 『류큐신문(琉球新報)』을 시작으로, 1905년 『오키나와신문(沖縄新聞)』, 1908년 『오키나와마이니치신문(沖縄毎日新聞)』이 창간되었다.

肺痛みて打ち臥す君が枕辺の牛乳瓶に秋陽流るる

폐가 아파서 누워 있는 당신의 베개 가까운 우유병에 가을의 햇살 드리워
지네

上里無春, 『琉球新報』, 1916.4.8.

아카阿嘉의 와카는 '그대여 그대, 내가 바라는 바를 들어주세요 자, 입
맞춤하고 껴안고 잠 듭시다'라고 호소하고 있다. 남녀 간의 애정을 대담
하게 부르는 것은 요사노 아키코의 영향으로 보인다. 우에자토上里의 와
카는 '폐가 아파서 누워 있는 당신의 베개 가까운 우유병에 가을의 햇살
드리워지네'라는 의미이다. 병을 읊는 것은 근대 단카의 특징 중 하나이
다. 이들의 와카는 중앙의 작풍이 오키나와의 단카 작가들에게 영향을
미쳤음을 느낄 수 있게 한다.

囚人の鎖の如く妻といふ名を呪ひたりいらだてる身よ

죄지은 이를 묶는 쇠사슬 같은 아내란 호칭 저주를 하고 있네 불안정한
처지여

妻の名はさもあらばあれ吾子の為によき母となりて生きむと思ふ

아내란 호칭 어찌되어도 좋네 내 아이 위해 좋은 엄마가 되어 살기로 다
짐하네

池宮城美登子, 『琉球年刊歌集』, 1926.

메이지시대 이후에는 여성 가인도 등장한다. 이 글에서는 다이쇼시대 마지막 해인 1926년 오키나와에서 출간된 가집 『류큐 연간 가집琉球年刊歌集』에서 아라가키 미토코新垣美登子, 1901~1996 의 작품 두 수를 인용했다. 미토코는 근대 오키나와의 소설가, 가인으로 알려진 이케미야기 세키호池宮城積宝와 결혼했기 때문에 이 시기는 이케미야기 미토코池宮城美登子라는 이름으로 작품을 발표했다. 이 작품을 발표할 무렵, 두 사람 사이에는 아들이 있었지만 결혼 생활은 이미 파탄 난 상태였다. "죄지은 이를 묶는 쇠사슬 같은 아내란 호칭 저주를 하고 있네 불안정한 처지여"라는 첫 번째 와카는 부부 관계가 좋지 않은데 남들은 자신을 '아내'로 여기기 때문에 '아내'로 살 수밖에 없는 고통을 읊고 있다. 미토코라는 한 사람이 아니라 '이케미야기 세키호의 아내'로 살아야 하는 자신. '아내라는 호칭은 이제 신경 쓰지 않는다. 내 아이우리 아이를 위해 좋은 엄마가 되어 살려고 한다'라는 두 번째 와카에서는 '아내'가 아닌 '어머니'로 사는 것에 대한 희미한 희망을 엿볼 수 있다.

류큐왕국시대에는 여성이 읊은 와카는 확인할 수 없다는 것을 앞서 언급했다. 근대에 이르러 학교 교육이 보급되면서 단카를 읊는 여성이 등장한 것이었으며, 미토코의 노래는 그러한 근대 단카의 새로운 전개를 보여주는 것이었다.

그런데 오키나와의 근대 단카를 말할 때 자주 인용되는 작품이 있는데 아래와 같은 단카이다.

山といふ山もあらなく川もなきこの琉球に歌うかなしさ

산이라 칭할 산도 없고 강 또한 없는 이 류큐 여기에서 단카를 읊어야 하는 슬픔

長濱芦琴, 『琉球新報』, 1910.11.9.

'산이라고 할만한 산도 없고 강도 없는 이 류큐에서 단카를 읊는 슬픔이여'라고 이 가인은 말한다. 물론 실제로는 오키나와섬에도 해발고도는 낮지만 산이 있고 작지만 강도 있다. 이 작자가 말하는 '산'이나 '강'이란 단카로 읊을 수 있는 자연이라는 뜻으로 여겨진다. 일본에는 예로부터 와카로 읊어져 온 산과 강이 있다. 그러한 전통적인 산이나 강이 오키나와에는 없는 것이라고 이 가인은 말하고 있는 것이다. 근대에 일본으로 새롭게 편입된 오키나와의 후진성에 대한 한탄과 열등감이 이러한 단카를 만들어냈는지도 모른다.岡本, 1981

이런 한탄도 있는가 하면 근대 오키나와 작가들이 오키나와 풍토를 표현했다는 사실도 잊어서는 안 된다. 예를 들어, 야마시로 세이추山城正忠, 1884~1949은 다음과 같은 단카를 읊었다.

ふるさとは琉球といふあわもりのうましよき国少女はたよし

나의 고향은 류큐라고 하는 곳 아와모리 술맛이 좋은 곳 소녀 또한 아름다운 곳

『明星』, 1908.6.

思ふ子をがじまるの実の赤らめる木陰に待てばふる雨もよし

사랑하는 이 가지마루 열매가 빨간 나무의 그늘에서 기다릴 때 내리는 비
도 좋네

『スバル』, 1910.4.

야마시로 세이추는 1907년부터 1911년까지 도쿄에 있었는데 그 무
렵의 작품이다. 첫 번째는 '제 고향은 류큐라는 곳인데 아와모리라는 술
이 맛있는 좋은 곳입니다. 소녀 또한 아름답습니다'라고 읊었다. 두 번째
단카의 '가지마루がじまる'는 용수榕樹로 오키나와에서 흔히 볼 수 있는 나
무이다. 류큐어로 '가지마루가쥬마루'라고 한다. '열매가 붉어진 가쥬마루
나무 그늘에서 연인을 기다리고 있으면 내리는 비 또한 좋은 것으로 느
껴진다'고 읊고 있다. 이처럼 위의 단카들은 '아와모리', '가지마루'와 같
은 오키나와의 독자적인 풍토를 읊고 있으며, 이는 류큐왕국시대의 와카
에서는 볼 수 없던 경향의 작품이다. 이렇게 개성을 중시하는 근대 단카
의 등장으로 오키나와 사람들도 자신들의 풍토를 표현하게 된 것이다.

崇元寺の下馬碑ひそけし門前に梯梧の花は咲きさかりつつ

소겐지의 하마비는 고요히 자리를 지키고 문 앞에는 엄나무의 꽃이 흐드
러지게 피어 있네

西幸夫, 『心の花』, 1939.7.

니시 사치오西幸夫의 본명은 시마부쿠로 젠파쓰島袋全発, 1888~1953이다. 오

키나와 역사를 연구한 인물로 그의 단카에는 오키나와의 풍경과 문화가 담겨 있다. 소겐지崇元寺는 16세기 창건되었으며, 절 앞에는 1527년 하마비下馬碑가 세워졌다. 위의 단카는 '소겐지의 하마비는 조용하게 지금도 서 있다. 그 소겐지 문 앞에는 엄나무꽃이 붉게 피어 뽐내고 있다'라고 읊고 있다.

야마시로 세이추의 작품이 실린 『묘죠明星』, 『스바루スバル』 그리고 니시 사치오의 작품이 실린 『고코로노하나心の花』는 모두 중앙에서 발행되던 잡지이다. 그들은 오키나와 신문이나 잡지에 작품을 발표할 뿐만 아니라 중앙 잡지에도 작품을 투고하고 있었다. 그리고 그 작품들 중에는 위와 같이 오키나와의 풍토를 읊은 노래들을 볼 수 있었다.

그런데 근데 오키나와 사람들이 읊은 단카 중에는 다음과 같은 작품도 있다.

また明日も劣等人種とのろしらる身と思ひつつまろねしにけれ

다시 내일도 열등한 인종이라 욕 먹을 처지 생각하면서 옷을 입은 채로 잠드네

摩文仁朝信, 『沖縄毎日新聞』, 1909.7.11.

마부니 조신摩文仁朝信, 1892~1912은 1909년 5월부터 8월경까지 교토에 머물렀는데 위의 단카는 그때의 것으로 보인다. 'のろしらる'는 아마 '욕을 먹다ののしられる'의 뜻일 것이다. '또 내일도 "류큐인은 열등한 인종이다"라고 욕을 먹는 자신의 처지를 생각하며, 옷을 입은 채로 잠들어 버렸

어'라고 라고 읊었다.

「あなたのお国は?」「へへえさうかい琉球かい」何を! 涙! くやし涙

'당신의 고향은?' '아니 그래요? 류큐라구요?' 어쩌라고! 눈물! 억울한 눈물

禿野兵太, 『琉球年刊歌集』, 1926.

작자인 히라노 베타禿野兵太가 어떤 인물인지 알 수 없지만, 마부니와 마찬가지로 오키나와현이 아닌 곳에 체재하고 있었던 적이 있는 것일까? 출신을 묻는 질문에 오키나와라고 대답하면 상대방의 무시하는 듯한 반응에 슬픔과 억울함이 느껴진다.

원래는 일본과는 다른 나라로 독자적인 문화를 가지고 있던 오키나와는 다른 지역보다 늦게 일본의 일부가 되었다. 오키나와 고유의 언어와 문화는 다른 지역 사람들로부터 차별당하기도 했다.[7] 오키나와의 근대 단카에는 독자적인 문화를 자랑스러워하며 당당하게 읊은 작품도 보이는 한편 당시 오키나와 차별에 고뇌하는 작가의 모습도 엿보인다.

이윽고 중일전쟁 개시1937와 태평양전쟁 개전1941으로 일본 국내에서는 전의를 불태우는 단카를 많이 읊었는데 오키나와도 예외는 아니었다.

恋に振舞ふやから束ねおきて太刀うちおろす時は来にけり

---

7   이러한 오키나와에 대한 일본 내 타 지역 사람들의 차별이 나타난 사례로 잘 알려진 것이 1903년 인류관 사건이다. 오사카에서 열린 내국권업박람회(内国勧業博覧会) 인근에 설치된 가설 전시장 '인류관'에 아이누 민족, 중국인, 조선인, 류큐인 등이 나란히 오른 것이다.

자기 멋대로 행동하는 것들을 모조리 모아 칼로 내리쳐서 처단할 때 왔
도다.

日の本の光を見せん蝿よりももろき翼もて群機もて来れ

일본의 광영을 보아라 파리보다도 약한 날개로 무리 지어서 오너라

西幸夫, 『鶯』, 1942.2.

니시西는 '제멋대로 행동하는 자들미국 등 적국을 모조리 칼로 처단할 때
가 되었다'라고 읊고, 야마시로는 '일본의 빛일본의 힘을 보여주자. 파리보다
약한 날개를 가진 미국 군용기여 무리 지어 일본에 덤벼드는 것이 좋다'
라고 읊었다. 이렇게 오키나와의 풍토를 정감 있게 읊어온 표현자들도
전시의 열광에 몸을 던졌다.

그리고 1945년 4월, 미군이 오키나와섬에 상륙하면서 일본군과 치
열한 전투가 벌어졌다. 전쟁에 동원된 주민을 포함하여 많은 오키나와의
민중이 사망했다. 오키나와 민중 4명 중 1명이 사망한 이 전쟁은 녹음이
가득한 남쪽 섬의 풍경을 모조리 바꿔놓았다. 오키나와전을 경험한 언어
학자 나카소네 세이젠仲宗根政善, 1907~1995은 다음과 같은 단카를 읊었다.

沖縄戦かく戦えりと世の人の 知るまで真白なる丘に 木よ生えるな草よ繁るな

오키나와전 그 싸움을 세상 사람 알 때까지는 새하얀 언덕에는 나무, 풀
도 나지 마라

仲宗根政善, 『蚊帳のホタル』, 1988.

이 단카는 일본군의 조직적인 전투가 종결된 1945년 6월 23일부터 며칠이 지났을 무렵에 본 풍경을 읊은 것이라고 한다. 구체적으로 언제 읊은 노래인지는 알 수 없지만 아마도 1945년 당시가 아니라 오키나와 전 이후 어느 정도 세월이 흐른 뒤 기억을 바탕으로 읊었을 것이다. '오키나와에서 이러한 전투가 있었다는 것을 세상 사람들이 알기 전까지 저 새하얀 언덕에 나무도 풀도 자라지 말라'고 작가는 말한다. 언덕이 하얀 빛을 띠고 있는 것은 전쟁으로 초목이 타버리고 잔해가 흩어져 있기 때문일 것이다. 보통은 초목이 전쟁 전처럼 원래대로 되기를 바랄 텐데 이 작자는 그렇지 않다. 이 비참한 풍경이 그대로 남아 많은 사람이 오키나와전에 대해 알았으면 좋겠다고 읊고 있다. '세상 사람'이란 오키나와 전을 체험하지 않은 사람들, 즉 오키나와현에 거주하지 않는 사람들이나 전후에 태어난 사람들을 가리키는 것일 것이다. 보통 단카는 31음으로 이루어지는데 이 단카는 44음으로 글자 수를 많이 초과했다. 그만큼 5·7·5·7·7의 31음이라는 정형에 담을 수 없는 오키나와전에 대한 작자의 생각을 느끼게 하는 단카이다.

4. 오키나와의 현대 단카

오키나와 사람들의 전후는 수용소에서 시작되었다. 오키나와전 때 오키나와섬에 상륙한 미군이 각지에 수용소를 설치, 민간인과 포로를 수용한 것이다. 수용소에서 단카를 읊던 사람도 존재하지만 단카가 전쟁 전과 같은 활기를 되찾은 것은 사람들이 수용소 생활에서 해방되고 작품발표의 장도 어느 정도 갖춰진 1950년 이후일 것이다. 신문에 작품이 발표되었고 단카 동인지가 발행되기도 했으며, 현 내에서 발행된 문예지에 단카가 게재되기도 했다. 이렇게 출발한 오키나와의 현대 단카에서 특히 중요한 주제가 된 것이 오키나와전 체험을 노래하는 것, 그리고 미군 기지에 대해 읊는 것이었다. 여기서는 미군 기지와 관련된 단카 위주로 살펴보자.

1951년 샌프란시스코강화조약에 따라 오키나와는 일본에서 분리돼 미국의 시정권 아래 놓이게 되었다. 냉전 격화와 한국전쟁 발발을 배경으로 아시아에서 미국의 거점으로 오키나와가 중요시되었기 때문이다. 오키나와에서는 미군이 주민의 토지를 강제로 접수하고 기지를 확대해 나갔다. 또 미군 관계자들과 관련한 사건, 사고도 잇따랐기 때문에 오키나와 사람들은 미군 기지에 대한 분노와 미국 시정권 하의 오키나와의 부조리를 단카로 표현하기 시작했다.

沖縄地図ひろげて記す接収地の朱印大きく憤り増す

오키나와의 지도를 펼쳐놓고 도장 찍는데 접수지 표시 많아 분노가 끓어오네

比嘉美智子, 『月桃のしろき花びら』, 1974.

히가 미치코比嘉美智子, 1935~ 의 위 단카는 1956년 작자가 류큐대학 학생일 때 읊은 것이다. 마침 이 시기, 오키나와에서는 미군의 기지 강제 접수가 사회문제로 대두하고 있었다. 이 단카에서는 오키나와 지도를 펼쳐

미군이 접수한 땅을 붉은색으로 표시해 가다 보면 접수지가 많다는 것을 새삼 깨닫고 치밀어 오르는 분노가 담겨 있다.

米少年の空気銃がまたねらいうつガラス戸越しの我らのいのち

미국 소년의 공기총이 또 다시 저격을 하는 유리창 건너편의 우리들의 목숨

喜納勝代, 『おなり神』, 1973.

기나 가쓰요喜納勝代, 1938~ 의 이 단카는 1970년 작으로 '미국 소년이 공기총으로 우리 집 유리문을 또 쏘고 있다. 그는 유리문 건너편 우리의 목숨을 노리고 있다'라고 읊고 있다. 집 앞에 온 미국인 소년. 장난감 총을 든 그의 출현으로 '우리들의' 생활공간이 단숨에 긴장감이 감돈다. '공기총'으로 '우리들의 생명'이 표적이 되는 것은 과장된 표현으로 받아들여질지도 모른다. 그러나 1959년 미군 기지 안에 들어간 여성이 멧돼지로 오인돼 미군에게 사살된 것을 비롯해 전후 오키나와에서는 미군이 주민에게 총을 겨누는 사건이 잇따르고 있다. 그러한 시대 배경을 알고 읽으면 마음이 무거워지는 단카이다.

미국의 시정권하에 놓인 오키나와에서는 일본으로의 복귀를 바라는 목소리가 높아졌고, 사람들의 바람은 복귀 운동으로 발전했다. 이에 일본을 '조국'으로 흠모하는 아래와 같은 단카도 나타났다.仲程, 2022

たき火消え星の光もやわらぎて胸せまりくる祖国への慕情

꺼진 모닥불 별의 반짝거림도 사그라들자 가슴에 사무치는 조국 그리는
마음

宮城ヨネ, 『新沖縄文学』 創刊号, 1966.

이윽고 1972년 오키나와는 일본으로 복귀되었으나, 미군 기지가 유
지된 채로 일본 복귀가 이루어진 것에 실망한 오키나와 사람들도 적지
않았다. 복귀 후 현재에 이르기까지 기지와 관련한 단카는 계속 읊어지
고 있다.

静かなる朝を破りて戦闘機 力があれば鳥に変えたし

고요한 아침 요란하게 깨우는 미군 전투기 내게 힘이 있다면 새로 바꾸고
싶네

知念和美, 『沖縄タイムス』, 2003.3.23.

四十メートルの台風島をもてあそぶ基地を巻き上げさらってくれぬか

40m의 태풍이 섬을 초토화하는데 기지도 휩쓸어 올려 가주지 않으려나

玉城寛子, 『沖縄タイムス』, 1997.8.31.

위의 단카들은 오키나와에서 발행되는 신문의 단카 투고란에서 인용
한 것이다. '조용한 아침 소음을 내며 전투기가 날아간다. 나에게 마법을
부릴 수 있는 힘이 있다면 전투기를 새로 바꿔버리고 싶다.' '풍속 40m의

태풍이 오키나와를 강타하고 있다. 그 강한 바람이 기지도 휩쓸었으면 좋겠다.' 이렇게 이들 단카에서는 자신의 힘으로는 어쩔 수 없는 미군기, 미군 기지를 소멸시키기 위한 힘이 상상으로 나타나고 있다.

島ことば天蛇は「虹」基地からめ軍用機搦め水無月の空
섬의 언어로 하늘의 뱀天蛇은 '무지개' 기지 휘감고 군용기를 휘감는 6월의 하늘

比嘉美智子,『一天四海』, 2005.

ああ五月戦火に焼かれし人ら来て基地の金網よじのぼりゆく
아아 5월의 전쟁으로 타 죽은 사람들 와서 기지의 철조망을 기어서 올라가네

伊波瞳,『サラートの声』, 2013.

오키나와현 미야코지마宮古島에서는 무지개를 '하늘의 뱀天蛇'이라고 한다고 한다. 히가 미치코의 단카는 지상에서 하늘로 뻗어나가는 무지개가 마치 하늘을 향한 뱀 같고, 그 뱀이 미군 기지나 군용기를 휘감아 파괴해 가는 듯한 박진감이 있다. 미나즈키水無月는 6월. 1945년 오키나와전은 특히 4월에서 6월에 전쟁으로 인한 사망자가 많았다. '하늘의 뱀'은 마치 전쟁 사망자들의 원수를 갚으려는 것 같기도 하다.

이하 히토미伊波瞳의 단카도 오키나와전에 관련된 것이다. 1945년 5월 전화戦火로 화상을 입었던 사람들이 현재 오키나와로 돌아와 미군 기

지의 펜스를 타고 올라간다.

이 단카 두 수는 오키나와전 사망자들의 억울함과 전후에도 오키나와에 계속 존재하는 미군 기지에 대한 조용한 분노를 느끼게 한다. 동시에 앞서 언급한 지넨 가즈미知念和美, 다마시로 히로코玉城寬子의 단카와 마찬가지로 미군 기지를 어떻게든 하고 싶다는 마음에서 비현실적인 힘이 상상되고 있다고 할 수 있다.

기지에 관한 단카가 계속 읊어지는 한편, 1990년대 이후에는 한때 류큐왕국이었던 오키나와를 자랑할 만한 작품도 눈에 띄게 되었다. 아마도 류큐왕국의 왕성이었던 슈리성首里城의 정전이 1992년 복원되면서 오키나와의 역사문화에 대한 관심이 높아진 것도 영향을 미쳤을 것이다.

なかぞらに雲よぶ首里城清らにて若夏の風に交易船はしる

하늘 한가운데 구름 부르는 슈리성 청아하며 초여름 바람에 교역선 내달리네

名嘉真恵美子, 『海の天蛇』, 1998.

日本の端にあらずしてみんなみのま中とし見よわが島沖縄

일본 구석에 있는 것이 아니라 남쪽의 한가운데로 보자 우리 섬 오키나와

나카마 에미코名嘉真恵美子, 1950~ 는 오키나와의 언어, 역사, 문화를 적극적으로 단카로 읊었다. 첫 번째 단카는 하늘의 푸르름과 구름의 새하얌, 그리고 진홍색의 슈리성의 모습을 읊고 있다. '雲よぶ슈리성이 구름을 부르고 있다'

라는 표현이 슈리성의 당당한 모습을 느끼게 하고 있으며, '若夏초여름'의 상쾌한 바람을 맞으며 바다로 가는 교역선의 모습이 류큐왕국의 번영을 상징하고 있다. 두 번째 단카도 같은 가집에 수록된 작품이다. '일본의 구석이 아닌 남쪽 바다 한가운데 있는 것으로 보시오, 내 섬 오키나와를'이라고 읊고 있다. 일본의 변방, 지방이 아닌 남방의 중심지로 보려는 이 노래의 배경에는 오키나와가 과거 류큐왕국으로서 아시아 각지와의 무역에서 번성한 것에 대한 자부심이 깔려 있는 것이다.

과거에는 류큐왕국이라고 하는 독자적인 국가를 구축하고 있던 오키나와의 사람으로서의 자부심이 높아지고 있는 한편, 일본에 있는 미군 기지의 대부분이 오키나와에 집중되어 미군 기지의 부담을 경감시켜 주었으면 하는 자신들의 목소리가 일본, 미국 양 정부에 도달하지 못하고 있는 상황이다. 그런 오키나와의 상황에 대해 다음과 같은 단카도 읊어지고 있다.

日本語も和歌も捨てたし差別のみ続く琉球に基地の轟音

일본어도 와카도 버려 버렸고 차별만 남아 계속되는 류큐에 기지의 요란한 소리

當間實光, 『大嶺崎』, 2012.

沖縄を供物となして見捨ている大和を吾は祖国と呼ばず

오키나와를 공물 같이 취급해 돌보지 않는 야마토를 조국이라 아니하리

도마 미쓰當間實光, 1943~ 의 단카를 두 수 인용했다. '일본어도 와카도 버리고 싶다. 차별만 계속되는 류큐오키나와에는 기지를 날아오르는 미군기의 굉음이 울리고 있다'고 읊은 첫 번째 단카는 미군 기지의 과중 부담을 '차별'로 여기고 그 '차별'을 강요하는 국가와의 결별을 바라고 있다. 일본어를 능숙하게 구사하고, 단카로 심정을 표현하고 있는 사람이 '일본어도 와카도 버리고 싶다'라고 하는 부분에서 절실한 마음이 느껴진다. 두 번째 단카는 기지 부담을 떠넘기는 '야마토일본'는 오키나와를 공물신에게 바치는 물건로 미국에 바치고 있다고 하고 있다. 그런 일본을 이제 '조국'이라고 부르지 않겠다'며 조국과의 결별을 선언한다.

기지에 대한 분노, 류큐, 오키나와의 사람으로서의 정체성과 자부심, '조국'에 대한 회의. 1972년 일본 복귀 후 50년이 지난 오키나와의 단카는 이러한 키워드들로 표현할 수 있을 것이다.

5. 나가며

이 글에서는 전근대 와카류큐왕국시대의 와카를 개관하고 근현대 오키나와 단카의 행보에 대해 살펴보았다. 류큐왕국의 관인들이 와카에 오키나와 풍토를 거의 읊지 않았던 반면 근현대 오키나와 사람들은 자신들의 풍토를 적극적으로 단카로 표현하고 있었다. 전후에는 오키나와전의 비참함과 미군 기지에 대한 분노를 읊은 단카가 많이 있지만 물론 그뿐만은 아니다. 마지막으로 오키나와 전후 단카 중 내가 특히 좋아하는 한 수를 소개하고 이 글을 마치고자 한다.

月桃の白き花びら口にふくみ感傷ありて君に逆らふ

월도의 하얀 꽃잎을 입에다가 머금었는데 슬픈 마음이 들어 그대를 거역하네

比嘉美智子, 『月桃のしろき花びら』, 1974

히가 미치코가 대학생 때, 오키나와에 기지를 증설하는 미군에 대한 분노를 읊었다는 것은 앞 절에서 언급했다. 위의 단카는 그와 비슷한 시기에 읊어진 것이다. '월도月桃'는 생강과의 식물로 일본에는 오키나와와 규슈 남부 등에 분포한다. 오키나와 사람들에게는 친숙한 식물이다. 이 단카에서는 '당신연인'과 함께 있는데 슬픈 기분이 든 여성이 길가에 피어 있던 월도의 꽃잎을 뜯어 입에 머금음으로써 '당신'에게 대항하려 하고 있다. '당신을 거스르다애인에게 반역하다'라는 것은 무엇을 뜻하는 것일까? 이 남녀 사이에 무슨 일이 있었는지 구체적으로 알 수 없으나 예를 들어, 데이트 도중 여자가 남자의 무심한 언행에 상처를 입고 있고, 그렇지 않은 남자는 입맞춤을 하려고 한다. 여자는 꽃잎을 입에 머금음으로써 그 입맞춤을 피하려 하지 않았을까? 이렇게 상상해 보는 것도 좋다. 월도 꽃의 새하얌이 이 여인의 청아함, 순수함을 상징하는 듯하다. 월도라는 오키나와 식물을 읊으며, 애인을 사랑하는 마음을 잘 표현하고 있다. 오키나와 풍토를 근본으로 한 단카로 매력적인 작품이다.

오키나와가 걸어온 고난의 역사는 오키나와전과 관련한 단카, 미군

기지에 관한 단카로 현대 단카에 존재감을 나타내고 있다. 이러한 단카들을 소중히 하면서도 전쟁이나 기지와는 또 다른 측면에서 앞으로 오키나와의 단카를 논하는 것도 필요할 것이다.

이 글은 일본어로 작성되었으며 김보현(金保賢 / KIM Bo-hyun, 충남대학교 인문과학연구소 연구원, 일본근현대문학 전공)이 번역했다.

참고문헌

浅野誠, 『沖縄県の教育史』, 思文閣出版, 1991.

池宮正治, 「浦添朝熹の作品と若干の問題」, 『琉球大学法文学部紀要 国文学論集』第29号, 1985.

池宮正治, 「和文学の流れ」, 琉球新報社 編, 『新琉球史 近世編(下)』, 琉球新報社, 1990(『池宮正治著作選集3 琉球史文化論』, 笠間書院, 2015에 재수록).

岡本恵徳, 『現代沖縄の文学と思想』, 沖縄タイムス社, 1981.

嘉手苅千鶴子, 『おもろと琉歌の世界』, 森話社, 2003.

佐佐木幸綱, 『佐佐木幸綱の世界5 近代短歌論』, 河出書房新社, 1998.

中澤伸弘, 「近世後期琉球と和歌の受容」, 『神道宗教』197, 2005.

仲程昌徳, 「祖国」をめぐって」, 『現代短歌』, 2022年7月号.

錦仁, 「優美な和歌の陰に」, 『日本人はなぜ, 五七五七七の歌を愛してきたのか』, 笠間書院, 2016.

屋良健一郎, 「琉球における和歌の受容と展開」, 荒木浩 編, 『古典の未来学－Projecting Classicism』, 文学通信, 2020.

전후 마이너리티의 일본어문학과 군사기지

『진달래』와 『류다이분가쿠』를 중심으로

곽형덕

1. 머리말

전후 / 패전 직후 포스트제국시대 마이너리티의 '일본어문학'[1]은 군
사기지화돼 가는 일본 본토와 오키나와를 위구하는 내용을 담고 있다.
군사기지와 문학이라고 하면 해방 이후 미군 기지가 한국 곳곳에 생기면
서 벌어진 마찰과 갈등을 다룬 '기지촌문학Camptown Literature'이 연상될 것
이다.[2] 기지촌문학은 미군과 주민의 갈등, '양공주', 아메라시안Amerasian

---

[1] 전후 / 패전 직후부터 마이너리티가 쓴 '일본어문학(Japanophone Literature)'은 포스
트제국과 전후 마이너리티문학의 관련 양상을 검토할 때 빼놓을 수 없는 개념이다. 여
기서 말하는 일본어문학은 일본인(민족) 작가만이 아니라 '비일본인 작가(오키나와
인, 조선인 등)'에 의해 창작된 작품을 뜻한다.

[2] 기지촌문학은 1990년대 이후 한국소설의 한 계보로 탐구돼 오고 있다. 그동안 20세
기 동아시아 군사기지와 관련된 연구 성과는 역사학과 사회학 분야에서 활발히 전개
돼왔다. 이에 비해 군사기지를 다룬 문학작품에 관한 국내 연구는 그 중요성에 비해
연구 자체가 적고 기지촌문학에 국한돼 이루어지고 있다. 그간 기지촌문학 연구가 저
조했던 것은 손윤권의 『기지촌소설의 탈식민성 연구』(강원대 국어국문과 박사논문,
2010, 10면)에서 밝히고 있듯이 '군대 매춘' 문제가 한국에서 한동안 '금단의 영역'이
었던 것과 관련된다. 기지촌문학은 탈식민주의적 관점의 연구와 여성주의적 관점의
연구로 크게 나눌 수 있다. 하지만 한국 내 기지촌문학 연구는 분단문학이나 반미문학

등을 핵심 주제로 삼는 문학이다. 한국에서는 남정현, 황석영, 조해일, 오정희 등의 미군 관련 소설이 이에 해당된다. 다만 미군과 주민의 갈등에 착안해서 본다면 이는 한국문학만이 아니라 전후 일본어문학에도 적용 가능한 개념어이다. 일본이 패전한 이후, 미군이 진주한 지역인 한국, 일본, 오키나와, 대만 등에는 군사기지가 곳곳에 만들어지면서 토지 수용 등을 둘러싸고 해당 지역 주민들과 갈등을 빚어왔고 이는 현재까지 정도의 차이는 있으나 이어지고 있기 때문이다. 그런 만큼 1945년 이후 상황만 보더라도 기지촌문학은 한국문학만의 문제가 아니라 좁게는 동아시아, 넓게는 제2차 세계대전 이후의 냉전체제 속에서 횡적으로 펼쳐 넓게 사유할 필요가 있다. 하지만 기지촌문학이라는 고유명사에는 한국문학의 자장이 강하기에 동아시아의 군사기지를 아우를 수 있는 새로운 용어를 고안할 필요가 있다.

'군사기지와 문학'은 전쟁문학 개념과 비교하면 장소성이 더욱 강조되며, 군사기지라는 장소와 접경한 지역의 변화 양상을 담고 있는 용어이다. 전쟁 자체가 아니라 군사기지라는 장소성topos에 집중하는 이유는 그동안의 연구가 전쟁 그 자체에 집중한 나머지 전쟁 수행을 가능하게 만든 군사기지와 이를 둘러싼 지역 및 주민과의 갈등 / 교섭 과정 및 전쟁 이후의 상황을 종합적으로 파악하지 못하고 있다는 판단에서다. 전쟁문학 연구에서 전쟁 수행에 필수적인 군사기지의 역할은 간과돼왔던 것

으로 환원돼 동아시아 차원의 시야를 확보하지 못했다는 명백한 한계가 있다. 기지촌은 한국만의 문제가 아니라, 동아시아 차원에서 사유될 때 비로소 그 의의와 한계가 명확히 드러날 것이다.

이 사실이다. 군사기지는 전시가 아닌 평시에도 일상적으로 가동되고 있기에 실제 전쟁이 벌어져 일어나는 전투보다도 더 큰 영향력을 평시에 행사하고 있다고 봐야 할 것이다.

군사기지와 문학의 관련을 논할 때, 전후 일본을 '기지국가'라는 관점에서 논한 남기정의 논의는 하나의 참조점이다. 남기정은 『기지국가의 탄생−일본이 치른 한국전쟁』서울대출판문화원, 2016에서 전후 일본을 양면성을 지닌 '기지국가'로 정의한다.[3] 양면성이라 함은 군사기지화 또한 평화헌법과 마찬가지로 "미국에 의해 강요되었으면서도 일본국민이 주체적으로 받아들인 결과"12면에 다름 아니라는 것이다. 남기정은 1952년 샌프란시스코강화조약 발표와 미일안보조약 발효로 전후 일본이 '전토기지방식'의 '기지국가'로 탄생했음을 지적하는 것만이 아니라 그 모순을 날카롭게 짚어낸다. 그 모순은 '평화국가'와 '기지국가' 사이의 복잡한 관계에서 비롯된다.

일본은 '기지국가'였기 때문에 '평화국가'일 수 있었으며, '평화국가'이고 싶다는 지향이 '기지국가'의 현실을 묵인하고 있었던 것이다. 즉, 두 개의 규정은 상호보완적인 관계에 있으며, 서로를 필요로 하고 있었다. (…중략…) 다시 말하면 '기지국가'와 '평화국가'는 상호 배척적인 개념이 아니라 전후의 어떤 일을 계기로 해서 상호 보완적인 개념이 되었던 것이다. 하나는 현실을

---

3   일본을 기지국가로 설정한 남기정의 논의는 개번 매코맥, 『종속국가 일본−미국의 품에서 욕망하는 지역패권』, 창비, 2008; 신시아 인로, 『바나나 해변, 그리고 군사기지』, 청년사, 2011; 데이비드 바인, 『기지국가』, 갈마바람, 2017 등과 이어져 있다.

표현하고 다른 하나는 이상을 표상하며, 현실과 이상의 동거를 가능하게 했던 것이다. 즉, '기지국가'의 현실 위해 '평화국가'의 이상이 덧씌워져 있었던 것이다.15~16면

전후 일본을 말하는 담론이 주로 '평화주의'와 '군사기지'를 소극적으로 혹은 대립적으로 연결시켜왔던 통상적인 서술과 달리, 남기정은 양자 사이의 관련성을 한국전쟁을 중심에 놓고 구체적이면서도 적극적으로 문제화한다. 이는 전후 평화주의 담론이 내세운 "'비동맹 중립'과 '군사기지화 반대'"라는 슬로건이 군사기지화되는 전후 일본에서 "일본인들의 눈을 합법적으로 가리는 역할"[4]을 했다는 논의로 이어진다.

그렇다면 남기정이 제시한 평화주의와 군사기지의 상호보완성은 전후 일본문학 / 일본어문학 읽기에 어떻게 적용될 수 있을까? 서동주는 일본인들이 '전후'를 평화주의로 인식하는 것은 '냉전'에 대한 이중성 ― '폭력'의 외부화 ― 에 의해 지탱되었다고 해석한다.[5] 서동주는 1950년 대를 평화주의와 군사기지의 상호보완성보다는 미군의 지배를 받는 피해자식민지 = 종속국로서의 인식이 '고도경제성장'에 의해 해체돼가는 과정에 중점을 뒀다.[6] 국가라는 큰 틀에서 보자면 전후 일본의 평화주의와 군사기지화는 남기정의 주장처럼 상호보완적이었지만, 격변하는 1950년

---

4 박태균,「일본은 기지국가로부터 벗어날 수 있을까?-『기지국가의 탄생-일본이 치른 한국전쟁』(남기정, 서울대출판문화원, 2016)」,『역사비평』, 역사비평사, 2016, 414면.
5 서동주,「'전후'와 폭력-한국전쟁, 기지, 원자력」,『일본연구』24, 고려대 글로벌일본연구원, 2015, 273~274면.
6 위의 글, 285면.

대를 살아간 다양한 주체의 관점에서 보자면 서동주의 논의처럼 평화주의와 군사기지는 상호배척적인 관계였다가 고도경제성장을 기점으로 비가시화 된 것이라는 해석도 가능할 것이다.

　　남상욱은 "일본인 작가들의 한국전쟁 내러티브가 동아시아적 공동성이 아니라, 그로부터 떨어져나가는 일본 내셔널리즘의 형성에 기여"[7]하고 있음에 주목하며, 홋타 요시에의 『광장의 고독』과 미시마 유키오의 『교코의 집』, 마쓰모토 세이초의 『검은 피부의 문신』을 분석한다. 전후 일본 작가들의 한국전쟁 관련 작품이 일본인의 '피해자 의식'을 자극해 내셔널 아이덴티티 형성에 기여했다는 해석이다. 이러한 해석은 남기정이 제시한 평화주의와 군사기지의 상호보완적 성격과는 약간의 차이가 있고 군사기지와 문학의 관련을 직접적으로 다루고 있지는 않지만, 일본 본토의 군사기지화가 일본의 내셔널 아이덴티티 형성에 지대한 영향을 끼쳤음을 밝히고 있다는 점에서 관련성이 인정된다. 다만 서동주와 남상욱의 논의는 "강요되었으면서도 일본국민이 주체적으로 받아들인 결과"^{남기정}라는 해석과는 궤를 달리한다. 1950년대라는 맥락에서 '강요'되었지만 '주체적'으로 '기지국가'를 받아들인다는 것의 내실에서 차이를 보인다고 할 수 있다. 그렇다면 남기정의 논의는 1950년대 포스트제국시대 마이너리티의 항거와 문학 활동이라는 각도에서 바라본다면 어떻게 해석될 수 있을까? 1950년대를 다수자 = '일본국민'의 주체성에 근거해 판단한다면, "강요되었으면서도 일본국민이 주체적으로 받아들인 결과"라

7　　남상욱, 「전후 일본문학 속의 '한국전쟁'」, 『비교한국학』 23권 1호, 국제비교한국학회, 2015, 15면.

는 해석은 일견 타당해 보이지만, 전후 / 냉전을 살아간 많은 재일조선인과 우치난추오키나와인 / 민족에게 이는 도저히 받아들이기 힘든 명제다. 또한 다수자 담론에 찬동하지 못 했던 야마톤추본토의 야마토 민족가 재일조선인 및 우치난추와 연대하려 했던 1950년대의 맥락을 조금 더 주의 깊게 살펴봐야 할 것이다.

이 글은 1950년대 군사기지화되는 일본 본토와 오키나와를 우려 섞인 눈빛으로 담아낸 재일조선인문학과 오키나와문학을 분석하는 것을 목적으로 한다. 구체적으로는 전후 일본에서 이루어진 평화주의와 군사기지의 상호보완적 성격을 염두에 두면서 재일조선인문학과 오키나와문학이 '기지국가화'되는 일본과 동아시아를 어떻게 인식했는지에 초점을 둘 것이다. 필연을 띤 우연이겠지만 오사카 재일조선인 시인집단의 동인지 『진달래ヂンダレ』와 오키나와 류큐대학의 동인지 『류다이분가쿠琉大文学』는 같은 해인 1953년에 창간되었다. 『진달래』의 김시종이 1929년 생, 『류다이분가쿠』의 아라카와 아키리新川明가 1931년이며 동인 대부분도 이들과 비슷한 연배인 것으로 볼 때, 두 동인지가 거의 같은 시기에 창간된 것은 단순히 우연이 아니라, 전후 일본의 마이너리티로서 이들이 유사한 문제의식과 시대적 감각을 지니고 있었고 해석하는 편이 타당할 것이다.[8] 2절에서는 『진달래』의 변화 과정과 군사기지화되는 일본 본토의 문제를 바라보는 동인들의 작품 분석에, 3절에서는 1950년대 오키나와 미군 기지 확

---

8   가베 사토시는 이하의 논문에서 아라카와 아키라와 김시종을 비교해 고찰하고 있다. 我部聖, 「他者とつながりを紡ぎなおす言語－新川明と金時鐘をめぐって」, 『音の力, 沖縄アジア 臨界編』, インパクト出版会, 2006.

장에 대응하는 『류다이분가쿠』 동인의 문학적 응전 양상에 초점을 맞춰 분석한다.

2. 『진달래』 동인과 군사기지 일본

일본 제국이 패전한 이후, 재일조선인들의 삶은 남북 분단과 냉전의 심화 속에서 이중 삼중의 현실적 굴레에 갇혀 있었다. 남북의 분단과 전쟁_{내전}은 조선인이라는 정체성의 파열만이 아니라, 재일_{在日} 자체의 지반을 뒤흔드는 사건이었다. 특히 1950년에 발발한 한국전쟁은 참화에 휩싸인 찢겨진 '조국'을 향한 재일조선인의 죄책감만이 아니라, 남과 북으로 나뉜 동포 사회의 뿌리 깊은 갈등을 파생시켰다. 한국전쟁의 발발로 제2차 세계대전 이후 연합군에 의해 무장해제 되었던 일본의 군사시설은 재가동되기 시작되었다. 당시 시인 김시종은 다시 군사기지가 된 오사카에서 생산돼 한반도로 보내지는 살상무기를 막고자 '스이타사건_{吹田事件}', 1952.6.24~25에 참석한다.

오사카는 한국전쟁에서 사용할 무기와 탄약의 생산기지가 되어, 이쿠노_{生野区} 일대의 영세공장에서 만들어진 부품이 국철 스이타조차장을 거쳐 고베항_{神戸港}에서 선적되어 한반도로 보내지고 있었습니다. 한국전쟁이 발발한 지 2년째인 1952년 6월 24일부터 25일 사이, 오사카대 도요나카 캠퍼스에서 노동자, 학생, 시민, 재일조선인들이 한국전쟁에 반대하는 집회를 열고, 집회가 끝난 후 약 1,000명의 시위대는 국철 스이타조차장에 난입해 25분간 구내에서 시위행진을 했습니다.[9]

스이타사건은 조선을 식민 지배했던 일본에서 생산된 무기 부품이 한국전쟁에서 쓰이는 것을 막기 위한 운동이었다. 더구나 그 부품이 이쿠노 일대의 재일조선인에 의해 밤낮없이 만들어지고 있어서 재일조선인 사회의 갈등도 극으로 치닫고 있었다. 당시 스이타사건 등에 참가했던 재일조선인들은 한국전쟁을 계기로 군사기지화되는 일본의 상황이 냉전의 심화와 남북분단의 고착화로 이어지리라는 실감을 품고 있었다.

스이타사건 다음해에 창간된 『진달래』창간 동인 : 김시종, 권경택, 한라, 이술삼, 송익준, 박실, 홍종근[10]의 시작은 일본공산당 민족대책부의 지령에 의해서였다.

해방 후 재일조선인 운동에서는 좌파가 압도적으로 우세했습니다. 그리고 조선인 공산주의자는 코민테른시대의 일국 일당주의 원칙을 답습해서 일본공산당에 입당해 그 지도를 받았습니다. 일본공산당 내에는 조선인 당원을

---

9 니시무라 히데키, 심아정 외역, 『'일본'에서 싸운 한국전쟁의 날들 – 재일조선인과 스이타사건』, 논형, 2020, 8~9면.

10 『진달래』의 발행 호수는 다음과 같다. 1호(창간호) 1953년 2월 16일, 2호 1953년 3월 31일, 3호 1953년 6월 22일, 4호 1953년 9월 5일, 5호 1953년 12월 1일, 6호 1954년 2월 28일, 7호 1954년 4월 30일, 8호 1954년 6월 30일, 9호 1954년 10월 1일, 10호 1954년 12월 25일, 11호 1955년 3월 15일, 12호 1955년 7월 1일, 13호 1955년 10월 1일, 14호 1955년 12월 30일, 15호 1956년 5월 15일, 16호 1956년 8월 20일, 17호 1957년 2월 6일, 18호 1957년 7월 5일, 19호 1957년 11월 10일, 20호(종간호) 1958년 10월 25일. 『진달래』는 1959년 2월에 폐간되었고 그 뒤를 이은 『가리온』이 총 3호 발행되었다. 1호는 1959년 6월 20일, 2호는 1959년 11월 25일, 3호는 1963년에 나왔다.

지도하는 민족대책부^{이하 민대}라는 조선인 당원으로 구성된 섹션이 있었다. (…중략…) 민대 중앙에서 내려온 지령은 "문화 서클을 만들어서 정치에 무관심한 청년을 조직화하라", "서클잡지를 발행해서 조선전쟁에서 공화국의 정당성과 우월성을 선전하라"라는 내용이었을 겁니다. 『진달래』가 민대 중앙으로부터의 톱다운 지령으로 창간된 서클잡지였다는 것은 사실 관계로서 파악해둘 필요가 있습니다.[11]

이러한 과정을 통해 창간되고 운영된 『진달래』였지만, 1955년 무렵부터 비판의 대상이 돼 시련을 겪기 시작한 것은 주지의 사실이다. 이는 재일조선민주전선在日朝鮮民主戰線이 해산되고 재일본조선인총연합회在日本朝鮮人總聯合會, 이하 '조선총련'가 조직된 것과 직접적으로 관련돼 있다.[12] 『진달래』 전기가 재일조선인들의 삶의 문제나, 한국전쟁 및 원수폭原水爆 반대 등을 둘러싸고 "일본인과의 공동투쟁"[13]을 내세웠다고 한다면, 조선총련의 간섭을 받기 시작한 후기는 공화국의 문화통제에 항거하는 서클지 자체의 생존을 둘러싼 투쟁의 양상을 보였다.[14]

---

11 宇野田尚哉, 「東アジア現代史のなかの『ヂンダレ』『カリオン』」, 『『在日』と50年代文化運動―幻の詩誌『ヂンダレ』『カリオン』を読む』, 人文書院, 2010, pp.18~19. 역자가 별도로 표시돼 있지 않은 인용문 등의 번역은 모두 필자에 의한다.
12 『진달래』와 조선총련의 관련에 관해서는 이미 많은 연구가 돼 있고, 이 글의 핵심 주제가 아닌 만큼 이는 간략히 언급만 해둔다. 이와 관련해서는 앞의 책(『『在日』と50年代文化運動―幻の詩誌『ヂンダレ』『カリオン』を読む』)이나, 마경옥, 「1950년대 재일서클시지 『진달래』연구―『진달래』의 갈등과 논쟁의 실상」(『일어일문학』 67, 대한일어일문학회, 2015)에 자세하다.
13 오세종, 「국민문학의 경계지대 '조선부락'―1940~50년대의 문학작품을 중심으로」, 『통일과 평화』 6-1, 서울대통일평화연구원, 2014, 167면.

군사기지와 문학을 초점으로 해서 『진달래』나 김시종의 시를 분석해 보면, 군사기지화되는 일본에 대한 우려를 나타낸 논고나 시가 집중적으로 게재된 것은 역시 『진달래』 전기였다. 조선총련의 정치적 개입이 심각해지는 1955년 중반 이후가 되면, 군사기지화되는 일본의 상황에 대한 우려보다는 '조선'의 전통이나 총련과의 갈등 문제 등으로 관심이 초점이 옮겨간다. 1955년 조선총련 창립 이전 『진달래』 전기, 김시종과 '진달래' 동인들은 샌프란시스코강화조약과 한국전쟁 이후 더욱 심화되는 냉전과 분단에 위기의식을 심화해 가며 '기지 일본'의 현실에 촉각을 곤두세우고 있었다. 기지화되는 일본의 상황을 위구하는 내용은 『진달래』 곳곳에서 논설과 작품의 형태로 발견된다.

㉮ 통일이라는 넓은 의미에 구애받은 나머지 무원칙적으로 전선을 넓히려고 하는 것은 잘못이다. 조국의 통일 독립을 쟁취하고, 민주적 민족 권리를 지키기 위해서는 일본 군국주의 부활을 반대하고, **일본의 군사기지화를 반대**하며, 평화를 지킨다는 아주 당연한 원칙조차 관철하지 못하는 문화 활동이라면 우리들 대중노선에 있어 유해무익하다. _{강조 - 인용자, 이하 동일}

한라, 「문화인에 대한 의견」, 『진달래』 2호, 1953.3.[15]

---

14 이와 관련해서는 마경옥, 「해방 후 재일조선 문학운동－『조선 문예』와 『진달래』의 갈등을 중심으로」, 『한국융합학회논문지』 2, 한국융합학회, 2020를 참조했다.

15 인용은 재일에스닉잡지연구회, 『오사카 재일조선인 시지 진달래 가리온』 1, 지식과교양, 2017, 70면에서 했다. ㉮, ㉯, ㉰는 인용의 편의를 위해 임의로 붙인 것이다. 번역문 인용 시 문법적으로 맞지 않는 부분의 한국어 문장의 조사 등을 일부 수정한 부분이 있음을 밝혀둔다.

ᅟ(나) 미합중국 일본지구 '일본인 진입금지' 일본 속의 이국 미국인가를 일본에서 내쫓자고 우치나다 농민만이 **기지철거**를 외치고 있는 것은 아니지. 시노다 마을 농민들의 이 말에는 조국을 빼앗긴 국민의 비분과 독립에 대한 욕구가 불타 있었다. 술집 여종업원들도 미국군과는 자지 않겠다며 나섰다. 조선정전은 일본국민에게 평화에 대한 확신을 굳게 했다. 이 사람들과 함께 평화롭게 살기 위해 싸우자!

고주파, 「안테나」, 『진달래』 2호, 1953.6.[16]

ᅟ(다) 소년 하나가 / 울타리 앞에 서 / 만개한 벚꽃을 올려다보고 있다 / 가시 철조망에 둘러싸인 울타리 안에 / 벚꽃 가지들이 하늘거리며 드높게 / 하늘거리며 드높게 퍼져 / 엷은 복숭아 빛 꽃잎은 / 일본 땅 아닌 곳에서 지고 있다.

권경택, 「특별거주지」, 『진달래』 12호, 1955.7.[17]

진달래 동인이 비록 공화국 쪽에 몸이 기울어있기는 했지만, ㉮, ㉯, ㉰를 보면 일본의 군사기지화가 불러올 동아시아 역내에서의 파장을 우려하고 있음을 알 수 있다. ㉮에서 한라는 일본의 군사기지화가 "일본 군국주의의 부활"과 이어져, "민주적 민족 권리"를 해칠 수 있음을 우려한다. 마오쩌둥이 한국전쟁에 참여한 이유 중 하나가 일본 군국주의의 부활 가능성[18]이었음을 떠올려본다면, 한라의 글은 당시로서는 생동감이 넘치는 견해였을 것이다. 그에 비해 ㉯는 미군 기지가 일본 주민의 생활

16ᅠ위의 책, 163면.
17ᅠ위의 책, 394면.

터전 안으로 밀고 들어온 현실을 "미합중국 일본지구"로 표현한다. 우치나다內灘는 이시카와현石川県에 있으며 미군의 포탄 발사 테스트를 위해 미군이 1952~1957년까지 접수한 곳이다. 땅을 강제 수용당한 농민을 중심으로 미군 기지 반대 투쟁이 벌어졌던 곳이다.[19] 진달래 동인은 우치나다 투쟁에 초점을 맞춰서 일본의 군사기지화로 인해 피해를 입는 조선인과 일본인 사이의 연대를 시야에 넣고 있고 해석할 수 있다. ㉓는 권경택의 시로 "가시철조망에 둘러싸인 울타리" 안과 밖의 대비를 통해서 안이 "일본 땅"이 아닌 미군의 영역임을 드러내며 군사기지화되는 일본의 상황을 정적으로 드러낸다.

미군의 병참기기로 기능하는 일본의 모습은 『진달래』 2호[1953.3]의 다음 시에 등장한다.

백화점 골목길에서 / 미국병사의 구두가 닦여있었다. / 나는 내 조국 땅을 모른다. / 미국 병사의 구두는, 조국 땅을 알고 있다. / 동포의 피와 눈물이 섞인, / 화약 냄새나는 땅을 알고 있다. / 조국 조선 땅을 알고 있다.

권동택, 「미국병사의 구두」[20]

---

18 노주석 논설위원, 「한국전쟁 60주년 기획 ─ 김일성 각본, 스탈린 연출, 마오쩌둥 주연」, 『서울신문』, 2010.6.11.
    https://www.seoul.co.kr/news/newsView.php?id=20100611010010(최종열람 2022.10.1).
19 안휘자의 시 「우치나다(内灘)접수 반대에 마을 사람 궐기하라!」(『진달래』 4호, 1953.9)는 우치나다 투쟁을 향한 연대의 마음을 담고 있다.
20 재일에스닉잡지연구회, 앞의 책, 62면.

이 시의 재일조선인 화자는 조선을 짓밟고 온 미군병사의 구두가 깨끗이 닦여 있는 모습을 바라보며 분개한다. 여기서 드러나는 것은 심신이 지친 미군병사가 쉴 수 있는 기지가 일본에 존재한다는 사실이다. 같은 호에서 한라는 "요시다吉田의 일본보안대 조선출병을 반대"하며 "일본인이 처한 괴로운 식민지 입장에서 공동의 적"71면을 타파하자고 외친다. 한라는 일본인들이 병참기지의 역할을 넘어 공격기지로서 재무장하는 것을 경계하는 것만이 아니라, '피식민자'의 연대를 주장하며 공동의 적인 미국을 향한 투쟁을 선언하고 있다. 『진달래』 백넘버 중에서 기지국가화되는 일본의 현실에 규탄하는 편집을 한 것은 1953년 6월에 나온 제3호다. 정전을 코앞에 두고 나온 3호의 권두언은 "과거 3년 재일이라는 특수한 조건과 군사기지 일본이라는 조건"107면21 속에서 투쟁해 왔음을 공언하며, '기지철거운동'을 전면에 내세운다. 그런 의미에서 『진달래』는 기지국가화되는 일본에 맞서는 마이너리티들재일조선인, 주류에 맞서는 소수자들의 연대와 투쟁을 기록하는 장이기도 했다.22

1950년대 일본을 '기지국가'라는 시각에서 김시종의 첫 시집 『지평선』1955을 읽어보면 시어의 의미가 새롭게 다가온다. 『지평선』은 1950년 8월부터 1955년 9월까지 발표된 47편의 시를 모은 시집으로 한국전

---

21 이 페이지에 면수만 나와 있는 인용문은 『오사카 재일조선인 시지 진달래 가리온1』에 의한다.

22 이와 관련해서는 1950년대 서클운동과 '기록'이 지니는 의미와 함께 살펴봐야 한다. 『진달래』 또한 50년대 서클운동과 기록운동의 자장 속에 있었다고 할 수 있다. 이와 관련해서는 서동주, 「1950년대 '기록운동'과 '기지일본'의 표상」, 『일본사상』 25, 일본사상사학회, 2013을 참조했다.

쟁, 샌프란시스코강화조약, 제5후쿠류마루 사건, 반둥회의 등에 날카롭게 반응한 기록이다. 오세종이 한국어판 『지평선』 해설에서 적고 있듯이 김시종은 "미군 기지가 일본 각 지역에 ― 특히 오키나와에 ―" 만들어져 있는 상황을 시어에 담아내, "미국의 기지가 존재하는 것만이 아니라 일본의 정치나 생활에 미국이 개입해 사람의 삶과 죽음에도 영향을 미치고 있음"[23]을 드러낸다.

> ㉮ 「개표」 중에서 초출 : 1953.4.
>
> 굳어진 원자핵처럼, / 눈에 보이지 않는 분노를 품고 / 그대들의 표를 포위할 때, / 원폭 아이의, **기지 아이의,** / 바다 저편 전재戰災를 입은 아이의 / 뜨거운 뜨거운 숨결이 밴다. 강조는 인용자, 이하 동일

> ㉯ 「박명」 중에서 초출 : 1954.1.
>
> 아 의식 없는 아침의 속죄여, / **기지**基地 **일본**의 울타리를 돌아다니며 / 덧없이 사라지는 / 한탄했던 나날의 통곡이여, / 승천하지 못한 계속되는 회오가 / 귀 기울여 듣고 있다.

> ㉰ 「후지富士」 중에서 초출 : 1955.5
>
> **모토스**本栖 **포좌**砲座에서 바라보는 / 완만한 구릉에서 / 불도저가 지금
> 철 손톱을 앞세우고 있다. / (…중략…) 만약 후지가 관통을 허락한다면 /

---

23 오세종 해설, 「위기와 지평 ― 『지평선』의 배경과 특징」, 김시종, 곽형덕 역, 『지평선』, 소명출판, 2018, 227면.

탄도彈道의 건너편은 조선이겠지.

시인은 1950년대 이후 기지국가화되는 일본을 미국과의 관련 속에서 예리하게 포착한다. 시인은 기지국가화되는 일본을 제3세계적 시야로 바라보며 그로부터의 이탈과 저항을 꿈꿨다. '㉓「후지富士」'는 미군의 캠프후지キャンプ富士가 한반도로 포신을 향하고 있는 상황을 담아내며 전후 일본의 평화주의가 군사기지에 의해 지탱되고 있음을 드러낸다. 그런 의미에서 '㉔「박명」'에서 시인이 일본을 '기지基地 일본'이라고 선명히 새겨놓고 있는 것은 상징적이다. 그 즈음, 일본 작가들은 전후 일본을 '피압박민족' '식민지'로 표상해나가고, '약자의 내셔널리즘'다케우치 요시미, 아시아·아프리카와의 연대를 소리 높여 외치고 있었다. 그런 상황에서 김시종은 '기지 일본'의 허위만이 아니라 '한국전쟁'과 동아시아 냉전과 대립이 '기지 일본'에 의해 지탱되고 있음을 『지평선』에서 고발하며, 그러한 현실을 초월해 한반도의 통일을 꿈꿨다.

이상과 같이 『진달래』 동인은 군사기지화되는 일본에서 살아가며 두 가지 층위의 위기를 느끼고 연대를 꾀했다. 하나는 일본이 군사기지화되면서 다시 군국주의의 길로 나아갈 것이라는 위기였고, 또 다른 하나는 그 가운데 조국의 평화와 통일만이 아니라 재일조선인들의 "민주적 민족 권리"가 침해당할 수 있다는 위기였다. 이를 막기 위해 『진달래』 동인들은 미군의 군사기지화되는 일본의 농민 / 시민들의 고통에 공감하며 이들과 적극적으로 교류하고 연대하려 했음을 확인할 수 있다. 물론 이는 『진달래』만의 고유한 활동이 아니라 1950년대 일본 전국에서 펼쳐진

"서클지 운동 전성시대"[24]와 이어진 것이었다.

3. 『류다이분가쿠』 동인과 군사기지 오키나와

1945년 8월 15일 일본이 패전함으로써 동아시아 지역은 중국과 한반도 북쪽을 제외하면 대부분 연합군의 지배하에 놓이게 된다. 식민지 조선처럼 남쪽은 미군이 북쪽은 소련이 점령한 지역도 있었지만, 일본 본토와 오키나와, 그리고 대만은 미군의 강대한 영향력 아래에 놓이면서, 구 일본군의 군사기지는 많은 수가 미군 기지로 전환되었다. 그중에서도 오키나와 지역은 일본이 패전하기 이전부터 사실상 미군의 점령하에 들어가게 되면서, 현존하는 미군 기지가 만들어지기 시작했다. 그 초기 형태는 당연히 일본군의 군사기지를 장악해서 이루어졌으며, 현재 형태의 미군 기지가 오키나와에 본격적으로 만들어지는 것은 1950년대부터였다.

1950년대, 냉전은 세계 규모로 진행되고 있었다. 동아시아에서의 냉전은 소련에 의한 원폭 보유[1949.9], 중화인민공화국의 건국[1949.10.1], 그리고 조선전쟁의 발발[1950.6]에 의해 긴장이 더해가고 있었다. (…중략…) 또한 미국은 오키나와를 장기 점령하는 것을 주축으로 하는 통치정책을 확립하고, 1950년대 중반부터는 일방적으로 토지를 빼앗고 기지건설을 진행했다.[25]

---

24 道場親信, 『下丸子文化集団とその時代―一九五〇年代サークル文化運動の光芒』, みすず書房, 2016, p.5.

이 시기 냉전의 자장 속에서 지정학적으로 동아시아 역내에서 가장 중요한 위치 중 하나에 있었던 오키나와에서 미군 기지는 점차 확장돼 갔다. 다만 1950년대만 놓고 보면 일본 본토와 오키나와의 미군 기지 면적은 비슷한 수준이었고, 1960년대 말부터 오키나와에 기지 쏠림 현상이 나타나기 시작했기에 '군사기지의 섬' 오키나와라는 레토릭은 적어도 1950년대와는 맞지 않다.[26] 군사기지/기지국가라는 관점에서 일본 본토와 오키나와를 다룰 때 주로 등장하는 구도는 '전쟁국가'↔'평화국가'이다. 오키나와에 미군 기지를 집중시킴으로써 일본 본토는 달콤한 평화를 누릴 수 있었다는 내러티브가 이 구도에는 내재해 있다. 개번 매코맥 또한 이러한 구도로 본토 대 오키나와의 관계를 설명한다.

냉전기에 일본인들은 자신의 나라를 냉전국가로 받아들이기는 했지만 이는 매우 제한적이고 수동적인 것이었다. 왜냐하면 일본의 냉전은 미국이 주도하는 반공주의의 지휘 아래 형성되었고 그 유산을 이어받고 있기 때문이다. 그래서 일본은 미국의 안전보장과 외교에 종속되었을 뿐 아니라 미군이 오끼나와를 완전히 지배하여 자유롭게 사용하는 것까지 허용했다. 그에 따라 오끼나와는 '전쟁국가war state'로 기능하고 본토는 '평화국가peace state'로 자리 잡는, 일국 내에서 전쟁과 평화가 대칭되는 결과를 낳았다.[27]

---

25   大野光明, 『沖繩鬪爭の時代 1960/70−分斷を乘り越える思想と實踐』, 人文書院, 2014, p.34.

26   일본 본토와 오키나와의 미군기지 비율과 관련해서는 인터넷 자료를 참조했다.
     https://ywl.jp/content/cWRs7 山川&二宮ICTライブラリ(최종열람 2022.10.1).

27   개번 매코맥, 앞의 책, 15면.

그렇다면 이처럼 오키나와와 본토를 '전쟁국가' ↔ '평화국가'라는 대립구도로 설정하는 것은 전술했던 것처럼 '기지국가'와 '평화국가'의 상호보완적인 성격과는 어떤 관련이 있을까? 이는 전술했던 남기정의 해석처럼 본토에서 '기지국가'^{현실}와 '평화국가'^{이상}가 동거 / 공생하는 관계라고 할 때, 다음과 같은 해석으로 이어질 수 있다. '전쟁국가' ↔ '평화국가'라는 대립구도는 일본 내의 미군 기지 문제를 오키나와로 한정시켜 버리는 뜻하지 않은 결과를 불러올 위험성이 있다는 해석이 그것이다. 오키나와와 본토를 '전쟁국가' ↔ '평화국가'라는 이항대립 구도로 설정하는 것은 '기지국가' 일본의 현실을 가리고 '평화국가'라는 이상 / 환상을 더욱 강화시키는 기제로 작용할 위험성이 있다.

그렇다면 '전쟁국가' ↔ '평화국가'라는 구도는 언제쯤 고착화된 것일까? 이는 적어도 다양한 가능성과 사상이 뒤얽혀 있었던 1950년대의 상황과는 거리가 멀다. 왜냐하면 50년대 일본 또한 '전쟁국가'였기에 '평화국가'라는 수식은 적절하지 않기 때문이다. 일본 본토 = 평화국가라는 구도는 고도경제성장이 불러온 평화국가라는 착시가 고착화되는 1970년대 이후에 만들어진 것인 만큼, 50년대 일본 본토와 오키나와의 군사기지화를 분석하는 작업은 그러한 구도의 연원을 드러내는 단초가 될 것이다. 오키나와 미군 기지 문제의 근원은 오키나와전으로 거슬러 올라가지만, 군사기지화의 고착화는 냉전이 심화되는 한국전쟁과 직접적으로 관련돼 있다. 다이라 요시토시平良好利는 한국전쟁과 오키나와 미군 기지의 관련을 다음과 같이 쓰고 있다.

이처럼 1950년 3월에 책정된 기지의 대규모 반환 계획은 조선전쟁이라는 돌발 사안의 발생으로 서서히 후퇴해 갔다. 여기서 중요한 것은 이러한 계획의 후퇴와 병행해서 오키나와 농업 그 자체도 주민에게 그다지 매력적이지 않게 되었다는 사실이다. (…중략…) 5,800만 달러 예산으로 개시된 기지 건설은 "일본과 오키나와의 자원과 노동력"을 최대한 활용해서 기지 건설비용을 최대한 줄이려고 했던 부히스Voorhees 육관 차관의 요청에 응하는 형태로 "군의 공사에 일본과 오키나와 업자를 참가시켜서, 일본에서는 건설 자재를 유입하고, 노동자는 가능한 오키나와에서 채용한다"는 방침하에서 진행되었다.[28]

인용문을 보면 '조선전쟁'이 발발하면서 오키나와 내의 미군 기지 "대규모 반환 계획"이 무위로 돌아갔고, 그 결과로 진행된 군사기지 건설이 오키나와 경제에 파급을 미친 것을 확인할 수 있다. 한국전쟁은 오키나와의 미군 기지 확장과 군사기지화에 결정적인 계기로 작용했다. 한반도와 오키나와가 냉전이라는 공통분모를 공유하고 있음을 확인할 수 있는 대목이다. 다시 말하면, 한반도의 군사적 긴장이 고조되면 될수록 오키나와 내의 군사적 긴장도 높아지며, 이는 오키나와 내의 미군 기지의 강화 및 주변국과의 갈등으로 이어질 가능성을 높인다. 나리타 지히로는 "1950년 6월 25일에 한국전쟁이 개시되자, 한국과 오키나와는 미군 기지의 존재를 통해 직접적으로 맺어지게 되었다. 오키나와의 미군 기지가 북한을 폭격하기 위한 B29의 발진기지가 되었을 뿐만 아니라, 오키나와

---

28 平良好利, 『戰後沖繩と米軍基地—「受容」と「拒絶」のはざまで 1945~1972年』, 法政大學出版局, 2012, pp.52~53.

에 주둔하는 해병대가 거기에서 출동했고, 보급기지로서의 역할"[29]도 하게 되었다고 하면서 한반도와 오키나와의 평화와 군사적 갈등이 한국전쟁 이후 긴밀히 연관돼 있었음을 밝혔다.

한국전쟁은 더 나아가서 1950년대 오키나와 내에서 가장 큰 화두 중 하나였던 일본 복귀를 둘러싼 논쟁과 운동에도 큰 영향을 끼쳤다. 기지가 확장된다는 것은 '기지 경제'에 의존하며 살아가는 사람들의 수가 늘어나는 것을 의미하기 때문이다. 그렇다면 1953년 7월에 창간된 『류다이분가쿠』[30] 동인들은 군사 기지의 확장과 복귀운동의 한복판에서 당시의 상황을 어떻게 인식하고 있었을까? 가베 사토시는 『류다이분가쿠』 동인들의 대응을 다음과 같이 정리한다.

또한 미군 기지 건설을 목적으로, 1953년에 공포·시행된 포령109호 「토지수용령」을 근거로 해서 오키나와 각지에서 토지 접수가 시행되는 가운데, 미네이 다다시嶺井正, 본명 : 嶺井政和[31]는 토지수용령이 시행된 후 이에지마伊江島를 취재해서 「이에지마」『琉大文学』9, 1955.7라는 르포를 썼으며, 또한 많은 동인들도 1955

---

29 나리타 지히로, 임경화 역, 『오키나와 반환과 동아시아 냉전체제』, 소명출판, 2022, 70~71면.

30 『류다이분가쿠』는 류큐대문예클럽에 의해 간행된 동인지다. 1953년에 창간돼 매해 1~2회 간행되었다. 1978년 12월에 간행된 제4권 4호(34호)를 끝으로 폐간되었다. '34호' 전체의 발행 일수는 지면 관계상 생략. 전후 오키나와문화계/사상계를 주도했던 아라카와 아키라(新川明), 가와미쓰 신이치(川満信一), 오카모토 게이도쿠(岡本恵徳)등이 주축이었다.

31 1956년 일어난 '류큐대학 사건'에서 대학 본부로부터 징계를 받았다. 당시 류큐대학은 데모에 참가한 학생 중 7명에게 퇴학(6명)과 근신(1명)이라는 징계를 했다. 미네이는 퇴학 처분을 받았다.

년 7월 기노완 이사 항구宜野湾村伊佐浜 토지수용 현장에서 저항운동에 관여했다. 하지만 군사기지화가 진행되는 정치상황 속에서 이들은 탄압을 받았다.

1950년대 오키나와에서 초미의 관심사였던 미군 기지 확장에 따른 토지 '강제' 수용 문제에 『류다이분가쿠』 동인들이 적극적으로 대응했음을 확인할 수 있다. 미네이 다다시의 르포는 군사기지화가 급속도로 진행되는 오키나와 상황에 대한 실천적 대응이었다. 미네이가 이에지마를 찾아갔을 때 많은 집들이 미군에 의해 불태워진 후였다. 그곳에서는 "아이가 다섯 명이나 있는 과부의 집으로, 태우지 말아달라고 했지만 무시"[32] 당했고, 마을에 남은 것들을 미군 병사가 땔감으로 쓰기 위해 가져가는 등의 만행이 자행되고 있었다. 이에지마는 1945년 4월 중순 미군과 일본군 사이의 격렬한 전쟁이 벌어졌던 섬으로, 1953년 시점에서 섬 면적의 35%가 미군 기지에 점거된 상태였다.[33] 한국전쟁이 발발한 이후 오키나와 곳곳에 미군 기지가 확장되고 새로 만들어는 상황은 우치난추에게 "이제 막 끝난 오키나와전쟁을 상기시키고, 언제 다시 전쟁에 휘말릴지 모른다는 불안감"[34]을 증폭시킬 수밖에 없는 큰 사건이었다. 야나이 다카시는 『류다이분가쿠』 동인들의 1950년대 현실 인식을 다음과 같이 정리한다.

---

32 嶺井正, 「伊江島」, 『琉大文学』 9号, 1955.7, p.54. 인용은 琉大文学, 『復刻版 琉大文学』 第2巻, 不二出版, 2014에서 했다.

33 "ぐるり伊江島" 홈페이지 「伊江島で沖繩戰を識る」를 참조했다.
　　https://iejima.okinawa/know/(최종열람 2022.10.1).

34 오세종, 손지연 역, 『오키나와와 조선의 틈새에서 ─ 조선인의 '가시화 / 불가시화'를 둘러싼 역사와 담론』, 소명출판, 2019, 156면.

오키나와전 이후, 군사기지화 돼 가는 오키나와에서는 표현 규제가 시도되었다. 후술하는 것처럼 『류다이분가쿠』 또한, 제8호[1955.2]가 대학 당국에 의해 회수됐고, 제11호[1956.3]는 류큐대학의 '학생준칙'에 기재된 사전검열 위반에 따라 정간 처분을 받았다. (…중략…) 아라카와 아키라와 가와미쓰 신이치가 상정한 것은 오키나와가 안고 있는 '식민지'적 상황을 향한 저항의 문학이라고 할 수 있다.[35]

인용문은 식민지에 작은따옴표를 붙여서 '식민지'로 표현하고 있는데, 『류다이분가쿠』 동인들은 검열이 엄혹했던 상황 속에서도 따옴표 없이 오키나와의 상황을 식민지로 표현했다. 가와미쓰 신이치는 1955년 개최된 좌담회에서 오키나와의 "민족문화를 분석 및 인식하고, 그것을 계승하는 것은 현재 주어진 사회 안에서가 아니라, 구체적으로 말하자면 식민지적인 현재의 상황으로부터의 해방이라는 운동과 결부"[36]해서 생각해야 한다면서 식민지에 어떠한 기호도 붙이지 않고 썼다. 가와미쓰의 좌담회 발언은 우치난추의 전통은 식민지라는 현실에 안주하는 것이 아니라 그것으로부터 해방되는 운동과 이어져 계승되어야 한다는 뜻으로 해석된다. 가와미쓰가 1950년대를 "식민지적인 현재의 상황"으로 표현한 것은 미군의 군사기지화되는 오키나와의 엄혹한 현실을 떠나서는 생각할 수 없다.

---

35 柳井貴士, 「大城立裕の文学形成と『琉大文学』の作用―一九五〇年代の〈沖縄〉文学をめぐって」, 『沖縄文化研究』 46, 法政大学沖縄文化研究所, 2019, pp.245~248.

36 琉大文学, 「座談会 沖縄に於ける民族文化の傳統と繼承」, 『琉大文学』 9, 1955.7, p.10. 이 좌담회에 직접 참가한 것은 오시로 다쓰히로(大城立裕), 아라카와 아키라, 오타 료하쿠(大田良

『류다이분가쿠』에 실린 다음 두 시는『류다이분가쿠』의 동인들이 오키나와의 식민지적 상황을 내부적인 것으로만 인지했던 것이 아니라, 그것이 냉전체제의 자장 안에서 만들어진 것임을 명료하게 인식하고 있음을 보여준다.

㉮ 기샤바 준,「참혹한 지도」, 1955

점과 점 3리 이내의 바다 건너에 냉혹한 / 27도선의 벽은 너희들 비둘기의 목을 비틀고 / 너희들의 멋진 꿈을 차단하고 있다 / 그리고 / 너희들의 이마와 사고思考와 발 위로 / 쿵쿵 울리는 활주로 / 가는 곳마다 별모양으로 처발라진 / 골프장이 있는 지대地帶. / 그것은 어제 조선의 젊은이들과 보리밭을 불태운 / 괴수의 병영. 그리고 / (…중략…) 방황하는 백성 / 진실이 무엇인지 알고 싶은 사람들 / '자유'에 굶주린 백성이여 / 전쟁은 결코 하지 않겠다, 고 다짐했다 / 어머니들이여 / 당신들은 알고 있나요 / 이런 참혹한 지도를[37]

㉯ 아라카와 아키라,「이향의 흑인병사, 혹은 흑인 애시哀詩」, 1956

고향을 떠나 / 고향의 낯선far east 섬에 / 주류하는 점령자의 순종적인 부하 당신들. / 명랑하게 추잉검을 씹으며 / 섬 여자들과 시시덕거리며 / 득의양양하게 거리를 활보하는 당신들 / (…중략…) 당신으로 이어진 당신들의 / 조부가 / 조모가 증조모가 / 질질 끌었던 선창의 무거운 쇠사슬 소리. / 줄줄이 엮

博), 가와미쓰 신이치 등이다.
37 喜舍場順,「惨めな地図」,『琉大文学』 8, 琉球大学文藝部, 1955.2, pp.17~18. 번역문 인용은 오세종,『오키나와와 조선의 틈새에서-조선인의 '가시화 / 불가시화'를 둘러싼 역사와 담론』, 158~159면에서 했다. 다만 시 제목은「참혹한 지도」로 바꾸었다.

여 신대륙으로 건너가는 / 고통의 역사에 대하여 / 하지만 당신들이여. / 생각한 적 있나. 이 누런 우리들 앞에서. [38]

㉮는 1950년대 오키나와가 직면해 있는 두 가지 현안을 表現하고 있다. 첫 번째 현안은 미군 지배에 따른 일본 본토와 오키나와의 분단을 뜻한다. "27도선의 벽"은 그러한 분단의 표상으로 "비둘기의 목"이 비틀어지고 "멋진 꿈"이 차단되는 '참혹한 지도'에 다름 아니다. 두 번째 현안은 한국전쟁 이후 확장되고 있는 미군 기지로 인해 비롯된 것이다. 미군의 활주로에서 출격한 전투기가 "조선의 젊은이들과 보리밭"을 불태우고 있는 상황은 『류다이분가쿠』가 줄곧 추구했던 '가해자로서의 오키나와' 상을 드러낸 것이기도 하다. 한편 ㉯는 오키나와의 미군 흑인 병사에게 바치는 '애시'이다. '애시'라고는 하지만 이 시의 구도는 백인에 의해 고통받는 흑인 병사들의 슬픈 '역사'만을 슬퍼하는 것이 아니라, 그런 그들이 오키나와에 와서 '누런 우리들'을 탄압하는 것의 모순을 날카롭게 파고든다. 그러면서 이들에게 슬픔과 분노의 역사를 이겨내고 "녹아버린 쇳덩이처럼 타올라. / 당신들 위에 덧씌워 / 당신들을 눌러 버리려는 모든 것을 / 태워버리길!"[39]이라고 하며 모든 속박으로부터 벗어나는 '혁명'의 길을 제시한다. 다시 말하자면, 이는 아라카와 아키라가 슬픈 '식민지적 상황'을 공유하는 흑인 병사를 향해 뻗은 연대의 손길에 다름 아니다.

---

38 新川明, 「『有色人種』抄(その一)—異郷の黒人兵又は黒人哀詩(在留黒人兵に捧げる歌の二)」, 『琉大文学』 11, 1956.3. 번역문 인용은 김재용·손지연, 『오키나와문학의 이해』, 역락, 2017, 521면에서 했다. 번역문의 강조표시는 원문 그대로이다.
39 김재용·손지연, 위의 책, 523면.

이처럼 『류다이분가쿠』 동인은 미군 기지가 확장되고 오키나와가 미군의 전쟁에 직간접적으로 참여하는 현실을 심각하게 받아들였다. 그들은 이를 "식민지적인 현재의 상황"^{가와미쓰 신이치}으로 정의하며 그로부터의 해방을 시도했다. 1950년대에 활발히 전개된 『류다이분가쿠』 동인들의 활동을 보면 오키나와와 일본 본토를 '전쟁국가'↔'평화국가'로 이분하는 구도는 찾아볼 수 없다. 오히려 그러한 이분화를 막기 위해서 미군 기지 확장에 반대하고, 오키나와의 역사적 가해자성을 스스로 고발하는 등의 자기 혁신을 꾀했다.[40] 『류다이분가쿠』를 중심으로 1950년대 오키나와를 둘러싼 복잡한 맥락을 길어 올리는 작업은 1960~1970년대를 거치면서 고착화되는 착시를 내부로부터 파열시킬 수 있는 가능성으로 이어진다는 점에서 중요하다. '전쟁국가'↔'평화국가'라는 이분법 또한 일본 제국의 패전 직후에 고정된 것이 아니라, 이후 적어도 30여 년의 세월 동안 쌓여서 오늘에 이른 것이라는 점에서 그렇다. 『류다이분가쿠』 동인들은 문학과 정치를 둘러싼 내부의 격렬한 갈등을 겪으면서도, 오키나와를 '참혹한 지도'로 인식하고 그로부터의 이탈과 해방을 꿈꿨다. 그것이 자아도취적인 혁명 이론이 아니라, 객관적으로 자신의 '얼굴'을 인식하는 '가해자로서의 오키나와'를 통절히 비판하는 것에서부터 시작되었음은 의미하는 바가 크다.

---

40 이 글에서는 구체적으로 다루지 못 했지만 그러한 이들의 문학적 / 사상적 실천은 1960년대의 '반복귀운동(反復歸運動)'으로 첨예화된다.

4. 맺음말

이 글은 한국전쟁 발발 이후 일본 본토와 오키나와에서 군사기지가 확장돼가는 위기 속에서『진달래』와『류다이분가쿠』동인들의 대응 양식을 포스트제국시대인 '1950년대'라는 맥락에서 살펴봤다. 1950년대는 전후민주주의와 사회주의문화운동, 마이너리티의 연대투쟁 등이 뒤섞여 있었던 역동하는 시기였던 만큼, 이러한 시대적 문맥을 염두에 두면서 군사기지와 문학이 의미하는 바를 최대한 읽어내고자 했다. 특히 남기정, 오세종, 나리타 지히로, 다이라 요시히토, 개번 맥코맥 등의 논의를 참조해서『진달래』와『류다이분가쿠』와 군사기지의 관련을 1950년대라는 시대적 맥락에서 분석했다.

제2절에서는 군사기지와 문학이라는 관점에서『진달래』와 김시종의 첫 번째 시집『지평선』을 분석했다.『진달래』에 그와 관련된 작품이나 논평이 활발히 실리는 것은 조선총련이 조직돼 탄압이 시작되기 이전인『진달래』전기[1955년 이전]임을 알 수 있다. 이 시기 김시종과 '진달래' 동인들은 한국전쟁 이후 확장되고 강화되는 '기지 일본'의 현실에 우려를 표하며 그와 관련된 작품과 논평을 활발히 게재했다. 그 중에서도 미군이 포탄 발사 테스트를 위해 강제 수용이 전개된 우치나다에서의 반기지 투쟁은 조선인과 일본인 사이의 연대를 초점화하고 있다는 점에서 변동 가능성이 컸던 1950년대 일본의 상황을 상징적으로 보여주는 사건이었다고 해석될 수 있다. 또한 권동택의「미군병사의 구두」[『진달래』2호, 1953.3]나 김시종의 첫 시집『진달래』는 '기지국가'화되는 일본의 현실을

예리하게 담아내고 있다. 「진달래」 동인들은 일본이 다시 군국주의 국가로 나아갈 것이라는 우려와, 그러한 상황 속에서 자신들의 "민주적 민족권리"가 침해당할 수 있다는 위기를 느끼고, 이를 타파하기 위해 일본의 농민 / 시민들의 고통에 공감하며 이들과 적극적으로 교류하고 연대하려 했음이 확인된다.

제3절에서는 『류다이분가쿠』를 중심으로 한국전쟁 이후 오키나와에서 미군 기지가 확장되는 상황에서 이에 대한 대응 양상을 분석했다. 특히 오키나와와 일본 본토를 '전쟁국가' ↔ '평화국가'라는 이항대립 구도로 설정하는 것이 지니는 위험성을 지적하고, 그러한 구도가 설정되기 이전인 1950년대 오키나와의 상황을 해석했다. 1950년대 중반에 발행된 『류다이분가쿠』를 분석해 보면, 미군 기지가 확장되고 오키나와가 미군의 전쟁에 직간접적으로 참여하는 현실을 심각하게 받아들인 것이 확인된다. 이러한 상황을 동인들은 "식민지적인 현재의 상황"^{가와미쓰 신이치}으로 정의했고, 그로부터의 해방을 시도했다. 그로부터 더 나아가 기샤바 준의 「참혹한 지도」[1955], 아라카와 아키라의 「이향의 흑인병사, 혹은 흑인 애시哀詩」[1956] 등은 군사기지화되는 오키나와의 현실을 내부만이 아니라 밖으로 열어나가 연대하려 했다는 점에서 의미를 찾을 수 있다.

군사기지와 문학이라는 관점에서 볼 때, 오키나와와 일본 본토가 '북위 27도선'을 기준으로 나뉘어져 있었다 해도, '반기지 운동'을 놓고 일본인과 재일조선인, 그리고 우치난추가 연대하는 모습도 확인된다. 당시 "이시카와현 우치나다에서 일어난 미군 시사장試射場 접수 반대운동[1952~], 오사카・효고에 걸친 미군에 의한 이타미공항伊丹空港 확장 반대운동[1952~], 그

리고 도쿄도 스나가와쵸砂川町에서 일어난 미군 다치카와기지立川基地 확
장 계획 반대운동1955~에 (…중략…) 오키나와를 포함한 각지에서 사람들
이 모여"[41] 들었다고 한다. 기지 반대 투쟁을 공통분모로 일본 본토 사람
과 우치난츄, 그리고 재일조선인이 연대했음이 확인되는 기록이다.『진달
래』와『류다이분가쿠』가 기지 건설로 인한 토지강제 수용에 반대하는 민
중투쟁이라는 공통분모로 이어져 있음을 알 수 있었다.

---

41   大野光明,『沖縄闘争の時代 1960 / 70 − 分断を乗り越える思想と実践』, p.36.

초출
「전후 마이너리티의 일본어문학과 군사기지−『진달래』와『류다이분가쿠』를 중심으로」,
『일본학보』133집, 한국일본학회, 2022.11.

참고문헌

김재용·손지연,『오키나와문학의 이해』, 역락, 2017.

나리타 지히로, 임경화 역,『오키나와 반환과 동아시아 냉전체제』, 소명출판, 2022.

남상욱,「전후 일본문학 속의 '한국전쟁'」,『비교한국학』 23권 1호, 국제비교한국학회, 2015.

남기정,『기지국가의 탄생-일본이 치른 한국전쟁』, 서울대출판문화원, 2016.

니시무라 히데키, 심아정 외역,『'일본'에서 싸운 한국전쟁의 날들-재일조선인과 스이타사 건』, 논형, 2020.

노주석,「한국전쟁 60주년 기획-김일성 각본, 스탈린 연출, 마오쩌둥 주연」,『서울신문』, 2010.6.11, https://www.seoul.co.kr/news/newsView.php?id=20100611010010(최종열람 2022.10.1.).

마경옥,「1950년대 재일서클지『진달래』연구-『진달래』의 갈등과 논쟁의 실상」,『일어일 문학』 67, 대한일어일문학회, 2015.

박태균,「일본은 기지국가로부터 벗어날 수 있을까?-『기지국가의 탄생-일본이 치른 한국 전쟁』(남기정, 서울대출판문화원, 2016)」,『역사비평』, 역사비평사, 2016.

서동주,「'전후'와 폭력-한국전쟁, 기지, 원자력」,『일본연구』 24, 고려대 글로벌일본연구원, 2015.

오세종,「국민문학의 경계지대 '조선부락'-1940~50년대의 문학작품을 중심으로」,『통일과 평화』 6-1, 서울대통일평화연구원, 2014.

_____ 해설,「위기와 지평-『지평선』의 배경과 특징」, 김시종, 곽형덕 역,『지평선』, 소명출 판, 2018.

_____, 손지연 역,『오키나와와 조선의 틈새에서-조선인의 '가시화/불가시화'를 둘러싼 역 사와 담론』, 소명출판, 2019.

재일에스닉잡지연구회,『오사카 재일조선인 시지 진달래 가리온』 1, 지식과교양, 2017.

宇野田尚哉,「東アジア現代史のなかの『ヂンダレ』『カリオン』」,『『在日』と50年代文化運動 -幻の詩誌『ヂンダレ』『カリオン』を読む』, 人文書院, 2010.

大野光明,『沖縄闘争の時代 1960/70-分断を乗り越える思想と実践』, 人文書院, 2014.

我部聖,「他者とつながりを紡ぎなおす 言語-新川明と金時鐘をめぐって」,『音の力, 沖縄 アジア 臨界編』, インパクト出版会, 2006.

平良好利,『戦後沖縄と米軍基地-「受容」と「拒絶」のはざまで 1945~1972年』, 法政大學出 版局, 2012.

道場親信,『下丸子文化集団とその時代――一九五〇年代サークル文化運動の光芒』, みすず書 房, 2016.

柳井貴士,「大城立裕の文学形成と『琉大文学』の作用――一九五〇年代の〈沖縄〉文学をめぐっ

て」,『沖縄文化研究』46, 法政大学沖縄文化研究所, 2019.

琉大文学, 『復刻版 琉大文学』第2巻, 不二出版, 2014.

이케자와 나쓰키池澤夏樹 의
『꽃을 옮기는 여동생花を運ぶ妹 』론

발리섬의 문학적 표상을 통해 보는 포스트제국의 문화권력

쓰치야 시노부

1. 들어가며

이 책의 테마인 '포스트제국의 문화권력'를 발리섬의 문학적 표상을 통해 고찰하고자 한다. 일본의 근대문학에는 다카미 준高見順, 아베 도모지阿部知二, 사토 하루오佐藤春夫, 구라하라 고레히토蔵原惟人, 오에 겐자부로大江健三郎, 야마다 에이미山田詠美, 요시모토 바나나吉本ばなな, 나카지마 라모中島らも들이 구축해 온 발리섬의 문학적 표상사라고 불리는 계보가 있다. 이 글에서 다루고 싶은 것은 그들 텍스트의 연장선에 있는 이케자와 나쓰키池澤夏樹의 장편소설『꽃을 옮기는 여동생花を運ぶ妹 』이다.『꽃을 옮기는 여동생』은 2000년 4월에 문예춘추에서 간행되었고, 제54회 마이니치 출판문화상每日出版文化賞을 수상했다. 현재 영어, 프랑스어, 독일어, 터키어, 포르투갈어로도 번역되어 있지만 한국어 번역본은 없다.

2. 『꽃을 옮기는 여동생』의 구조와 지정학

『꽃을 옮기는 여동생』은 1985년 발리섬에서 일어난 하나의 사건을 둘러싸고 두 명의 시점인물이 번갈아 이야기하는 형식으로 구성된 소설이다. 24살의 여동생과 29살의 오빠가 교대로 이야기하는 시점인물이 되어, 홀수 장에서는 여동생이 1인칭으로 서술하고 짝수 장에서는 오빠의 2인칭 서술이 배열된다. 여동생과 오빠는 같은 부모를 두고 있지만 각각 성인이 되어 따로따로 생계를 꾸리고 있는 독립적인 개인이기 때문에 두 개로 병렬된 이야기가 두 개의 세계를 각각 만들고 리얼 타임으로 진행되는 두 세계가 독자에게 제시된다. 살고 있는 나라도 행동 범위도 다른 여동생과 오빠의 세계에는 각각의 시공간이 있고, 각각의 사고 습관이 있다. 두 사람의 세계는 사건으로 인해 섞이며 오빠를 돕기 위해 여동생이 이리저리 뛰어다니면서 여동생의 세계에 오빠의 세계가 개입하기 시작한다. 병렬된 이야기 속에서 두 개의 시간과 공간은 교착되어 가까워지고 최종적으로는 '여동생의 힘'^{야나기타 구니오(柳田國男)}에 의해 오빠가 구제받으면서 최악의 사태를 피하는 결말을 맞이한다. 내용 전개상 해피앤드라고 말할 수 있지만, 마지막에 가서야 최악의 사태를 피하는 것일 뿐 오빠와 여동생에게 100% 좋은 결말이 아니었을 뿐더러 권선징악의 이야기도 아니다. 먼저, 여동생과 오빠 각각의 이야기와 텍스트 구조에 대해 말해두고자 한다.

여동생의 이름은 가오루^{カヲル}이다. 홀수 장에서는 1인칭 '나'의 이야기에 의해 사건을 해결하기 바로 전의 행복하지 않은 현실에 고군분투

하는 모습이 시간순으로 미래를 향해서 서술된다. 가오루는 프랑스 파리 대학에서 교육받은 후 귀국하지 않고 어학 실력을 살려서 번역 일과 TV 프로그램의 코디네이터 일을 하고 있다. 유럽문화권을 홈그라운드로 하며 일본과 유럽문화권을 오가며 살고 있는 가오루에게 익숙한 세계란, 사건의 인과관계는 말로 모든 것을 설명할 수 있다고 믿는 세계이며 이치로 설명이 가능하도록 미리 설계된 세계였다. 파리의 대학과 거리에서 '논의의 사상'을 익힌 가오루에게 동남아시아는 별세계였다. 따라서 오빠를 사건에 휩싸이게 만든 발리섬은 오빠의 운명을 바꾸고 목숨까지도 빼앗으려고 하는 장소이자 한편으로는 이제까지 배워온 문제해결 방법이나 사고 습관이 통하지 않는 미지의 장소였다. 가오루에게 발리섬은 '낙원'일 리가 없었으며, 유럽 여행객이 칭찬하며 반복해서 가는 발리섬의 이미지로부터도 일부의 일본인 여행객이 매료되어 몇 번이고 다시 가는 발리섬의 이미지로부터도 멀리 떨어진 곳에 자리했다. 인도네시아도 발리섬도 좋아할 수 없는 가오루는 단지 오빠를 구하기 위해 그 지역의 원리를 필사적으로 파악하고 오빠를 궁지에 빠지게 한 다른 문화를 상대로, 다른 문화라는 적을 아는 것을 주력으로 해서 싸운다. 1인칭으로 서술되는 그녀의 투쟁을 통해 독자는 발리 경찰이나 대사관의 부정과 부패를 알게 되고 그에 대한 다양한 반응과 사고 습관을 배워나간다. 발리를 적대시하던 가오루는 어느새 발리가 가지는 독특한 장소로서의 힘을 느끼게 되며 발리를 보는 시선에도 변화가 생긴다. 관광 소설답게 지역의 매력을 이야기하는 것이 아니라 어두운 면과 오점을 출발점으로 해서 소개하는 형태를 취하며 휴양의 낙원의 이미지와는 정반대의 발리가 처음으로 제시되는 구조로 이루어져 있다.

　가오루 오빠의 이름은 데쓰로哲郞이다. 짝수 장에 나오는 오빠의 이야기에서는 사건을 일으키고 사건에 말려들기 전까지 2인칭인 '너'로 호명된다. '너'에게 말을 거는 주체가 시간의 축을 거슬러가며 과거를 향해 이야기가 전개되고, 독특한 문체로 자기 내 대화반성의 표현를 전개한다.[1] 가오루의 이야기가 앞을 향하는 데에 반해, 데쓰로의 이야기는 뒤를 향한다. 가오루의 이야기가 1인칭이며 근대적 개인으로서의 주체성과 주관에 대한 신뢰가 있는 것에 반해, 데쓰로 이야기는 2인칭이며 주체나 주관은 복수성複数性을 띠고 있다. 이야기 형식의 차이는 사고 양식의 차이를 나타내며, 다른 형식의 이야기가 번갈아서 배치되는 구조는 다른 사고 양식이 동시에 자립해서 존재하는 상태를 보여준다. 가오루와 마찬가지로 데쓰로는 경제적으로도 자립한 존재다. 화가로서 살아갈 만큼의 재능을 가진 데쓰로는 그림으로 생계를 잇는 한편, 1년에 반 이상은 그림을 그릴 대상으로 납득할 만한 '풍경'을 찾기 위해 동남아시아를 여행하며 지낸다. 과거의 자신을 상대화하여 '너'라고 부르면서 자문자답하며 회상하는 '부르는 문체'를 통해 동남아시아 방랑에서 체험해온 것을 독자에게 전달한다. 부르는 주체가 불리는 객체'너'와 대화하는 것을 통해 과거를

1　이케자와 나쓰키는 인터뷰(청자 : 유가와 유타카(湯川豊)) 「「花を運ふ妹」と水のなかのアジア(「꽃을 옮기는 여동생」과 물 속의 아시아)」(『文學界』, 2000.5)에서 데쓰로의 2인칭 화자에 대해 "그가 과거를 거슬러서 기술해 가는 부분은 본인이 아니고 그렇다고 남도 아닌, 배후에 있는 누군가가 그의 행동을 뒤에서 보고 있으면서 말을 거는 형식의 그 누군가의 시점을 가장 그리고 싶었습니다. 그 자신도 아니고 작가도 아닌 누군가", "1인칭과 3인칭의 사이에 있는 누군가", "그게 누군지 저도 마지막까지 알 수 없었습니다"라고 말한다.

되돌아보고, 과거와 마주하고, 과거를 뛰어넘는 모습이 그려지고 있지만 데쓰로에게 있어서 지향점은 땅의 힘이었다. 유럽의 풍경은 습도가 부족하다고 느껴졌다. 태평양제도는 빛의 색이 너무 강했다. 미국에서는 아무것도 느껴지지 않았다. 데쓰로에게 동남아시아는 전 세계를 여행하며 돌아다닌 후 선택한 곳이었다. 따라서 관념이나 선입관, 이미지, 우연, 사전 예비답사 등을 통해 만난 장소가 아니라 직업적으로혹은 인생에서 필요한 '풍경'이 있는 땅으로 신중하게 선택한 장소였다.

여기서 옆에 지구본을 두고 가오루와 데쓰로의 지정학적 위치를 다시금 확인해 두고자 한다. 20세기 후반의 세계에서 같은 집에서 태어나 같은 부모를 두고 같은 나라에서 자란 오빠와 여동생이 서로가 각각 다른 나라를 무대로 살고 있다. 전전과 전후의 쇼와昭和에 흠뻑 빠진 부모 세대보다도 글로벌한 인재라고 말할 수 있을지도 모른다. 가오루의 인생도 데쓰로의 인생도 부모가 기대하는 사고 범위에서 벗어나 있다. 땅홈그라운드과의 궁합으로 보자면 부모님은 일본, 가오루는 유럽, 데쓰로는 동남아시아와 맞는다. 단순한 동경과 취미의 문제가 아니다. 취향과 궁합의 차이는 그대로 각자의 일터와 생활 거점에도 반영되었다. 부모 세대가 보는 가족 분포의 '지도'에 따르자면 가족이 뿔뿔이 흩어져서 살고 있는 듯이 보일 가능성도 높다. 해외에서 사건에 휘말린 오빠가 '여동생의 힘'에 의해 궁지에서 벗어나 절망의 늪에서 빠져나오는 이야기인 것은 틀림없는 사실이지만, 가족이 하나가 되어서 유대감을 확인하는 이야기라고는 할 수 없다. 여동생의 인생과 오빠의 인생이 어떤 국면에 처하면서 함께 하는 것이 보이기는 하지만, 뿔뿔이 흩어진 가족이 일본에서 함께 사이좋게 생활하는 미래^{대단원}가 떠오르지는 않는다. 가족이 같은 장소에서^{일본에서} 살게 된다면 오빠도 여동생도 행복해질 수 없기 때문에^{가족이 가족이라는 이유로 개개인의 인생에 간섭하는 것이 아니기 때문에} 각각 살고 있는 것이며, 사건의 전과 후라고 해서 그와 같은 상황이 변할 리도 없다. 이산 가족이라는 주제도 물론 아니다. 개인의 주체적 선택과 결과로 지구 전체를 무대로 하는 인생을 자유롭게 개척한다는 점에 있어서는 전후 일본의 성숙과 근대화의 결과라고 설명할 수 있을 것이다. 그리고 그곳에는 근대란 하나가 아니라는 것, 몇 개의 근대가 있다는 것, 유럽의 근대와는 별개로 일본에는 일본의 근대가 있고 인도네시아에는 인도네시아의 근대가 있다는 것, 그곳에 우열을 나타낼 수 있는 관계성은 없다는 것, 근대는 다시 선택할 수 있다는 것 등이 전제로 된 세계가 있다. 서로 다른 이야기가 상호 배열되는 텍스트 형식은 그대로 두 개의 세계가 대등하다는 것을 나타낸다. 흔히 말하는 페러렐 월드와도 다르며, 두 개의 세계가 하나가 되는 것을 해결점으로 삼는 세계관도 아니다. 오빠와 여동생이 각자 개인의 시야를 넓히고 인연을 맺으면서 살아간다는 서사를 보여주기에 적합한 형식을 텍스트는 선택하고 있는 것이다. 파리와 발리, 도쿄라는 세 지점을 확보하여 상호 왕래를 그림으로써 동서, 남북이라는 이항대립적인 세계관으로부터도 자유롭다는 점도 확인해 두고 싶다. 가오루의 홈그라운드는 파리였지만, 최종적으로 발리도 가오루의 땅이 되어간다. 각각 확보한 세 지점에 절대적인 것은 없다. 지정학적인 스테레오타입의 견고함과 동시에 그것이 반드시 고정적일 필요는 없다는 것을 시사한다.

3. 사건 해결의 방법이 표상하는 제국의 유산

다음으로, 떨어진 장소에서 각각 자립한 오빠와 여동생을 묶어준 사건에 대해 고찰하겠다. 사건을 해결하는 방법이 제국의 유산을 표상하기 때문이다. 먼저, 데쓰로가 발리섬에서 체포되는 사건이 발생한다. 데쓰로는 직업 화가로 생계를 꾸려나갈 수 있는 프로로서, 예술가로서의 이상을 추구하기 위해 동남아시아를 여행하며 살고 있었다. 그런 데쓰로가 태국을 경유해서 방문한 발리섬에서 마약밀수 혐의로 체포된 것이다. 동남아시아를 방랑하며 마약에 손을 뻗고 그 쾌락에 빠져 헤어 나오지 못하는 여행객은 적지 않다. 데쓰로도 그중 하나가 될 뻔했던 경험은 있지만 중독 증상으로부터는 벗어난 상태였다. 그 대신 그는 '어리고 슬픈 천사'에 씌어있었다. 데쓰로는 예전에 쾌락에 빠져 몸을 움직일 수 없을 상태였던 시기에 강에 빠져 허우적거리고 있는 아이를 바라보면서 죽게 내버려둔 경험이 있었다. 그리고 그 아이를 구하지 못했던 기억이 '어리고 슬픈 천사'가 되어 그를 고통스럽게 하고 있었다. 굳이 말하자면 죄의식에 가깝지만 그렇게 부를 수는 없다. 데쓰로가 그것을 '죄의식'이라고 인식하지 않기 때문이다. 인명구조를 둘러싼 직업상의 갈등굶어 죽은 아이 앞에서 문학은 (…중략…) 재해 피해자에게 카메라를 들이대는 보도는과 같은 보편적인 질문을 여기서 읽어낼 수 있을 것이다.

데쓰로는 그림을 그리기 위해 처음으로 방문한 발리섬에서 수상한 남성이 말을 걸어서 소량의 마약을 구입했고, 그때 경찰이 들이닥쳐서 체포된다. 용의는 대량의 마약 소지와 밀수였다. 사형의 가능성도 언급된다. 오빠의 위험을 알게 된 가오루는 자신이 가진 모든 힘을 쏟아서 어떻게든 오빠를 구하기 위해 고군분투한다. 오빠가 체포된 곳은 인도네시아의섬이었다. 여동생인 가오루의 거점은 프랑스의 파리다. 부모님은 일본에 살고 있다. 이러한 조건에서 가오루는 대응책을 고민하지만 일본의 부모님도 외무성도 오빠를 지원해줄 수 없다는 사실을 알고는 혼자 발리로 간다. 발리의 감옥에서 오빠와 면회하고 대사관과 현지 경찰과 면회하면서 데쓰로가 헤로인을 사용한 적은 있지만 밀수는 날조^{프레임 업}된 함정수사였다는 사실을 알게 된다. 그리고 경찰 상층부가 출세를 위해서 주도적으로 꾸민 프레임 업이었기 때문에 오빠의 경미한 범죄는 누명이라고 하더라도 사형당할 가능성이 높다는 현실을 인식하게 된다. 그리고 '여동생'으로서 자신이 책임지고 사건을 해명하고 사태를 수습해서 오빠를 구제하기 위해 행동할 것을 결심한다.

외국 국적의 사람이 타국 경찰에 체포되었을 때 제아무리 글로벌한 사고를 가지고 있는 사람이라도 자신의 국적을 의식하지 않을 수 없게 된다. 재판에 처해진다면, 그 나라의 법률에 따라 재판을 받게 된다. 그러나 국민으로서 귀속된 국가에 권력이 있다면 죄가 가벼워지는 경우도 있다. 강제 송환시켜서 일단 모국에 돌아올 수 있다면 타국에 위신을 세울 수 있기도 하겠지만 그러한 초법규적인 정치력을 능숙히 행사해서 자국민의 특권을 챙기는 일은 실로 쉬운 일이 아니다.

작중 이야기 세계에서 그것이 가능한 것은 미국뿐이다. 자카르타의 일본 대사관의 말을 통해 "미국이라는 건, 미국 정부라는 건 어느 국가에서든 각별한 취급 대상입니다. 그렇게 할 수밖에 없어요"라는 대사가 등장한다. 또, 헤로인을 써서 데쓰로와 같은 감옥에 들어갔던 두 명의 미국인 관광객이 "미국 님께서 어떻게든 해 주실거야, 히히. 우리들의 위대한 조국 미국이. 미스터 수하르토전 인도네시아의 대통령—역자 주는 미국이랑 사이가 좋다구"라고 말하며 실제로 석방된다. 게다가 가오루가 만난 호주인은 "미국인은 좋겠어", "체포된들 대사관이 강제로 움직여주니까 대부분국외추방으로 끝나거든. 외교적 보호권의 확대와 강제적인 행사. 국가의 자세가 달라"라고 가오루에게 말하는 장면도 있다. 가오루가 결국 선택한 길은 작중에서 조금씩 시사되었던 미국식 해결법과는 다르다. 그런의미에서 무모한 도전이기도 했다.

　　미국 이외의 국가에 대해서는 사법 불개입의 원칙을 관철자국 내셔널리즘하면서 미국에 대해서는 '외교적 보호권'타국 내셔널리즘의 월권행위를 인정하는 인도네시아의 이중 잣대의 불공정과 불균형을 지적할 수 있다. 그러나 작중에서 전제된 '미국 님'의 권력이 미치는 범위가 인도네시아에 한정되는것은 아니다. 미국의 초군사력과 초경제력이 뒷받침된 정치력이 특권적인 외교 교섭을 보장하고 있는 것은 일반화된 것일 것이다. 타국의 법을뛰어넘는 자국민의 보호타국에 대한 법률상의 특권 행사, 치외법권, 타국의 법률이 미치지 못하는 영역 확보가 가능하다면, 이전의 '제국'(과 같은 영토 지배 / 피지배, 군사력에 다른 가해 / 피해 관계, 경제력에 따른 자원의 착취 / 피착취 관계)과 다른 형식의 '포스트제국'의 패권주의가 존재하게 된다. 텍스트는 그러한 존재를 그리고 있다.

　　『꽃을 옮기는 여동생』은 어느 정도의 문학적 평가를 얻었으며 본격적인 작품론은 없지만 호의적인 서평과 해설[2]이 몇 개 있다. 그러나 미국의패권주의를 다루는 것은 없다. 미국의 패권주의를 언급하는 동시대평이 일본에 없는 이유는 아무래도 현실 속 일본에서 미국의 외교적 보호권을 최대한 인정하는 것이 정상 상태가 되어 그것이 사람들의 무의식 속에 스며들어있기 때문일 것이다. 일본에는 군사기지가 있고 지위 협정을 맺었기 때문이다. 예를 들어, 오키나와에서 미군이 비열한 범죄를 저질렀다고 하더라도 일본의 법률로 적정하고 신속하게 처벌하는 것은 쉽지 않다. 일본의 독자나 평론가는 그것이 변하지 않는 현실임을 무의식 수준에서 수용하고 있을 가능성이 있다. 전승국 미국의 패권주의, 제국주의적인 국민 의식과 식민지주의적인 노스텔지어는 전전부터 전후에 걸친 _{혹은 19세기 제국이 약소국을 상대로 추구했던 불평등 조약에 의한 치외법권의 반복} 연속이며, 특히 동남아시아 속 미국의 패권주의하에서는 유럽도 미국도 평등하다는 것도 의미한다.

4. 권력이 아닌 영력靈力에 거는 기도

여행에 익숙하다고는 하지만 가오루에게 동남아시아는 처음 방문하는 땅이다. 공항에 내리자마자 발리를 다음과 같이 인식한다. "즉, 그런 땅이다. 택시를 타는데 일일이 협상을 각오해야 하는 곳. 아마 무엇을 하든 다 협상하지 않으면 값이 정해지지 않을 것이다. 혹은 모든 것에 협상

---

2 주된 서평은 다음과 같다. 柴田翔, 「南の夜空の明るさ」, 『群像』, 2000.7; 又吉栄喜, 「地上最後の楽園での「罪と罰」」, 『波』, 2000.7; 大竹昭子, 「「意志的生き方」への問いかけ」, 『すばる』, 2000.7; 武田健, 「バリ島 ― 魂の再生を求めて」, 『公評』, 2001.11; 三浦雅士, 「解説 ― 人は世界に向かって踊る」, 池澤夏樹, 『花を運ぶ妹』, 文春文庫, 2003.4.

308   제3부_ 구조화와 길항의 자장으로서의 문학

의 여지가 있다"라고.

　가오루는 발리에서는혹은 인도네시아라는 국가에서는 "모든 것에 협상의 여지가 있다그리고 협상의 여지가 없는 경우도 많다"는 것을 바로 통감한다. 자신의 방식소르본대 학교에서 배운 '논의의 사상'이 통하지 않는다는 것도 자각한다. 일본 정부는 일반 자국민의 외교 교섭에 협력하는 존재가 아님을 깨닫고 인도네시아의 일본 대사관은 인도네시아 국내에서 일본인이 누명에 휘말려도 대응하지 않는다는 것을 확인한 다음, 국민의 권리와 국가 권력을 행사하는 방법을 버리고 이제까지 일을 하면서 쌓아온 인간관계에 의지해 행동하기 시작한다. 어학 능력과 행동력까지 총동원해서 싸우기 시작한 것이다. 결과적으로 그녀가 찾아낸 그녀의 편은 '이나가키稲垣 선생'과 그의 친구이자 자바에 있는 피른가디 씨, 전직 검사였던 카디르 변호사였다. 이나가키 선생님과 피른가디 씨와는 친한 사이이며 이나가키 선생님은 피른가디를 "발이 넓고 의협심이 있다"고 소개한다. '의협심'이란 약자를 도와 강세를 꺾는 마음이며 동남아시아 독립운동에 대한 공명이나 지원과 함께 이용되는 일본어이기도 하다메이지시대에 야마다 비묘(山田美妙)가 쓴 필리핀 독립전쟁 이야기인 『아기날도(あぎなるど)』 등에서도 사용되고 있다.

　가오루 일행은 발리에서 데쓰로를 함정에 빠뜨린 인도네시아 경찰과 싸우기 위해 미국 패권주의와는 다른 방법을 모색한다. 텍스트에서는 그 방법을 권력에 대한 '영의 힘靈の力'의 존재로 묘사하고 있다. 권력하에서는 논의가 이루어지고 거기서 우열이 정해져서 말로 일이 해결되지만 영력하에서는 말보다 기도가 기능한다. 권력의 행사는 정의의 관념에 근거하여 이루어지지만 영력은 선에도 악에도 행사될 수 있음을 전제로 한

다. 텍스트 막바지에 데쓰로가 가오루에게 듣고 받아들이는 "발리의 마녀 '란다'는 괴수 '바론'과 영원히 싸운다"는 말이 있는데, 선과 악은 원리적으로 '호각'이지 고정적인 것은 아니라는 것이다. 갈등에 끝은 없다. 사실 데쓰로도 사형을 면했다는 의미에서는 해피엔딩이지만 죄를 진 것은 틀림없으므로 죄인으로 복역한다. 완전한 선인도 아니며 승리자도 아니다.

가오루를 지원한 이나가키 선생은 발리섬을 "수상한 영혼이나 신들이 일을 움직이고 있고 그것을 자기편으로 한 사람이 이기는" 땅이라고 말한다. 그리고 마지막으로 절망의 늪에서 희망을 발견한 가오루에게 "너에게는 나를 네 편으로 삼았던 것처럼 수상한 신들을 네 편으로 삼을 만한 힘이 있었다는 거야"라고 말한다. 가오루은 영력에 걸었고 다행히 결과를 얻어냈다. 텍스트에서는 그것을 '행운의 오배송幸運な誤配'이라고 부른다.

일본의 현실에서는 '이나가키 선생'과 같은 인물을 픽서해결사라고 부르는 경우가 있다. 여러 픽서가 있지만 기본적으로는 전중과 전후 혼란기의 활동에서 쌓아 올린 농밀한 인간관계나 자산에 뿌리를 두고 있다.

작중에서는 가오루가 모르는 일본과 인도네시아의 관계성이 업무 전 브리핑이라는 형태로 나타나고, 양국의 역사적 관계성을 감안한 다음과 같은 맥락에서 이나가키 선생의 포지션을 설명한다. 조금 길어지겠지만 이하의 인용을 통해 소개하겠다.

"전쟁 전 거긴 네덜란드 식민지였어. 그곳에 일본군이 가서 점령했지. 처음에 인도네시아는 일본이 네덜란드로부터 자신들을 해방시켜줬다고 생각해서 일본군을 환영했어. 대체로 전쟁 전의 동남아시아에서는 일본이 인기가 꽤 있었지. 지금 개도국이라고 불리는 나라는 모두 서구 식민지였고 아시아에서 서구 식민지가 되지 않았던 곳은 일본과 태국뿐이었으니까. 게다가 그 큰 러시아를 전쟁에서 이긴 나라잖아. 그러니까 아시아 국가들에게 일본은 희망의 별이자 위대한 형님이며 어쩌면 백마를 탄 해방의 기사였던거야."

제가 전혀 모르는 이야기였어요. 저는 잠자코 들었습니다.

"그러나 사실 일본군은 인도네시아를 네덜란드로부터 해방시킴과 동시에 일본식 식민지 지배를 시작했을 뿐이었어. 목적은 전시 물자 공급과 세력권 확대. 일본 군인들은 마구 으스댔고 난폭했어. 저쪽 사람들에게 일본어나 신도를 강요하기도 했지. 인도네시아어에 남아있는 일본어로 가장 많이 알려진 것이 노동자ロームシャ와 멍청이バカヤロ라고 하니까, 뭐 만사가 그런 상태였던 거겠지. 일본인은 금세 미움받게 되었어." "점령 후기가 되자 일본 측은 인도네시아를 대동아공영권 안의 무늬만 독립국으로 만들 구상을 하고 있었어. 이를 위해 헌법 등의 준비도 진행하고 있었지. 그리고 종전 이틀 전 그 준비를 잘 이어받은 형태로 수카르노인도네시아의 독립운동가이자 초대 대통령이—역자 주가 독립을 선언했어. 전쟁이 끝나고도 일본으로 돌아가지 않고 그대로 인도네시아에 남는 걸 택한 일본군 장병이 수천 명 있었고 나중에 이 사람들은 자핀드라고 불렸지. 네덜란드는 종전하자마자 돌아와서 전쟁 전과 같은 형태의 지배를 계속하려 했어. 수카르노는 4년간의 독립 전쟁을 끝내고 마침내 네덜란드로부터 조국을 해방시켰어. 독립 전쟁에서는 자핀드들이 꽤 활약했어. 한번 이 사람들을 취재한 적이 있어. 이제 자핀드도 꽤 수가 줄었지만."

다카미高見 씨는 뭔가가 생각나는 듯한 얼굴을 했어요. 아마 그 취재 때 마음이 통했던 좋은 사람을 만난 거겠죠. 그 사람도 그 후 죽고 만 거겠죠.

"그건 그렇고 일본과 인도네시아의 관계에서 중요한 것은 전후 경제 관계 쪽이지. 일본이 배상금을 지불했고 그것이 인도네시아 부흥의 마중물이 되었으니. 당연히 그 돈에 일본과 인도네시아 양쪽 정치인이 몰려들었지. 일본이 돈을 지불하고 인도네시아는 그걸로 어떤 사업을 하지. 댐을 만드는 것도 발전소를 만드는 것도 당시 인도네시아 기술로는 무리니까 당연히 일본 기업이 가서 공사를 했지. 도중에 인도네시아 측과 일본 측은 몇 번이고 리베이트를 주고받아. 지금의 ODA와 같은 구조인거야. 지불된 돈은 기업을 통해 최종적으로 일본으로 돌아가지. 일부는 정치인 주머니에 들어가고. 이런 제도로 일본과 인도네시아는 아이러니하게도 일본이 전쟁에 진 덕분에 전쟁 중에는 생각할 수 없을 정도로 친밀한 관계를 구축했어. 이나가키 선생님은 그런 자리에서 많을 걸 해 온 사람이야. 구체적으로 뭘 하는지 잘 모르겠지만 청렴하다는 평판은 들었어."

'그런 자리에서 많을 걸 해 온 사람'이 '뭘 하는지 잘 모르겠다'는 부분에 픽서라고 부를 수밖에 없는 이유가 있다. '자핀드' = 독립의 꿈을 공유, 약속을 이루는 예외적인 존재를 마중물로 삼아 '이나가키 선생'이라는 이름을 내건 점도 의미가 있다.

패전국이 된 전후 일본은 경제 부흥을 하면서 인도네시아에 '배상금'을 지불하고 이에 근거해 양국의 '경제 관계'를 만들어 갔다. 이때 정부와 정치인, 종합상사가 은밀히 의지했던 '이나가키 선생'은 양쪽 사이에서 양측이 최대한 윈윈하도록 조치해서 그들을 친밀한 관계로 이끌었기 때문에 양국 인사들의 신뢰도 얻었을 것이다. 인도네시아어에 능 통해서 아마 전쟁 전부터 인도네시아를 잘 아는 인물이었을 터이다. 전쟁 전부터 현지에서 장사하던 일본인 중 한 명일지도 모른다. 전시 점령하의 인도네시아에서는 통역을 맡았을 가능성도 있다. 일본의 패전 후 인도네시아의 재지배를 노리는 네덜란드에 맞선 독립전쟁에 의용병으로 참전한 경험이 있어 인도네시아 각지에 전우가 있는지도 모른다. '일본과 인도네시아는 아이러니하게도 일본이 전쟁에 진 덕분에 전시 중에는 생각할 수 없을 정도로 친밀한 관계를 구축했다'라는 말에서 텍스트의 이야기는 전시 하의 일본군에 의한 인도네시아 점령정책 실패^{독립을} _{실현하지 못하고} 신뢰를 _{상실를} 인도네시아가 국가로서 독립한 후 맺은 양국의 경제 관계를 통해 어떻게든 회복되었다고 파악하고 있음을 알 수 있다.

텍스트의 설정 연대인 1985년이 일본에서는 버블 첫해이다. 버블 이후인 20세기 후반에는 일본 경제의 고도성장과 아시아 각국과의 경제 격차 확대에 기초한 일본의 '신식민지주의'도 대두되었다. 옛 종주국과 같은 행태도 문제가 되었지만 얼마 안 가 버블이 붕괴되고 전후 50년¹⁹⁹⁵을 계기로 일본 경제인들은 '제2의 패전'으로 표현되는 듯한 기분을 느끼게 된다. 21세기에 이르러 간행된 『꽃을 옮기는 여동생』은 아마도 이후의 '제2의 패전'까지를 내다본 1985년을 그리고 있다. 경제를 중심으로 한 '패전'의식과는 다른 관점이 있기 때문에 더욱 '아이러니하게도 일본이 전쟁에서 진 덕분에' 구축할 수 있었던 신뢰 관계에 주목하는 것이다. '청렴이라는 평판'을 일부러 언급하는 것은 '청렴'이 아닌 픽서, 즉 가교가 되어 자기 주머니를 채우는 타입의 픽서도 존재하기 때문이다. 배상금 스폰서임을 이용해 권력을 행사하고 경제적 착취 / 피착취 관계를 통해 제국주의적 노스텔지어의 부활을 꿈꾸기도 했을 것이다.

　패전을 계기로 '대일본제국'은 무너지고 그에 따라 '식민지제국'도 해체된 셈이다. 탈제국화, 탈식민화시대를 맞았지만 사태는 그리 단순하지 않았다. 인용에서 설명되고 있는 것은 사람들이 실감하는 전후 정신사精神史인 것이다. 전후 인도네시아의 '독립'을 핑계로 패전 이후 철수하겠다는 약속을 어김으로써 대동아공영권 구상의 이념적 허망이 드러났다. 나카노 사토시中野聡의『동남아시아 점령과 일본인東南アジア占領と日本人』岩波書店, 2012이 밝힌 것처럼 일본은 '타자'의 내셔널리즘과 제대로 마주하지 못하고 패전을 맞아 상처를 입는다. 한편, 제대로 약속을 지키기 위해 인도네시아에 남아 독립전쟁에 참여한 일본인의 존재도 각광을 받는다. 그러나 배상금 사업이 횡행하면서 제국일본의 유산을 상속하는 형태로 전후 일본은 번영한다. 특히 70년대 이후에는 경제 격차를 전제로 한 새로운 착취／피착취의 관계성도 구축되었다. 그런 '신식민지주의'에는 종종 전쟁 전부터 연속되는 제국주의가 인정되고 제국주의적 향수가 개입된다는 지적도 가능하다. 반성이 촉구되기도 했다. 경제력을 배경으로 한 패권적 지배 욕망에 연속되는 제국주의가 인정되는 경우도 있었다. 미완의 탈식민화는 역사인식의 문제로 드러났다. 미완의 식민지 해방 전쟁은 경제적 식민주의로 모습을 탈바꿈하고 미완의 탈식민화를 온존했다.

　일련의 상황을 재식민지화로서의 탈식민화라고 부를 수도 있을 것이다. '이나가키 선생'은 그러한 커다란 상황 속에서 옛 종주국의 입장에서 '제국'을 생각해 가해／피해의 대립 구도를 초월한 새로운 관계를 향해 새로운 이야기를 풀어내려 하는 존재라고 할 수 있다. 그것은 '특별 취급'

을 받는 미국이라는 '제국'의 패권주의에 맞서 정의를 추구하는 나름의 방식민간외교으로 볼 수 있다. 왜 '이나가키' 선생님과 피르간디 씨 등은 생면부지 가오루에게 힘을 보탰을까. 작중에서는 수줍은 웃음 아래 인정미 넘치는 이야기로 수렴되어 확실히 명시되지 않지만 문제 해결 방법 중 하나를 제시한 것은 아닐까. 물론 그 수줍은 웃음 아래에는 정체를 알 수 없는 사람들이 가지는 특유의 어떤 민망함도 감돌고 있어 완전한 선인으로 표상되지는 않는다는 점도 잊지 말아야 한다.

텍스트에서 미국의 사건 해결 방법은 자국이 자랑하는 국가 권력을 다른 나라에 행사해 초법규적으로 자국민을 구하는 것이었다. 그것은 국가의 정치적 독립을 침해하지 않는다면 강대한 국가는 약소한 국가에 대해 지배적이어도 좋다일신교(一神敎)적인 정의는 패권주의에 근거한 방법이었고, 지배 / 피지배라는 구도는 전쟁 전 제국주의와의 사이에서 연속성을 볼 수 있는 것이었다. 한편 가오루가 이나가키 선생님들의 협력을 얻어 실시한 사건의 해결 방법은 전후 획득한 민주주의에 기초한 법치국가의 룰에 따르는 것이 아니라 옛 종주국의 입장에서 구 식민지점령지와의 관계를 다시 파악하는 것으로 이른바, 인간으로서 해야 할 일을 다하고 나서 하늘의 뜻을 기다린다는 것이었다. 국가를 초월한 문화권력텍스트에 입각해 바꿔 말하면 '영력'의 작동을 기원하겠다는 것이었다. 『꽃을 옮기는 여동생』에서 묘사된 외국에서 자국민이 범죄를 저질렀을 때 사법을 개입하여 자국민을 보호하는 제국주의적 특권이나 권력도 아닌 영력에 걸고 땅의 힘에 맡긴다는 자세에는 각각 '제국'의 유산이 계승되고 있다고 할 수 있지 않을까.

작중에는 데쓰로가 좋아하는 그림으로 고갱의 〈야곱과 천사의 싸움〉

이 제시된다. 삽화가 그려져 있는 것이 아니기 때문에 독자들은 저마다 글을 쫓으며 그림을 떠올린다. 데쓰로 자신은 '나의 천사와의 전쟁이라는 문학적인 테마'를 그 그림에서 읽어낸다. 〈야곱과 천사의 싸움〉은 우키요에를 힌트로 삼았다고도 하며 날개 돋친 천사가 스모 같은 몸싸움을 하고 있는 그림으로, 싸우는 두 사람을 뒤에 멀리 두고 앞에서는 여자들이 기도하고 있다. 그 기도가 가깝고 더 크게 자리 잡은 구도를 데쓰로는 칭찬한다. 이 여자들의 기도와 가오루의 기도가 연결되는데 작중에서는 가오루의 기도는 종교적이긴 하지만 종교와 연결되는 것이 아님을 정성스레 설명하고 있다. 종교적이더라도 특정 종교와 연결되는 것은 아닌 이 '기도'라는 행위는 텍스트 내에서 중시되고 있으며 주된 배경음으로 활용된다. 이 그림이 결론이라고 하지는 못하더라도 끝이 없는 타자와의 싸움, 자기와의 싸움, 그리고 기도라는 주제를 알기 쉽게 보여주는 것은 확실하다.

의미의 풍요로움을 인정하는 세계관, 선악은 원리적으로 호각이라는 사상, 이를 구현한 무용극발리의 마녀 '란다'는 괴수 '바롱'과 영원히 싸운다 등 『꽃을 옮기는 여동생』을 통해 느낄 수 있는 '발리'는 적지 않다. 그것들을 발리섬의 문학적 표상으로 파악한다면 다카미 준, 아베 도모지, 사토 하루오, 구라하라 고레히토, 야마다 에이이미, 요시모토 바나나, 나카지마 라모 등에 의한 발리섬문화의 문학적 표상과 연결된 텍스트이다. 그러나 동시에 거기에 그려진 과제 해결 방법을 통해 표상된 포스트제국시대의 문화권력 양상을 확인할 수 있다. 그런 의미에서 『꽃을 옮기는 여동생』은 그 이전의 발리보다 더 큰 스케일로 발리를 그린 소설이라고 할 수 있다.

이 글은 일본어로 작성되었으며 남상현(南相眩 / NAM Sang-hyon, 충남대학교 인문과학연구소 학술 연구교수, 일본근현대문학·문화 전공)이 번역했다.

참고문헌

池澤夏樹,『花を運ぶ妹』, 文藝春秋, 2000.

_____・湯川豊,「ロングインタビュー 池澤夏樹-書き下ろし長編『花を運ぶ妹』と水の中のアジア」,『文學界』54(5), 文藝春秋, 2000.5.

柴田翔,「南の夜空の明るさ」,『群像』2000.7.

又吉栄喜,「地上最後の楽園での「罪と罰」」,『波』, 2000.7.

大竹昭子,「「意志的生き方」への問いかけ」,『すばる』, 2000.7.

武田健,「バリ島-魂の再生を求めて」,『公評』, 2001.11.

三浦雅士,「解説-人は世界に向かって踊る」, 池澤夏樹,『花を運ぶ妹』, 文春文庫, 2003.4.

제4부

권력 속 문학,
문학 속 권력

전후 초기 대만에서의 포스트제국과 재식민 문화정책의 영향

금서정책과 중국어통속출판

장웬칭

1. 들어가며

1940년대 후반의 대만 사회는 중화민국의 초대 대만성 행정장관 천이陳儀의 악정과 관리의 부패가 일으킨 경제적 불황과 하이퍼인플레이션, 나아가 급격한 언어정책의 전환으로 혼란이 일고 있었다. 그것이 원인이 되어 일어난 1947년의 2·28사건[1]은 불만을 가진 민중을 무력으로 침묵시키는 형태로 제압되었다. 그 후의 경제적 혼란과 사회적 불안정은 문화적인 면에도 큰 영향을 미쳤다. 다수의 대만 지식인이 학살되었을 뿐만 아니라 인플레이션에 의한 출판환경의 악화는 사람들의 독서에 대한 습관을 근본적으로 바꾸어버렸다. 1950년대의 중국어 도서시장은 이러한 상황 속에서 출발했다.

전후 대만의 국민당 문화정책을 검증한 스가노 아쓰시菅野敦志가 논하

---

1   1947년 2월 28일에 일어난 경찰의 부당한 체포 및 폭력행위에 대한 대만 전도의 항의행동이다. 그 후 국민당 정부에 의한 일련의 무력 진압에 의해 약 2만 명의 민중이 학살되었다고 알려져 있다.

는 것처럼 국민당 정부가 1940년대 후반에 대만에서 추진한 것이 '탈일 본화'라면 1950년대부터 개시한 것은 '중국화'였다.[2] 이 '중국화'는 국민 당 정부의 정치적 의도가 짙게 반영된 것이었으며 전후의 대만문학의 방 향도 규정했다고 할 수 있다. 특히 1950년 이후에 실시된 중국어 서적의 '사금查禁, 도서의 검열과 금서의 적발'은 도서시장의 발전까지 좌우할 정도로 크게 작용했다. 1949년 계엄령과 함께 실시된 '대만성계엄기간신문잡지도서 관리변법台湾省戒厳期間新聞雑誌図書管理辦法'에 의거한 '사금' 규정은 오랫동안 대만의 도서 출판과 유통을 계속해서 제약했다. 따라서 1950년대 중국 어 도서시장의 형성을 확인하기 위해서는 우선 금서정책을 정리해 둘 필 요가 있다.

2. 문화정책의 전환 '탈일본화'에서 '반공'으로

전후부터 계속된 국민당의 문화정책을 생각하는 데 있어 앞에서 인 용한 스가노 아쓰시의 지적은 시사하는 바가 크다.

(1950년대 이후)괄호-인용자 대륙으로부터 국민당과 함께 대량의 문화인이 대 만으로 건너와 정주함으로써 외성인 지식인을 중심으로 한 문화 활동이 전 면적으로 전개되어 갔다. 전후 초기 대만에서의 '문화 재구축'에서는 '탈일본

---

2   菅野敦志, 『台湾の国家と文化ー「脱日本化」・「中国化」・「本土化」』, 東京 : 勁草書房, 2011, pp.137~140.

화'와 '조국화'가 우선시 되었지만 국민당 정부의 패퇴로 정치 상황이 변화하면서 1950년대의 문화정책의 중점은 전면적인 '반공문화'의 구축으로 옮겨가게 된 것이다.[3]

국민당 정부가 1940년대 후반에 실시한 언어정책은 그야말로 '탈일본화'와 '조국화'를 목적으로 하고 있었다. 그 때문에 일본어의 사용이 금지되었을 뿐 아니라 당시 대만에서 유통하던 많은 일본어 도서나 잡지가 처분을 받아 수입이나 발행이 금지되었다. 한편 1950년대에 전개된 금서 책은 스가노의 말을 빌리자면 '전면적인 반공문화'를 구축하기 위한 시책이었다고 할 수 있다. 또한 이 시기에는 정부의 이전 뿐만 아니라 중국대륙으로부터 교육관계자, 작가나 문화인까지 대만으로 건너오고 있었다. 문단의 움직임에 한하자면 반공적 문예 정책을 보급하기 위해서 '중화문예장금위원회中華文藝獎金委員會'주임위원 장다오판(張道藩)[4]가 결성된 것은 1950년 3월이며, 작가단체인 '중화문예협회'상임위원 장다오판, 왕핑링(王平陵)도 그 직후인 5월에 창립되었다. 이는 대만의 문학창작과 출판의 담당자가 교대되었다는 것을 의미한다.

이러한 시점에서 보면 1950년대 초반은 대만문학이 외성인 작가를

---

3 Ibid., p.143.
4 장다오판(張道藩, 1897~1968), 중국 구이저우성(貴州省)판현(盤縣) 태생. 1919년에 유럽으로 건너가 런던대학, 프랑스 국립최고미술전과(国立最高美術專科)에서 공부했다. 1923년에 중국국민당에 입당. 1926년에 귀국해 교통부, 내정부, 교육부 차관을 거쳐 1942년에는 중앙선전부장. 1948년에 대만에 와 1950년 3월에 중화문예장금위원회를 설치하고 중국문예협회를 설립했다. 1952년에는 입법원원장에 당선. 彭瑞金, 中島利郎・澤井律之 訳,『台湾新文学運動四〇年』, 東京 : 東方書店, 2005, p.322(일부 변경하여 개재).

주체로 한 중국어 문학으로서 새롭게 출발한 시기라고 할 수 있다. 이 때문에 이러한 시기에 실시된 금서정책^{서적의 적발·몰수}, 나아가 내용의 검열은 1950년대에 시작한 중국어 도서시장의 발전을 제한했을 뿐 아니라 그 발전의 방향성을 규정하고 나아가 작가의 창작이나 독자의 독서행위에도 큰 영향을 미쳤다고 할 수 있다. 이 글에서는 금서정책이 어떻게 도서시장, 나아가 통속출판에 영향을 미쳤는지 검증하고자 한다.

1950년대 금서정책에 관한 선구적인 연구로서 알려진 것은 린칭장林慶彰의 「당대문학금서연구當代文學禁書研究」『台湾文学出版－五十年来台湾文学研討会論文集(三)』, 台北 : 文訊雑誌社, 1996, pp.193~215이다. 린칭장은 『사금도서목록查禁図書目録』台北 : 台北市政府·台湾警備総司令部, 1977을 근거로 금서로 지정된 1930년대 신문학작가의 작품 및 학술서를 일람으로 하여 다음과 같이 지적하고 있다. "무차별적으로 20년대 문학작품을 금서로 한 결과 도서관에서의 관련 도서의 결핍과 연구할 인재의 부족을 초래했다. (…중략…) 게다가 입수할 수 있는 많은 30년대 문학작품 및 관련 연구서의 대부분이 번인본翻印本으로 판권 페이지가 없어 연구할 때의 인용은 상당히 곤란했다."[5] 여기에서 전후 국민당 정부가 실시한 금서제도의 철저함을 엿볼 수 있다.

린칭장의 연구를 보다 진행한 것은 황위란黃玉蘭의 석사논문 『대만 50년대 장편소설적 금제급상상－문화청결운동여금서위탐토주축台湾50年代長篇小説的禁制及想像－以文化清潔運動與禁書為探討主軸』이다. 황위란 역시 『사금도서

---

5   林慶彰, 「当代文学禁書研究」, 『台湾文学出版－五十年來台湾文学研討会論文集』(三), 台北 : 行政院文訊雑誌社, 1996, p.214.

목록』1977년판 외에『역년사금음회도서목록歴年査禁淫誨図書目録』1962년 4월 10일 공시
와 대만성 정부 관보, 국민당의 내부 자료를 종합해서 1950년대에 금서
로 지정된 도서가 1,448종인 것으로 추정했다.[6]

린칭장과 황위란의 논문을 보다 정리하고 체계화한 것이 챠이셩치蔡
盛琦의「1950년대 도서사금지에 대한 연구1950年代図書査禁之研究」『国史館館刊』,
2010.12, pp.75~130이다. 챠이셩치는 금서를 둘러싼 국민당의 정치적 의도와
집행 실태, 압수된 서목 등을 상세히 논하고 있어 당시 상황을 밝히는 데
크게 기여하고 있다. 챠이셩치가 사용한 자료는 린칭장과 황위란의 경우
와 마찬가지로『사금도서목록』인데, 이는 1982년에 출판되었기 때문에
1951년부터 1982년까지의 금서를 망라하고 있었다. 챠이셩치는 그중에
서 실제로 1950년대에 금서가 된 것을 분명히 했다. 아울러 정부의 금서
에 대한 내부 결정권을 쥐고 있는 중국 국민당 중앙위원회 제4조의 방침
을 전하는『선전주보宣伝週報』를 이용한 방증으로『사금도서목록』에 없는
도서를 보충하고 금서가 된 이유도 확인하고 있다. 전후 대만 출판을 추
적하는 챠이셩치의 연구는 금서정책이 당시 도서시장에 어떤 충격을 주
었는지를 생각할 때 필수적인 논고이다.

그러나 지금까지의 금서연구에 대해 다음의 문제점을 지적할 수 있
다. 금서에 관한 연구의 대부분은 법률적 근거와 금서 대상 서적을 중심

---

6   黃玉蘭,「台湾五〇年代長篇小説的禁制与想像－以文化清潔運動与禁書為探討主軸」, 台北 : 国立台北
     師範学院台湾文学研究所修士論文, 2005, p.102. 또한 1,448종 중에 1977년에 출판된『査禁
     図書目録』에서의 지정 수는 708종,「反動思想書籍名称一覧表」의 1949년 지정 수는 429종,
     1950년의 지정 수는 236종, 1950년과 1953년의『台湾省政府公報』에 추가된 수는 27
     종, 1962년에 공표된『歴年査禁海淫図書目録』에서의 지정 수는 48종이라고 한다.

으로 논의되며, 그 영향에 대해서는 주로 1930년대 중국 신문학 작품 배제로 결락한 문학 전통의 계승 및 연구 작업의 어려움을 지적하는 데 그친다. 1950년대부터 본격적인 발전을 이룬 대만의 중국어 도서시장, 나아가 통속소설 출간에 대해 금서정책이 어떻게 작용했는지에 대해서는 논하지 않고 있다. 따라서 이러한 금서정책의 영향에 대해 당시 도서시장에 입각한 검증이 필요하다.

1950년대 도서시장에 대한 논의에 들어가기 전에 다음 절에서는 먼저 종전 직후 수행된 일본어 도서의 배제를 확인해 두도록 한다.

3. 1940년대 말부터 1950년대 초까지의 대만도서시장

1) 일본어 도서의 배제

국민당 정부에 의한 대만 접수로부터 1년 경과한 시점에 출판된 『대만일년래지선전台湾一年来之宣伝』台北台湾省行政長官公署宣伝委員会, 1946에서는 전후 초기의 대만성 행정장관공서에 의해 창설된 "선전위원회"가 어떤 선전사업을 실시했는지 정리하고 있다. 「전언前言」에서 설명한 것은 위원회의 취지, 즉 선전사업을 실시하는 목적이다. "본성대만−인용자 주, 이하 같음은 1950년간 점령되어 문화나 사상에 있어서 적이 남긴 해독은 깊다. 따라서 광복 후 문화선전 작업은 매우 중요하다."[7] 또한, '도서출판' 항목에서는 일본어 도서 압류에 대해 다음과 같이 보고하고 있다.

본성의 광복 후 문화나 사상 면에서 일본인의 해독을 배제하기 위해 본 위원회는 위반도서 단속 방법 8개 항목을 특별히 정해 모든 대만 서점과 매점에 통보했다. 위반도서에 관해서는 스스로 검사를 실시해 보관하고 조치를 기다려야 한다. (…중략…) 타이베이시에서 본 위원회가 경무처 및 헌병단과 합동으로 실시한 조사에 따르면 위반도서는 836종으로 총 7,300권이며 부분적으로 참고용으로 남긴 것 외에도 모두 소각이 완료되었다. 그 밖의 지방에서 위반 도서 단속 상황에 대한 보고가 들어온 것은 타이중台中, 화롄花蓮, 핑둥屏東, 가오슝高雄, 타이난台南, 장화彰化, 지룽基隆 등 총 7개 현과 시이며 소각한 서적은 총 1만여 권이다.[8]

이 보고에서 밝혀진 것은 국민당 정부에 의한 일본어 도서 압류가 상당히 이른 단계부터 이루어지고 있었다는 점이다. "단속 방법 8개 항목"이란 1946년 2월 행정장관공서에서 공포한 기존의 일본어 도서 및 잡지 폐기처분에 관한 방침을 말한다. 이하의 8항목에 저촉되는 서적이 압류 대상이 되었다.[9]

① 황군의 전적을 표창하고 찬양하는 것

② 대동아전쟁 참가를 장려하는 것

③ 일본 땅의 점유 상황을 보도함으로써 일본의 공적을 찬양하는 것

---

7   『台湾一年来之宣伝』, 台北 : 台湾省行政長官公署宣伝委員会, 1946.12, p.1.

8   Ibid., pp.24~26.

9   楊秀菁・薛化元・李福鐘 編, 『戦後台湾民主運動史料彙編(七) ─ 新聞自由』, 台北 : 国史館, 2002, pp.40~41.

④ 황민화봉공대皇民化奉公隊의 운동을 선전하는 것

⑤ 총리 총재 및 우리나라의 국책을 비방하는 것

⑥ 삼민주의를 곡해하는 것

⑦ 우리나라의 이권을 침해하는 것

⑧ 범죄 방법을 홍보하고 치안을 방해하는 것

이들 항목에 따라 1946년 6월 23일 현재 전 대만에서 1,451종의 일본어 도서 47,500여 권이 몰수 소각된 사실이 행정공서 선전위원회 주임 샤타오셩夏濤声의 담화로 보도되었다.[10] 서점과 매점 등 시중에서 유통되던 일본어 출판물 배제가 당시 일본어 도서시장에 큰 타격을 주었음은 말할 나위도 없다.

물론 일본어로 된 출판물이 모두 사라진 것은 아니다. 허이린何義麟에 따르면 전후 초기에는 일본어 사용이 전면 금지되었다고 여겨졌으나 중국어를 이해하지 못하는 사람들이 많았던 까닭에 정령을 보급하기 위해 부득이 일부 신문에서 일본어판이 해금되었다고 한다. "전후 초기 당시 대만 사회는 다국어가 혼용된 사회였다. 일본어 사용 금지라는 정책은 통치 계층의 주류 의견이 되었지만 실제로는 일본어 사용을 근절하지 못했고 일본어 신문에도 잠재적인 수요가 있었다."[11] 그래서 1947년부터 1948년까지 『국성보国声報』나 『중화주보中華週報』, 『대만신생보台湾新生報』에

---

10 「夏主任談本省宣伝事業」, 『台湾新生報』第4面, 1946.6.23; 蔡盛琦, 「戦後初期台湾的図書出版—1945至1949年」, 『国史館学術集刊』第5期, 2006, p.220에서 게재.

11 何義麟, 「戦後台湾における日本語使用禁止政策の変遷」, 古川ちかし・林珠雪・川口隆行, 『台湾・韓国・沖縄で日本語は何をしたのか—言語支配のもたらすもの』, 東京 : 三元社, 2007, p.64.

일본어란이 마련되어 있었다. 그러나 ""일본어란"의 내용은 정령 전달이나 평론뿐이지 여론을 반영하는 기사나 논평은 찾아볼 수 없었다."[12] 이처럼 짧은 기간 동안 부활되었던 신문의 일본어란은 미미하게는 존재했지만 그 자체가 정령이나 정책의 선전 역할을 담당했기 때문에 당시 대만인들에게 흥미를 가질 수 있는 것은 아니었다고 할 수 있다.

허이린의 논문에서 주목할 만한 것은 1950년대 들어 일본어 잡지 수입이 재개된 사실에 대해 언급하고 있다는 점이다. 허이린에 따르면 1950년 6월 수입이 허가된 일본어 잡지는 50여 종으로 『최신의학』이나 『농업세계』, 『토목기술』, 『기계의 연구』 등 실용지가 대부분을 차지했으며 여성잡지인 『부인세계』, 『부인구락부』, 『주부와 생활』, 『주부지우主婦之友』도 포함되어 있었다. 또 오락지 『킹』도 수입을 허가 받았지만 삭제된 부분이 있었다고 한다.

여기서 알 수 있듯이 일본어 잡지에 대해 장르가 제한되었을 뿐만 아니라 검열에 의해 내용도 심사되고 있었다. 이에 대해 전후 일본어 출판물 수입에 대한 논고를 정리한 린꿰시앤林果顯에 따르면 1950년대 초반부터 시작된 잡지와 서적 수입 재개는 결코 일본어 출판물 수입을 장려하는 것이 아니며 오히려 강화된 규제하에 유별類別이나 내용으로 엄격한 선별이 있었다고 한다.[13] 냉전체제 하에서 같은 서방 진영일 터인 일본에 대한 국민당 정부의 이러한 태도에는 과도한 문화 수입이 대만 사회에

---

12   Ibid., p.65.

13   林果顯, 「「欲迎還拒」—戰後台湾日本出版品進口管制体系的建立(1945~1972)」, 『国立政治大学歴史学報』 第45期, 2016.5, p.204.

영향을 미칠 것이라는 경계심을 내포하고 있었다고 한다.[14]

1946년부터 시작된 대만 도서시장에서 일본어 서적의 전면적인 배제와 더불어 이듬해부터는 일본어 서적 수입도 금지되어 있었다. 1950년대 들어 일본어 도서의 수입이 재개되었다고는 하나, 앞에서 설명한 바와 같이 종류가 한정되어 있었던 데다 엄격한 검열제도가 있었음을 감안할 때 당시 도서시장에서 대량으로 유통되기는 어려운 상태였다고 할 수 있다. 국민당 정부가 추진하는 중국화 정책 아래 수입된 일본어 잡지는 일반 시민들이 손쉽게 읽을 수 있는 것은 도저히 될 수 없었고 문화적 영향을 형성하기 어려웠을 것이다. 이러한 일본어 서적을 "적의 독소"로 간주하는 철저한 배제로 인해 소규모이지만 1940년대 초반 대만에서 형성되었던 일본어 도서시장[15]은 1950년대 초반 공급원이 끊겨 궤멸적인 타격을 입은 것이다.

2) 중국어 도서의 수입과 출판

일본어 도서 배제로 생긴 큰 틈은 상하이에서 수입된 대량의 중국어 도서로 메워졌다. 이들 서적 중 상당수는 전후 중국어 학습열을 반영한 어학 교재인데, 그 밖에 기술서, 과학서, 장회소설章回小説, 송대 이후 유행했던 강담을 기술한 소설, 무협소설, 만화 그리고 1930년대 이후의 신문학 작품도 포함돼 있었다고 한다.[16] 이 시기를 경험한 1925년생 예스타오葉石濤는 루쉰

---

14 Ibid., p.220.

15 1930년대부터 40년대에 걸쳐 형성된 일본어 도서시장에 대해서는 후지이 쇼조(藤井省三)가 「"大東亜戦争"期における台湾皇民文学－読書市場の成熟と台湾ナショナリズムの形成」, 『台湾文学この百年』, 東京 : 東方書店, 1998, pp.25~26에서 상세히 논하고 있다.

魯迅과 마오둔茅盾, 바진巴金의 작품 등 1930년대 신문학 작품들과 함께 백화소설인 『홍루몽』, 『수호전』, 『금병매』, 중국 공산당계 정치잡지 『군중』이나 『문허文萃』 등도 읽었다고 회상한다.[17]

일본어 서적과 잡지가 사라진 대만 도서시장이 수입 서적에 의존할 수밖에 없었던 원인에 대해 챠이성치는 『전후 초기 대만적 출판업 1945~1949』『国史館学術』, 「集刊」』第9期, 2006, pp.145~181을 통해 '문화', '정치', '경제'의 측면에 입각한 시점에서 종전 직후부터 대만 출판업이 쇠퇴의 길을 걷었기 때문이라고 분석한다. 우선 '문화'면에서는 언어정책의 전환으로부터 오는 일본어 서적의 금지, 나아가 일본어로 창작활동을 하는 작가 및 독자에 대한 영향을 든다. '정치'면에서는 1947년 2월에 일어난 2·28사건으로 인해 많은 지식인이 체포되고 처형되었기 때문에 창작이 가능한 사회 정세가 아니었다고 지적한다. '경제'면에서는 국민당 정부가 일본식민지시대 인쇄공장과 제지공장을 공기업 대만성 '인쇄지업공사台湾省印刷紙業公司'로 통합해 대부분의 정부 출판물을 독점적으로 간행하게 된 점을 지적하고 있다. 또 하이퍼인플레이션으로 인해 매매가 20위안의 잡지가 다음 달 60위안이 되는 등 인쇄에 드는 비용이 한 달 만에 3배로 치솟아 민중이 부담 없이 살 수 있는 가격이 아니게 된 탓도 크다는 것이다.

불황에 허덕이는 전후 초기 대만의 민간 출판업은 활로를 찾기 위해 중국어 학습 교재를 출판했다. 이를 새로운 공용어를 습득하기 위해 안간힘을 쓰고 있던 당시 민중들이 사들였다. 한편 천이陳儀 정부는 공적자금

---

16 蔡盛琦, 「1950年代図書査禁之研究」, 『国史館館刊』 第26期, 2010.12, p.79.

17 葉石濤, 『台湾文学史綱』, 高雄 : 春暉出版社, 1987(2007), p.74.

을 대만성 '인쇄지업공사'에 집중해 정책 홍보를 목적으로 한 정부 출판물을 대량으로 찍어냈다. 특히 1946년 『삼민주의』의 출판량은 압권이다. 앞에서 언급했던 『대만일년래지선전』에 따르면 중국어판만 5,000권, 일본어판은 무려 10만 권에 이르렀다. 이 밖에 『천장관치대언론집陳長官治台言論集』은 1만 5천 권, 중국의 국정 및 시정 방침을 선전하기 위한 소책자는 8종으로 모두 31만여 권이나 인쇄되었다.[18] 이 밖에 구체적인 간행 권수는 불분명하지만 행정공서 소속하에 있는 대만성 편역관에서 대만 민중의 교화를 목적으로 한 교과서와 대중용 읽을거리, 일본어에서 중국어로 번역된 작품 등도 나왔으나 2·28사건으로 계획이 좌절되었다고 한다.[19]

1950년대에 들어서도 도서시장의 경기는 그다지 개선되지 않았던 듯하다. 취우조요邱炯友에 의하면 1952년에 유통되고 있었던 중국어 서적은 4,000종에서 5,000종이었지만 대만에서 창작·출판된 것은 불과 427종뿐이었다고 한다. 또 1953년에 출판사는 138사 있었지만 그 대다수는 서적과 문방구 판매를 하는 개인영업자가 도매업자와 잡지사를 겸업하고 있었다고 한다.[20] 여기서 1950년대 초기의 출판업의 규모가 얼마나 작았는지를 알 수 있다.

또 1949년 초 국민당군의 패퇴로 상하이로부터의 중국어 도서 수입은 이미 끊겼기 때문에 1950년대 이후에는 주요 수입처가 홍콩으로

---

18 『台湾一年来之宣伝』, pp.21~22.
19 1946년 8월에 성립된 대만성편역관(台湾省編訳館)은 2·28사건의 영향으로 이듬해 6월에 폐지되었기 때문에 그 간행성과는 20종 정도에 머무르고 있다. 자세한 것은 黄英哲, 『台湾文化再構築1945~1947の光と影』(埼玉:創土社, 1999, pp.52~82)을 참조.
20 邱炯友, 「台湾出版簡史 — 与世界互動但被遺忘之一片版図」, 『文訊』, 1995年8月号, p.17.

바뀌어 있었다.[21] 챠이셩치에 따르면 엄격한 외화 규제와 검사 아래 정식 서적 수입 자체가 어려워 허가가 난 것은 학습용 어학 참고서와 사전이 주를 이뤘다. 또 허가가 나지 않을 것으로 쉽게 추측할 수 있는 일부 도서는 미리 밀수되었는데 이 중 상당수는 포르노나 무협소설이었으며 일본에서도 일본어 잡지가 반입된 것으로 알려졌다.[22] 덧붙여서 1954년 8월에 행해지고 있던 불량도서 조사에서 『롬마소스ロンマソス』로망스(ロマンス)의 오류나 『인간탐구』, 『아마트리아アマトリア』 등이 민중으로부터의 투서로 검거된 것[23]으로 보아, 최근에는 전후 일본의 카스토리カストリ 잡지가 대만으로 밀수되어 어느 정도 유통되고 있었음을 짐작할 수 있다.

이렇게 보면 1950년대 초반 대만도서시장에서 유통되던 서적은 정부가 펴내는 삼민주의 선전품, 1940년대 후반 대량 수입된 어학 교재와 백화소설, 무협소설, 만화, 1930~1940년대에 출간된 신문학 작품, 공산당계 정치잡지, 나아가 1950년대 홍콩과 일본에서 밀수로 들여온 통속지를 포함하게 될 것이다. 당시 도서시장은 국민당 정부가 규제에 나설 정도로 잡다한 상황에 있었다고 추정할 수 있다.

---

21   Ibid., p.17.
22   「1950年代図書査禁之研究」, op.cit., p.80.
23   『文協十年』, 台北 : 中国文芸協会, 1960, p.68.

4. 금서의 제상

1) 애매한 문구가 가져오는 자의적인 해석

국공내전에서 패퇴하고 1949년 12월 중앙정부를 이전해 타이베이를 임시수도로 정한 국민당에게 있어 공산주의의 침투로 인한 실패는 다시는 밟을 수 없는 전철이었다. 정권에 불편한 도서를 조속히 압류해 배제하는 것은 문제의 싹을 제거하는 일이었고 정치적 불안정을 미연에 막는다는 의미도 있었다. 이 때문에 1950년대 초반에 시작된 금서정책은 사상통제 면에서는 효율적이었지만 동시에 대만에서 중국어 도서시장의 발전에 대한 제약으로 작용했다.

이 같은 언론 제한이 대만에서 시작되는 계기가 된 것은 중앙정부 이전 직전에 일어난 "4·6사건"을 꼽을 수 있다. 1949년 4월 6일 부당한 구금에 항의하며 시위를 벌였던 대만대학과 대만사범대학 학생 325명이 군과 경찰의 캠퍼스 포위라는 대규모 탄압 사건으로 체포되었다. 그 다음 달 중국대륙에서의 국공 내전의 귀추를 내다본 천청陳誠 정부는 5월 19일 대만 전역에 계엄령을 발령했다. 전시하라는 이유로 이후 38년간 대만 민주의 언론 자유, 집회 권리 및 항의 활동을 엄격히 제한되었다. 출판에 큰 영향을 준 것은 계엄령 제3조 제6항 "문자나 표어 또는 기타 방법에 의한 비어蜚語의 유포를 금한다"[24]는 규정이다. 하지만 금지 대상이 극히 불분명했던 까닭에 그 직후부터 줄줄이 규제 대상을 추가하는 관련 법령이 나왔다.

1949년 6월 22일 계엄령이 발령된 지 약 한 달 후 보다 자세히 보충한 '대만성계엄기간신문잡지도서관리변법台湾省戒厳期間新聞雑誌図書管理辦法'이 대만성 경비총부警備総部의 이름으로 공시되었다. 언론 및 보도에 관한 규제는 제2조에서 정하며, 그 내용은 다음과 같다.

> **제2조** 어떠한 정부나 수장에 대한 비방, 삼민주의를 위반하는 기재, 정부와 민중 간의 감정에 대한 도발, 실패나 투기의 언론 및 사실에 반하는 보도의 유포, 민중의 인지를 속이려는 의도, 비상시 군사행동 방해 및 사회 민심이나 질서에 영향을 미치는 것은 일률적으로 금지의 대상이 된다.[25]

이듬해인 1950년 3월 18일 '대만성계엄기간신문잡지도서관리변법台湾省戒厳期間新聞雑誌図書管理辦法'은 한 글자만 다른 '대만성계엄기간신문잡지도서관제변법台湾省戒厳期間新聞雑誌図書管制辦法'으로 명칭이 변경되었다. 그와 동시에, 제2조의 규정에 '회음회도지기개자誨淫誨盜之記載者'악행이나 음행의 장려를 기술하는 것가 추가되었다. 심사 대상을 막연한 '문자'와 '표어'뿐 아니라 언론 보도 즉 '언론'이나 '보도' 요컨대 신문, 잡지, 도서 등 미디어로 확대한 것이다. 하지만 여전히 규제 대상에 대한 판단 기준은 불분명한 채 검사하는 측의 해석이나 상상 방식에 따라 자의적으로 낙인을 찍을 수 있었다.

법령 공시뿐만 아니라 실제 도서를 시장에서 퇴출하려는 움직임은 이미 1949년 10월부터 시작되었다. 대만성 정부가 공개한 반동사상 서

---

24 楊秀菁·薛化元·李福鐘 編, op.cit., 2002, p.363.

25 Ibid., p.364.

적 일람표에는 총 429종의 도서가 사학류, 철학류, 정치경제류, 문예류, 연극음악류, 기행문류, 전기류, 잡지류 및 선전품류 등 9개 항목으로 나뉘어 반동사상을 포함한다는 이유로 금지되었다. 이 유형을 계승하는 형태로 1950년 4월 대만성 보안사령부에서 236종이 추가되어 도서 총 665종이 금서가 된 것이다.[26]

1953년 7월 27일에 '대만성계엄기간신문잡지도서관제변법'이 다시 수정되어 제2조에 대한 추가 보충이 이루어졌다.[27]

제2조 신문지, 잡지, 도서, 고지, 표어 및 기타 출판물은 다음 항목의 기재가 없어야 한다.

① 군사신문의 개시부문에 의한 공개를 경유하지 않는 '군기종류범위령軍
機種類範圍令'[28]에 속하는 각종 군사정보

② 국방, 정치 및 외교에 관한 기밀

③ 공비의 선전을 목적으로 한 도화나 문자

④ 국가원수를 비방하는 도화나 문자

⑤ 반공항소 국책에 반하는 언론

⑥ 사람들의 시청을 교란하고 민심과 사기에 영향을 미치는 것. 혹은 사

---

26 「1950年代図書査禁之研究」, op.cit., p.86. 상세 일람은 楊秀菁·薛化元·李福鐘 編, 『戰後台湾民主運動史料彙編(十)言論自由(二)』(台北:国史館, 2004, pp.880~893)를 참조.

27 楊秀菁, 「台湾戒厳時期新聞管制政策」, 台北:国立政治大学歴史学系修士論文, 2002, p.66.

28 Ibid., p.66. 〈주78〉에 의하면 1951년 5월 6일에 공포된 '방해군기치죄조례(妨害軍機治罪条例)' 제1조 제2항 규정에 '군기종류범위령(軍機種類範囲令)'이란 "전항(前項)(본 조례에서 '군기(軍機)'란 군사상 지켜야 할 비밀을 가리킨다)의 정보문서도서 혹은 물품의 종류나 국방부의 명령에 의한다"라는 설명이 있다.

회의 치안을 해치는 언론

⑦ 정부와 민중 간의 감정을 도발하는 도화와 문자

재수정된 대만성 '계엄기간신문잡지도서관제변법'은 검열 범위를 더욱 넓히고 신문, 잡지, 도서의 문자 표현뿐만 아니라 사진이나 일러스트 등을 포함한 도화도 심사 대상으로 삼았다. 『사금도서목록』을 자세하게 조사한 챠이셩치에 따르면 불분명한 기준으로 널리 해석할 수 있었기 때문에 제2조 ③ 의 "공비의 선전을 목적으로 한 도화나 문자"는 금서의 이유로 꼽히는 빈도가 가장 높았다고 한다.[29]

이를 뒷받침하듯 일찌감치 심사기준의 모호성에 대한 비판이 일었다. 국민당 정부에 대해 기탄없이 비판하는 잡지로서 알려진 『자유중국』 1951년 5월호에서 다음과 같은 기술을 볼 수 있다.

출판물 심사자는 어느 정도의 지식을 갖추어야 한다. 출판업자의 번거로움이 늘어나는 정도는 괜찮지만 세간의 웃음거리가 되면 정부 체면을 구기게 된다! (…중략…) 얼마 전 한 친구가 펴내는 『자유문적自由文摘』이라는 작은 잡지가 무려 모某 부문으로부터 경고를 받았다. 『자유문적』의 문장은 모두 현대의 나름 수준을 지닌 잡지에서 고르고 있다. 뽑는 기준은 정치의 민주성, 경제적 평등 등과 다름없고 현직 국민당 개조위원회 비서장 창치윈張其昀의 글도 실려 있다. 이런 출판물이 심사자로부터 문제가 있다고 지목되다니 이 얼

---

29   「1950年代図書査禁之研究」, op.cit., p.85.

마나 신기한가! 이런 사태는 심사원칙 운운이 아니라 심사자의 지식이 얼마나 부족한가를 보여주는 것일 뿐이다. 정부의 출판물에 대한 심사 정책을 지지하기 위해서라도 신중하게 심사자를 뽑으라고 당부하지 않을 수 없다.[30]

인용 부분에서 알 수 있는 것은 애매한 기준에서 발생하는 심사의 편차가 벌써 1951년 당시부터 문제시되고 있었다는 점이다. 심사 담당자는 **국민당 정부의 뜻을 헤아린 자신의 심상**에 기대어 규제를 강화해 나갔을 것이다. 또 실제로 서점과 출판사 등에 파견된 검사원들이 도서와 잡지를 적발할 때도 비슷한 의지가 작용했다고 상상할 수 있다.

그럼에도 1950년대 초반 홍콩을 경유해 도서가 계속 밀반입된 것을 감안했을 때 앞서 언급한 '반동사상서적일람표'에서 대상 도서를 추가하는 형태로 665종에 이르렀다는 것은 금서에 대한 심사가 다람쥐 쳇바퀴 돌 듯이 제자리걸음을 하고 있었다는 것을 말하고 있다. 그 때문인지 '대만성계엄기간신문잡지도서관제법'을 보다 효율적으로 집행하기 위한 안내서로서, '대만성정부·보안사령부검사단속위금서보잡지영극가곡실시변법台湾省政府·保安司令部検査取締違禁書報雑誌影劇歌曲実施辦法, 1951.1.5, '대만성각현시위금서간검사소조 및 검사공작보충규정台湾省各県市違禁書刊検査小組及検査工作補充規定, 1951.7.30 으로서 발표되었다. 전자는 검사를 집행하기 위한 방법과 인원에 대해, 후자는 검사의 판단 기준에 대해 보충한 것으로, 그 제6조에 다음 기재가 있다.[31]

---

30   「時事述評—関於書刊審査」, 『自由中国』, 1951.5.16., p.4.

31   台湾省雑誌事業協会雑誌年鑑編集委員会, 「丁篇—付録 二 新聞雑誌図書審査及管理」, 『中華民国

제6조 도서잡지와 가곡의 위반 목록에 대해서는 본부^{대만성보령사안부(台湾省保}
^{守司安部)}가 관련 부문과 심사하여 결정 후 배포한다. 목록 배포 전에는 잠정적
으로 다음 원칙에 따라 처리한다.

   ① 공비, 공비와 결탁하는 작가의 저작 및 번역은 일률적으로 금지한다

   ② 내용이 좌경화하여 공비를 선전하는 것은 일률적으로 금지한다

   ③ 내용에 문제가 있으나 압류 기록이 없어 즉시 결정할 수 없는 것은 심
     사에 부치고 금서에 해당하는 것은 보고 후 처리한다.

   ④ 일본어 도서 및 잡지에서 수입허가 및 판매허가증이 없는 것은 일률
     적으로 금지한다

여기서 주목해야 할 것은 판단 기준이 간명해지고 있다는 점이다. 금
서목록 배포까지의 일시적 조치라는 전제에서 알 수 있듯이 심사가 따라
가지 못하고 있는 실정을 엿볼 수 있다. 그래서인지 서적 내용을 음미하
고 심사하는 것이 아니라 '작가'를 대상으로 함으로써 신속한 단속을 우
선하는 방식으로 바꾼 것이다. 이를 통해 일체의 망설임을 원천적으로
차단할 수 있게 되어 도서 심사 및 현장 적발 인원에게 출판물 내용을 꼼
꼼히 확인하는 번거로움과 시간이 크게 줄어들었을 것이다. 이 지침으로
검사 인력이 내리는 금서 판단에 낙차가 생기기 어렵게 되었지만 공산주
의를 떠올리게 하는 사항에 대해 내용을 자세하게 조사하지 않고 일률적
으로 규제하는 방식에서 국민당 정부가 얼마나 사상 침투에 촉각을 곤두

雑誌年鑑』, 台北 : 台湾省雑誌事業協会雑誌年鑑発行委員会, 1953, p.6.

세웠는지 알 수 있다. 이러한 포괄적 판단 기준에 따라 대만으로 유입된 중국 대륙출판 서적 대부분이 제거되면서 도서시장의 극심한 상품 부족으로 이어졌다고 할 수 있다.

2) 검열과 적발의 실태

그렇다면 검열은 구체적으로 어떻게 이루어졌을까. 국민당은 대만 이전 후 조직을 재건하기 위해 1950년 8월 5일 중앙개조위원회를 설립했다. 그 하부조직 중 하나인 제4조는 선전공작의 지도와 설계, 당의이론党義理論 선전 및 문화운동에 대한 기획을 담당한 것으로 알려져 있다. 문화운동은 크게 '문예개혁운동' 및 '문화검사숙청운동'으로 나뉜다. '문화검사숙청운동'이라는 명목으로 제4조가 1950년대의 금서심사 및 적발의 집행을 주도하는 입장에 있었던 것이다.[32] 도서검사 및 적발의 집행을 보다 원활하고 효과적으로 실시하기 위해 제4조는 안내서로서 '보간도서심사표준표報刊図書審査標準表'1953, '각기관사단 및 학교도서관실 자청검사요점各機関社団及学校図書館室自清検査要点'1955, '공비와 부비분자 작가명단共匪と附匪分子作家名単'1955을 차례로 통달했다.

또 출판물이 금서에 해당하는지 여부를 결정하는 심사에도 제4조는 상당히 큰 권한을 갖고 있었다. 예를 들어 허쯔신何志新 편저 『홍조요희紅朝妖姫』台中:東南文化出版社, 1953, 〈그림 1〉에 대한 심사에서 대만성 보안사령부로부터 부적절한 성적 묘사가 있었다는 보고가 있었는데도 불구하고, 제

---

32 松田康博, 『台湾における一党独裁体制の成立』, 東京 : 慶應大学出版社, 2006, p.72; 「1950年代図書査禁之研究」, op.cit., pp.87~88.

4조는 "사용된 말이나 문자는 완전히 선전의 요구를 충족하지 못한다. 하지만 그 의도는 헤아려야 하며 반공적인 입장에서 벗어나지 않아 금지 대상에 해당하지 않는다고 할 수 있"[33]다며 대만성 보안사령부의 판단을 물리쳤다. 이를 통해 국민당 내부 결정이 국가기관보다 우위에 있었음을 알 수 있다.

한편 제4조로부터의 지시로 현장에 나가 금서 적발을 집행하는 것은 대만성 보안사령부, 대만성 신문처, 대만성 경무처 등의 국가기관이었다. 1951년 1월 5일 대만성 정부의 회를 통과한 '대만성정부보안사령부검사단

〈그림 1〉何志新 편저, 『紅朝妖姬』

속금서보잡지영극가곡실시변법台灣省政府保安司令部檢査取締禁書報雜誌影劇歌曲実施 辦法' 제2조에는 금서검사의 실시 방법 및 집행 인원의 소속에 대한 기재가 있다.[34]

제2조 도서, 신문, 잡지, 영화, 연극, 가곡의 위반을 단속하는 부문은 아래 규정에 따른다.

① 타이베이시에서는 보안사령부 및 시 정부 담당자가 검사증과 금서목

---

33 蔡其昌,「戦後(1945~1959)台湾文学発展与国家角色」, 台中 : 私立東海大学歴史研究所修士論文, 1996, p.97에서 전재. 초출은 中国国民党中央委員会第四組,「42年書刊審査案2266号」.

34 「丁篇-付録 二 新聞雑誌図書審査及管理」, op.cit., p.6.

록을 휴대하고 수시로 곳곳에서 법에 따라 집행한다. 또, 관련 부문에서 검사소조^{검사반을 말함}을 조직해 사전 고지 없이 검사를 실시할 것. 경찰이 일반 근무 중^{예를 들어 순찰검사} 위반 도서나 사진, 일러스트, 가곡의 판매 및 소지를 발견한 경우 본 규정에 따라 단속한다.

② 각 현시 및 중점 향진鄕鎭은 해당 지방의 현시 정부 및 경찰 부문이 검사반을 조직하여 수시로 검사하고 단속한다.

③ 각 항구 및 공항에서는 검사처(반)와 합동으로 수입 도서 및 신문 잡지, 모든 인쇄물에 대해 엄격하게 검사한다. 금서목록에 열거된 대상은 모두 몰수, 보고하고 처리한다.

또 계속되는 제3조에서는 검사 장소를 "각 현시의 서점, 매점, 인쇄공장, 출판사, 잡지사, 영화관, 극장, 방송국, 공공장소 및 음악을 내보내는 다방과 레스토랑"³⁵으로 정하고 있다. 하지만 제2조 ① 에 "수시에 곳곳에서"라고 명기된 것으로 보아 판매 장소나 형태에 구애받지 않고 대여점 및 개인 소지도 대상이 되었다고 생각된다. 또한 이들 규정에서 주목해야 할 것은 타이베이 시내에서는 보안사령부와 시정부 담당자, 나아가 관련 부서에서 조직된 "검사소조", 경찰 등 다른 부서의 인력이 판매되는 출판물을 언제 어디서나, 심지어 불시검사로 적발할 수 있었다는 점이다. 다른 시읍면보다 서점 수가 많아 도서 자원이 집중되어 있던 타이베이시에서의 적발은 도서시장의 유통상황을 악화시켰을 것이다.

---

35   Ibid., p.6.

수시로 곳곳에서 벌어졌던 적발 활동에 대해 앞에서 인용한『자유중국』의 기사가 그 실태를 전하고 있다.

> 현재 우리가 알기로는 대만성의 정식 출판물 심사기관은 대만성 정부교육청과 신문처, 보안사령부다. 이들 부문은 출판물을 심사하는 임무에 있어 일을 분담하는 것도, 서로 협력하고 있는 것도 아니다. 형식상으로는 협력의 방법이 있을지 모르지만 사실상 모두 따로따로 검사하고 있다. 신문처의 심사를 통과해 성 정부 명의로 각 관련 부서에 통보한 다음에도 다른 부서가 한 번 더 검사해도 좋다고 되어 있다.[36]

이는 바로 의심스러운 것을 모두 벌한다는 비효율적이지만 효과적인 적발 집행이라고 해야 할 것이다. 부서 간 불분명한 분담 작업에 따른 집요한 불시검사는 당시 대만 서점과 출판사들의 경영 차질을 짐작할 수 있다. 어떻게 국민당 정권의 심사기준에 합격하고, 나아가 검사 부문의 눈을 뚫고 나갈 수 있을까. 이러한 난제를 당시 출판사들이 안고 있었을 것이다. 다음 절에서는 먼저 실제 금서의 대상이 된 도서를 확인한 후 금서정책이 당시 도서시장과 출판에 끼친 영향을 살펴본다.

---

36 「時事述評―関於書刊審査」, op.cit., p.4.

5. 금서정책의 영향

1) 일소된 중국 대륙 출판 수입 도서

위와 같은 금서정책으로 인해 실제로 어떤 서적이 금서의 대상이 되었으며 대만 도서시장에 어떤 영향을 미쳤는가. 1950년대 초반 도서시장의 발전을 생각하기 전에 먼저 금서 대상이 되었던 도서들에 대해 살펴볼 필요가 있을 것이다. 챠이셩치가 전후 대만의 출판 및 금서정책에 대해 정리한 논문들[37]은 모두 중요한 선행연구로 꼽힌다. 이 절에서는 챠이셩치의 연구에서 출발하여 금서의 종류 및 그 영향에 대해 구체적으로 살펴본다.

금서가 된 서적은 『사금도서목록』을 통해 그 일부를 알 수 있다. 챠이셩치에 따르면 이 목록은 출판 연대에 따라 조금씩 달라지며 확인할 수 있는 한 1964년 판본이 가장 빠르다.[38] 이에 따르면 1950년대 금서는 주로 '대만성계엄기간신문잡지도서관제변법' 제2조의 제3항인 '공비의 선전을 목적으로 한 도화나 문자', 나아가 '대만성 각 현시 위금서간검사소조 및 검사공작 보충규정台湾省各県市違禁書刊検査小組及検査工作補充規定'의 제6조 '공비와 부비 작가의 저작 및 번역은 일률적으로 금지한다'라는 규정에 저촉되어 있었다고 한다.[39] 『사금도서목록』과 제4조 활동을 전하는 『선

---

37   예를 들어 蔡盛琦의 「台湾地区戒厳時期翻印大陸禁書之探討(1949~1987)」, 『国家図書館館刊』
       93年第1期, 2004.6, pp.9~49; op.cit.; 「戦後初期台湾的図書出版 − 1945至1949年」; 「1950年
       代図書査禁之研究」 등이 있다.
38   「1950年代図書査禁之研究」, p.86.
39   Ibid., p.86.

전주보宣伝週報』를 비교한 챠이성치의 논문은 양자의 기재가 반드시 일치하지는 않음을 지적하고 있다. "자료 조사를 진행하면서『선전주보』에 꼽힌 반동 도서 중에는『사금도서목록』에 잡히지 않은 것도 있다는 사실을 알 수 있었다. 따라서 1950년대에 실제로 금서가 된 종류는 목록보다 훨씬 많을 것"[40]이라고 한다. 이처럼 전제한 다음에 챠이성치는『사금도서목록』에 기재된 서적을 다음 6개 항목으로 분류하고 있다.[41]

① 공비를 위한 선전

② 공비의 수장 및 간부, 공비와 결탁하는 작가의 저작과 번역

③ 공산당계 신문에 실린 글

④ 공산당계 서점이나 출판사에서 출판한 도서

⑤ 공산당과 소련을 위한 선전

⑥ 기타

①은 주로 '대만성계엄기간신문잡지도서관제법' 제2조 제3항의 규정에 근거한다. 추상적이고 모호한 문구로 된 판단 기준이었기 때문에 금서 해석을 검사 인원이 끝없이 확대할 수 있었음은 이미 앞 절에서 설명한 바와 같다. 챠이성치에 따르면 이 규정에 따라 금지된 도서는 매우 많았다. 구체적인 예로 들 수 있는 것은 인순법사印順法師『불법개론仏法概

---

40 Ibid., p.94. 또한 마찬가지로 기재에서 누락이 많이 존재했기 때문에 1950년대 금서의 전모를 파악할 수 없다는 관점은 林慶章, 「当代文学禁書研究」(p.195); 黄玉蘭, 「台湾五〇年代長篇小説の禁制与想像 一以文化清潔運動与禁書為探討主軸」(p.103)에서도 확인할 수 있다.

41 Ibid., pp.93~99.

論』上海 : 正聞学社出版, 1949, 저자 미상챠이성치의 논문에서는 '저자 미상'이라고 되어 있으나 정확히는
'푸나이푸卜乃夫'라는 필명 『침사시험沈思試験』上海 : 真善美図書, 1948, 뚜스밍杜十鳴『추종
섬구追踪殲仇』出版地不明-文傑出版, 出版年不明 등이다.[42]

②는 '대만성 각 현시 위금서간검사소조 및 검사공작보충규정台湾省各
県市違禁書刊検査小組及検査工作補充規定'의 제6조에 의거한다. 이름이 알려진 신문
학 작가나 통속작가, 가령 루쉰魯迅이나 라오서老舍, 궈모러郭沫若, 바진巴金,
션충원沈従文, 마오둔茅盾, 위다푸郁達夫, 톈한田漢, 차오위曹禺, 딩링丁玲, 후펑胡
風, 샤오훙蕭紅, 왕퉁자오王統照, 치앤종슈銭鍾書, 장톈이張天翼, 샤오쥔蕭軍, 장헌
슈이張恨水, 후안주러우주還珠楼主 등의 작품이 모두 대상이 되었다. 챠이셩치
에 따르면 정치와는 무관해 보이는 도서도 저자가 공산당과 관련되었
다는 이유로 금지되었다고 한다. 예를 들어 1948년에 개명서국開明書局에
서 출판한 『개명소년총서開明書局』에 포함된 예성타오葉聖陶의 『문장예회文
章例話』, 무사오량朮紹良의 『독화사読和写』, 펑쯔카이豊子愷의 『아이들의 음악孩
子們的音楽』 등이 그러하다.

③은 문장의 출처가 공산당 계열인지 과거의 공산당 계열의 신문인
지에 근거한다. 예를 들어 『대공보大公報』나 『문회보文滙報』, 『신만보新晩報』,
『신대공만보新大公晩報』 등 홍콩에서 발행된 좌익신문지에 연재된 통속적
인 무협소설, 진융金庸이나 량위성梁羽生 등의 작품이 그러하다. 챠이셩치
에 의하면 이들 작가는 홍콩에 재주하기 때문에 '공비와 결탁할 작가共匪

---

42 Ibid., p.94. 챠이셩치가 확인한 기사는 다음과 같이 「〈仏法概論〉内容有毒素当局予査禁」,
    『宣伝週報』 第5巻 第15期, 1955.4.8. p.14 ; 「両書査禁」, 『宣伝週報』 第3巻 第6期, 1954.2.5,
    p.13 ; 「〈追踪殲仇〉通令査禁」, 『宣伝週報』 第8巻 第1期, 1956.7.6, p.3이다. 또한 『仏法概論』와
    『沈思試験』는 현재 대만의 국가도서관에서 소장이 확인가능하다.

と結託する作家'가 아니지만 적의 신문지에 협력했다고 해서 '비문공간부匪文工幹部'공비의 문화공작원으로 지목되었다고 한다.[43]

④는 좌익계열의 서점이나 출판사의 간행물이었는지에 근거한다. 예를 들어 개명서국開明書局은 1954년에 좌익계열로서 간주되고 있었기 때문에 이 출판사에서 간행된『개명소년총서』,『중학생』등이 금지되었다. 또 바진巴金이 창설에 관여한 '문화생활출판', 공산당원 후위쯔胡愈之가 창설자인 상해세계지식사上海世界知識社도 같은 이유로 금지되었다.

⑤는 출판물이 소련과 관련이 있는 작품인지에 근거한다. 소련 작가가 쓴 작품의 번역, 나아가 아동서나 여행기, 전기戰記, 역사 등의 내용 일부에 소련이 등장한 것으로 '선전 목적'으로 간주되었다고 한다.

⑥은 앞의 다섯 항목에 해당하지 않는 이유를 모아 검열의 이유는 심사하는 쪽의 심상에 의해서 결정되는지에 근거한다. 1950년대에 대만에서 출판된 반공 소설도 여기에 들어간다. 예를 들어 만주사변 하의 하얼빈을 그린 쑨링孫陵의『대풍설大風雪』은 공산당의 용어를 많이 사용한 것으로, 무쭝난穆中南의『대동란大動乱』이 국민당 정부의 실패를 그렸다는 이유로, 쓰마상뚱司馬桑敦의『야생마전野馬伝』이 계급 간의 대립을 자극했다는 이유로 금지되었다. 그 밖에 1952년에 금서가 된『삼민주의 문답』鉄風出版, 1951은 삼민주의에 관한 내용임에도 불구하고 왼쪽에서 오른쪽을 향하는 가로쓰기로 배열되어 "중국어의 문장은 위에서 아래, 오른쪽에서 왼쪽을 향해서 써야 한"다는 장제스蔣介石 총재의 훈시를 위반했

---

43   Ibid., p.97.

다는 이유였다고 한다.[44]

이상 6개 항목에서 알 수 있듯이 금서가 된 이유는 결코 작품이나 도서의 성질, 내용과는 관계가 없다. 소련이나 공산당에 관한 기술 유무, 출판사의 정치적 입장 등 주변적인 요소들에 의해 결정되었다는 단순한 것이었다.

또 챠이성치의 논문에 따르면 『사금도서목록』에서는 해마다 증가하는 금서의 수를 확인할 수 있다고 한다.[45] 1951년 26종, 1952년 146종, 1953년 1종, 1954년 98종, 1955년 64종, 1956년 53종, 1957년 24종, 1958년 95종, 1959년 29종이었다고 한다. 실제로 압류된 권수는 불분명하지만 1953년 5월 나온 『중국국민당제7계중앙위원회제2차전체회의당무보고中国国民党第七届中央委員会第二次全体会議党務報告』에서는 1952년 1월부터 1953년 3월까지 대만 전역에서 38,342권, 수입여행객 휴대와 우편 포함 도서 4,786권, 1954년 8월 『중국국민당제7계중앙위원회제4차전체회의당무보고』에서는 1953년 11월부터 1954년 6월 사이에 대만 전역에서 5,722권이 중 일본어 도서는 40%를 차지, 수입으로 6,675권이 압수되었다는 기술이 있다.[46]

---

44   Ibid., p.99. 또한, 챠이성치가 확인한 기사는 『宣伝週報』 第41期(1952.11.14)이다.

45   Ibid., p.99.

46   Ibid., p.100.

2) 도서시장의 공백을 채우는 '위서'

이처럼 금서의 종류가 해마다 늘어남에 따라 대만의 도서시장이나 독자에게 미치는 영향이 상당히 심각해졌다. 1955년 6월, 국민당 정부는 행정기관 및 학교의 도서관 / 실을 향하여 금서의 처분 명령을 통달했다. 집행을 철저하게 하기 위해서 각지의 국민당부인원 및 감독자를 파견하여 그 때 제4조가 작성한 1,000명 이상의 명부 '공비여부비작가명단'^{공비,} ^{공비와 결탁한 작가의 리스트}이 금서의 배제에 사용되었다. 그 철저함에 대해서 당시 『자유중국』에 투서한 왕사오난王少南이 다음과 같이 기술하고 있다.

> 명부상에 있는 천여 명에 의한 편집, 저작, 번역 등은 모두 압류 대상이다. 도서관 인원은 누락으로 인한 처벌을 두려워해 명령에 따를 수밖에 없다. 따라서 보통 물리학, 실용화학, 자연지리, 국어문법, 영문법, 셰익스피어 극본의 번역과 서양 각국의 명작문학 번역, 사해辭海, 사원辭源 등까지 한꺼번에 금서가 되었다. 왜냐하면 이들 편자와 역자는 중국 대륙에 남아 있기 때문이다. (…중략…) 도서관은 대부분 진공상태가 되어 학생들의 공부에 직접적인 영향을 남겼다.[47]

천 명이 넘는 작가가 금서의 대상이 됨에 따라 전후 대만으로 수입된 1930년대 신문학 작품 대부분은 민중의 손이 닿을 수 있는 범위에서 배제되었을 것이다. 소설뿐만 아니라 그 작가가 관련된 온갖 연구서, 참고

---

47 王少南, 「讀者投書 — 禁書要禁得合理」, 『自由中國』 1955.6.1, p.31.

서, 사전까지도 대상이 되었다. 당시 대만에서는 1949년 이후 정치 봉쇄 때문에 정보가 부족해 작가가 존명 중이거나 이미 타계했는지도 파악할 수 없었다. 하물며 대만 이외의 지역으로 탈출했는지 등의 작가 현황에 대해서는 알 길이 없었을 것이다. 그런데도 국민당 정부는 의심스러우면 벌한다는 태도로 도서시장 및 도서관에서 이들의 작품을 일소했다. 인용한 왕사오난의 투서는 1945년 이후 공산당에 의해 박해받은 작가일 수도 있는데 그 작품을 금지하는 것은 너무나 맹신적이라고 의문을 제기한 셈이다. 이 명단에서 작가 개인의 사정은 고려되지 않았으며 국민당과 함께 대만으로 거처를 옮긴 작가, 국민당의 정책을 비판한 적이 없는 작가만이 합법으로 되어 있었다.

'공비, 공비와 결탁하는 작가'가 방대한 수에 이르렀다는 점에서 검열이 일과성에 머무르지 않고 전후 대만의 교육에도 심원한 영향을 주었다고 말할 수 있다. 1987년 계엄령이 해제되기 전 국어 교과서는 유가 사상을 강조한 고전문학 위주였다. 한편 근소하게 수록된 현대문 작품은 장개석과 국민당원의 삼민주의에 관한 논문을 비롯하여 리앙치챠오梁啓超나 차이위안페이蔡元培, 쉬즈모徐志摩, 쥬쯔칭朱自清, 후스胡適 등의 산문, 기행문, 시뿐이었다.[48] 도서관이 진공상태가 될 정도로 대만에 넘어오지 못한 신문학 작가의 작품은 교육의 장에서 배제되었으며 학생이나 연구자, 나아가 일반 대만 민중의 눈에 띄지 않는 곳에 은폐돼 그 존재조차 알려지

---

48 蘇雅莉,「高中国文課程標準与国文課本選文変遷之研究(1952~2004)」, 台北 : 国立政治大学国文教学修士論文, 2004, pp.42~64. 계엄령이 해제되기까지 고등학교에서 사용된 국어교과서는 5회 개정을 거치고 있다. 다년간의 경향을 살펴보면 각각의 시기에 국민당 정부의 교육에 대한 속셈이 채택작품에 반영되어 있다는 것을 알 수 있다.

지 않았다. 대만 민중에게 알려진 5·4신문학의 역사는 한정적이었으며 국민당 정부에 의해 의도적으로 재창조된 것이었다.

1940년대 말부터 시작된 일본어 도서의 배제, 나아가 전후부터 1950 년대 초반까지 중국 대륙에서 수입된 중국어 도서와 잡지까지도 대량으로 금서가 됨에 따라 당시의 대만에서 출판 및 도서시장은 위기에 빠졌다. 챠이셩치는 금서의 영향을 출판사와 작가, 독자로 나눠 분석하고 있다.[49]

출판사에서 챠이셩치가 강조하는 것은 '번인서翻印書'를 통한 출판사의 금서 회피다. 번인이란 1949년까지 중국 대륙에서 유통되던 도서를 1950년 이후 출판사의 대만 지점이 재발간하는 것이다. 1950년대 초반 시작된 이 움직임은 대만 상무인서관台湾商務印書館이나 대만중화서점台湾中華書店, 정중서점正中書店 등에서 시작된다. 그래서 선정되는 서적의 대부분은 『책부원구冊府元亀』나 『원락대전永楽大典』, 『사부총간四部叢刊』, 『고금도서집성古今図書集成』등의 고서류이다. 또 참고서나 사전과 같은 공구서工具書 편찬에 관여한 인물이 공산당에 가깝거나 중국 대륙에 있다는 등의 이유로 금서가 되었을 경우 해당 인물의 이름이나 서명을 변경하거나 정치적으로 불편한 부분을 삭제하는 등 출판하기도 한다.[50]

챠이셩치는 린칭장의 연구를 따라 내용과 편저자명이 바뀐 번인서를 '위서僞書'라고 했다. 어디까지나 금서 적발을 피하기 위한 조치지만 저서의 원전을 알 수 없게 되고 연구에 의거해야 할 자료가 부정확해지는 등 '위서'는 계엄령이 해제된 뒤 대만에서는 큰 문제가 되었다.[51] 작자에 대

---

49   「1950年代図書査禁之研究」, op.cit., pp.102~108.

50   Ibid., p.103.

한 부분에서 챠이셩치의 논점은 주로 예스타오의 시점을 그대로 계승하고 있다. 즉 전후 대만으로 이주한 작가들은 금서에 의해 5·4신문학과의 전통을 단절당해 좌파가 지향하는 전통사회의 암흑면을 폭로하는 일이 없어졌다는 것이다. 마지막으로, 챠이셩치는 독자 부분과 관련하여 5·4신문학 자체를 대만에서 읽을 수 없기 때문에 주로 서양문학의 번역이 읽혔다는 점, 학술연구에 있어서 서양문학이나 사상의 영향이 강해진 점을 지적하고 있다.

챠이셩치의 논고를 중심으로 금서정책의 영향에 대해서 소개했으나 필자는 금서정책에 의해 생긴 도서시장의 공백이 대만 통속출판에 준 영향을 다른 면에서 파악하고 있다. 이에 대해서는 다음 절에서 상세하게 설명한다.

6. 대만 통속소설의 출현을 향하여

앞서 살펴본 것처럼 1949년 말부터 시작된 중국어 도서 수입 규제는 중국 대륙으로부터의 문화와 사상의 유입을 막았다. 또 1950년대 중국어 도서에 대한 엄격하고 무차별적인 적발도 이루어졌다. 이에 의해 국민당 정부의 뜻에 입각한 문예환경의 구축이 가능해진 것이다.

정부 주도 하의 '중화문예장금위원회中華文芸奨金委員会'나 '중화문예협

---

51 자세한 것은 林慶彰,「如何整理戒厳時期出版的偽書?」,『文訊』(1989.7, pp.10~13); 蔡盛琦,「台湾地区戒厳時期翻印大陸禁書之探討(1949~1987)」을 참조.

회中華文芸協会' 등의 작가조직으로 반공문단이 형성되어 거기서 창작된 '반공문학'이 대만도서시장의 주류가 되도록 획책되었다. 그러나 이러한 정부의 주도가 있었다고는 해도 반공문학이 대만사회에서 실제로 수용되었는지 아닌지 또 1950년대의 도서시장에 반공문학밖에 없었다고 말해도 좋은지 아닌지는 모두 검토가 필요한 문제이다.

이미 보았듯이 전후 대만의 도서시장에는 국민당 정부의 금서정책으로 인한 두 차례 공백이 발생했다. 첫 번째는 1940년대 후반 탈식민화 움직임에 맞춘 일본어 도서의 배제이다. 그로 인해 전쟁 전 구축된 일본어 도서시장이 궤멸을 향해 내몰렸다. 대만 본토의 출판사 부족도 맞물려 시장의 틈새를 메운 것은 중국 대륙에서 대량 유입된 중국어 도서였다. 다음은 1950년대 초반에 일어난 중국어 도서에 대한 배제이다. 이번에는 언어 선별이 아니라 출판지와 출간 시기, 작가 선별이라는 도서 출처를 기준으로 근본으로부터 끊어내는 식으로 전후 초기 수입된 중국어 도서를 시장에서 일소했다.

중국으로부터의 수입 도서가 대량으로 제거된 것은 반대로 대만 본토의 출판업자들에게 전기가 되었다. 여기에 전후 대만의 도서시장을 '양'적으로 분석한 수치 〈표 1〉이 있다. 출판사 수는 1953년 138개에서 증가 일로를 걸었다. 또한 출판 도서의 종류가 증가함에 따라 종이 펄프도 증산되었다. 1952년 5,371톤에 비해 1954년에는 3배 이상인 16,831톤, 1965년에는 4배 이상인 21,243톤으로 증가한 것이다.[52] 이 숫자들은

---

52 黃玉蘭, op.cit., p.26. 황위란(黃玉蘭)이 인용한 펄프 수치는 『台湾光復二十年』, 台北 : 台湾新聞処, 1966, pp.33~35에 의함.

1950년대 중기 이후 대만에서 중국어 도서시장과 출판업이 점차 발전했다는 것을 의미한다.

〈표1〉曾堃賢,「台湾地区近五十年来図書出版「量」的統計分析」(『文訊』, 1995.8, pp.30~34)의 일부를 인용

1950년대 대만 출판사와 출판수 (종류)									
연도	1951	1952	1953	1954	1955	1956	1957	1958	1959	1960
출판사수			138	184	242	333	403	460	492	564
출판량(종류)		427	892	1,380	958	2,763	1,549	1,283	1,472	1,469

그렇다면 1950년대 그렇다면 1950년대 대만 도서시장의 틈새를 메운 것은 어떤 도서일까. 앞서 서술한 린칭장과 챠이성치의 연구를 통해 나타난 것은 대만 도내島內에서 간행된 위서의 존재이다. 아직 규모가 작고 작가 수도 제한된 당시 대만의 중국어 도서시장에서 이런 위서를 출판, 판매하는 방식은 출판사나 서점에 간신히 이익을 확보할 수 있었던 샛길이었다고 할 수 있다.

금서정책에 따라 5·4신문학뿐 아니라 전후 중국 대륙에서 들어온 무협소설, 언정言情 소설, 통속잡지 등 출판물까지도 압류 대상이 되었으므로 1950년대 초반 도서시장은 심각한 품귀현상을 빚었을 것이다. 한편으로는 전후 1946년부터 개시된 국민의무교육에 의해 대만사회에 중국어 독자가 출현하고 통속적인 읽을거리에 대한 수요도 날로 높아진 것은 필연적이다. 이러한 시장 수요에 따라 1949년 이전에 수입된 무협소설이나 원앙나비파鴛鴦蝴蝶派의 연애소설 등도 위서 형태로 출간되고 있었다. 일례로서 필자가 소유한 용화『흑의과부黑衣寡婦』(2)初版, 台北 : 大華文化社,

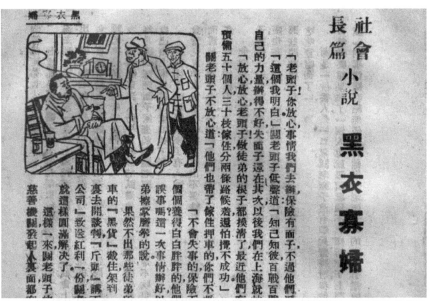

社會 長篇 小說 黑衣寡婦

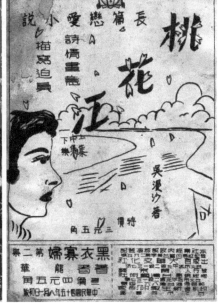

〈그림 2〉龍華,『黑衣寡婦』第2集(筆者所有)

1956.8.1. 〈그림 2〉가 있다. 이 소설은 얼핏 1950년대 대만에서 출간된 것으로 보이지만 문장 속의 구두점은 행 안이 아니라 방점 형태로 바로 오른쪽 옆에 붙어 있다. 오래된 서적을 그대로 번인한 것이 분명하다. 출판사의 소재지, 나아가 간행일을 마치 대만에서 창작 / 출판한 것처럼 가장하고 하고 있지만 문체는 오래된 상태이다. 이러다 보니 '롱후이龍華'라는 이름의 작자조차 의심스럽다.

그러나 아무리 새로 출간한 것처럼 보였다 하더라도 1940년대에 출간된 통속소설은 내용적으로나 형식적으로나 1950년대 대만 사회에서 다소 고풍스러워 보였을 것이다. 금서정책으로 방대한 도서가 줄줄이 처분되는 가운데 검사 인력의 눈을 뚫고 나온 도서로 만들어진 위서만으로는 새롭게 대만에서 출현하는 중국어 독자들의 수요를 충족시키기 어려웠을 것이다. 그래서 새롭게 중국어로 창작할 수 있는 작가를 발굴 육성하고 대만의 사회적 정세나 독자 수요에 맞춘 소설을 창작시켜 상품화하는 흐름이 생겨난 것도 필연적인 귀추였다고 할 수 있다.

금서정책이 대만 무협소설 발전에 미친 영향에 대해 예홍성葉洪生과 린빠오춘林保淳은 장단점이라는 두 가지 시각에서 논한다. 우선 단점으로는 1949년 말까지 대만에 들어온 무협소설이 도서시장에서 사라지면서 신인 무협소설 작가들은 전통에서 노하우를 얻지 못했다는 점과 정부의 검열에 신경 쓴 나머지 민감한 역사적 내용에서 소재를 채택하지 못하고 상상 속 중국의 '강호江湖'의 세계를 배경을 설정하느라 소설에 역사적 스케일을 담지 못했다는 점을 들었다. 장점은 대만 무협소설 작가들이 역사의 주박에서 벗어나 자유롭게 발전할 수 있었다는 데 있다고 한다.[53]

예홍성과 린빠오춘은 통속소설 작가와 출판사의 관계에 대해서도 언급하고 있다. 이에 따르면 무협소설을 전문으로 하는 출판사는 1950년 창립된 진선미출판사真善美出版社가 최초다. 진선미출판사는 원래 불교 무술 건강을 주요 장르로 삼았으나 1954년 이후 무협소설을 출간하면서 후일 청저우成輟吾나 빤시아러주伴霞楼主, 쓰마링司馬翎 등 유명 작가를 거느릴 정도의 전업 출판사로 주목받게 되었다고 한다.[54] 시장의 수요에 의해 작가가 생겨나고 출판사가 경영 형태를 변화시켜 나가는 사례는 결코 무협소설이라는 장르에 국한되지 않으며 통속소설과 관련된 출판업계 전체에 대해서도 마찬가지일 것이다.

챠이성치의 논문에는 다음과 같은 주목할만한 기술이 있다.

1945년부터 1949년 사이에 중국대륙에서 대만으로 흘러간 중국대륙의 출판 도서 대부분이 금서 목록에 올랐다. 문학이나 소설, 학술, 오락 작품이 일소되면서 생긴 공백은 폭로신문이나 포르노 잡지를 포함한 건전하지 못한 출판물로 대체되었다.[55]

'폭로신문'이나 '포르노잡지' 그리고 '건전하지 못한 출판물'이 도대체 어떤 것을 가리키는지는 다른 글에서 말하기로 하자. 하지만 일본어와 중국어 도서를 수입금지하고 1949년까지의 중국어 도서를 집요하게

---

53 葉洪生・林保淳, 『台湾武俠小説発展史』, 台北 : 遠流出版, 2005, pp.139~141.

54 Ibid., p.167.

55 「1950年代図書査禁之研究」, op.cit., p.99.

적발함으로써 당시의 도서시장에 큰 공백이 생긴 것은 분명하다. 그 공백을 메운 것은 당국에 불편하지만 비교적 허용하기 쉬웠던 오락성 높은 읽을거리였다고 생각된다. 이러한 읽을거리가 대만 본토의 출판사에서 간행됨에 따라 도서시장은 새로운 상업적 기회를 발견하게 된 것이다.

1945년부터 불과 5년 사이 대만 도서시장은 이른바 괴멸적 타격을 두 차례나 받았다. 첫 번째는 종전 직후부터 이루어진 '탈일본화'를 목적으로 한 일본어 도서의 규제, 다음은 '반공문화'로 이행하기 위한 1950년 초기부터 시작된 중국대륙에서 출판된 중국어 도서에 대한 철저한 배제이다. 1950년대 초반 도서시장이 소규모였기 때문에 국민당의 금서정책은 효과적이었다고 할 수 있다.

그러나 대만에서의 중국어 도서 출판은 뜻밖에 국민당 정부의 금서정책에 의해 본토화가 시작된 것이다. 1950년대 중 출현한 대여점은 대만에서 창작／출판된 오락성 높은 출판물이 적지 않게 존재했음을 말해준다. 1995년 11월호 잡지 『문신文訊』에 기고한 **쑤칭린**蘇淸霖의 한 문장은 당시의 상황을 개략적으로 보여준다.

1950년대 서점은 기본적으로 도시에 집중돼 있었다. 그 진열 장소는 초라하고 좁았다. (…중략…) 분류가 없는 것은 도서의 종류가 적기 때문이다. 이 시기에는 참고서가 대부분을 차지하고 있었다. 몇 안 되는 잡지는 소일거리를 위한 귀중한 필수품이었다.

1950년대 대만의 민중은 생활에 쫓기고 있었다. 도시와 농촌의 차가 매우 커서 정보가 널리 퍼지지 않았다. (…중략…) 그런 환경에 출판사는 불쌍

할 정도로 적고 서점도 손꼽힐 정도였다. **특히 농촌지구나 도시 외곽에서는 서점이 거의 없었다. 책을 읽고 싶은 사람은 소설이나 만화를 전문으로 하는 대여점에서 빌리거나 조금 여유가 있다면 문방구에서 몇 안 되는 도서를 구입할 수 있었다.** 그 나이대 어른들은 일에 바빠 아이들도 공부하느라 바빴으니 참고서 수요는 당연히 컸다.강조-인용자**56**

1950년대의 어느 시점을 상정한 회상인지는 분명하지 않다. 그러나 일반적으로 1950년대 초반의 대만 도서시장 규모는 아직 작았고, 따라서 당시 출판업은 아직 여명기에 있었으며, 가장 중요한 출판물은 어학용 교재나 참고서였다고 할 수 있다. 게다가 이 인용에서 알 수 있듯이 대여점은 소설이나 만화 등 통속적인 읽을거리를 사람들에게 제공하고 있었다. 이러한 도시와 지방을 가리지 않고 존재했던 대여점은 1950년대부터 통속소설이 유통될 정도의 도서시장이 출현했음을 시사한다.

물론 중국어 도서시장의 출현을 생각할 때 출판사나 작가뿐만 아니라 이를 뒷받침하는 독자 또한 고려해야 할 중요한 요소다. 1945년 이후 일본어에서 중국어로 전환해야 했던 대만인들이 직면한 언어 장벽은 그동안 작가를 중심으로 논의되어왔다. 그러나 일반 독자들도 마찬가지의 어려움에 부닥쳤을 것이다. 전쟁 전 일본어 교육을 받은 세대, 나아가 1946년부터 시작된 중국어 의무교육을 받은 세대가 어떻게 문화자본을 형성하고 막 출발한 중국어 도서시장에서 독자가 될 수 있었을까. 이러한 문제에 대해서는 추가로 검증할 필요가 있을 것이다.

---

56   蘇清霖, 「台湾地区書店五十年」, 『文訊』, 1995.11, p.37.

이 글은 일본어로 작성되었으며 곽동곤(郭東坤 / KWAK Dong-kon, 고려대학교 일어일문학과 강사, 일본근대문학 전공)이 번역했다.

초출
張文菁, 「1950年代初期の禁書政策と中国語通俗出版)」, 『通俗小説からみる文学史−一九五〇年代台湾の反共と恋愛)』, 法政大学出版局, 2022 제2장.

참고문헌

菅野敦志, 『台湾の国家と文化-「脱日本化」・「中国化」・「本土化」』, 東京: 勁草書房, 2011.

何義麟, 「戦後台湾における日本語使用禁止政策の変遷」, 古川ちかし・林珠雪・川口隆行, 『台湾・韓国・沖縄で日本語は何をしたのか-言語支配のもたらすもの』, 東京: 三元社, 2007.

藤井省三, 「"大東亜戦争"期における台湾皇民文学-読書市場の成熟と台湾ナショナリズムの形成」, 『台湾文学この百年』, 東京: 東方書店, 1998.

彭瑞金, 中島利郎・澤井律之訳, 『台湾新文学運動四〇年』, 東京: 東方書店, 2005.

松田康博, 『台湾における一党独裁体制の成立』, 東京: 慶應大学出版社, 2006.

王少南, 「読者投書-禁書要禁得合理」, 『自由中国』, 1955.6.1.

蘇清霖, 「台湾地区書店五十年」, 『文訊』, 1995.11.

台湾省雑誌事業協会雑誌年鑑編集委員会, 「丁篇-付録二 新聞雑誌図書審査及管理」, 『中華民国雑誌年鑑』, 台北: 台湾省雑誌事業協会雑誌年鑑発行委員会, 1953.

楊秀菁・薛化元・李福鐘 編, 『戦後台湾民主運動史料彙編(七)-新聞自由』, 台北: 国史館, 2002.

葉洪生・林保淳, 『台湾武侠小説発展史』, 台北: 遠流出版, 2005.

葉石濤, 『台湾文学史綱』, 高雄: 春暉出版社, 1987(2007).

林果顯, 「「欲迎還拒」-戦後台湾日本出版品進口管制体系的建立(1945~1972)」, 『国立政治大学歴史学報』 第45期, 2016.5.

林慶彰, 「当代文学禁書研究」, 『台湾文学出版-五十年來台湾文学研討会論文集(三)』, 台北: 行政院文訊雑誌社, 1996.

_____, 「如何整理戒厳時期出版的偽書?」, 『文訊』, 1989.7.

蔡盛琦, 「1950年代図書査禁之研究」, 『国史館館刊』 第26期, 2010.12.

_____, 「戦後初期台湾的図書出版-1945至1949年」, 『国史館学術集刊』 第5期, 2006.

_____, 「台湾地区戒厳時期翻印大陸禁書之探討(1949~1987)」, 『国家図書館館刊』 93年第1期, 2004.6.

邱炯友, 「台湾出版簡史-与世界互動但被遺忘之一片版図」, 『文訊』, 1995.8.

黄英哲, 『台湾文化再構築1945~1947の光と影』, 埼玉: 創土社, 1999.

楊秀菁, 「台湾戒厳時期新聞管制政策」, 台北: 国立政治大学歴史学系修士論文, 2002.

蔡其昌, 「戦後(1945~1959)台湾文学発展与国家角色」, 台中: 私立東海大学歴史研究所修士論文, 1996.

黄玉蘭, 「台湾五〇年代長篇小説的禁制与想像-以文化清潔運動与禁書為探討主軸」, 台北: 国立台北師範学院台湾文学研究所修士論文, 2005.

「〈追踪殲仇〉通令查禁」, 『宣伝週報』第8卷 第1期, 1956.7.6.
「〈仏法概論〉内容有毒素当局予査禁」, 『宣伝週報』第5卷 第15期, 1955.4.8.
「夏主任談本省宣伝事業」, 『台湾新生報』, 1946.6.23.
「時事述評－関於書刊審査」, 『自由中国』, 1951.5.16.
「両書査禁」, 『宣伝週報』第3卷 第6期, 1954.2.5.
『台湾一年来之宣伝』, 台北：台湾省行政長官公署宣伝委員会, 1946.12.
『文協十年』, 台北：中国文芸協会, 1960.

누구의 '향토'인가

1930년대와 1970년대 대만 '향토문학' 논쟁

우페이전

1. 들어가며

1895년, 대만이 일본의 식민지가 되며 '근대화'의 여정도 시작되었다고 한다. 한편, 문학이라는 측면에서 '근대성'을 생각할 때 '근대문학'의 성립도 염두에 둬야 할 것이다. 그런 의미에서 대만의 신문학운동은 실로 대만의 '근대문학'으로서 형태가 만들어지는 움직임이었다고 할 수 있다. 또, 대만문학의 성립을 고려할 때 향토라는 개념을 간과할 수 없고, 일본에서의 '향토' 개념이나 혹은 '향토예술'의 수용은 독일의 '향토예술'과 깊이 관련되어 있다는 점 또한 간과할 수 없다. 이는 본디 '19세기 후반, 산업혁명에 의한 경제적·사회적 변화에 따라 여러 모순이 나타나는 가운데 근대화의 흐름에 대해서 지방적·향토적인 것이 독특한 의미를 띠고 부각'[1]되었으나, 훗날 '근대화와 도시문명을 향한 증오로부터 기인

---

[1]   藤井忠, 「郷土文学」(デジタル版集英社世界文学大辞典), 『Japan Knowledge』.
       https://japanknowledge-com.autorpa.lib.nccu.edu.tw/lib/display/?id=52310h0014107
       (최종열람 2020.4.18).

하는 '향토예술Heimatkunst'과 결부되어 간다.'[2] 또한, '세기의 전환기에 일어난 이 향토예술운동은, 농촌을 도시문명의 퇴폐에 대해, 특히 베를린에 대치시키고, 농민을 민족 생명력의 근원으로 삼아 독일적인 본질의 재생을 요구하는 것'이었다.[3]

1920년대 일본 '내지'에서도 위와 같은 독일의 '향토예술'과 같은 움직임에 공진하여 지역향토 문학과 문화에 대한 관심이 높아졌고, '향토교육'에 박차를 가해 '향토예술'이나 '향토문학'이 활발하게 제창되었다. 이에 따라 지역 민중에 의한 '문화 창조'도 권장되었다. 나리타 류이치成田龍一에 의하면, 그것은 '지역에서 새로운 문화를 만들려는 움직임이 일어나고, 그 속에서 '국가'의 대극對極에 다양한 가치를 부각시켜, 열린 문화의 본연의 모습을 치켜세우려 한 데 특징이 있었다.'[4] 이른바 '내셔널리즘'과 '지역 내셔널리즘'이 꼬리를 물고 일어나던 시기이기도 했다.

1930년대에 대만에도 이러한 파동이 미치고 있었다. 그러나 '식민지'로서의 대만에서 '향토교육'이 제창될 때 '대만'이라는 주체성은 경계의 대상이 되었다. "식민지 통치자들은, 향토 인식이 아동의 애향심뿐만 아니라 애국심도 양성할 것으로 기대했지만, 대만이 향토 단위가 되면 대만의 아이덴티티 조장으로 이어질 수 있다는 우려를 동시에 갖고 있었다."[5] 1930년대 대만에서 향토라는 개념은 '향토교육', '향토예술'과 '향

---

2   Ibid..
3   Ibid..
4   成田龍一, 『近代都市空間の文化経験』, 岩波書店, 2003, p.172.
5   許佩賢, 「「愛郷心」と「愛国心」の交錯－1930年代前半台湾における郷土教育運動をめぐって」, 『日本台湾学会報』第10号, 2008.5, p.13.

토문학'의 출현에 따라 대만이라는 주체성을 연결하는 중요한 키워드라고 할 수 있겠다.

대만 신문학운동은 실로 '향토문학^{鄉土藝術}' 담론에 의해 그 문학의 핵심 개념을 형성시켜 간 움직임이다. 또한 독일의 '향토예술'의 개념 외에도 1920년대부터 일본과 조선, 대만에 전해져 온 아일랜드문예부흥의 담론은 '식민지 대만'에는 문학건설의 청사진으로서 오히려 상황이 좋았다. 아일랜드문예부흥, 특히 예이츠^{William Butler Yeats}가 주도한 켈트문화 부활 운동^{Celtic Revival}은 '(국가) 창설의 문학적 대처'로 여겨지고 있었다.[6] 이는 문학의 성립과 민족적 정체성^{내셔널 아이덴티티}의 형성을 말하는 데 있어서 일체 양면의 좋은 예이다.

1930년대 초반 대만 신문학운동의 효시로 여겨지는 잡지 『포르모사』는 '대만 예술 연구회'의 멤버인 왕바이위안^{王白淵}, 우티엔샹^{吳天賞}과 장원환^{張文環} 등에 의해 창간되었다. 이 연구회의 명칭인 '대만예술', 그리고 『포르모사』에서 강조하고 있는 '향토문학'의 개념은, 아일랜드문예부흥에 있어서 '향토예술'이라는 중심개념과 대조를 이루고 있음을 알 수 있다. "(켈트문예부흥)으로 이루어낸 아일랜드문학의 창조는 두 가지였다. 하나는 고대 켈트 신화, 전설의 소재의 재발견, 또 다른 하나는 영국에 의한 피지배 역사 속의 음영을 담은 근대 민족주의 및 독립운동과 병행하는 시가와 희곡의 창작이다."[7] '아일랜드문예부흥'의 추진 과정에 비추어 보

---

6   荒木映子, 「ケルト復興と人類学を通して, イェイツの国家観を見る」, 『イェイツ研究』 No.38, 2007, p.35.

7   鶴岡真弓, 「解説」, 『灯火節』, 月曜社, 2004.

면, 그 '민족'문학의 성립과 민족적 정체성내셔널 아이덴티티의 형성과는 실은 서로 밀접한 관계에 있음은 분명하다. 1930년대 대만 신문학운동, 즉 대만 근대문학의 '창조'에서도 상술한 바와 같은 '켈트문예부흥'의 두 가지 경향을 볼 수 있다. 그 하나는 '대만'의 전설, 신화와 같은 소재의 재발견이고, 다른 하나는 '민족주의 독립운동'과 병행하는 문학의 창작이다. 일제 패전 후, 일본 식민지에서 해방된 대만은 국민당 정부가 대만에 성립됨에 따라 '대만문학'은 다시 '중국문학'의 틀로 회수되어 1970년대 들어 그 주체성을 둘러싼 '향토문학' 논쟁이 다시 일었다.

일본식민지시대, 대만의 '향토문학' 논쟁은 1920년대 일본에서 일었던 '향토운동'과 공명하여, 1930년대에 들어서면서 대만문학에서 '향토'란 무엇인가를 생각하기 시작한 계기가 되기도 했다. 일제 패전 후, 식민지에서 해방된 대만은 그 문학의 주체성이 '중국문학'의 일부로 다루어지면서 1970년대 '향토문학' 논쟁을 둘러싸고 문학에서 '향토' 개념은 다시 부각되어 논쟁의 초점이 되었다. 이 글에서는 1930년대와 1970년대 대만 '향토문학' 논쟁이 각각 어떻게 '향토'의 개념을 표현하고, 그에 따라 '대만문학'의 주체성을 확립해 나가는지를 규명하는 것을 목표로 한다.

2. 1930년대의 향토주의의 유행

1) '내지'와 재대만 일본인의 '향토주의'

1920년대부터 1930년대에 걸쳐 주지하듯이 '향토'가 중요한 개념이 되었고, '내지'에서 식민지로 확산되어 갔다. 일본 '내지'에서는 농본 운동農本運動, 그리고 1930년대 후반에 일본 낭만파에 의한 향토 운동이 활발해지고 있었다.[8] 하시모토 교코橋本恭子가 지적하듯, 시마다 긴지島田謹二와 니시카와 미쓰루西川滿는 프랑스 남부 프로방스의 언어와 문학 부흥 운동을 모델로 재대만 일본인의 향토주의를 모색하고 있었다.[9] 그러나 실은 대만문학에 있어 아일랜드문학의 번역, 소개 내지 수용은 앞서 언급한 바와 같이 1930년대에 들어서면서부터 서서히 부상하고 있었음을 알 수 있다. 이 시기에 일본 내부의 향토주의 운동의 사조를 관찰하면 아일랜드의 '기호記號'가 이러한 시대 사조思潮 속에서 원용되면서 재해석되었음을 알 수 있다. 예를 들어 1929년 나카무라 세이코中村星湖가 창설한 '농민극장'은 아일랜드 희곡을 모델로 하고 있었다. 그 주된 취지는 지식계급이 지방농민을 소재로 각본을 창작하고 나아가 농민을 글쓴이로, 더 나아가 배우로 키워나가는 데 있었다. 예이츠의 사후, 나카무라 세이코는 「예이츠는 죽지 않았다」[1939.3.19·1939.3.26]를 발표했다. 스즈키 다카요鈴木曉世는 다음과 같이 지적하고 있다. "민중에게 자기表현의 기회를 준다는

---

8   橋本恭子, 「在台日本人の郷土主義 レジョナリスム―島田謹二と西川滿の目指したもの」, 『日本台湾学会報』, 2007.5, pp.231~232.
9   Ibid..

농민극운동의 당초의 목적은 유지한 채로 국책에 따른 '건전'한 문학이나 연극을 통해 민중을 국민으로 교화하기 위한 지방문예회, 지방극 활동을 추진했다고 할 수 있다. 이러한 움직임 속에서 예이츠는 지방극 운동의 아이콘이 되어 갔다. (…중략…) 예이츠는 총동원체제하에 있어 민중의 국민화에 기여하는 형태로 농민극운동의 담론에 녹아들어 갔다고할 수 있다."[10] 이것을 『대만일일신보』의 아일랜드문학에 관한 보도와 대조해 보면, '예이츠'의 유행은 내지의 '아일랜드문학사조'와 연동되어 있었음을 알 수 있다.[11]

한편 야노 호진矢野峰人은 아일랜드문학과 아일랜드문예부흥을 통해 '대만문학'의 모델로 생각했던 것 같지만, 다른 한편으로는 아일랜드문학과 아일랜드문예부흥에 대해 정치적 맥락에서 해석하는 것을 꺼렸던 경향을 볼 수 있다.[12] "근대 아일랜드에서의 문학적 활동과 정치적 활동이 거의 때를 같이하여 '아일랜드의 독립', '민족자결'이라는 동일한 방향으로 향했다는 이유만으로 아일랜드문예부흥이 처음부터 끝까지 사회문제나 정치적 투쟁과 밀접한 관계를 유지하고 있는 것처럼 속단하는것은 엄청난 오류이다. 이 문예운동의 영수들의 본뜻으로 하는 바가 어떻게 정치적 굴레에서 벗어난 순수한 문예를 창조하는 데 있었는가 하

---

10   鈴木暁世,「戦時期日本における「イェイツ」―アイルランド文学受容とナショナリズム」,『從帝國到冷戰的文化越境與生成』,政治大学, 2018.11.13, p.4.

11   필자의 조사에 의하면 1920년대 후반부터 1930년대에 걸쳐 『台湾日日新報』의 예이츠에 관한 보도는 15건이다.

12   '아일랜드문학'과 '아일랜드문예부흥'에 대한 탈정치적 문맥의 해석은 1933년에 출판된 『아일랜드문학사(アイルランド文学史)』에 이미 나오고 있다. 矢野峰人,『アイルランド文学史』,新英米文学社, 1933.

는 것은 그들의 작품이나 담론을 보면 일목요연할 것이다."[13] 또한 "순수한 의미의 아일랜드문예부흥은 이 나라에서의 문예가 영국의 영향과 마찬가지로 관련된 정치적 협잡물로부터 순화 독립하려는 운동"[14]이라고 파악하고 있다. 정치적 맥락에서 벗어나 단순하게 문학작품으로 평가해야 한다는 해석은 같은 시기 경성제국대학에서 영문학을 가르쳤던 사토 기요시佐藤清의 아일랜드문학을 파악하는 방식과도 상통한다.[15] 또 야노 호진의 동료인 시마다 긴지는 '외지문학'으로서 대만문학을 자리매김할 때, '아일랜드'를 예로 인용한 것으로 미루어[16] 야노 호진은 '아일랜드 부흥'은 '정치적 맥락'을 별개로 분리한 '포르모사 문학'의 모델로서 염두에 두고 있었던 것이 아닌가 추측할 수 있다.

그러나 잘 알려진 것처럼 '아일랜드 부흥'이 '켈트'의 정치적 문학적이자 문화적 정체성을 주장하고, 종주\국인 영국의 정치적·언어적 우위가 다가올 위협에 맞서기 위해 나타난 운동이라는 사실은 말할 것도 없다. 아일랜드와 그 문학에 대해 쓰루오카 마유미鶴岡真弓가 지적했듯이 '아일랜드'는 '켈트문화'의 전통을 가지고 앵글로 색슨문화의 영국이나 프랑스 등 근대 일본인이 본 선진적 유럽과는 대조적인 '비근대'나 '주변周緣'의 문화가 풍부하게 살아 숨쉬는 것으로 간주되는 지역이며, 실제로 그러한 나라였다. 특히 요정 이야기나 이계 모험담으로 대표되는 '이계異界'와 '사자死者', '정령精靈'에 대한 상상력을 반영한 신화, 전설과 민간 전

13   矢野峰人, 『アイルランド文芸復興』, 弘文堂書房, 1940, p.2.

14   Ibid., pp.3~4.

15   鈴木暁世, 『越境する想像力』, 大阪大学出版会, 2014, p.57.

16   島田謹二, 「台湾文学の文学的過現未」, 『文芸臺灣』, 1941.5, p.14.

승folklore이 풍부하여 19세기 후반에는 그것이 '켈트 신화 전설' 내지 '아일랜드 민간 전승'이라는 형태로 편찬 출판되어 영국에서도 유포되었다. 이를 추진했던 자는 아일랜드 출신의 부유한 앵글로 아일랜드계의 작가 예이츠, 레이디 그레고리Lady Gregory, 죤 싱John Synge이며, 그들은 '켈트'의 언어와 전승이 남아 있는 아일랜드 서부나 앨런제도로 여행하거나 그 땅에 살면서 현지 켈트게일어 '화자'들로부터 수많은 이야기를 채록하고 그것을 영어로 번안하여 자신의 작품에 반영시켰다.[17]

'아일랜드문예부흥'의 추진 역인 예이츠에게 있어 '켈트아일랜드문예부흥'은 '탈식민화'의 수단으로 생각되고 있었고 시가, 희곡과 소설 등을 포함하는 '문학작품'으로서 결정되어 갔던 것이다. 사이드Edward William Said는 예이츠와 탈식민화의 한 문장에서 예이츠의 식민지 해방 추구에 대해 다음과 같이 논한다. "진정성 추구, 식민지 역사에 의해 주어지는 것보다 가장 동질적인 국가 기원의 추구는 영웅, 신화, 및 종교의 새로운 신전의 추구, 이런 것 또한 토지에 의해 가능하다. 탈식민화된 동일성의 이러한 민족주의적 전조에는 거의 마술적으로 고취되고 유사연금술적인 자국어의 재융성이 항상 수반된다."[18] "예이츠는 카리브인이나 어느 아프리카 작가들과 더불어, 식민지 대군주에 대한 공통의 언어라는 곤경을 공유하고 있다"라고 말했다. 이 '곤경'을 탈출하기 위해 '켈트적 선입관과 주제'를 가진 예이츠의 초기 게일주의에서 "후기 체계적 신화에 이르기까지

---

17   鶴岡真弓, 「解説」, 『灯火節』, 月曜社, 2004, pp, 770~771.
18   E.W.サイード, 「イェイツと脱植民地化」, 『民族主義·植民地主義と文学』, 法政大学出版局, 1996, p.93.

상당한 논리적 전진이 있었다."[19] 즉, 제이머스 딘[Seamus Deane]이 지적한 바와 같이 "예이츠의 아일랜드는 혁명적인 나라였기 때문에 예이츠는 아일랜드의 후진성을 지나치게 발달한 근대 유럽에서는 상실되어 버린 정신적 이상으로의 그 근본적으로 시끄럽고 파괴적인 복귀의 원천으로서 이용할 수 있었던 것이다."[20]

종주국 영국과 언어와 문화적 정체성의 수탈을 둘러싼 공방에서 예이츠의 아일랜드문예부흥 형식으로서의 '전략'은 1930년대 이후 '대만문학의 일련의 움직임과 담론'을 상기시킨다. '내지'와 재대만 일본인의 '향토주의', 그리고 '대만문학'의 구상에 대해 동시대 대만인에 의한 '대만문학'담론은 얼마나 반응했을까.

2) 1930년대 '대만 향토문학' 부흥 주장

1930년대 '향토문학', '향토예술'을 둘러싼 논의는 경찰 관계 잡지에 '향토예술'에 대한 해석이 나올 정도로 빈번했다.[21] 이 화제는 경찰의 주목을 받을 정도로 경계 대상이었음을 알 수 있다. 1930년대 식민지 대만의 향토문학논쟁은 분명히 당시 '내지'에서 성행하던 향토운동과 연동되어 있었다. 대만문학운동도 이 시대사조의 영향 아래 향토문학논쟁

---

19   Ibid., p.94.

20   Ibid., p.94; Seamus Deane, *Celtic Revivals : Essays in Modern Irish Literature*, London : Fabor&Fabor, 1985를 참조.

21   '향토예술'에 대한 해설은 다음과 같다. "향토의 풍물을 제재로 묘사한 문학을 말한다. 또 한 지방의 특수한 예술 작품, 민요를 가리키는 경우도 있다" 「社會語小解」, 『警友』, 1933.12, p.59.

및 대만 화문話文 운동을 전개시켰다. 1930년부터 1934년까지의 '대만 향토문학'을 둘러싼 일련의 논쟁은 『오인보伍人報』, 『남음南音』, 『쇼와신보昭和新報』, 『신고신보新高新報』, 『대만신문』, 『대만신민보』, 『대만문학』, 『포르모사』에 게재되었다. 이에 당시의 왕성한 상황과 대만 신문학을 세우려던 새로운 기운이 엿보인다.[22] 유감스럽게도 오늘에 이르러 그 신문과 잡지는 흩어져 사라져버린 것이 많아 전모의 해명에는 이르지 못한 점이 많다.

1930년대 향토문학논쟁에 있어, 그 내용의 대부분은 문학 자체보다 창작 매개로서의 언어 문제에 초점이 맞춰져 있었다. 그것은 대만문학의 주체성을 둘러싼 논쟁이라고도 할 수 있겠다. 1933년 도쿄에서 창간된 『포르모사』의 「창간사」에서 알 수 있듯이, 분명히 향토의 정의에 근거하여 '대만' 고유의 문화 및 향토예술의 존재 가능성을 묻는 것이었다. '대만에는 고유의 문화나 문예가 있었는가, 또 현재 있을까?'라는 질문에 작가 스스로 이렇게 답했다. "왜 수천 년의 문화유산과 현재 처한 여러 특수 사정 속에 살아가는 사람들 속에서 지금까지 독특한 문예가 나오지 않았을까, 이는 일대 불가사의다. 우리의 선각들이 여유와 재능이 없었던 것은 아니다. 오히려 용기와 단결력이 부족했던 것이다."[23]

1933년 『포르모사』 창간호에는 쑤웨이슝蘇維熊 「대만 가요에 대한 하나의 시론」, 양항둥楊行東 「대만 문예계에의 대망」, 제2호에는 우쿤황吳坤煌 「대만 향토문학을 논하다」와 리우제劉捷 「1993년의 대만 문예」가 있다.

---

22   中島利郎 編, 『1930年代台湾郷土文学論戦』, 春暉出版社, 2003.
23   「創刊の辞」, 『フォルモサ』 創刊号, 1933.7, p.1.

이 글들은 「창간사」에서 제출된 대만 향토예술과 문화 부흥 호소에 대한 반향이다. 그리고 '백화문白話文'을 중심으로 한 문예잡지 『선발부대』는 1934년 7월에 『대만 신문학 출로의 탐구』, 1935년 1월에 백화문과 일문 잡지 『제일선』'선발부대'로부터 개명에서의 「대만 민간 고사특집」은 대만의 '향토문학', '향토예술'로의 모색으로 봐도 좋을 것이다.

당시의 대만문학의 발전은 언어 사용과 발표의 제한과 어려움이라는 문제에 직면해야만 했다. 전술한 '대만 향토문학논쟁'에 대해 '백화문'을 둘러싼 논쟁은 당시 식민지 대만의 현실에 비추어 볼 때, 불모의 논쟁 결과라 할 수 밖에 없다. 그에 비해, 우쿤황의 「대만 향토문학을 논하다」에서는 '대만 향토문학'의 본연의 자세를 제시하고 있었다. "만약 대만인의 생활을 묘사하고 있는데 그 작품에 민족적 동향이 없고 지방적 색채가 풍기지 않는다면 지금까지 주장되어 온 향토문학이라고도 할 수 없을 것이다. 대만 사람들이 어떤 생활을 하고, 그리고 그 생활을 모티브로 하여 어떤 관점에서 창작하느냐에 따라 다양한 문학이 존재할 것이다."[24] 즉, '대만문학'의 창작에는 '대만민족'이라는 주체성이 필수적인 요소라는 주장이다. 그러나 '향토'색을 드러내기 위해 창작 면에 있어 어떻게 실천되고 있었을까.

1930년대 대만의 '향토색'을 창작의 주안점으로 두고 1933년과 1934년에 창간된 『포르모사』와 『대만문예』에 비추어 보면 이 시기부터 미신과 문명을 둘러싼 변증을 주체로 한 희곡이 나타나기 시작했음을 알

---

24   吳坤煌, 「台湾の郷土文学を論ずる」, 『フォルモサ』第二号, 1933.12, pp.12~13.

수 있다. 작품 자체는 흩어져 사라져 버렸으나 희곡 창작과 창작이론을 둘러싼 장샤오메이江肖梅와 예롱중葉栄鐘의 논쟁으로 미루어 1929년 기쿠치 간菊池寛의 『옥상의 광인』『옥상의 광인』 또한 싱(Synge, John Millington)으로부터 영향을 받았다고 한다에서 힌트를 얻은 장샤오메이의 『병마病魔』는 아마도 일본 경유 아일랜드문학으로부터 영향을 받았을 뿐만 아니라 '미신과 문명을 둘러싼 변증' 계보의 연장선상에 있는 작품이라고 추측할 수 있다.

『포르모사』 제2호1933.12에 발표된 우융푸巫永福의 희곡 『홍록적紅綠賊』은 그 좋은 예이다. 두 도적이 적귀赤鬼와 청귀青鬼 행세를 하며 할머니와 어머니의 '대만 민간신앙' 미신을 이용해 두 도적을 사로잡았다. 무신론자인 여자아이는 할머니와 어머니를 구해냈을 뿐만 아니라 도적까지 붙잡았다는 희곡이다.

'향토문학논쟁'이 일단락되고 나서 1934년 5월에 '대만 문예 연맹'이 결성되었다. 그 기관지 『대만문예』의 발기인 중 한 명인 장선체張深切은 1935년 7월 대만어 대사로 희곡 『낙음落陰』을 발표했다. 『낙음』은 '관락음觀落陰' 의식을 통해 '사자'와 만날 수 있다는 대만 민간 신앙을 통해 돌아가신 어머니를 만나는 일심一心의 딸 예칭웨이葉青薇와 그 비참한 죽음을 그리고 있다. 우융푸의 『홍록적』과 마찬가지로 '대만 민간신앙'에 주안점을 두고 '미신과 문명'을 둘러싼 변증과 '대만색'을 부각시키려 하고 있다. 또 『홍록적』은 예이츠의 모래시계The Hour Glass, 1907의 구조와 닮아 있다. 참고로 예이츠의 모래시계는 무신론자인 철학자가 한 시간 이내 진지한 신자를 찾지 못할 경우 목숨을 잃고 만다는 천사의 명령에 굴복한다는 줄거리다.

또한, 1935년 8~9월『대만문예』에 있어 아카호시 마사노리赤星正德의『안평성이문安平城異聞』, 처우둥처우둥愁洞의『매파媒婆』역시 '대만'의 역사와 민속을 둘러싼 소재의 희곡과 소설이다. 이후 1936년 12월 출간된 리셴장李獻璋이 수집, 편찬한『대만민간문학집』은 이 '신문학운동'의 성과 중 하나라고 봐도 무방할 것이다.『대만민간문학집』은〈가요편〉과〈이야기편〉으로 구성되어 있다.〈이야기편〉은 대만 민간 전설을 바탕으로 한 작가의 창작이다.[25] 대만 가요 채집은 처음에 일본인 히라사와 데도平沢丁東와 가타오카 이와오片岡巖에 의한 것이었으나, 이헌장의〈가요편〉은 최초의 대만인 손에 의한 체계적인 대만 민요 수집이었다.[26]

1930년대에 있어 '대만 신문학'의 일련의 움직임을 보면, 단순히 일본 통치에 의한 서서히 사라져 가는 대만의 문화적 문학적 전통을 보존하고 있었을 뿐만 아니라, '대만'과 '일본'과의 문화적, 문학적 '차이'를 '만들어내자'고 했던 '포르모사문예부흥운동'이라고 할 수 있다. 이러한 움직임은 1930년대에 일어난 '향토문학' 논쟁으로 가속화되었다.

1930년대부터 1940년대에 걸친 전쟁기에 접어들면서 문단에는 전쟁에 협력하자는 '국책문학' 일색 외에도 1937년 중일전쟁의 전면 발발로 신문의 한문란도 폐지되고 말았다. 그렇다고는 하지만, 어떻게 '대만색'을 가지고 있는 일본어를 구사하여 '대만문학'을 창작할 것인가에 대해서, 1940년 6월에 룽잉쭝龍瑛宗은「고골Nikolai Vasil'evich Gogol과 그 작품」에

---

25   豊田周子,「『台湾民間文学集』故事篇にみる1930年代台湾知識人の文化創造」,『日本台湾学会報』第13号, 2011.5, pp.118~121.

26   陳龍廷,「現代性・南臺灣─1930年代李獻璋褒歌採集的特色」,『高雄文獻』第3卷 第1期, 2013.3, p.8.

서 다음과 같이 언급하고 있다. "아일랜드는 켈트족이지만 그들은 앵글로색슨계 영어를 사용하면서 뛰어난 아일랜드문학을 일궈냈다. 더블린을 문학적 중심으로 하는 아일랜드문학은 영국 본토의 이른바 영국 문학과 쌍벽을 이룬 형태이다."[27] 같은 해 5월에 룽잉쭝은 대만 작가와 그 창작에 대해 다음과 같이 말했다. "본토인 작가는 전통에 없는 새로운 일본어를 창조할 수 있지 않을까 생각하고 있습니다만, 일본어로서, 조금 털의 색이 다른 신선함을 줄 수 있지 않을까 하고 대단히 잘못된 생각을 가지고 있습니다."[28]

1930년대 '향토문학논쟁'은 민족의 주체성, '고유'의 문학과 문화를 부흥시키는 의식을 환기시키고 대만 신문학과 문화 주체성에 대한 상상, 그리고 '고유'의 향토예술을 회복시키는 데 큰 시사점을 주었을 뿐만 아니라, 대만의 '근대문학'이 구축되는 데에도 중요한 역할을 했다. 그러면서도 '향토'의 개념에 의한 대만문학의 주체성을 구축해 가는 것은, 전쟁기에 접어들었던 것, 그리고 일본의 패전으로 인해 국공 내전에서 패하고 대만으로 패주한 국민정부가 대만에 군림함과 동시에, 차단되고 말았던 것이다. 문학에서의 '향토'의 개념과 '대만'의 주체성을 구축하는 것은 전후 1970년대 대만의 '향토문학논쟁' 이후를 기다려야 했다.

27　龍瑛宗,「ゴオゴリとその作品(一)」,『孤独な蠹魚』, 盛興出版部, 1943, pp.19~20.「고골리와 그 작품(ゴオゴリとその作品)」 마지막에 적힌 날짜는 '쇼와15(1940)년 6월(昭和15年6月)'이다.
28　龍瑛宗,「創作せむとする友へ」,『台湾芸術』, 1940.5, p.56.

3. 누구의 향토인가

1970년대 '향토문학논쟁'을 둘러싼 '향토' 담론

1945년 8월 15일 일본이 패전하면서 대만은 그 식민지에서 해방되었다. 1949년 연말 국민당 정권은 중국 내전에서 패해 대만으로 철수했다. 대만은 중국을 대표하는 '중화민국' 국민당 정부의 통치 아래 들어가 1950년대 중반부터 1980년대 후반까지 계엄령에 놓여 있었다. 국가 권위를 수립 강화하기 위해 '국민당 정권은 대만의 에스닉ethnic, 民族的 정체성을 제도화하고, 더욱 정치화했다. 이를 위해 에스니스티는 가부간에 가장 잠재적인 동원능력을 지닌 사회적 균열이 되어, 1960년대 이후 대만의 많은 저항운동에 있어서 에스니시티 혹은 민족주의에 의한 동원형식이 출현하게 되었다.'[29] 일본 식민지로부터 해방된 대만이 처한 상황은 위와 같으며, 또한 1970년대 향토문학논쟁이 발발한 시대배경이기도 하다.

일본 패전 후, 대만 문단에서 1950년대의 '반공문학', 1960년대의 '모더니즘문학'은 각각 '중국'을 주체로 상정했고, 주류를 이루고 있었다. 그러다 보니 '대만 향토'를 주체로 하던 문학운동은 줄곧 소외돼 왔다. 그러나 국제정세가 격변함에 따라 '대만'을 일시적 체류지로 여겼던 국민당 정부는 '반공대륙反攻大陸, 다시 공략하여 대륙으로 돌아감'이 더 이상 덧없는 꿈이라는 현실에 직면해야 했다.

1964년 1월 24일 프랑스가 중화인민공화국을 승인하면서 국제정세

---

29   吳叡人, 駒込武 訳, 『台湾,あるいは孤立無援の島の思想』, みすず書房, 2021, pp.64~65.

에서 '중화민국'이 중국을 대표하는 합법성은 도전받기 시작한다. 그 중 가장 충격적인 사건은 1971년 10월 25일 유엔에서 '중화민국'의 대표권 이 '중화인민공화국'으로 대체되면서 그 '중국'을 대표하는 합법성을 상 실해 버린 것이다. 더욱이 국민당 정부는 '하나의 중국' 원칙을 강하게 주 장하면서 여러 나라와 국교 단절이라는 치명적인 상황에 빠지고 말았 다.[30] 이런 국제정세 속에서 많은 지식인들은 '만약 대만이 중국을 대표 할 수 없다면, 그럼 대만은 무엇인가'를 생각하기 시작했다.[31] 국제정세 의 위기가 '대만 의식'의 발아를 가속화했다. 또 미국도 국익을 위해 대만 을 소외시키기 시작했다. 그에 따라 그동안 서구문예사조로의 경사로 인 해 모더니즘에 대한 과도한 숭배를 문단이 반성하고 문학창작에서 '향토 회귀'를 생각하기 시작하면서 문학이 '현실'을 직면하고 관심을 기울여 야 한다는 '인식'을 공유해 가고 있었다.

동시에 1960년대부터 사실주의를 명시하고 있는 작품들이 문학잡 지에 나타나기 시작했다. 그것은 사실주의를 주류로 하는 잡지가 잇따라 창간되었기 때문이기도 하다. 1964년 『대만문예』와 『삿갓笠』의 시 잡지 가 창간되었고, 1966년 『필회筆匯』에서 개명한 『문학계간』과 함께 '향토' 를 모티브로 한 '사실문학'을 제창하게 되었다.[32] 또한 '사실주의'를 실천 하는 향토문학 작품도 위 잡지에 발표되기 시작했다. 『대만문예』[1964~]에 는 황춘밍黃春明의 「남자와 칼」[1967], 리차오李喬의 「저 녹자수鹿仔樹」[1968], 『문

---

30   戴華萱, 『鄕土的回歸-六,七〇年代台灣文學走向』, 国立台湾文学館, 2012, pp.9~11.

31   Ibid., p.11.

32   Ibid., p.19.

학계간』에는 천잉전陳映真의 「탕허의 희극」1967.1, 왕전허王禎和의 「한 수레 一牛車의 시집 도구」1967.4, 황춘밍 「익사한 고양이」1967.11 등 대만 향토문학의 대표작이 이 시기에 나타났다. 『삿갓』에는 천첸우陳千武, 진롄錦連 등 대만 본토 출신 시인들이 모여 있었다.[33] 이 잡지들에는 모더니즘에서 '사실주의'로 전환하여 '향토'를 그리는 궤적이 포착되고, 훗날 '향토문학논쟁'의 토대가 되었다고 할 수 있다.

1977년 7월부터 1978년 11월에 걸친 '향토문학논쟁'은 '향토란 무엇인가'를 둘러싼 논쟁이다. 그 포문을 연 것은 1977년 9월 왕퉈王拓의 '현실주의 문학이지 향토문학이 아니다'였다. 이 한 문장이 발표된 뒤 '현실' 표현 당위성을 둘러싼 논쟁이 시작되었다. 처음에는 '문학' 영역에 머물던 논쟁이었으나, 후에 펑거彭歌를 비롯하여 국민당 '어용문인'들은 논쟁에 가담하여 '향토문학'이 '계급투쟁'의 '공工, 농農, 병兵문예'라고 총력을 기울여 공격하기 시작했다. 이 같은 논리는 '향토문학' 문제를 정치적, 국가적 차원으로 삼고, 더 나아가 국민당 정부의 문예 진영과 '현실주의' 진영의 이데올로기 대립이라는 패러다임으로 바꿔치기했다. 문학을 둘러싼 논쟁의 단계는 '향토문학논쟁'의 전기로 일컬어지며 국민정부 문예 진영이 맹렬한 공격을 발동한 것은 후기로 알려져 있다. 전기의 현실주의 노선은 세 가지로 나뉜다.[34]

① 사회개혁파의 현실주의 문학론이다. 이 노선의 대표자는 왕퉈이다. 왕퉈는 향토문학에서 현실문학으로 고쳐야 한다고 지적했다. 왜냐하

---

33 Ibid., p.19.
34 Ibid., pp.81~90.

면 향토문학은 도시와 농촌의 대립에서 비롯된 것으로 오해받기 쉬우며 사투리의 강조로 편협한 로컬리즘에 빠질 수 있기 때문이었다. 또 감정적으로 농촌과 인물을 껴안으면 역사와 사회 발전의 객관적 사실을 간과할 수도 있다는 것이다. '향토문학'이든 '대만의 중국문학'이든 대만사회와 인민의 현실을 반영할 수 있다면 그것이 대만문학이라는 것은 왕퉈의 결론이다.

② 본토론이다. 대표적인 논자는 예스타오이다. 일제강점기에 태어나 일본식민지통치와 국민당의 백색테러를 겪었다. 예스타오는 1977년 5월 발표한 「대만 향토문학도론」 『하조(夏潮)』에서 300년래 대만의 '향토문학'이 '반제국주의'와 '반봉건'이라는 전통을 갖고, '향토문학'이 '대만'의 입장에 서 있는 것, 그리고 '대만의식'을 가지고 비판적인 '사실'노선이 아니어선 안 된다고 주장하고 있다.

③ 민족주의론. 「대만 향토문학도론」이 발표된 지 한 달 만에 천잉전이 「향토문학의 맹점」을 발표했다.[35] 네덜란드령 대만 이래 300년 식민지사를 중심으로 논하며 대만의 '문학사'를 전개해 온 '대만 향토문학도론'에 대해 천잉전은, 대만의 역사를 중국 근대사와 연결시키려 했다.[36] 1840년 '아편전쟁'을 그 사관의 출발점으로 삼아 서구 제국주의의 중국 침략을 빌려 대만 향토문학을 해석하는 기초로 삼았다. 이러한 관점은 '중국의 의식'이 '대만의 의식'과 같다고 보고 있으며, 또 대만의 독특함을 말소하는 경향을 볼 수 있어 물론 예스타오의 입장과는 다르다.

---

35   許南村(陳映真), 「鄕土文學的盲點」, 『台灣文藝』, 1977.6.1.
36   戴華萱, op.cit., pp.81~90.

논쟁이 후반에 접어들자, 펑거의 '인생을 이야기하지 않고 문학이 성립되지 않는다'『연합보(聯合報)』 부간, 1977.8.17~20, 위광중余光中의 '늑대가 왔다'『연합보』 부간, 1977.8.17~20가 관방문학론을 제시했고, 대만은 중국의 일부에 불과해 '대만 향토'로 회귀하는 문학을 거부했다. 위광중이 '대만 향토문학' 논쟁에는 사회주의 사상이 깃들어 있어 '공농병工農兵문예'라고 지적하고, '향토문학'에 '계급투쟁' 라벨을 붙였고, 그것은 국민당 정부의 중국 정통론에 맞서는, 중국 공산당과 통하는 반역자라고 꾸며냈다. 이후 관방문예 계통은 총동원되어 『목전의 문학문제 총비판』을 편집하고 65편의 글과 11편의 신문사설을 수록하여 총력을 기울여 향토문학을 공격했다. 그러나 대만섬 안의 정치 정세가 민족주의의 분기分岐에 따른 저항운동이 잇따라 발생하고 장징궈蔣経国이 대통령을 취임하면서 시국의 안정을 생각하자 국민당 정부는, '향토문학' 논쟁을 간섭할 여력을 잃는다. 1978년 1월 개최된 '국군문예대회'에서 왕성王昇이 '향토단결' 구호를 내세워 '공산당을 위해 선전이 아니면 그 향토감정이 고귀한 것'이라고 양 진영의 긴장을 완화시키려 했다. 그렇지만 그 입장은, 힘을 합쳐 '중화민족문예'를 확산시키자고 강조하고 있고, 여전히 '대만문학'의 독특함을 말소하려 하고 있었다.

이로써 '향토문학' 논쟁은 일단락되었다고는 하나, 이후 일본식민지 시대의 작가 전집을 정리, 출판하면서 잡지의 복각이 겨우 일어나기 시작했다.

천팡밍陳芳明은 이 논쟁에서 가장 중요한 세 논자로, 천잉전, 펑거와 예스타오를 꼽으며 각각 '좌익 중화민족주의', '우익 중화민족주의', '좌익

대만 민족주의'를 대표한다고 지적했다.[37] 또 "예스타오가 유일하게 대만 의식에 서서 논쟁에 참여했다"[38]고 한다. 예스타오는 대만의 향토문학논쟁이 일제강점기로 거슬러 올라가야 한다고 지적함과 동시에, 향토문학이 신세대 대만 작가들에게 계승되어 가고 있다고 주장하고 있다.[39] 이 논쟁 이후 문학창작뿐만 아니라 '대만 향토'에 기인하는 대만 요소를 도입하는 음악, 회의와 무용도 다양하게 발전해 간다. 또 1979년에 일어난 '미려도美麗島사건'으로 인해 대만의 정치상황이 급변하면서 훗날의 '민주화운동'으로 전개된다.

4. 나오며

1930년대의 '향토문학논쟁'은 일본의 '향토운동'에 연동되어 민족의 주체성, '고유'의 문학과 문화를 부흥시키는 의식, 대만 신문학과 문화의 주체성에 대한 상상, 그리고 '고유'한 향토예술을 회복시키는 데 중요한 역할을 했다. 또한, 일본 패전 후 계엄령이 오랫동안 이어지는 동안, 엄격한 언론제한 속에서 '중국문학'의 논조에 의해 억압되어 온 '대만문학'은, 1930년대 '향토문학논쟁' 이후 다양한 문학과 문화유산을 계승하여 1970년대 '대만 향토문학' 논쟁의 토대를 마련했을 뿐 아니

37 陳芳明, 『台灣新文学史』 下, 東方書店, 2015.12, pp.138~139.
38 Ibid., p.138.
39 葉石濤, 「台灣鄉土文学導論」, 『葉石濤全集』 14, 春暉出版社, 2008, pp.34~35.

라, 나아가 '대만문학'의 주체성, 그리고 대만 근대문학의 계보를 확립해
왔던 것이다.

이 글은 일본어로 작성되었으며 오현열(吳鉉烈 / OH Hyun-yeol, 한림대학교 일본학과 겸임교수, 일본중세문학 전공)이 번역했다.

초출
본문의 일부는 「一九三〇年代におけるアイルランド文学の越境と台湾新文学」(『立命館語言文化研究』33卷1号, 2021.7)을 수정·가필한 것이다.

참고문헌

矢野峰人,『アイルランド文学史』,新英米文学社,1933.

_____,『アイルランド文芸復興』,弘文堂書房,1940.

龍瑛宗,『孤独な蠹魚』,盛興出版部,1943.

E.W.サイード,「イェイツと脱植民地化」,『民族主義・植民地主義と文学』,法政大学出版局,
　　　1996.

成田龍一,『近代都市空間の文化経験』,岩波書店,2003.

松村みね子,『灯火節』,月曜社,2004.

鈴木暁世,『越境する想像力』,大阪大学出版会,2014.

陳芳明,『台湾新文学史 下』,東方書店,2015.

呉叡人,駒込武訳,『台湾,あるいは孤立無援の島の思想』,みすず書房,2021.

吳坤煌,「台湾の郷土文学を論ずる」,『フォルモサ』第二号,1933.12.

龍瑛宗,「創作せむとする友へ」,『台湾芸術』,1940.5.

荒木映子,「ケルト復興と人類学を通して,イェイツの国家観を見る」,『イェイツ研究』
　　　No.38,2007.

橋本恭子,「在台日本人の郷土主義 レジョナリスムー島田謹二と西川満の目指したもの
　　　ー」,『日本台湾学会報』,2007.5.

許佩賢,「「愛郷心」と「愛国心」の交錯−1930年代前半台湾における郷土教育運動をめぐっ
　　　てー」,『日本台湾学会報』第10号,2008.5.

島田謹二,「台湾文学の文学的過現未」,『文芸臺灣』,1941.5.

豊田周子,「『台湾民間文学集』故事篇にみる1930年代台湾知識人の文化創造」,『日本台湾学
　　　会報』第13号,2011.5.

鈴木暁世,「戦時期日本における「イェイツ」−アイルランド文学受容とナショナリズム」,
　　　「従帝國到冷戦的文化越境與生成」ワークショップ,政治大学,2018.11.13.

中島利郎 編,『1930年代台湾郷土文学論戦』,春暉出版社,2003.

葉石濤,『葉石濤全集14』,春暉出版社,2008.

戴華萱,『郷土的回帰一六,七〇年代台湾文学走向』,国立台湾文学館,2012.

許南村(陳映真),「郷土文學的盲點」,『台灣文藝』,1977.6.1.

陳龍廷,「現代性・南臺灣−1930年代李獻璋褒歌採集的特色」,『高雄文獻』第3卷 第1期,
　　　2013.3.

「創刊の辞」,『フォルモサ』,創刊号,1933.7.

「社会語小解」,『警友』,1933.12.

포스트제국시대의 탈식민 주체 되기

재일在日 지식인 김석범의 글쓰기를 중심으로

조수일

1. 들어가며

한림대학교 일본학연구소의 아젠다인 '포스트제국의 문화권력과 동아시아'에서 '포스트제국'은 '피식민자의 주체성' 회복을 주창한 포스트콜로니얼리즘의 비판적 재구성으로, 'post + 帝 + 국'의 세계성을 양가적이고 탈중심주의적인 다중주의의 입장에서 다시 고찰해 보기 위한 하나의 방법론이다. 한림대학교 일본학연구소는 이러한 방법론을 이론화하기 위해 문화에 내재한 전통 혹은 유산이 권력에 의해 재구성되고 생활자들 혹은 행위자들에게 의식적 / 무의식적으로 영향을 주었다는 역설의 실체를 추적하고 있으며, 특히 국민국가를 지탱하거나 혹은 국민국가의 폭력성을 합리화하여 타자를 지배하려는 욕망으로 변이되고 환류되어 나타나는 문화권력의 중층성을 '앎·지식, 문화·매체, 일상·생활'의 트리아데를 통해 묻고 있다.[1]

---

[1]   서정완·전성곤, 「서문」, 한림대 일본학연구소, 『내파하는 국민국가, 가교하는 동아시아『계간 삼천리』1981』, 學古房, 2022, 5~6면 참조.

이 글은 이 같은 방법론의 실천을 문학 연구에 어떻게 접목시킬 수 있을까라는 고민에서 시작되며, 재일조선인 작가 김석범金石範, 1925~ 의 재일在日이라는 일상·생활에서 나온 사유와 대하소설『화산도』를 비롯한 그의 문학텍스트 분석을 통해 그 가능성을 탐색해 보고자 한다. 김석범문학은 제국-포스트제국의 시공간을 살아간 인물 조형을 통해 의식/무의식 속 제국/식민지의 기억과 욕망, 문화권력[2]의 제 양상을 형상화하여 후기post제국시대를 가시화하며, 그 문화적 장場을 재현함으로써 제국-포스트제국의 연속성/비연속성을 통찰하는 사유의 계기를 제공한다. 이는 곧 어떠한 방법으로 탈식민화의 과제를 주체적으로 수행할 것인가라는 문학적 물음이라 할 수 있고, 따라서 '포스트제국의 문화권력과 동아시아'라는 아젠다를 논의하는 데 있어 유효한 시각을 제시할 수 있으리라 판단된다.

사르트르는 인간을 둘러싼 현실과 더불어 인간을 종합적이고 총체적으로 표현해야 한다는 '전체소설'을 주창했고, 『자유의 길』1945~1949이 그 방법론을 실천한 작품이다. 하지만 사르트르는 작품세계의 레지스탕스 투쟁이 예감되던 상황에서 집필을 멈추며 지향했던 전체소설은 미완에 그친다. 일본에서는 전후문학을 대표하는 작가 노마 히로시野間宏가 사

---

2 문화권력이란 정치와 경제적 구조는 물론이고 일상생활의 관습과 풍속, 개인의 사유와 사상 그리고 종교, 예술, 과학의 각 분야에 녹아들어 작용하는 '힘'을 뜻한다. 문화권력이란 지배자가 일방적으로 행사하는 물리적·강제적 권력이 아니라, 때로는 가시적·비가시적인 형태로 때로는 강제적·유화적인 형태로 피지배자의 일상과 사회구조 속에 침투하여 지배 질서를 구축하고 사회와 문화 자체를 변화시키는 권력의 총체이다. 서정완, 「제국일본의 문화권력 연구-近代能樂史와 植民地能樂史를 넘어서」, 『일본학보』 100, 한국일본학회, 2014.8, 118면.

르트르의 방법론을 발전시켜 "인간을 생리적 혹은 물리적, 심리적, 사회적 존재로 보고, 그 행동 자체에서의 심신의 연관을 넘어, 그 통일에 기초를 두고 인간의 의식과 그 의미의 세계를 밝히"[3]는 전체소설을 지향했다. 일본문학계에서는 노마 히로시의 『청년의 고리靑年の環』, 미시마 유키오三島由紀夫의 『풍요의 바다豊饒の海』, 김석범의 『화산도火山島』 등이 전체소설을 지향한 작품으로 평가받는데, 특히 김석범의 『화산도』는 "전체소설의 시도를 과감하게 실천했고, 전후문학의 하나의 달성점을 제시했다"[4]라는 평가를 받아왔다. 2019년 일본의 월간잡지 『세카이世界』에 실린 김석범 인터뷰에 작가 자신이 지향한 전체소설에 대한 사유가 잘 드러나 있다. "소설, 특히 장편의 경우에는 세계를 파악하지 못하면 개個 역시 파악할 수 없습니다. 그런데, 그 세계란 것을 그리려면 개個를 통해서 해야만 하지요. (…중략…) 세계를 그린다는 것이 곧 세계 전체를 그린다는 것은 아닙니다. 『화산도』 역시 세계 전체를 그리고 있는 것은 아니에요. 하지만 제주도를 통해서 세계를 보는 하나의 관점을 제시합니다. 그게 퍼지는 거지요. 개개의 사람들, 그 존재가 전체를 구성하고 있고, 개개의 사람들 속에 전체의 우주가 들어 있습니다."[5] 즉, 작중인물의 생리와 심리를 심도 있게 재현함과 동시에 그것이 로컬의 사회와 유무형의 상관 속에서 어떻게 얽혀 있는지 그 자장磁場과 상호작용을 그려냄으로써 세계와 전체를 파악하고자 한다는 것이다.

---

3   野間宏, 『サルトル論』, 河出書房, 1968, p.40.
4   川村湊, 『生まれたらそこがふるさと―在日朝鮮人文学論』, 平凡社, 1999, p.164.
5   金石範, 聞き手=関正則, 「インタビュー 支配されず, 支配せず―全体小説の新たな地平へ」, 『世界』 922, 岩波書店, 2019.7, p.239.

한 문화권의 앎·지식, 문화·매체, 일상·생활 그리고 사회·심리·생리를 통시적·공시적으로, 또 로컬과 글로벌의 경계를 넘나들며 문화권력의 변이와 환류 양상을 총체적으로 파악하여 이론화하는 것은 불가능할지도 모른다. 다만, 그러함에도 불구하고 그 실천을 위한 미시적 도정들이 예상치 못한 새로운 길의 이정표를 제시해 줄 수 있을 것이라는 기대를 포기할 수 없으며, 그것이 바로 문학 연구자가 반복해야 할 작업이라 할 수 있을 것이다.

2. 탈식민화운동의 요체

2015년, 김석범의 라이프워크인 대하소설 『화산도』가 완역됨으로써 한국의 독자는 그 완전체에 다가설 수 있게 되었다. 물론 1988년, 『화산도』 제1부가 이호철과 김석희의 번역으로 소개된 바 있지만, 축약 / 생략된 부분이 있었기 때문에 온전한 형태라고는 할 수 없었다. 1976년 2월 문예춘추文藝春秋의 월간문예지 『문학계文學界』에 「해소海嘯」라는 제목으로 연재되기 시작한 일본어소설 『화산도』는 제주4·3사건이하 '4·3'이 발생하기 한 달여 전인 1948년 2월 말부터 주인공 이방근李芳根이 권총 자살로 생을 마감하는 1949년 6월까지의 제주를 주된 시간적·공간적 배경으로 삼아 4·3과 이 참극 속에서 고투하며 간고한 삶을 살아간 인간군상을 그려낸 전체소설이다. 작품을 연재한 문예춘추 관계자는 물론이거니와 작가 자신도 예상치 못했던 장기간에 걸친 연재와 수정·가필을 거쳐 단행본 상재가 마무리된 것은 1997년 9월이었다.

이 『화산도』라는 작품세계 속 인간 군상과 그 삶의 원천은 제주도를 중심으로 한 한반도에 있다. 즉, 『화산도』라는 서사 자체의 발상지는 한 반도인 것이다. 물론 일제강점기라는 피식민 상황과 불가분의 관계를 맺고 있는 인물들의 삶과 그 삶의 시공간이 펼쳐지기 때문에, 당연히 거기에 뿌리 깊이 자리하고 있는 일본이라는 팩터를 무시할 수는 없다. 또한, 김석범문학이 조형하는 인물들의 내력과 이동이라는 씨줄은 동아시아를 둘러싼 제국 권력이 착종하는 역사의 시공간들이 날줄로 얽혀 있다. 이뿐만 아니라 제주도는 대륙-반도-열도의 동아시아를 맺는 '길'로서 사람·사물·정보·언어의 이동과 교착의 역사를 환기한다는 점에 있어 그 역사적 사정의 폭은 더욱 넓어진다고 할 수 있다.[6]

한편, 한반도의 해방공간과 남북분단의 격동기, 나아가 그 수난사를 축으로 전개되는 『화산도』가 일본의 보수 매체 중 하나인 문예춘추의 문예지를 통해 일본어로 활자화되었다는 것 자체가 역사의 아이러니라 하지 않을 수 없다. 어떤 의미에서 『화산도』의 탄생 과정 그 자체가 자의든 타의든 포스트제국시대에도 식민적 상황이 지속되고 있었음을 방증하는 것이며, 김석범이라고 하는 재일조선인 작가와 그의 일본어문학은 제국의 욕망이 낳은 의도치 않은 결과물이라고도 할 수 있다. 따라서, 『화산도』 완역을 위한 김환기와 김학동의 고투는 주체적인 탈식민화의 영위이자 일본어 텍스트 『화산도』의 '사후의 삶Fortleben, 지속된 삶'[7]을 낳는 산출

---

6   조수일, 「World Literature as a Methodology to Consider Literature of Kim Sok-pom」, 『일본학보』 59, 한국일본학회, 2021.12, p.233.

의 과정으로 평가되어야 마땅할 것이다. 김석범이 한국어판 『화산도』에서 "『화산도』를 포함한 김석범문학은 망명문학의 성격을 띠는 것이며, 내가 조국의 '남'이나 '북'의 어느 한쪽 땅에서 살았으면 도저히 쓸 수 없었던 작품들"이고, "원한의 땅, 조국상실, 망국의 유랑민, 디아스포라의 존재, 그 삶의 터인 일본이 아니었으면 『화산도』도 탄생하지 못했을 작품"이라고 밝히고 있듯,[8] 『화산도』는 제국의 기억과 욕망이 변이 · 환류하던 대한민국의 유사식민지적 억압 속에서는 결코 싹 틔울 수 없었던 정치적 글쓰기였던 셈이다.

노자키 로쿠스케는 "작자가 『화산도』를 통해 추구한 것은 별도의 '이야기Histoire'가 아니라, 별도의 '역사Histoire'"[9]이고, "망명자문학"[10]으로서의 『화산도』는 "어두운 유명幽冥 속을 비틀거리며, 파편으로 흩어진 역사 체험을, 정신이 아찔해지도록 둔하고 느리게 습집하는 작업"[11]이었다고 말한다. 즉, 김석범은 대한민국의 공적 역사에 4·3이 서술되지 못한 상황에서, 망명자로서 몽타주 작업을 통해 4·3의 전체상에 다가설 수 있는 관점을 확보하는 저항의 글쓰기를 수행했다는 것이다. 나아가 "『화산도』는 일본 전후사에 있어 편의적으로 '탈영역화'한 탈식민화 과정의 가장

---

7   발터 벤야민, 최성만 역, 「번역가의 과제」, 『발터 벤야민 선집 6 — 언어 일반과 인간의 언어에 대하여 — 번역자의 과제 외』, 길, 2008, 124면.

8   김석범, 「한국어판 『화산도』 출간에 즈음하여」, 김석범 , 김환기 · 김학동 역, 『화산도』 1, 보고사, 2015, 7면.

9   野崎六助, 「金石範のマジック・リアリズム —『火山島』論」, 栗原幸夫, 『戦後論存疑 — レヴィジオン[再審]第1輯』, 社会評論社, 1998, p.237.

10   Ibid., p.248.

11   Ibid., pp.248~249.

피비린내 나는 본질을 직시하기 위한 제1의 텍스트로서 계속 빛날 것"[12]
이라고 전망하며, 『화산도』를 비롯한 김석범문학이 함의하는 정치사회
적, 역사문화적 의의를 평가한 바 있다.[13]

이처럼 김석범문학을 논하는 데 있어 4·3을 빼놓을 수는 없겠지만,
그렇다고 해서 4·3에만 국한하는 것에도 주의를 기울일 필요가 있다. 우
선 이번 장에서는 『화산도』에서 강몽구가 남승지와 함께 1948년 3월, 무
장봉기 자금 캄파를 위해 일본으로 밀항해 갔을 때 남승지의 사촌 형인
남승일에게 한 발화가 서술된 아래의 지문에서 논의를 시작하고자 한다.

한마디로 말하자면, 그것은 남한에서 미국의 분단정책에 대한 우리 민족
의 격렬한 저항, 나아가 중국에서 장개석의 패퇴와 공산세력의 진출, 동아시
아에서 미국의 후퇴를 저지하기 위해 일본을 반공의 거점으로 삼으려는 정
책의 일환이었고, 구체적으로는 민족교육만이 아니라 그 운영 주체인 재일조
선인 조직에 대한 탄압이라 할 수 있었다. 따라서 남한에서 조국 통일을 위한
반미 투쟁과 재일동포 민족교육을 지키기 위한 투쟁은 서로 떼어 놓을 수 없
는 것이라 했다.[14]

---

12   Ibid., p.249.

13   『화산도』에 내재된 역사문화적, 문학사적 의미에 관해서는 『화산도』 한국어판을 완역
한 김환기의 논고(「김석범·『화산도』·〈제주4·3〉-『화산도』의 역사적 / 문학사적 의
미」, 『일본학』 41, 동국대 일본학연구소, 2015.11)와 고명철·김동윤·김동현, 『제주, 화
산도를 말한다』, 보고사, 2017를 참조 바람.

14   김석범 지음, 김환기·김학동 역, 『화산도』 2, 보고사, 2015, 412면.

강몽구는 재일조선인에 대한 민족교육 탄압을 미국이 남한에서 행한 정책에 저항하는 세력뿐만 아니라, 북한과 중국을 넘어 동유럽권까지 자리 잡은 "공산세력"의 "동아시아"로의 "진출"을 "저지하기 위"한 반공 체제 수립 정책의 연장선으로 파악한다. 즉, GHQ 점령하 일본에서의 "재일동포 민족교육"과 "조직에 대한 탄압" 그리고 "남한에서"의 "미국의 분단정책"은 냉전이라는 세계 정치의 구조와 시스템, 특히 미국에 의한 동아시아 전략의 결과로 보고 있다는 것이다. 이와 같은 강몽구의 정세 분석은 작품세계의 현재 시점에서 남조선노동당 도위원회 부위원장 겸 조직부장을 맡고 있고, 일제강점기에는 오사카에서 노동운동의 지도자로서 활약한 그의 이력에서 나온다고도 볼 수 있다.

일본의 패전 후 일본에 남은 조선인들은 1945년 10월 재일본조선인연맹조련을 결성했고, 이 조직을 중심으로 자주적인 민족교육 체계를 구축하여, 민족의 혼인 우리말을 후손들에게 가르치고자 했다. 이는 조국으로 돌아가기 위한 준비이자 탈제국-탈식민이라는 과제의 수행을 위한 첫 발걸음이었다. 이러한 재일조선인의 민족교육 체계는 "지금까지는 역사의 수난자에 불과했던 재일조선인이 이번에는 역사의 창조자로서 주체적으로 등장한 것을 의미한다"고 할 수 있다.[15] 이렇게 만들어진 재일조선인에 의한 민족교육의 장인 "조선인학교는 구舊식민본국에 존재하는 '해방 민족의 기념비monument'였다고 해도 과언이 아니"[16]며, 재일조선인이 구종주국의 땅에서 비가시화된 제국일본문화권력의 자장으로부

---

15   藤島宇内・小沢有作, 『民族教育 — 日韓条約と在日朝鮮人の教育問題』, 青木書店, 1966, p.49.
16   박광현, 「기념비로서의 '조선학교'」, 『일본학』 46, 동국대 일본학연구소, 2018.5, 20면.

터 탈각하는 주체로서 모습을 드러냈던 것이라 평가할 수 있다. 이에 대해, 문부과학성은 '문부성학교교육국장통달'1947.3을 통해 자주적 조선인 학교를 각종학교로서 운영하는 것을 공인했다. 그러나 GHQ의 재일조선인 교육정책은 '방치'에서 '억압'으로 전환되었고, 1948년 1월 문부성은 '문부성학교교육국장통달'을 통해 "현재 일본에 재류하는 조선인은 쇼와21년1946 11월 20일 자 총사령부 발표에 의해 일본의 법령에 따라야 한다"라고 명기하고, "따라서 조선인 자제라도 학령에 해당하는 자는 일본인과 마찬가지로 시정촌립市町村立 혹은 사립 소학교, 또는 중학교에 취학시켜야 한다. 학령아동 혹은 학령학생의 교육에 대해서는 각종학교의 설치는 인정되지 않는다"며, 재일조선인의 자주적인 민족교육을 부인했다.[17] 교육의 주체적 결정권을 빼앗아 재일조선인을 종속시키려는 방침에 대한 '재일동포의 민족교육을 지키기 위한 투쟁'이 1948년의 4·24한신교육투쟁으로 연결되었던 것이다.

재일조선인의 민족교육을 둘러싼 또 하나의 투쟁이 시작된 것은 1965년 6월 22일에 조인된 '일본국에 거주하는 대한민국 국민의 법적지위 및 대우에 관한 대한민국과 일본국 간의 협정한일법적지위협정' 이후라 할 수 있다.[18] 자민당은 "북조선계 조선인의 교육은 조선총련의 지도하에 이루어지며, '사회주의적 애국주의 교양'이라 일컫는 역사, 사회, 국어 등의 과목을 통해 공산주의교육 혹은 반일교육을 실시하고 있"는데, "일본 법제상의 보호를 받는 이상 우리나라의 정치제도를 비판하는 교육이 외국

---

17   江原護, 「資料1 「朝鮮人設立学校の取り扱いについて」(文部省学校教育局長通達文書1948年1月)」, 『民族学校問題を考える―江原護 論考・資料集』, アジェンダ・プロジェクト(京都), 2003, p.111.

인학교에서 이루어지는 것은 앞뒤가 맞지 않는다"라고 주장하며 외국인 학교제도 창설을 위한 법개정안을 1966년 3월 국회에 제출한다.[19] 『일본교육신문』 1966년 4월 26일 자에 전문소文이 게재된 「학교교육법일부개정법안」에서 여당인 자민당이 신설하고자 했던 외국인학교에 관한 법안을 확인할 수 있다. 제82조 11에 명기된 "우리나라에 거주하는 외국인에 대한 조직적인 교육활동이 국제적인 우호친선관계 증진에 도움이 되고 동시에 그 자주적인 교육이 우리나라의 이익과 조화를 유지하며 발전할 수 있게끔 하기 위해 외국인학교제도를 둔다"라는 의의에서 알 수 있듯, 표면적으로는 상생을 위한 법안처럼 보인다. 하지만 "외국인학교에서는 우리나라 혹은 우리 국민에 대한 잘못된 판단을 심어 상호불신을 키움으로써 우리나라의 국제적인 우호친선 관계를 현저히 저해하고, 또 우리나라 헌법상의 기관이 결정한 시책 혹은 그 실시를 고의로 비난하는 교육 등 우리나라의 이익을 해한다고 인정되는 교육을 해서는 안 된다"제82조 13, "경시청은 외국인학교에 대해 필요한 보고의 제출을 요구할 수 있고, (…중략…) 당해 직원에게 외국인학교에 출입하여 운영의 상황 혹은 장부, 서류 등의 필요한 물건을 조사하게 할 수 있다"제82조 14와 같은 조항에서 확인할 수 있듯, 자의적인 판단으로 교육 중지 등을 강제 / 명령할

---

18 이영호는 해방 이후부터 2000년에 이르기까지 10년 단위로 재일조선인 민족교육의 변천을 논한 글에서 "일본 정부는 1965년 한일협정 이후 재일조선인 법적 지위 책정을 근거로 조선인학교 규제, 동화교육을 촉진"했고, "이는 1970년대 보다 가속화되었으며 일본문부성은 차관 통달로 외국인학교법안을 제출하는 등 1948년 한신교육투쟁 이후 다시 재일조선인 민족교육을 탄압"했다고 지적한다. 이영호, 「재일조선인 민족교육의 변천과 정착」, 『비교일본학』 49, 한양대 일본학국제비교연구소, 2020.9, 200면.

19 無署名, 「外国人学校制度を創設」, 『朝日新聞』, 東京 : 朝刊, 1966.3.26, p.1.

수 있게 되어 있다. 즉, 외국인학교제도는 재일조선인의 민족교육기관인 조선학교를 자의적으로 규제하기 위한, 일본이라는 국민국가가 비가시적으로 추진한 동화정책으로서, 그것을 법제화를 위한 정치적 움직임이었던 것이다. 결국 이 개정법안은 폐지되었지만, 재일조선인의 민족교육에 대한 일본 정부의 기본적인 인식 구조가 없어진 것은 아니었다. 제국 일본의 문화권력이 내외부의 피식민자 = 주변부에 대해 취했던 정책은 탈제국으로부터 20년이 지난 1960년대 시점에 소환되어 재현되는 반복의 양상을 엿볼 수 있다.

김석범은 이에 대해 어떠한 입장을 취했을까. 1966년 4월 1일, 김석범은 장녀의 시업식과 차녀의 입학식에 참석한 후 다음과 같은 글을 남겼다.

> 빨강과 검정 책가방을 책상 위에 올려두고 새 옷을 입은 아이들은 아무것도 모른 채 왁자지껄했고, 또 시작이라는 것에서 오는 미래에 대한 꿈으로 약간 긴장을 하고 있는 것 같았지만, 이 아이들의 미래를 하나의 법령으로 뭉개버리려고 하는 것에 학부형들은 큰 노여움을 조용히 담아 두고 있었다. 아이들을 선생님들에게 맡겨두고, 학부형들은 대화를 나눴는데, 우리들은 결코 한발도 물러서지 않을 것이다. 왜냐하면 그 법안이 지니고 있는 본질적인 노림을 알고 있는 우리에게 물러설 곳이 없기 때문이다. 우리가 일본인이 될 수 없는 것과 마찬가지로, 일본 학교에 아이들을 보내 일본인을 만들 수도 없다. 일본 학교에서 배우고 있는 조선인 자제들에게 역으로 민족교육의 기회를 만들어주어 발랄한 조선의 아이로 키우고 싶은 것이다. '동화'를 목적으로 민족교육을 없애려고 하지만, 그것은 우리에 대한 중대한 간섭이기 때문에, 그

것에 반대하며 민족교육을 밀고 나가는 것이다.[20]

당시 재일본조선문학예술가동맹문예동의 조선어 기관지『문학예술』의 편집을 담당하고 있던 김석범은 일본어 특집 '민족교육의 권리를 지키기 위해서'를 기획하여 이시카와 다쓰조石川達三, 기노시타 준지木下順二, 홋타 요시에堀田善衞 등 일본의 문학자들에게 「학교교육법일부개정법안」에 대한 글을 받아 게재했다. 이 일본어 특집 별책에 김석범 자신도 위와 같은 글을 남긴 것이었다. 김석범이 주장하는 요지는 이 법안이 본질적으로 재일조선인에게 "동화"를 강요하는 오만한 것이며, 전후민주주의의 일본은 20여 년간 민족정신으로 일궈낸 "우리의 권리와 민족적 권리"로서의 민족교육의 자유를 인정해야 한다는 것이다. "아이들의 미래"를 위한 "민족교육의 기회" 박탈을 용서치 않겠다는 강력한 의지의 피력이다.

김석범이 탈식민화를 위한 민족교육에 있어 그 실천의 요체로 상정하고 있는 것은 무엇이었을까. 필시 그것은 제국일본이 낳은 문화권력과의 연루에 대한 청산과 그것에 대한 역사인식이 아니었을까.

당·중앙, 당중앙, 당중앙 (…중략…) 하고, 그 장중함을 말끝마다 강조하고 있던 남자. 그리곤 '동지'를 끊임없이 반복하던 남자. 당중앙의 이방근 동지에 대한 신뢰 (…중략…). 이 동지, 이방근 동지. 중앙, 중앙, 당중앙, 주술적인 권위의 분위기를 감돌게 하고, 무거운 위압감을 강요하는 듯한 최초의 만

---

20   金石範, 「「同化」と傲慢と」,『文学芸術』別冊, 在日朝鮮人文学芸術家同盟, 1966.5, pp.67~68.

남. 지하와 합법의 양쪽에서 활동하는 정력적인 남자 (…중략…). 그 위엄을 감돌게 하는 권위주의적인 체취와 같은 것은, 일제강점기의 또 다른 일면, 그 과거에 대한 부정의 반동으로 몸에 익힌 것일까. 그러나 우상배에 의하면, 심각한 자기비판을 한 후 입당, 헌신적으로 일하고 있다고 했다. 과거에 일제협력자였다 하더라도 그것은 상관없는 일. 그 일에 대해 철저한 자기부정을 한 후에 사회참여를 했다면, 아무것도 하지 않고 있는 나 같은 것보다는 훨씬 나은 것이고, 크게 기뻐할 일이었다.[21]

일본의 전통가요 형식을 띤 이들 노래를 잠시나마 들여다보는 것은, 오장육부가 뒤틀릴 정도로 참기 어려운 일이었다. 그들이 식민지 사회의 전면에 서서 명사가 되고 영예를 짊어졌지만, 이러한 문인들이 일본의 패전, 조선의 해방으로부터 1년이 채 지니기도 전에, 과거 고등경찰^{특고}과 각종의 친일분자, 민족반역자층과 함께 부활했던 것이다. 그리고 지금 그들은 해방 전과 마찬가지로 순수문학론을 펼치며, 문학의 정치로부터의 독립과 정치성의 배제를 주장하며, '현실 참여'를 부정하고 좌익적 문학에 대항하면서, 과거 자신들의 대일 협력행위를 반공 = 애국전선의 후방으로 돌리고, 다시금 이 사회의 전면에 나왔던 것이다. 뭐라고? 친일파라고 (…중략…). 일제강점기를 산 사람치고, 조금이라도 친일을 하지 않은 사람이 있을까. 친일을 하지 않고 살 수 있었을까. 아버지 이태수의 목소리와 닮아 있었다. 우리는 지금 해방된 오늘날에도 살아남아 민족을 보전하고 있단 말이다.[22]

---

21 김석범, 김환기·김학동 역, 『화산도』 6, 보고사, 2015, 28~29면.
22 위의 책, 212면.

천황제 권력을 정점으로 하는 제국일본의 문화권력에 대해 피식민자로서 자신의 이익과 보신, 사회적 지위 획득을 위해 민족적 절조를 버리고 영합한 친일행위는 쉬이 정당화·합리화될 수 없다. 물론 『화산도』의 주인공 이방근의 생각처럼 친일행위에 대한 "철저한 자기부정" 즉 태세 전환과 자기변명을 하지 않고 무한대의 책임을 지겠다는 "심각한 자기비판"이 동반된 속죄가 이루어진다면 새로운 형태의 "사회참여"도 가능할 것이다. 여기서 제국-포스트제국시대에 있어 "대일 협력"과 "반공 = 애국"을 연속선상에 두고, 이에 적극 연루해온 이들의 전유 행위와 정치적 (무)의식에 책임을 물으며 그것을 청산하지 않고서는 진정한 탈식민화운동은 불가능하다는 것을 과거가 아닌 현실의 역사인식으로서 가져야 한다는 사유를 읽어낼 수 있다.

3. 탈식민 주체화를 향한 도정

김석범은 『아사히저널朝日ジャーナル』 1969년 2월 16일호부터 3월 16일호까지 「한 재일조선인의 독백—在日朝鮮人の独白」이라는 에세이를 5회에 걸쳐 연재한 바 있다. 이 연재에서 김석범은 민족학교건설기금을 내기 위해 은행 융자를 받고, 이를 갚기 위해 향후 3년간 은퇴를 미루고 일을 하겠다고 하는 70세 노인의 일화를 언급하며 오사카 내 민족학교건설사업에 보내는 무명의 재일조선인들의 심정을 다음과 같이 표현했다.

그렇다 해도 이 수억이라는 거액의 돈이 어떻게 그 가난한 주머니에서 나오는 것일까. 부모들의 축적된 이러한 행위의 구조를 젊은 세대가 이해하기는 어려울지도 모른다. 하지만 학교건설에 보태는 기금과 노력은 사실 어려운 생활을 비추는 양면 거울의 단면이다. 있어서 내는 것이 아니다. 물론 있는 사람은 있는 대로 거액의 돈을 내고 있지만 어쨌든 그것은 마음에 담긴 원한의 계보가 내뱉게 한 돈이다. 재일조선인의 학교 교육사업은 과거 비참한 생활 역사의 실천적인 지양이며 다시 그것을 반복하지 않으려는 강렬한 미래에 대한 의지의 표현이다. 그리고 조선 인민이 지배하는 조국이라는 존재가 그 에너지의 끊임없는 원천인 것이다.[23]

재일조선인은 그 생활체험으로부터 자신들의 자녀교육이 파괴되는 것은 결국 조선인으로서의 존재를 부정당한다는 것을, 본능적으로 맡는 후각을 가지고 있다.[24]

"수억이라는 거액의 돈"에 채워진 한 사람 한 사람의 "어려운 생활"의 흔적과 "원한의 계보"의 내실은 각기 다를 테지만, 탈식민 주체화에의 길을 위한 "학교 교육사업"의 지속과 계승은 일본 사회 내에서 일본인과 '상호'가 되기 위한 과정이다. 이를테면 탈식민 정체성 구축을 위한 "강렬한 미래에 대한 의지의 표현"이자, 더불어 삶을 실현해 나가기 위한 시민

---

23   김석범, 오은영 역, 「한 재일조선인의 독백」, 『언어의 굴레』, 보고사, 2022, 34~35면. 원서는 『ことばの呪縛－在日朝鮮人文学と日本語』, 筑摩書房, 1972.

24   위의 책, 35면.

으로서의 자유와 권리를 지키기 운동인 것이다. 이는 1960년대 말 재일 조선인 사회에 있어 윗세대가 아랫세대에게 전하는 민족／역사의식, 그리고 아래로부터의 연대 운동에 관한 단면을 기록하고 있는 텍스트로도 읽을 수 있다. 한편, 김석범은 민족교육에 대한 자유와 권리를 빼앗아 파괴하려고 하는 움직임, 즉 제국의 기억과 욕망이 부활하는 움직임을 간파하는 힘을 재일조선인은 "본능적으로 맡는 후각을 가지고 있다"라고 말한다. 바로 이러한 원초적 감각이 주체적인 민족／탈식민 정체성 구축의 씨앗이 된다.

"일본어가 '지배자의 언어'라는 의식을 가지고 있는 재일조선인 작가에게 '왜 일본어로 쓰는가'라는 물음은 '정체성'을 혼란시키고 강요하는 모순적인 물음이다"[25]라는 지적도 있지만, 김석범은 작가 김사량의 삶이 보여주는 제국일본의 문화권력에 대한 주체적 저항의 역동성을 견지하는 자세를 강조하며 다음과 같이 말한 바 있다.

말의 문제도 기본적으로는 이러한 관점에서 볼 수가 있어야 한다. 나는 지금까지도 조선인이 그 내부에 절대적인 하나를 차지하고 있는 일본어로 쓸 때 우려에 대한 몇 가지 발언을 해 왔는데, 단적으로 말해 자신의 풍화를 막는 하나의 방법은 항상 일본어와 자신과의 관계를 타자의 눈으로 계속 바라보는 것이라 생각한다. 그리고 그 풍화를 제동하는 것으로서, 일본어를 상대적인 것으로서 객관시하는 장으로서의 조선어를 자신의 내부에 가질 수

25   오은영, 「언어의 굴레 속에 있는 재일조선인 작가−김석범 작가의 언어·문학론을 중심으로」, 『人文學研究』 38, 인천대 인문학연구소, 2022.12, 186면.

없는 대신, 적어도 거기에 중요하게 제기되어야 하는 사상인 것이다. 조선인
으로서의 주체적인 존재의식에 의해 생기는 사상으로 지탱된 자신이 일본어
와 연관될 때, 거기에 긴장이 생길 수가 있다. 그것은 일본어 사이에 긴장관계
를 성립시키는 조선어를 자신 속에 갖는 문제는 일단 차치하고, 적어도 조선
인으로서 주체의식이 그 긴장을 지속시킬 수가 있다. 일본어에 대한 외국어
로서 언어 감각이 거의 없는 것임에도 불구하고, 그것을 외국어로 인식하려
는 하나의 주체적인 자세에 의해 자신과 일본어 사이에 긴장관계가 성립하
는 것이다.

그리고 그러한 자세를 뒷받침하는 사상에 이끌려 거기에 또 조선인으로
서 있어야 할 감각이나 감정의 형성을 마주해야 할 것이다. 그것은 무에서 만
들어내는 것과도 비슷하며 어려운 일일지도 모르지만, 역시 과제로 짊어져야
하는 것이다. 동시에 이것을 포함하여 일본어와 관련된 것 중에서 (그것은 과
장해서 말하면 일본어에 먹히는가 일본어를 삼킬 것인가 하는 싸움이기도 하지만) 실현되
어야 할 과제는 모든 재일조선인 작가 앞에 놓여 있다.[26]

앞서 언급한 바와 같이 교육은 재일조선인에게 있어 포스트제국시
대의 탈식민 정체성을 구축하여 일본 사회에서 일본인과 역동적 상호관
계 맺기를 위해 요구되는 가장 원초적인 것이다. 다시 말해, 교육은 탈위
계화하여 시민으로서 더불어 삶을 실현하는 권리이자, 자유를 갖는 사상
의 토대를 만들어주는 것이다. 자유를 갖기 위한 사상에는 언어가 개재

---

26   김석범, 오은영 역, 「김사량에 대해서 – 말의 측면에서」, 앞의 책, 188면.

하는데, 김석범은 재일조선인으로서 "조선어를 자신의 내부에 가질 수" 있다면 좋겠지만, 그렇지 못하더라도 "적어도 거기에 중요하게 제기되어야 하는 사상"이라고 말한다. 재일조선인에게 있어 즉자적인 것 = '소여의 언어'[27]로서 신체화한 일본어라는 제국-포스트제국의 증상을 극복하는 일은 무에서 유를 창조하듯 어려운 일일지도 모른다. 또, 대자적인 것으로서의 조선어를 즉자적인 것으로 전환할 수 있으면 좋겠지만, 그렇게 되지 못하더라도 그것보다 중요한 것은 "조선인으로서의 주체적인 존재의식"을 갖추는 것이다. 그 출발이 바로 "일본어와 자신과의 관계를 타자의 눈으로 계속 바라보는 것"이다. 즉, 일본 사회에서 일본어로 작동하는 문화권력과 상호작용하면서도, 늘 '조선인으로서의 주체적인 존재의식'을 갖춘 자기라는 '타자의 눈'을 통해 자명한 일상에 균열을 일으키고 자기를 객관화하는 긴장의 반복과 지속이 필요하다는 뜻이다. 김시종의 말을 빌리자면, 이것은 "실리를 따지자면 손해임이 분명한데 굳이 하는 사상"[28]이다.

그렇다면 김석범에게 있어 이 '조선인으로서의 주체적인 존재의식'이란 무엇이며 어떻게 형성되었을까. 「민족의 자립과 인간의 자립」이라는 글을 통해 살펴보자.

나는 나의 어린 시절에 대해 작은 민족주의자로서 자각 운운하며 쓰기도

---

27 이한정, 「김석범의 언어론 — '일본어'로 쓴다는 것」, 『일본학』 42, 동국대 일본학연구소, 2016.5, 54면.
28 김시종, 윤여일 역, 「드러내는 자와 드러나는 자」, 『재일의 틈새에서』, 돌베개, 2017, 234면.

하는데, 나에게 인간 회복은 자기주체의 확립이며, 주체라는 것은 철학사전 등에서 볼 수 있는 사변적인 개념이 아니라 우선 조선인으로서의 자각, 요컨대 민족적인 자각에서 시작되는 것이다. 그것을 바탕으로 해야만 더 넓은 세계로 자신을 던질 수가 있다. 재일조선인의 대부분은 이를테면 일본인에게는 '일본인'이 당연히 처음부터 주어진 것처럼, '조선인'이 주어지지 않았다. 재일조선인에게 '조선인'이란 스스로 쟁취해야만 하는 것이었다.[29]

김석범에게 있어 '조선인'이란 소여받지 못한 것으로, "스스로 쟁취해야만 하는 것"이다. 즉, 제국일본의 문화권력이 피식민지(인)의 앎과 지식, 문화와 매체, 일상과 생활 구석구석에 취한 각종 정책에 의해 결합되고 배제되는 과정에서 소거된 '조선인'으로서의 주체는 김석범에게 있어 의식화의 영역이다. 그리고 이 '조선인'이라는 "민족적인 자각"의 회복이 "자기주체의 확립"인 것이고 또 "인간 회복"이기도 하다. 다시 말해, 소여받지 못한 것으로서의 민족적인 것을 스스로 '쟁취'해야만 살 수 있다는 것이다. 김석범은 자전적 요소가 강하게 투영된 연작소설 『1945년 여름』에서 주인공 김태조가 고향의 자연을 통해 느낀 감정을 다음과 같이 표현한 바 있다. "거기에는 민족이라고 하는 지금까지 상상하지 못한 거대한 실체가 끝이 없는 대지처럼 아무 말도 하지 않고 그의 앞에 가로놓여 있었다. 그것은 김태조를 거절하면서, 또 한편으로 크게 받아들였다."[30] 조국에서의 "주체에 대한 권력의 무의식적 작용은 김태조의 자기 인식

---

29 김석범, 오은영 역, 「민족의 자립과 인간의 자립−지금 나는 무엇인가」, 앞의 책, 59~60면.
30 김석범, 김계자 역, 『1945년 여름』, 보고사, 2017, 28면.

체계에 스며들어 거부당함의 감각, 행위불가능성을 낳는 주된 요인이 된다"[31]라고도 볼 수 있지만, '거부당함'과 동시에 '받아들여짐'이라고 하는 감각이 교차하는데, 등가가 될 수 없는 두 감각이 교착하는 심상지리야말로 제국에 의한 식민지배가 피식민자의 심신에 남긴, 그리고 포스트제국시대에 소생 / 재현되는 연속성의 증상이라 할 수 있다.

스스로의 생사여탈을 둘러싼 투쟁이 아닐 수 없는데, 그것은 민족적 우월성을 내세우는 편협한 사고는 아니다.

나는 '민족적national'인 것을 자주 주장하지만, 그것은 해방 전의 일본이나 독일 같은 극단적 민족주의가 아니다. 과거에 식민지 민족이었던, 특히 '재일'이라는 상황 속에서 인간 회복을 조건으로 한 그것이다. 사회주의 조국이 있고 그것을 지향하는 한 사람으로서 나도 국제적인 길을 찾으려고 노력하는 자이며, 내 안의 배외주의적인 가능성을 경계하면서도 결코 편협한 민족주의자라고는 생각하지 않는다. 그럼에도 불구하고 이제 되돌릴 수 없는 이 우주시대에, 도처에 국경이라는 이름의 높은 벽에 가로막힌 '시대착오'의 '민족적national'가 북적이는 가운데, 인터내셔널이 발하는 이념으로서의 눈부심 때문에, 그 빛의 그늘에서 무슨 일이 있어도 사라져서는 안 되는 것까지 사라져 버릴지 모르는 것을 나는 우려하는 것이다.[32]

---

31   전성규, 「거부당하는 주체로서 자기인식의 문제−김석범, 『1945년 여름』을 중심으로」, 『국제어문』 95, 국제어문학회, 2022.12, 398면.

32   김석범, 오은영 역, 앞의 책, 57~58면.

김석범은 재일조선인으로서 민족성을 강조하는 한편 "극단적 민족주의울트라 내셔널리즘"와 "인터내셔널"로의 경도에는 경종을 울린다. 특히 평화와 공영이라는 '인터내셔널'의 미명하에 비가시화되는 민족적인 것 혹은 개별적인 것이 있다는 것이다. 구종주국에 사는 옛 피식민자로서 탈식민 정체성 구축을 위해 민족적인 것이라는 개별적인 것의 축을 회복하고 체화해야 비로소 '인터내셔널'이 추구하는 보편으로 갈 수 있다는 논리이다.

조국 통일은 아직 실현되지 않았다 해도 남북 조선 인민들의 통일에 대한 확고한 염원은 식지 않고 계속 끓고 있으며, 그 염원은 재일조선인 2세들도 포함하여 그 거대한 소용돌이 밖에서 수수방관하지 않는 객관적 정세의 기운을 밀고 나아간다. 그리고 또한 민족의 일원으로서 그에 대한 책임을 함께하려는 주체적 의식이 재일조선인 속에 강하게 형성되고 있다. 그러한 주체의식은 자신들이 결코 과거 식민지시대의 피지배자 민족과는 같지 않다는 것을 분명히 인식한 역사적인 관점에 있는 것이며, 그것은 곧 독립된 조국이 있다는 인식으로 강하게 버틸 수가 있는 것이다. 이 민족적national인 것을 향한 자각이 현시점에서는 침략적 민족주의에 대한 저항과 제동의 사상적 근거일 수가 있는 것이며, 그것을 바탕으로 하는 것만이 인터내셔널로의 현실적인 길을 개척할 수가 있을 것이다.[33]

---

33 위의 책, 65면.

앞서 재일조선인의 민족교육은 "조국 통일"을 위한 운동과도 맞닿아 있다는 점에 대해서 언급을 했지만, 위의 인용문에서도 이러한 사상이 엿보인다. '통일'이 곧 한민족의 진정한 해방과 독립의 체현이다. 다시 말해, "민족적national인 것을 향한 자각"을 통한 탈식민／탈위계를 거쳐 소여로서의 '민족'을 회복하고 상호 교차하는 "인터내셔널로의 현실적인 길을 개척"한다고 하는 단계론적이고 변증법적인 운동의 강조라 할 수 있다. 1970년대 일본 사회에 회복되고 있는 "침략적 민족주의" 즉 식민주의／제국주의／배외주의의 부활을 정당화하는 논리에 대항하기 위한 토대이기도 한 것이다.[34] 김석범은 이처럼 소여로서의 '민족'을 회복하고

---

34 경성제국대학 법문학부에서 교편을 잡기도 한 '올드 리버럴리스트' 아베 요시시게(安倍能成, 1883~1966)는 패전 후 3개월이 지난 1945년 11월에 집필을 마친 글(「剛毅と眞實と知慧とを」, 『世界』 創刊号, 岩波書店, 1946.1)을 통해 지금 눈앞에 있는 패전국 일본의 현실을 의지적이고 능동적으로 변혁해 나가는 '도덕적 생활'을 강조한다. 그러나 국가와 개인을 불가분의 관계로 규정하는 아베는 그 실천의 주체를 '일본국민'이라고 명기하지만, 그 '일본국민'에게 전쟁 수행을 위해 '무리한 긴장'을 부여하고 정신적·신체적 희생을 강제한 주체는 명기하지 않는다. 또한, 제국일본의 식민지배는 '경영'이었고, 그 성과가 '무조건항복'으로 '유린'되었다고 평가할 뿐, 피식민자에 대한 '유린'에 대해서는 언급을 피한다. 아베는 재조일본인으로서의 체험(1926~1940년)을 통해 "나는 조선에 있는 학교(京城帝大)의 한 교수로서 조선에 관한 일을 일부 담당하는 당사자임을 강하게 의식하고 있다. 이 의식에 기쁨과 긍지가 전혀 없다고는 할 수 없으나 그래도 고통과 부끄러움 쪽이 더 많다. 나는 당사자로서의 노력하는 생활, 당위성에 쫓기는 생활을 하는 한편으로, 나그네로서의 「觀」하는 생활에서 나 자신의 해방을 찾지 않을 수 없다"(「京城雜記」(1928.12.18), 곽창권 역, 『靑丘雜記』, 명지출판사, 1994, 87면)라는 글을 남긴 바 있다. 그러나 패전 일본의 현실을 지켜보며 그 타개의 자세를 제시하는 아베의 글에 '부끄러움'은 어디까지나 도덕적인 의지력을 상실한 개인에게 향하고 있을 뿐이다. 패전 직후, '올드 리버럴리스트'와 '다이쇼 교양주의자'를 대표하는 지식인이 잡지 『세카이』 창간호의 권두 논설로 쓴 글에서 엿볼 수 있듯, 제국일본의 식민주의／제국주의／배외주의는 반성의 대상도 되지 않은 채 잠재태潛在態로서 비가시화되어 있었을 뿐이었다고도 할 수 있다.

타민족과 내셔널적인 것을 수평적으로 교차할 수 있는 인터내셔널을 위한 탈식민 주체화를 지향했다고 할 수 있다.

『화산도』에서는 이러한 사유에 대해 '타자의 눈'으로 경계하는 시각을 형상화한다. 다음은 이방근의 형인 이용근 = 하타나카 요시오^{畑中義雄}의 발화다.

> 그렇기 때문에 전쟁이 끝난 뒤에도 제가 일본인이라는 것에는 변함이 없었습니다. '해방'이 되었다고 해서 새삼스럽게 조선인이 될 수는 없잖습니까. '일본인'으로서 죽창을 들고 본토에서 최후의 결전을 벌이자고 외치던 사람들이, 전쟁이 끝난 뒤에는 애국적인 조선인이 되어 버렸지만, 저는 '일본인' 그대로 (…중략…), 아내가 일본인이라는 점도 있고 해서, 이게 전부입니다. 즉 저는 조선인으로 돌아가지 않았다 (…중략…), 조선인이 될 수가 없었던 겁니다. (…중략…) 다만, 저는 의사였다는 특수성이 있습니다. 의사에게는 조선인도 일본인도 미국인도 없습니다. 환자도 마찬가지로, 전 수의사가 아니니까, 상대가 인간이면 됩니다, 해부학적으로 같은 생체 구조를 가진 인간이란 말입니다. 듣는 사람은 억지라고 생각할지도 모르지만, 의사에는 조선인도 일본인도 없다는 생각이, 저를 과거의 '일본인'에서 조선인으로 되돌아가지 않게 만들었다고 할 수도 있겠지요. 귀화란 자신의 모든 것을 부정하는 것이고, 그렇다면 새로이 살지 않으면 안 되겠지요, 인간으로서 (…중략…). 그런 의미에서 저에게는 조선인의 오만함이 잘 보입니다. 조선인은 말이죠, 강 선생님, 조국이나 민족을 절대시하는 강한 습성이 있지 않습니까, 좌익을 포함해서 말입니다. 국제적이지 못합니다. 인터내셔널 운운하지만, 그렇지

않습니다. 과거에 식민지였기 때문에 그렇다 해도, 바로 그런 점에서 바람직하지 못한 오만함까지 나오는 게 아닌가 하고 저는 생각합니다.[35]

위의 인용문은 강몽구와 남승지가 자금 캄파를 위해 밀항하여 도쿄에서 이용근하타나카 요시오를 만났을 때의 장면이다. 위의 이용근의 발언은 지금까지의 논의에 반하는 담론이 될 수 있다. 그렇지만 민족·국가·인종·국적·이념과 같은 틀과 경계로부터 자기와 타자가 그저 "해부학적으로 같은 생체 구조를 가진 인간"으로서 상호작용하기 위한 자세의 중요성을 지적하는 담론으로 기능한다는 점에 있어 탈식민 주체화 과정에 잠재한 오만함에 대한 통렬한 자성의 목소리가 아닐 수 없다. "조국이나 민족을 절대시하는 강한 습성"과 같은 행동 양식에 각인된 정서적 감각은 포스트제국의 증상으로서의 리고리즘으로도 볼 수 있다.

사족이 될 수도 있지만 포스트제국의 증상으로서의 정서적 감각을 사유하는 데 있어서는 좀 더 다각적인 검토가 필요할 것이다. 『화산도』가 묘사하는 해방공간 서울의 밤거리 술집에서는 일본 유행가가 흘러나오고, 주정뱅이는 이른바 '고가古賀 멜로디'라는 일컬어지는 일본의 유행가〈언덕을 넘어서〉를 부르며 언덕길을 오른다. 이뿐만 아니라 베토벤의〈터키행진곡〉, 쇼팽의〈빗방울 전주곡〉,〈봉선화〉,〈해방의 노래〉, 서북청년회의 행진곡 등이 흐른다. 이러한 곡의 리듬과 가사 역시 제국-포스트제국시대의 매체 / 문화를 통한 인적·물적·정신적 이동의 결과로서 각

---

35 김석범, 김환기·김학동 역, 『화산도』 3, 보고사, 2015, 81~82면.

인된 정조라 할 수 있다. 특히 일본의 유행가는 제국일본의 식민지배를 용이하게 하기 위한 이데올로기적 도구로도 기능했고 여전히 그 정서적 감각이 이어진다는 점에 있어 피식민자의 심리에 각인된 정서적 감각의 층위는 중층적일 수밖에 없다는 점을 지적해 두고자 한다.

4. 김석범이라는 문학자와 문화권력, 무의식

김석범에게 있어 '교육'과 '민족'에 대한 명확한 사상 구축은 재일조선인으로서의 자기 정체성을 확인하고 민족적 주체로서의 자기 정체성을 확립하기 위한 정치적 투쟁의 큰 축이었다고 할 수 있다.

그렇다면 문학자로서의 김석범에게 있어 '정치'란 어떠한 의미였고, 이에 대한 작가로서의 태도는 어떠했을까.

김석범은 지명관이 일본에서 창간한 우리말 잡지 『역사비판』 창간호에 발표한 글에서 "정치적인 작품일지라도 그것이 "정치"를 넘어서 문학작품으로서의 자립성을 보장하느냐"의 여부가 중요하다고 강조하며 "작품의 테두리 안에서는 정치는 문학의 시녀侍女라야 한다"라고 말한 바 있다.[36] '정치적인 작품'의 세계를 인정하면서도 문학은 정치를 압도해야 한다는 것이다. 문학작품에 작가의 의식과 무의식이 투영되기 마련이고, 거기에 정치성과 민족성, 계급성과 같은 이념이 깃들어 있을 수밖에 없

---

36 김석범, 「〈나의 작가수첩〉 오래 살아야…」, 『역사비판』 여름(창간호), 역사비판발간회, 1985.7, 115~116면.

다는 점은 자명한 것이라 할 수 있다. 그것이 가시화되는 정도의 차이는 있을지언정 그것이 작품세계를 집어삼켜서는 안 된다는 논리이다. 그 수위의 조절이 작가의 문학성을 좌지우지하는 척도가 된다. 다음의 글을 보자.

왜 당파를 싫어하는 자가 당파적이고자 하는 것인가. 내가 말하는 당파적이라는 것은 앞서 말한 바와 같은 그룹이라든가 섹트를 의미하는 것이 아니다. 구체적으로는 그러한 형태를 취할 수 있지만, 여기에서 말하는 당파적이란, 가장 일반적으로 정치적이라는 것이고, 그것은 계급적이라는 것이 되기도 하며, 조국의 통일을 달성하지 못한 우리의 경우, 민족적이라는 것이 되기도 한다. 이를테면 자기 자신의 사상적 입장이라는 것으로 연결된다.[37]

김석범은 조선총련을 탈퇴한 1968년 이래, 한 이해관계나 이념 수용을 요구하는 집단에 속하는 것 자체에 강한 거부반응을 보인다. 일본펜클럽이나 일본작가클럽으로부터 가입 권유를 끊임없이 받았지만 이에 대해서는 문단이라는 일종의 문화권력에 속하고 싶지 않다며 끝끝내 가입에 응하지 않았다고 한다. 그렇지만 위의 인용문에서도 확인할 수 있듯, 역설적이게도 김석범은 다분히 '김석범'이라는 오피니언 리더로서의 문화권력을 의식하는 "당파적"인 인물이다. 그는 이 말을 "정치적", "계급적", "민족적"이라는 말과 동의어로 사용하고 있으며, "자기 자신의 사

---

37   金石範, 「党派ぎらいの党派的ということ」(初出 :『季刊三千里』1975年春),『民族・ことば・文学』, 創樹社, 1976, p.110.

상적 입장"이기도 하다고 말한다. 그리고 그러한 등호의 전제가 되는 것
은 "조국의 통일"이라고 하는 목적을 향한 수행이다. 앞서 '교육'과 '민족'
에 대한 명확한 사상 구축이 김석범에게 있어 탈식민 주체성 회복의 큰
축이 된다고 말했는데, 그 정치적 투쟁의 목표 역시 '조국의 통일'인 것이
다. 또 바로 그것이 김석범이 재일조선인 작가이자 지식인으로서 생성하
는 문화권력의 핵심이다. 이 실천에서 김석범이 가장 중요시한 것은 자
신이 구축한 담론의 방향성을 관철하는 일이었다. 또, 자기의 중심 잡기
와 더불어 타자와의 냉철한 관계 맺기 = 상호작용의 중요성도 강조한다.

당파적이라는 것은 정당도 그러하고 '조직'도 그러한 것이지만, 어떤 의
미에서 개인의 심정적인 것을 초월하고, 즉 어딘가에서 개個를 초월한 입장에
자기를 놓는 것이다. 내가 어딘가에서 개個를 초월하지 않으면 안 된다고 하
는 것은 우리가(혹은 내가) 일정한 정치적 행동을 취할 경우, 혹은 혁명을 생각
할 경우, 개인의 힘을 과신하지 않는다고 하는 것이다.

그것은 고독을 두려워하기 때문이 아니다. 오히려 그 대극對極에 있는 생
각이며, 어떤 의미에서는 한층 더 고독해질 수 있는 생각이다. 그렇기 때문에
당파라는 것이 '싫다' 하더라도 그것을 초월하여야 하고, 인간적인 맺음을 갖
는 지점에 있어서는 개인 레벨의 심정적인 맺음의 진한 동료 의식과는 자연
스레 구별돼야 하는 것이다.[38]

38   Ibid., p.111.

김석범은 진정한 탈제국의 도달점이라고 할 수 있는 조국의 통일을 향한 '당파적 = 정치적 = 계급적 = 민족적' 주체화에 있어 "개인의 심정적인 것을 초월"해야 하는 것이 요구된다고 한다. 그것은 과거의 피식민자이자, 구종주국인 일본에서 조선인이라는 소여를 갖지 못한 재일조선인이기에 더욱 그러하다. 이는 "개인 레벨의 심정적인 맺음"과 같은 센티멘털리즘과 노스탤지어와 같은 주관에 의한 관계 맺기에 주의를 촉구하는 목소리로 읽힌다. 또, 자기가 객관화한 신념을 관철하는 것이 기본이되지만, "개인의 힘을 과신하지 않"는 정치적 관계 맺기가 요구된다고 한다. 이 정치적 관계 맺기는 "고독"을 감수하더라도 센티멘털리즘을 배제한 "동료"와의 부딪힘을 통해 가능하며, 이를 통해 조국의 통일을 향한 "개個를 초월한 입장" 즉 '당파적 = 정치적 = 계급적 = 민족적'이라는 등호를 성립시킬 수 있다는 것으로 해석할 수 있다.

한편, 김석범은 『계간 삼천리季刊三千里』[39]의 발간에 대해 『아사히신문』에 기고한 문장에서 다음과 같이 쓰고 있다.

"상상력은 이상적인 유토피아를 제시하는 것이 아니라 어둠 속에서 빛을 추구하는 동력이며, 주어진 한계상황을 힘차게 때려 부수고 상승하는 의지이다. 그것은 이 불행 속에서 침묵하는 우리의 연약하고 태만한 정신에 충격을 가하고, 새로운 의지를 계발하는 힘을 준다."

이것은 최근 한국의 한 신문 문예시평 란에 쓰여진 문장의 한 구절이다. 무심한 듯 쓰여진 '문예시평' 하나를 읽어도 마음이 아프다. 거기에는 상상력을 투쟁의 무기로 삼는 자의 인식이 있을 것이다. 한국의 상황에 대해 지금 여기에 쓸 필요도 없겠지만, '어둠 속'이라든가 '주어진 한계상황'에, 우리는 일본에 살고 있다는 조건하에서 어떻게 관여하면 좋을까. 그 방법이 있다고 한다면 그것이야말로 상상력에 의할 수밖에 없을 것이다. 각자의 개별적인 일과 병행하면서 한국의 현상에 관여하는 개개의 상상력을, 이를테면 하나의 형태로 묶는 공동 작업이 필요해지는 것이며, 그 형태가 『삼천리』이다.[40]

김석범은 문학적 상상력을 통해 자신을 감싸고 있는 '당파적 = 정치적 = 계급적 = 민족적'인 것들의 총체를 담는 동시에 그것으로부터의 자유를 추구한 작가라 할 수 있다. 특히 김석범은 창작을 통해 제주4·3사건, 광주민주화운동 등 대한민국의 역사적 사실과 그 기억을 소거하고 말살하려고 하는 정치 세력, 문화권력에 저항해왔다. 일본이라는 공론장이었기에 대한민국 사회의 공론장에서보다는 자유롭게 쓸 수 있었겠지

---

39 1975년 2월에 창간하여 1987년 5월에 종간하기까지 13년간 총 50호를 발간한 일본어잡지 『계간 삼천리』는 강재언, 김달수, 김석범, 박경식, 윤학준, 이철과 같은 7인의 재일지식인이 편집위원회를 구성하여 창간되었다. 1973년 김대중 납치 사건을 계기로 일어난 한국 젊은이들의 독재 타도를 위한 민주화 요구와 시인 김지하에 대한 사형 구형 등 요동치는 한국 사회는 물론이거니와 재일조선인을 비롯한 해외한인의 목소리에도 귀를 기울이고 그들의 목소리를 번역·게재함으로써 하나의 공론장으로 기능한 잡지이다. 이 잡지를 통해 1970~80년대에 있어 재일지식인이 당대 현안에 대해 대처한 자세, 그리고 재일지식인과 한국과 일본의 지식인 간 지적 교류의 역사를 추적할 수 있다. 따라서 이러한 실천을 동반하며 다종다양의 목소리를 담은 이 잡지의 운동은 반일과 혐한의 극단화된 단절의 길을 걷고 있는 현재에 있어 한일교류의 역사를 발굴하고 그것이 갖는 현재적 의미를 살필 수 있다는 점에 있어 주목할 사료적 가치가 있다고 할 수 있다. 조수일, 「재일(在日) 지식인이 구축한 연대의 공론장 『계간 삼천리』」, 『일본역사연구』 59, 일본사학회, 2022.12, 10~11면.
40 金石範, 「『三千里』発刊について」(初出 : 『朝日新聞』 1975.2.20), 『民族·ことば·文学』, p.199.

만, 분단된 재일조선인 사회 내에서의 알력이 있었다는 점을 간과해서는 안 된다. 이러한 저항의 글쓰기 정신이야말로 대한민국과 조선민주주의인민공화국의 동시대 정황을 "일본에 살고 있다는 조건하에서 어떻게 관여하면 좋을까"라는 물음에 대한 응답의 형태이다. 이렇게 민족적 주체를 견지하는 재일조선인으로서 따로 또 같이 냉철한 관계 맺기를 하며 "개개의 상상력"을 발휘하고 이를 "하나의 형태로 묶는 공동 작업"을 통해 '당파적 = 정치적 = 계급적 = 민족적' 주체의 목소리라는 "투쟁의 무기" = 대항적 문화권력을 만들자는 것이 위의 인용문의 취지이다. 『계간 삼천리』에 담은 김석범의 이러한 의지는 1981년 편집위원 김달수, 강재언, 이진희 등의 한국 방문을 둘러싼 의견 대립을 거치며 소멸되고 만다. 이러한 김석범의 선택에 대해서는 이견이 있을 수 있는데, 지금까지의 논의를 통해 말할 수 있는 것은 이것은 결국 동료 편집위원들의 선택을 '개인 레벨의 심정적인 맺음의 진한 동료 의식과는 자연스레 구별'한 것의 결과이며 결국 김석범은 '고독'의 길을 선택한 것이라고 할 수 있다.

그렇지만 김석범이 선택한 그 도정은 결코 '고독'했다고 할 수 없다. 개인으로서의 김석범은 '고독'의 길을 선택했다고 할 수 있지만, 끊임없이 텍스트를 생산해온 문학자로서의 김석범은 '고독'의 길을 선택했다고 볼 수 없다. 그의 의도 여하와는 상관없이 문학자는 글쓰기를 통해 오피니언 리더가 될 수 있고 나아가 문학자만의 문화권력을 만들어낼 수 있기 때문이다. 그가 생산한 텍스트가 국가와 언어, 이념의 경계를 넘으며 각각의 독서장에서 읽히고 그 사유가 공유된다는 것이 그 방증이라고 할 수 있다.

그런데 바람이 한결 잦아든 밤으로 접어들면서, 이상한 일이 벌어졌다. 기도의 춤을 추면서 입신 상태로 들어간 무당이 죽은 어머니의 혼백을 불러 냈다는 것이다. 하지만 이 일은 그다지 놀랄 일은 아니었다. 이 집안의 내력을 조금이나마 알고 있는 무당이, 신에게 기원하면서 이 집안의 죽은 아내 정씨의 혼백까지 위로했다면, 어머니의 혼백이 무당에게 옮아갈 수도 있기 때문이었다. 이상한 일은 그 일이 아니었다. 입신한 무당이 어머니의 말을 빌려, 이방근과 부엌이의 관계를 언급했다는 것이다. 이방근이 그 장면을 목격한 것은 아니었다. 이웃집 고네할망이 찾아와 그렇게 전해 주었다. 게다가, 이 집의 식모와 이부자리를 함께하며 다리를 감고 팔을 감고 살갗을 비벼대고 (…중략…) 라고, 꽤나 노골적인 말까지 나왔다고 한다.[41]

위의 인용문은 『화산도』의 주인공 이방근의 계모 선옥이의 살풀이를 위한 굿판을 묘사하는 장면이다. 제주도에 있어 살풀이와 기도는 섬 여자들의 일상생활로 미신이라 치부할 수 없는 에너지를 갖는다. 굳이 이러한 묘사를 인용하는 것은 『화산도』라는 소설세계의 무의식을 보여주기 때문이다. 제주도의 해안도로를 달리는 버스 안의 묘사로 시작하는 『화산도』의 모두冒頭 부분에서도 섬 여자들의 성을 둘러싼 대화가 해학과 풍자를 자아내는 소재로 등장하는데, 위의 굿판에서 무당의 입을 통해 전해지는 내용 역시 그와 관련이 있기 때문이다. 즉, 여성들이 자신들의 일상생활을 어떠한 방법으로 전하고 있는지의 문제이다. 특히 위의 인용문은 표

---

41   김석범, 김환기·김학동 역, 『화산도』 5, 보고사, 2015, 21~22면.

면적으로 무당의 입을 통해 이방근과 식모 부엌이의 성 문제가 폭로되고 있지만, 이는 이방근이 무겁게 짊어지고 있는 집안의 전통, 나아가 한국 사회의 체제인 동시에 억압된 남성의 성을 둘러싼 욕망이기도 하다. 환언하자면 이는 한국 사회의 집안 전통에 있어서의 남녀의 권력 관계와 억압의 문제이기도 하다. 4·3이라는 일종의 동족상잔의 비극이 펼쳐지는 시공간에 작동한 포스트제국 남성 주체들의 권력과 억압, 은폐에 대한 책임을 묻는 것에 이 같은 여성들의 내러티브가 결정적인 역할을 한다.

김석범은 『화산도』 이후의 『바다 밑에서, 땅속에서海の底から,地の底から』講談社, 2000와 『만월満月』講談社, 2001을 통해 4·3의 희생자를 애도하는 굿과 '무녀의 내러티브'를 선보였다. 산 자와 죽은 자의 중간자 역할을 하는 무녀는 인간의 생리와 무의식에 잠재한 감정과 기억을 끄집어내고 언어화하여 카타르시스를 준다. 이 '무녀의 내러티브'는 생사의 경계를 초월하게끔 기능하며, 침묵과 망각을 강요하는 권력을 전복하는 힘을 지닌다. 그것은 김석범이 4·3을 둘러싼 제국-포스트제국의 욕망과 그 무의식을 재현해온 영위의 요체라 할 수 있다.[42]

5. 나오며

재일조선인 작가 김석범의 삶과 문학적 영위를 고찰하는 과정은 자연스레 제국-포스트제국시대를 둘러싼 다층의 문화권력과 그 관계망을 마주하게 한다. 나아가 그것은 어떠한 방법으로 탈식민의 과제를 주체적으로 수행할 것인가라는 물음에 대한 응답을 찾는 도정이 된다.

이 글은 이 같은 문답에 대해 언어화를 통해 제시해 온 김석범의 실천에 주목하여 그 도정을 총체적으로 파악하기 위한 첫걸음인바, 섣불리 결론을 지을 수 있는 것은 아니다. 그럼에도 불구하고 이 글에서의 고찰을 통해 엿볼 수 있는 포스트제국시대의 탈식민 주체가 되기 위한 김석범의 재일지식인으로서의 글쓰기에 담긴 내실을 제시해 보고자 한다.

우선, 김석범은 제국-포스트제국시대의 인적·물적·정신적 이동의 상호작용으로 생성된 사상, 특히 포스트제국의 민족교육을 둘러싼 탈식민화운동에 깃든 사상과 그 기억을 문자화함으로써 제국일본의 문화권력이 변종적으로 소생하는 포스트제국의 증상을 가시화하고 이러한 전유와 연루에 대한 청산이 탈식민화운동의 요체라 말한다.

다음으로, 김석범은 제국일본의 문화권력에 의해 피식민자의 심신에 이식된 포스트제국의 증상으로서의 정서적 감각의 지속을 형상화하며 탈식민 주체화를 위한 길을 제시한다. 김석범은 진정한 탈제국/탈식민을 성취하기 위해서는 무한대의 책임을 지겠다는 자성과 그 역사인식, 소여로서의 민족 회복의 필요성을 역설하면서도, 피식민자의 심리에 각인된 정서적 감각의 오만함에 대해서도 경종을 울린다.

마지막으로, 김석범은 탈제국 후 구 식민지의 시공간에 나타난 제국의 욕망, 예를 들어 기억의 억압과 은폐와 같은 포스트제국의 증상을 전형적으로 보여주는 4·3의 반복적인 재현 과정에서 무의식에 잠재된 문화권력에 대한 반작용으로서의 생리적 에너지를 모색한 지식인이라 할 수 있다.

초출

조수일, 「포스트제국시대의 탈식민 주체 되기─재일(在日) 지식인 김석범의 글쓰기를 중심으로」, 『일본학』 59집, 동국대 일본학연구소, 2023.4.

참고문헌

고명철 · 김동윤 · 김동현, 『제주, 화산도를 말한다』, 보고사, 2017.

김석범, 김환기 · 김학동 역, 『화산도』 1~12, 보고사, 2015.

_____, 김계자 역, 『1945년 여름』, 보고사, 2017.

_____, 오은영 역, 『언어의 굴레』, 보고사, 2022.

김시종, 윤여일 역, 「드러내는 자와 드러나는 자」, 『재일의 틈새에서』, 돌베개, 2017.

발터 벤야민, 최성만 역, 『발터 벤야민 선집 6 – 언어 일반과 인간의 언어에 대하여 | 번역자의 과제 외』, 길, 2008.

아베 요시시게, 곽창권 역, 『青丘雜記』, 명지출판사, 1994.

한림대 일본학연구소, 『내파하는 국민국가, 가교하는 동아시아 『계간 삼천리』 1981』, 學古房, 2022.

김석범, 「〈나의 작가수첩〉 오래 살아야…」, 『역사비판』 1985 여름(창간호), 역사비판발간회, 1985.7.

김환기, 「김석범 · 『화산도』 · 〈제주4 · 3〉 – 화산도』의 역사적 / 문학사적 의미」, 『일본학』 41, 동국대 일본학연구소, 2015.11.

박광현, 「기념비로서의 '조선학교'」, 『일본학』 46, 동국대 일본학연구소, 2018.5.

서정완, 「제국일본의 문화권력 연구 – 近代能樂史와 植民地能樂史를 넘어서」, 『일본학보』 100, 한국일본학회, 2014.8.

오은영, 「언어의 굴레 속에 있는 재일조선인 작가 – 김석범 작가의 언어 · 문학론을 중심으로」, 『人文學研究』 38, 인천대 인문학연구소, 2022.12.

이영호, 「재일조선인 민족교육의 변천과 정착」, 『비교일본학』 49, 한양대 일본학국제비교연구소, 2020.9.

이한정, 「김석범의 언어론 – '일본어'로 쓴다는 것」, 『일본학』 42, 동국대 일본학연구소, 2016.5.

전성규, 「거부당하는 주체로서 자기인식의 문제 – 김석범, 『1945년 여름』을 중심으로」, 『국제어문』 95, 국제어문학회, 2022.12.

조수일, 「World Literature as a Methodology to Consider Literature of Kim Sok–pom」, 『일본학보』 59, 한국일본학회, 2021.12.

_____, 「재일(在日) 지식인이 구축한 연대의 공론장 『계간 삼천리』」, 『일본역사연구』 59, 일본사학회, 2022.12.

江原護, 『民族学校問題を考える – 江原護論考 · 資料集』, アジェンダ · プロジェクト, 2003.

川村湊, 『生まれたらそこがふるさと – 在日朝鮮人文学論』, 平凡社, 1999.

金石範, 『ことばの呪縛 – 「在日朝鮮人文学」と日本語』, 筑摩書房, 1972.

_____,『民族・ことば・文学』, 創樹社, 1976.

趙秀一,『金石範の文学－死者と生者の声を紡ぐ』, 岩波書店, 2022.

野間宏,『サルトル論』, 河出書房, 1968.

藤島宇内・小沢有作,『民族教育－日韓条約と在日朝鮮人の教育問題』, 青木書店, 1966.

安倍能成,「剛毅と眞實と知慧とを」,『世界』創刊号, 岩波書店, 1946.1.

金石範,「「同化」と傲慢と」,『文学芸術』別冊, 在日朝鮮人文学芸術家同盟, 1966.5.

_____, 聞き手＝関正則,「インタビュー 支配されず, 支配せず－全体小説の新たな地平へ」,
　　　『世界』922, 岩波書店, 2019.7.

野崎六助,「金石範のマジック・リアリズム－『火山島』論」, 栗原幸夫,『戦後論存疑－レヴィ
　　　ジオン 第1輯』, 社会評論社, 1998.

無署名,「外国人学校制度を創設」,『朝日新聞』朝刊, 1966.3.26.

찾아보기

필자소개

오타 나나코 太田奈名子, Ota Nanako
세이센여자대학 문학부 영어영문학과 전임강사. 전공은 미디어사, 비판적담화연구.
주요 논저로는 『占領期ラジオ放送と「マイクの開放」-支配を生む声,人間を生む肉声』
(慶應義塾大学出版会, 2022), "The voiceful voiceless : Rethinking the inclusion of the public
voice in radio interview programs in Occupied Japan"(*Historical Journal of Film, Radio and
Television* 39(3), 2019)등이 있다.

황익구 黄益九, Hwang Ik-koo
동아대학교 국제대학 일본학과 조교수. 연구분야는 근현대일본문학·문화. 주요 저서
로는 『交錯する戦争の記憶-占領空間の文学』(春風社, 2014), 『異文化理解とパフォーマ
ンス』(공저, 春風社, 2016), 『재일코리안에 대한 인식과 담론』(공저, 도서출판 선인, 2018), 『재
일코리안의 역사적 인식과 역할』(공저, 도서출판 선인, 2018), 『일제침략기 사진그림엽서
로 본 제국주의의 프로파간다와 식민지 표상』(공저, 민속원, 2019), 『재일코리안의 이주와
정주 코리안타운의 기억과 지평』(도서출판 선인, 2021), 『재일코리안의 문화예술과 위상
기억을 위한 소묘』(도서출판 선인, 2021) 등이 있으며 그 외 다수의 논문이 있다.

허이린 何義麟, Ho I-lin
국립타이베이교육대학 대만문화연구소 교수. 전공은 국제사회과학, 연구분야는 대만
근현대사. 주요 저서로는 『二・二八事件-「台湾人」形成のエスノポリティクス』(東京大
学出版会, 2003), 『台湾現代史-二・二八事件をめぐる歴史の再記憶』(平凡社, 2014), 논문
으로는 「戦後在日台湾人の法的地位の変遷-永住権取得の問題を中心として」(『現代台
湾研究』 45号, 2014.12), 「GHQ占領期における在日台湾人の出版メディアと言説空間」(『日
本台湾学会報』 17号, 2015.8) 등이 있다.

이타카 신고 飯高伸五, Iitaka Shingo
고치현립대학 문화학부 교수. 전공은 문화인류학, 오세아니아 연구. 주요 저서에 『よ
うこそオセアニア世界へ』(공저, 昭和堂, 2023), 『大日本帝国期の建築物が語る近代史－
過去・現在・未来』(공저, 勉誠出版, 2022), *Memories of the Japanese Empire : Comparison
of the Colonial and Decolonisation Experiences in Taiwan and Nan'yō Guntō*(공저,
Routledge, 2021) 등이 있다.

김경옥 金慶玉, Kim Kyung-ok
한림대학교 일본학연구소 HK연구교수. 전공은 일본근현대사, 젠더. 주요 논저로는
『한일 화해를 위해 애쓴 일본인들』(공저, 동북아역사재단, 2021), 『알면 다르게 보이는 일
본문화』(공저, 지식의날개, 2021), 『제국의 유제－상상의 '동아시아'와 경계와 길항의 '동
아시아'』(공저, 소명출판, 2022), "Factory Labor and Childcare in Wartime Japan"(Women's
History Review, 30(2), 2020) 등 다수가 있다.

야스오카 겐이치 安岡健一, Yasuoka Kenichi
오사카대학대학원 인문학연구과 준교수. 전공은 일본근현대사, 오럴 히스토리. 『「他
者」たちの農業史』(京都大学学術出版会, 2014), 「聞き書き・オーラルヒストリー・「個体
史」－森崎和江の仕事によせて」(『現代思想』 50卷13号, 2022) 등 다수의 논저가 있다.

야라 겐이치로 屋良健一郎, Yara Kenichiro
메이오대학 국제학부 상급준교수. 연구분야는 류큐사琉球史, 특히 류큐와 일본의 관계
사. 주요 논저로는 『訳注琉球文学』(공저, 勉誠出版, 2022), 「漂着から見た近世の琉球と日
本」(『説話文学研究』 55号, 2020) 등 다수가 있다.

곽형덕 郭炯德, Kwak Hyoung-duck
명지대학교 인문대학 일어일문학과 부교수. 연구분야는 근현대 일본어문학. 주요 저
서로는 『김사량과 일제 말 식민지 문학』(소명출판, 2017), 편역서에 김시종 초기 사부작
시집 번역 『장편시집 니이가타』(글누림, 2014), 『지평선』(소명출판, 2018), 『일본풍토기』(소
명출판, 2022), 『오키나와문학 선집』(소명출판, 2020) 등 다수가 있다.

쓰치야 시노부 土屋忍, Tsuchiya Shinobu

무사시노대학 문학부 문학연구과 교수. 전공은 일본근현대문학. 주요 저서로는『南洋文学の生成－訪れることと想うこと』(新典社, 2013),『武蔵野文化を学ぶ人のために』(편저, 世界思想社, 2014),『〈外地〉日本語文学への射程』(편저, 双文社出版, 2014),『〈外地〉日本語文学論』(공저, 日本語版, 世界思想社, 2007・韓国語版,『〈식민지〉일본어 문학론』, 문, 2010),『戦間期東アジアの日本語文学』(공저, 勉誠出版, 2013) 등이 있으며 그 외 다수의 논문이 있다.

장웬칭 張文菁, Chang Wen-ching

아이치현립대학 외국어학부 준교수. 전공은 중국어권 통속소설, 대만문학, 중국근대문학. 주요 논저로는『通俗小説からみる文学史－一九五〇年代台湾の反共と恋愛』(法政大学出版局, 2022),「1950年代の台湾における読者とその文学受容－言語および文化の分断からみる通俗小説の流行(『野草』第92号, 2013),「1950年代台湾の通俗出版をめぐる文芸政策と専業化」(日本台湾学会報』第18号, 2016),「1950年代台湾の通俗小説研究－『聯合報』副刊の連載小説を中心として」(『野草』第100号, 2018) 등이 있다.

우페이전 吳佩珍, Wu Peichen

국립정치대학 대만문학연구소 교수 겸 소장. 연구분야는 일본근대문학, 식민지기 일대日臺비교문학・비교문화. 주요 저서로는『真杉靜枝與殖民地台灣』(聯經出版, 2013),『福爾摩沙與扶桑的邂逅－日治時期台日文學與戲劇流變』(國立臺灣大學出版中心, 2022),『中心到邊陲的重軌與分軌－日本帝國與台灣文學.文化研究〉(上・中・下)(편저, 國立臺灣大學出版中心, 2012~2013),『〈異郷〉としての大連・上海・台北』(공저, 勉誠出版, 2015),『明治維新を問い直す－日本とアジアの近現代』(공저, 九州大學出版, 2020) 등이 있으며, 그 외 다수의 논문・번역이 있다.

조수일 趙秀一, Cho Su-il

한림대학교 일본학연구소 HK교수. 전공은 재일조선인문학. 주요 저서로는『金石範の文学－死者と生者の声を紡ぐ』(岩波書店, 2022),『金石範評論集 I 文学・言語論』(해설 / 해제, 明石書店, 2019),『金石範評論集 II 思想・歴史論論』(해설 / 해제, 明石書店, 2023), 김석범 소설집『만덕유령기담』(공역, 보고사, 2022), 주요 논문으로는「재일(在日) 지식인이 구축한 연대의 공론장『계간 삼천리』」(『일본역사연구』 59집, 2022) 등이 있다.